泉麻人自選

黄金の1980年代コラム

泉麻人

三賢社

泉麻人自選　黄金の1980年代コラム

イラスト：渡辺和博
ブックデザイン：西　俊章

⦿目次

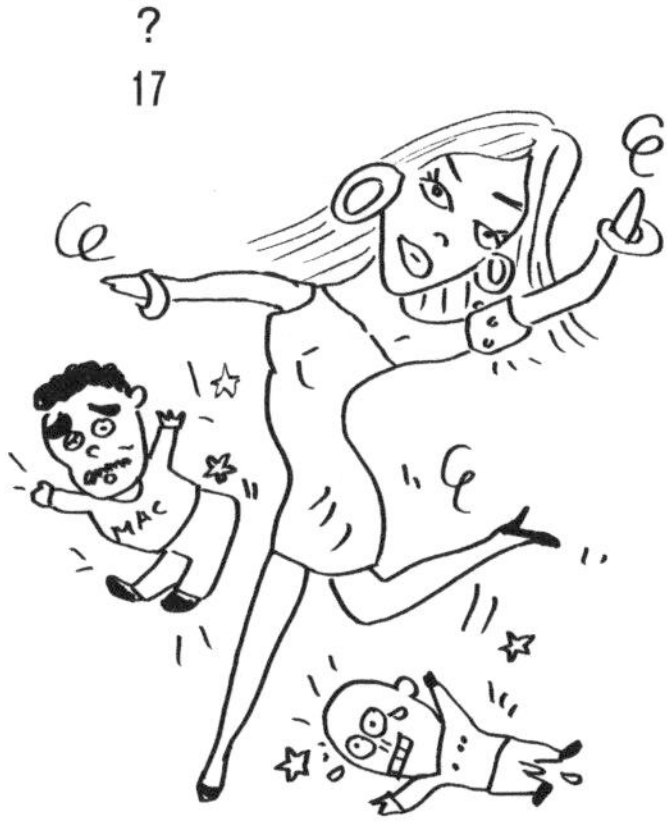

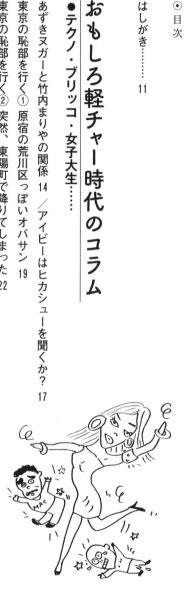

ニューメディア時代のナウたち

●さんま・キャバクラ・スーパーマリオ……

'80年代コラムあらかると ①

バブル前夜のナウたち

●エイズ・マドンナ・ウォーターフロント……

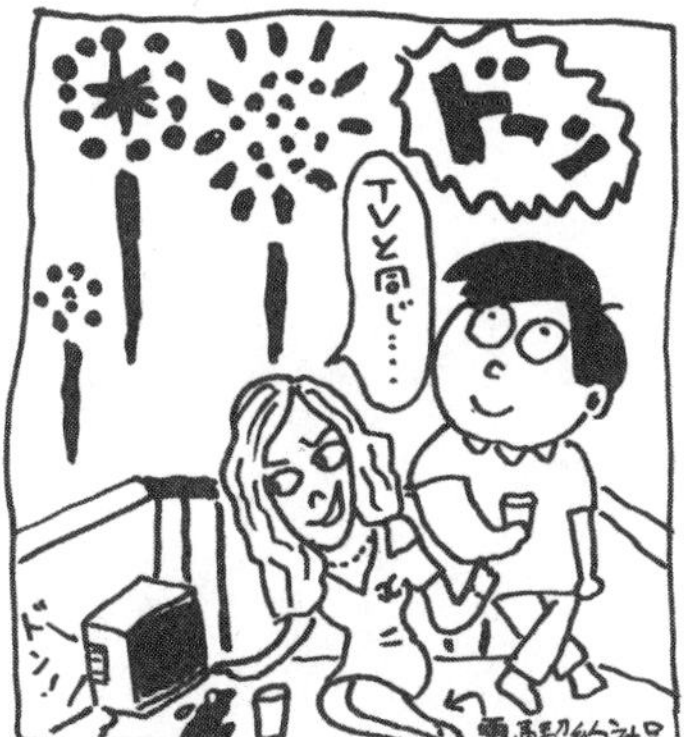
ドーン
TVと同じ……
ドン!!
電通契約社員

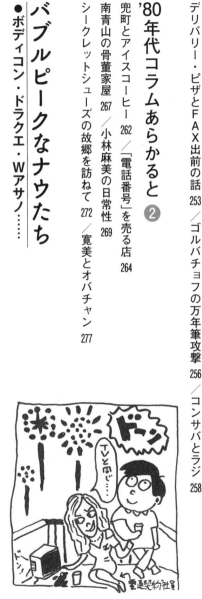

「昭和の終わり」とバブル 344

'80年代コラムあらかると③

1990年、平成初頭のナウたち

●森高・下北・エコロジー……

はしがき

僕が〈泉麻人〉の名で雑誌にコラムを書きはじめたのは1970年代の終わり、ほぼ80年代からだ。筆名の由来については、以前に書いたコラムを掲載しているのでここでは省くが、この本はそんなデビュー当時から約10年間、いわゆるバブル時代へと向かっていく80年代のコラムを集めたものだ。

80年という年は会社（東京ニュース通信社「週刊TVガイド」編集部）に入社して2年目、NHKの番組担当だった僕は日々渋谷・神南のNHKに出向いて取材した無署名の記者原稿はけっこう書いていた。一方その頃、大学時代（正確には慶応の付属中学）からの友人に松尾（多一郎）という男がいて、すでに「ポパイ」編集部なんかで活躍していた彼に声を掛けられたのが、社外の原稿を書くきっかけだった。

最初に依頼されたのは学研の「ボム」というアイドル誌だったような気もするが、記録として残っているのは「ポパイ」79年12月25日号の「from60's on」と題した1960年代特集。ここで僕は昔のTV番組（アメリカドラマ主体なのがポパイらしい）の解説を書いている。

はじめて連載をもったのは〝スタジオ・ボイス〟という雑誌だった。「流行通信」がアンディ・ウォーホルの「インタビュー」紙と提携して発行していた「スタジオ・ボイス」は、まだミニコミの雰囲気だった頃で、オリジナルの読物ページを一新するとかいうことで、ポパイに寄稿しているような若手ライターが集められた。僕はまだ「ポパイ」でも大した原稿は書いていなかったけれど、松尾の仲立ちで編集長を任されていた稲田隆紀氏（映画評論家）と面談することになった。

その会合の場所はよくおぼえている。ファンシーなピンク色のマガジンハウスのビルになる以前、黒っぽい平凡出版時代のビルの向かいにあった「フロリダ」という喫茶店。マガハの打ち合わせの定席になっていた店で、カッペリーニとまではいかないけれど、細いメンを使ったミートソースがけっこうウマかった。

「ナニか参考になる文章をもってきてください」と言われ、大学サークルの機関誌に寄せた、軽くふざけた調子の流行風俗論……みたいな原稿を持参した。〈ミーハーチックな夜が好き〉という、いかにもなタイトルの連載第1回目が80年6月号だから、この会合は春3月か4月の頃だろう。

14ページの〈あずきヌガーと竹内まりやの関係〉というのがその初回原稿である。

おもしろ軽チャー時代のコラム

テクノ・ブリッコ・女子大生……

●スタジオ・ボイス、ポパイ、週刊平凡etc

あずきヌガーと竹内まりやの関係

紺のハイソックスが大好きなハマトラちゃん、ボタンダウンがお気に入りのプレッピーくん、これから、キミたちの好きなミーハー話が始まるよ！　だけど、このミーハー話は、いつもとちょっと違うんだ。サーフィンやニューヨークの話は、あんまり出てこないんだ。ごめんね。でも、これさえ読めば真のハイテック人間になれるぜ。さーリバティーのダウンを脱ぎ捨てて、本の前に集まれ！

てなわけで始まりやしたが、今回は一回目ということで、時代的にモリ上がっているものを選ぶことにした。ＢＡＣＫ　ＴＯ　60Ｓ——なかなか気分でしょ。

で、なぜ今さら'60年代を振りかえらにゃいけなくなったのか、あたりについて考えてみよーと思う。

例としては、〝春の化粧品キャンペーン〟なんかいいんではないでしょうか。渡辺真知子が歌うところの〝クチビルの歌〟は度外視して、資生堂とポーラはモロ60Ｓ。竹内まりやは森山加代子（ハナの形も似ている）、庄野真代のヘイ、レェーイディ〜の部分はロネッツなんスよね。特に資生堂のバヤイの〝不思議なピーチパイ〟なるキャンペーンテーマからして、60Ｓ初期のニオイプンプン。だいたいあの時代は、なぜかフルーツもののタイトルがウケた。〝メロンの気持〟〝パイナップル・プリンセス〟〝いちごの片想い〟……と。この傾向は音楽だけにとどまらず、食品業界にも飛び火していったのであった。

昭和三五年。ちまたの学生が、日米安保にモエていた頃、ガキは果物の味がするお菓子に夢中だった。明治JPチョコレート。オレンジ、パイナップル、バナナ、いちごの味がするクリームが、四つのヤマの中に入っている。

「次はバナナかな?」なんていう期待感がガキ心をゆさぶっちゃうわけ。不二家も負けていない。フルーツゼリーとフルーツクリームをチョコの中に二段がまえで入れてしまった。これがダブルチョコレート。続いてガム部門、ここでも明治フルーツアラモードガムを筆頭に、ジューシー旋風が吹きまくっていた。フルーツ牛乳なんて気持ち悪い飲物も、わが愛心幼稚園では人気者でした。とにかく、フルーツというものの位が、今より相当エラかった。オレンジカルピスのキャッチフレーズなんか〝国際的な味〟ですもの。要するに、当時はフルーツの輸入が今ほどさかんではなかった。オレンジやパイナップルなんか、千疋屋《せんびきや》に行かないと見られなかったわけで、そういうものがチョコレートごときに入っているというのは、結構スゴイことだったんじゃないかな。だから、レコードにしてもフルーツ様のことを歌ってたりすると〝オッ、イカスじゃん〟てことで、レコード店に走ってしまう。そういえばパイナップルの絵のついたシャツ着てる人多かったよね。

いよいよ結論に入る。「なぜ、今60Sなのか」――イージーに言ってしまえば、海外の音楽状況、ファッション状況に、多少その傾向があり、〝これは日本でもいけるんでねーの〟なんて考えた業界の人々が結託してしまった。60Sには商売になる要素が多いからね。ロックンロール、ポップス、ビートルズ、後半じゃエレキにGSと、ちょっと切り口を変えれば、すぐネタになる。が、なんと言っても、60Sブームのカナメになっているのは、作り手側の趣味の問題ではないだろうか。たとえば、五〇代のオッサンが宴会で軍歌を歌うように、二〇代の大学生がコンパでアトムを合唱するように、今、マスメディアの中心となっている三〇代の人々は、60Sものが大好きなわけ。ノスタルジーね。で、なにか事あらば、あの辺のモノにこじつけたい、と思い続けてきた。そういった心のワダカマリが、ここにきて一気にバクハツしてしまったのだ。〝不思議なピーチパイ〟は、加藤和彦と安井かずみの〝思い出話的快感〟のもとにできあがった産物だと推定できる。しかしさー、今一つ手放しで快感にひたれないんだよねー、このブーム。キレイすぎる。60Sというのは、もっとギラギラしてたでしょ、少なくとも日本においてはね。そう、フルーツ牛乳のライン。あずきヌガーとかモナカカレーとか、過激な食べ物はいっぱいあったし、バスなんか前がつき出てた。パラキン（パラダイスキング）の衣装ってすごいもんね。絣《かすり》のブレザーだもんね。こういった泥くさい部分を忘れちゃ困るじゃありませんか。えー。

竹内まりやさん、この辺で〝じんじろげ〟みたいな歌が欲しいスね。純な男の子たちの夢を、一気に崩壊させてしまうような。髪の毛なんか、いっそ三つ編みにしちゃったらどうですか。〝代々木公園のタケノコ族〟あのウキ方、好きだナー。

●1980・6／スタジオ・ボイス

アイビーはヒカシューを聞くか?

「アイビー復活」と話には聞いていたが、実際ここまでやってくれるとは思わなかった。千代田線表参道出口付近から、青山三丁目テイメン角まで歩く間に、ボタンダウン少年・クルーズトレーナー少女カップルを何組見たことか!? テイメンのとなりあたりのPICK・UPという店には、往年のジャニーズ(ビーチボーイズと言った方が的確なのかな)と思わせちゃうような、原色シマシマシャツが、ホコらしげに置いてあるのだ。で、そこに往き来している少年たち、実に健康そうなお坊ちゃま風で楽しそう。きっとこの号の出る頃は、テニス焼けの笑顔から白い歯が美しくのぞいていることだろう。と、安心していてはいけない。世界情勢は、刻一刻とキビシクなっているのだ。そんな世紀末的雰囲気となぜかフィットしてしまうのが、いわゆるニューウェイブもの。これがまた〝ニューミュージック〟と同じように「えー、一体どこまでを言うんや」という疑問が生まれる産物なのだが、今回は〝不健康イメージ〟が漂うモノはすべてニューウェイブと言うことにして、話を進めていこうと思う。青山、原宿(東京区分地図的にいえば渋谷区神宮前)という狭い範囲で燃えあがる相対的な文化(アイビーvsニューウェイブ)、この夏キミはどっちで勝負する?

世間一般的にみて、アイビーというのはウケがよい。小ギレイで金持ちそうで、ケイオー行ってますって感じだから、そりゃーオンナウケしますよ。ところが、今一つ深いものがないんスね。レモンイエローのアコードに乗って、逗子マリーナあたりに行く。で、当然カーステじゃ山下達郎ね。鎌倉の辺から。まあ帰りに元町寄って、オリーブのショッピングにつき合うのもいいだろう。うん。パターンができてんだよね。これが結構気持ちよかったりするからなかなかぬけられない。だから、会話なんてのも限られてきちゃうわけ。ダイキリ飲みながらは、新田たつおのザ・ドン兵衛のハナシはできないもんね。とにかく気ー使う。するとさー、音楽部門なんてのが一番ブナンなんじゃないかェーってことになる。「ボブ・ジェームスのこんどのいいんだよねー……」ところが女って、あんまし知らなくて「あ、ホントォ、こんど貸してェ」ぐらいのことばしか返ってこないのね、たいがい。あんまし勉強しない方がいいみたい。チーズケーキのオイシイ店ぐらい覚えときゃ、やっていけそう。それから、この時期大切なのは日焼け。遅くとも七月アタマぐらいまでには仕上げておこう。

♬プヨプヨと　まるで病人のように立つ　ほら　ぼくこんなに不健康♬――ヒカシューが一つの文化を作るとしたら、この「プヨプヨ」とか「幼虫の危機」のラインだろう。〝コワイもの見たさ〟というか〝キモチ悪いもの見たさ〟というか、とっても内向的な快感の世界。諸星大二郎の作品に、人間と機械が一体化していくコワーイ話があったけど、テーマ的には同じものだと思う。ところで、そういうキワめて内向的な、不健康な唄が原宿につどう若人たちにウケがいいらしいのだ。しかし、彼ら不健康モノ愛好者はアイビー少年のように統一化されていない。みんながみんな髪の毛を刈り上げているわけじゃない。それはニューウェイブと呼ばれるグループが、もう右翼も左翼もコンニチワの状態だからかもしれない。たとえばＹＭＯなどは、タケノコ族のＢＧＭに使われておる。そしてこのタケノコ族の踊りは、ＹＭＯの音と融合した時、ロックンロールにはない新興宗教的な不健全さを作り出す。シーナ＆ロケットの「ＹＯＵ　ＭＡＹ　ＤＲＥＡＭ」。詞はハッピーなんだけどあの唄の主人公の女の子はドーモ内臓が悪そう。根本的にクラーイんだよね。今のところタケノコだけが、ニューウェイブと平行する風俗みたいだがそろそろ、ヒカシューの「プヨプヨ」ラインの人々が、現われてもいいような気がする。夏、日焼けしない真っ白い肌をカッコよいとするような風潮が。

〝真空パック人間〟〝プラスチック族〟なんてどお？　だけど勇気がいるよなー。やっぱりアイビー派の方が楽に過ごせそうな気はする。まあ日本って国の性格から考えて、トロピカルオイル塗りながら、ヒカシューで日光浴するあたりが、もっともよい生き方かもね。

●１９８０・７／スタジオ・ボイス

東京の恥部を行く①
原宿の荒川区っぽいオバサン

最近また東京が人気ある。一時、「いなかに帰って畑を耕すんだ！」とか「南アルプスですてきなペンションを……」なんていう健全な若人文化が栄えるきざしがあったが、結局「ＴＯ

KIOには哀愁がある」「日本のニューヨークだ！」となったわけ。しかし、そんな東京サマを前に最近の上京モンは可愛気《かわいげ》がない。都会の雑踏にもオタオタしない。そればかりか、ウォークマンをして楽しそうに表参道を歩いているではないか。生粋の東京出身者の立場も考えて欲しい——という港区に住むA君の願いに応《こた》えて、今回と次回（もしかしたらやらないかも知れないが）は東京出身者のための東京ガイドをやってしまうのダ！　地方出身者は読むなヨ。お願いだから、今回だけは東京モンに花を持たせてくれい。

原宿。この街も行くとこがなくなってきたね。なんかもうハズカシイんだよ、スレ違うたびに。自分が「ダサイ」と思われてるような気分。で、イケないと思いつつも、いつの間にやら入っている裏通り。すると、やっぱりあるんだねえ、八百屋。ダイコンなんかを売るオッサンの額に光る汗。「それでいいんだよ、原宿」やさしく声をかけてあげたくなるようなひとときだ。キディランド脇からクリームソーダにかけての渋谷川跡の遊歩道は、そういうホノボノムードを求める向きには打ってつけの地区。キディランドの脇の階段を降り、百メートルぐらいまではラコポロの軽薄ヤングがいて気分が悪いが段々と人種が変わってくるのが手にとるように（あんまりいい表現ではないが）わかる。ここには、すべり台とかブランコがあるので、なんといってもガキが圧倒的に多い。原宿だからといって、ナウいガキではないところに、まず安心する。さらに進むと、右手に八百屋が見えてくる。この八百屋は、今はやりのスーパー風のものではなく店の前に台を出しての外売り専門。周辺にはオバサンたちが群がり、これがまた、みんな荒川区っぽいルックスをしているんだよね。いい感じで西日などがあたると、とても原宿にいるとは思えない。このあたりは、区分地図に基づくと渋谷区神宮前五の十七。家々も下町風の木造二階建てが、圧倒的に多い。子供たちの無邪気な笑い声を聞きながらさらに進むと、左手にうっそうと木々の茂った小山が見えてくる。木々の合間に見える社。筆者は果敢にも、小山をはいのぼり、神社の境内に上がった。するとどうだろう、そこには銅像があるではないか⁉

〝河野カタ女史像〟―河野カタ女史は漢方医薬の大家にて、敬神の念厚く特に当穏田《おんでん》神社には日参数年、その間戦災による境内の荒廃に心寄せられ（以下略）とある。かつて穏田と呼ばれた原宿。その町の守り神、穏田神社に祭られているこの女史のことを知っているヤング諸君が何人いることか？　いや、私も知るべきではなかった。筆者は、虚飾の街・原宿の恥部を見てしまったような、ワイセツな気持ちでいっぱいになった。

この片道一キロ弱のコース、原宿だからこそ意味のあるものなのだ。階段をのぼり原宿メインストリートにもどった時「あっユメだったのか」って感じになる。いやホントに。たとえばウォークマンなどは当然曲を変えなくちゃならない。バッド・チューニングなどといわれているが、正に周波数のズレが感じられるのだ。ずーっと昔ってのは、このズレはなかったわけだ。それが集落ができ、町となり、街の部分だけどんどん変わっていく。人間でいえば服にあたる部分が、いわゆる原宿の街だ。つまり内面的なものは、熊谷《くまがや》とか水戸とあんまり変わんないのね。だけど、すごいオシャレなわけ。化粧がうまくてモテてる女なんだよね。そのへんがカワイイじゃない。だから、恥部を見ちゃって、すごく悪いことしたと思ってるわけ。だけど、そういう、人に見られたらハズカシーような所があるから東京ってのは色気がある。この辺はアメリカ人や地方出身者にはわかって欲しくないんだよね。東京出身者だけの思いこみにしといて欲しい。だって、やっぱり熊谷は表も裏も熊谷だと思うしね。ニューヨークにしたって、どこもカッコよく見えちゃう。ところで、原宿に住んでる人ってのはどう思ってんのかね、実際。強姦されたよーな、いやーな気分になってんのかしら。でも、いい女だね、キミって。

●1980・8／スタジオ・ボイス

東京の恥部を行く②

突然、東陽町で降りてしまった

六本木あたりで遊んで地下鉄の終電に乗る。漫画アクションかなんか読んでいると、いつのまにか武蔵小杉に着いて、安易に家路につくことができる。ま、地下鉄ってのは景色に気をとられることもないから、読書とか睡眠には格好の場所だわな。ところが、駅でマンガ本を買い忘れ、しかも目はバッチリサエサエ、乗客はブスばかり……なんてことになると、一挙に退屈倍増ワースト電車に早がわりしてしまう。そう私が東陽町などという、コワソーな駅で降りてしまったのも、退屈に負けてしまったからなのだ。

東西線東陽町駅。江東区東陽二丁目四番地付近に位置し、駅の上には永代《えいたい》通りが走っている。

階段をのぼり地上にはいあがった筆者は思った。「しっかしツマンなそーな街だのう……」一応こういう街の取材ってのは、現地にきた瞬間に、なにか感じなくちゃいけないわけでしょ。風が鼻を横切んなくちゃいけないわけよ。神奈川の衛星都市をウエストコーストにしちまうようなやつね。ところが、そーいう要素が何もない。しゃあないから、海の方に向けて歩いてみることにした。東京都区分地図をごらんになっているみなさん、塩浜の方ね、塩浜の方。こぎたない橋を渡ると、工場地帯っぽい所に入ってきた。この辺、ヒジョーに殺伐とした風景。ブルーカラーが似合う色になってきた。右手に見える工事現場。金網の間からのぞくと、宇宙基地のような高層団地が停泊している（ちょっと苦しい表現かな）。つまり、工場をぶっつぶして団地を建てたという東京の東部にありがちな風景ね。が、ここですんなり妥協して帰ってしまったんじゃ記事にならない。しばし、そのさまを観賞することにした。うん、実に東京っぽい風景ではないか。廃墟と化した工場跡にそびえ立つ白い団地。その前でロングピースをくゆらせながら談笑する労働者。港区には見られないハードな都市の風が私の鼻先をかすめた。やった！　ついに叙情的なネタをつかんだゾ！――私とカメラマンは手を取りあって、お互い感じとった熱いものをさぐりあった。――東陽町の西、木場、深川は下町情緒を残した材木の町。東の南砂町は鉄鋼や化学工業の工場が立ちならぶ地盤沈下の町だ。東陽町という所は、その間の中途半端な位置にある。前号で色気のある街・原宿について書いたが、それとは対照的な地味な街だ。団地という、きわめてニューファミリー的な物体がありながら、街全体の雰囲気はカタイ。白い建物の中から、ロボットが出てきても不思議ではない。霞が関で働き、六本木で遊んだロボットたちが、燃料を補給しにもどってくる場所。そんな、見てはいけないような所にきてしまったようだ。

地下鉄という交通機関が発達して、都心近郊の東京人は遊びやすくなった。が、いつも通る街なのに、地下しか知らないなんて所がいっぱいある。たとえば六本木のトナリの神谷町なんてのも、地上がどんな感じなのか知ってる人は少ないんじゃないかね（ま、その辺に住んでる人は別として）。千葉のハズレの若人が、たまの休みに東京に出てくる。原宿、青山見物はそういうめぐまれない人たちに任せて、真の都会人はもっと日の当たらない街に注目してあげようではないか。ポパイにもアングルにも載せてもらえないような地味いーな所ね。さあ、二回連続で特集した「東京の恥部を行く」しめくくりとして〝いま注目したい街〟をいくつかあげてみよう。思いたった人は日地出版の東京区分地図を片手に、トリップしてみてくれ！

⑴西高島平（板橋区）⑵西馬込《まごめ》（大田区）⑶北綾瀬（足立区）⑷東大島《おおじま》（江東区）――以上すべて地下鉄の終点。地下鉄以外では、平井（江戸川区）、青砥《あおと》（葛飾区）、町屋（荒川区）、戸越《とごし》銀座（品川区）、青物横丁（品川区）、といった所が、今後の注目株だ。

東陽町の街角でポパイという喫茶店に入った。奥の方の席で、男女が〝ケンちゃんシリーズ〟といういわゆる一連の冗談つくり話をしていた。コアップガラナを飲みながら、その話を聞いていると、なんか地方都市の喫茶店に入っているような気がしてきた。「やっぱり、青山イコール東京なのかねえ?」いわゆるＴＯＫＹＯという街の狭さを痛感した取材でした。

●１９８０・９／スタジオ・ボイス

＊この「ケンちゃんシリーズ」は宮脇康之のドラマでも村西とおる監督の「洗濯屋ケンちゃん」でもなく、ケンちゃんという架空の男がどこそこで奇妙なことをした……という都市伝説的な笑い話だったと思う。

ハドメとしてのツッパリ

〝ツッパリ〟という単語を耳にしてから何年の月日がたつだろう。この単語からは、まずリーゼントという髪型がイメージとして浮かぶ。それもロックンロール・ミュージシャンのビッとキマったやつじゃない。三〇〇〇円くらいでコールドパーマをかけちゃった頭を、むりやりおったてて、耳の上あたりにフケなんか点在させちゃってる。そんな汚らしい人たち。青山あたりのガラス張りの喫茶店が絶対似合わない人たち。スタジオ・ボイスはきっと読まない人たち。（読んでたらどうしよう……）というわけで、各誌ともタブー視してきたテーマなのだ。今回〝ミーハーチック〟が誌面拡大記念企画として取りあげたのは、ツッパリの持つキッチュ性に目をつけたのだ。つまり歌謡曲、プロレスに次ぐ三番センジというわけ。歌謡曲の近田、プロレスの村松につづいて、私も〝ツッパリの泉麻人〟として脚光を浴びようという魂胆なのだ。

ツッパリはマスコミでタブー視されてきた、と書いたが、暴走族とか暴力生徒という社会的側面では、かなりとらえられている。が、彼らのよさというのは、そういう観点のものではない。なんといっても、ルックスからニオってくる異物的な魅力。彼らをよく観察してみればわかると思うが、みんな鼻が大きい。キレ長の一重の目をしている。顔の長い人が多い。そりゃー、なかには二重の人もいるかも知れないが、比較的同じパターンの顔の人が多い。街を歩いていて〝あ、あれツッパリだ〟とすぐわかるのは、決してリーゼントやオールバックの頭のせいだけではないと思う。彼らのまわりだけ違う空気が流れてるのだ。それは、青山や麻布など彼らツッパリの絶対量が少ない街ほど明確にわかる。たとえば、新宿歌舞伎町などは、ツッパリの空気に完全に汚染されてしまったし、遠く長野の旧軽通りにも汚染は拡がりつつある。〝旧軽にいって、水野でオチャ飲むんダ〟とハシャいでいたリッチ大スキ少女たちが、突然のツッパリ出現に暗い気持ちになる。そんな悲しいニュースがこの夏、何件も届いた。しかし彼らだって、別に人をオドかそうとして街を歩いているのではない。ツッパリをやってる人の中にもホントはアイビーになりたかった人もいるかもしれない。だけど、ルックス的にお坊ちゃん風アイビーをめざすにはむずかしかった。チクショー、こうなりゃツッパリやるしかねえよ。ということで泣く泣くジンベエを着ているツッパリもいるにちがいないのだ。つまり、生まれながらの恵まれない人相を生かしてリーゼントにしている者こそ、真のツッパリと呼べるのであって、アイビーでもヨーロピアン（ちょっと古くさい表現だけど）でもツブシの効く恵まれたルックスの人は、いくらケンカが強かろうが、ツッパリと呼ぶ価値はない。

生まれながらの人相によって泣く泣くツッパリになる……。そして、もう一つツッパリを作る大切な要因として生活環境があげられる。幼年期においていわゆるツッパリづらをしていても、たまたまその子の家が金持ちで、港区なんかに住んでいて、慶応の幼稚舎あたりに入ってしまったら、いくら頑張っても、いいツッパリにはなれないだろう。灰色の蒲田の空の下で、ヤクザになった先輩たちに温かく見守られてこそ、スクスクとツッパリの道を歩んでいくものだ。中学、高校という多感な時期にいい先輩を持つ。これが一番大切なのだ。〝原色のアロハがシブイ〟〝玉虫色のズボン最高!〟といったファッション感覚も、知らず知らずのうちに身についてくる。先輩が眉間《みけん》にシワをよせて話すのを見て、よし、とばかりに毎朝カガミに向かって練習、そして練習。気がついた頃には、立派なツッパリに成長している。思えば、ここまでくるのに何度ザセツしかかったことか。自由が丘に出れば、ワカイめの女を連れているのは、みなトラッド風の人々。〝チ、チクショー、やっぱりボンタンじゃモテねーじゃねえか。もうツッパリなんかやめてやるー〟と、その時、ヤクザにひっぱられていった宮沢センパイのことばが浮かんだ。〝おめえ、シブくなれよ……〟今、少年は胸を張って玉虫色のボンタンをはいている。そして、茶色と緑に髪を染めたステキなガールフレンドもできた。

かたぎの少年たちがテニスやサーフィンをカッコよしとするように、ツッパリにとってのファッション的スポーツとして、バイクがある。バイクに乗れるか乗れないかということが、シブさ加減に大きく影響するのだ。最近では、かなりファッション的にすすんでいる人の間でもモリあがりつつあるバイクだが、ひと昔前までは〝バイク乗ってます〟なんていうと、〝あ、そーいう人だったの〟てな目で見られた。で、なぜツッパリがバイクを好むかということだが、やはり〝音がウルサくて目立つ〟これが第一の要因だろう。〝思いきり飛ばすとキモチいい〟というあたりの意見は、二次的なもので、なんといっても彼らは目立ちたい！　それはもう、ファッションから何から、ツッパリにおける一貫したテーマだ。しかし一人で目立つ勇気はあまりない。バイクに乗る時も、街に出る時も、複数。グループを大切にする。自分たちのグループが目立っているのがうれしい。かたぎの大学生なんかも、人数が多いと渋谷のハチ公前あたりで歌ったり踊ったりしているが、ツッパリの場合はこの傾向が特に強い。だいたい一人で歩いているツッパリというのをほとんど見たことがない。だけど、ツッパリが一人でスーパーで買物をしてる図、なんてのは、実に哀しい感じがするね。暴走族ってのも一台だったら、どんなにコワイ顔の人が乗ってても、あんまりコワそうじゃないし。〝なんだアレ〟とかいっちゃいそう。その辺はスクワームと同じで、大群によって生じる恐怖ね。新島に行った時に、ジンベエを着て髪をまだらに染めたツッパリが六人ぐらいで道端にしゃがんでたんだけど、アレはコワイという前にキモチ悪かった。そういう意味で、ツッパリというのは複数でいないと、ただのツマンナイものにすぎない。複数になった時初めて、一人一人がキラキラと輝き出すのだ。

　ホントにコワいツッパリの人に出くわしたり、なぐられたりすると〝あーなんでツッパリなんているんだろう。早くいなくなってほしいナー〟などと思うのだが、やっぱりいなくなっちゃ困る、さみしいという気持ちがあるんです。少なくとも私には。やっぱり六本木のエストみたいな喫茶店には入ってきてほしくないけど、歌舞伎町にはいてもいい。特別に許す。年々アカぬけていく東京の街。何年か後には全部青山・六本木ラインになっちゃうのではないだろうか。それでいい、という人の方が多いかもしれないけど、オレは絶対やだゾ。池袋、上野があってこそ、初めて六本木が引き立つのだ。でそういう池袋のような街を、テニスラケットを持った人ばかり歩いていたらどうするんだ。あそこにはどうしてもツッパリの人々を散らしときたい。新宿のディスコが活気づいているのは、ツッパリの人々がハデにやってくれてるおかげなのだ。そりゃーレキシントン・クィーンの方がいいかもしれないけど、ああいうのばかりじゃつかれてしまう。〝あ、やっぱり日本人て外人じゃないんだナ〟と痛感できる場所がなくてはならない。そういう意味で、ツッパリは、際限なく外国化が進む東京のハドメとして、重要な役割をしている。ツッパリはまさに日本の特産物なのだ。ブロンディーのコールミーも、彼らのラジカセを通して聞くと、絶対あのブロンディーではなくなってしまう。上野のゲームセンターの画面が浮かんでしまう。これはスゴいことだ。

プロレス讃歌が各誌をにぎわしている。単純に考えれば、ミル・マスカラス、ブッチャー、スタン・ハンセンといったショウマン出現によるブームとしてとらえられる。しかし、その根底に流れるものは〝キモチ悪いものはオモシロイ〟の思想だと思う。本当に格闘技というものが好きで、プロレスのファンである人も、もちろん多いだろう。だけど、最近のブームは、やっぱ、〝馬場の体ってよく見るとオモシロイナー〟的な見方をするファンによって作られているように思う。で、そういう変態志向の人々は、ぜひ〝ツッパリ〟についても一考してほしいものだ。

●1981・1／スタジオ・ボイス

女の子たちの「カワイクてオモシロイもんがスキ！」志向

新宿のアルタに、紳助・竜介とB&Bを見に行った時のことだ。会場はハイティーンの女の子一色。カッコはトレーナーに巻きスカート&ハイソックスの、いわゆるハマトラ風多し。まーしかし、元町や自由が丘に出没するような元祖ハマトラ的な人は、当然新宿なんて街は、センチュリーハイアットの一角を除いて軽蔑《けいべつ》しきっているからいないわけです。〝ハイソックスにトレーナーってカワイイから好き〟って感じで、ハマトラ界に足を突っこんだ人々がこういう所には多い。漫才自体は、もうTVで何回か見たネタでかなりつまらない。しかし女の子たちはスゴク幸せそうに笑っているのだ。一番モリあがるのは、B&Bの洋七クンあたりがトチッてしまって、スネてみせたりする時。会場の女の子、ここぞとばかりに〝カーワイイ〟コールを連呼しては、キャッキャキャッとはしゃぐのでした。

一方この頃、新大久保付近を通過中の山手線の中では、JJを愛読中のユッコが、となりで〝じゃりん子チエ〟の単行本を愛読中のヒロミ（愛称ヒロリン）に「ネー、このセーター、カワイイとオモワナイ」「アー、カワイイ、カワイイ、ワ、ココ、ボタンなのお、ワー、カワイイ」とキャッキャッはしゃぐのでした。

というわけで、一億総カワイイ時代が進行中である。昔から女の子たちは〝カワイイ〟という言葉が好きだったが、〝ステキ〟とか〝カッコイイ〟に比べてランクが低かったように思う。ところが、ここ数年のうちに〝カワイイ〟のシェアが急激に増大し、今や〝カワイイ〟の寡占状態にある。マコトちゃん、ランポーくん、じゃりん子チエ、みんな決してカッコヨクないけどカワイイからエライのら、という論理に基づくと、二枚目・美形分野の人々はもうダメなのか？ となるが、それは違う。やっぱり顔のイイひとは〝カワイイからスキ！〟なのだ。しかし、この二枚目分野も、カワイイ規定のもとにかなりしぼられてきた。

まず、コワイ観を与える二枚目顔は脱落する。まゆ毛が妙にコワかったり胸毛が濃かったりすると、いくら男っぽくてもダメです。西郷輝彦とか志垣太郎のような顔は、整いすぎてウイてしまう時代なんですね。そういうのをスゴク恐がるんですよ、女の子たちは。だから、まゆ毛だけはコワクならないように気をつけましょう。

それから陰気な感じの二枚目の人もちょっとキツイみたい。口数が少なくて、見るからにツマンナそうなイメージを与えてしまう人。最近の女の子は喫茶店でシラケるのがスゴク嫌いだから、そういう地味なタイプの人は〝カワイクナイ〟のほうに入れられてしまうのです。

漫才ブーム、たのきん、ハマトラの三現象は、すべて〝カワイクてオモシロイもんがスキ!〟志向のもとに起こったといえる。この傾向は、今年さらにエスカレートしていくだろう。それがどういう形で現われてくるのか?

まず、その兆候は、男たちの間で発生する。これから春にかけて、カワイコブル男の子たちが徐々に増加していくに違いない。去年、俗にいうニューウェイブの男の子たちが、オカッパっぽい髪形にしてカワイブッテいたが、今年はそれがポピュラー化する。ルックス上だけではなく、ライフスタイルにおいてカワイサを追求することが男たちの課題になっていくのではないだろうか。

女のほうは、カワイサ追求の年齢が高齢化していくと思われる。たとえばオフィスファッションとしてタブー視されてきたトムとジェリーの腕時計なども徐々に普及していく。二七、八のキャリアウーマンが、セリーヌのバッグの中からスヌーピーのランチボックスを取り出す光景も各所で見受けられるようになるだろう。

ちょっと新聞に目をやれば、世相はタカ派傾向に突き進んでいる。防衛費が増大され、改憲論がささやかれる中で、日本の女の子たちの〝カワイイもんがスキ!〟志向は、とても大切なことのように思える。いつも心にスヌーピーを持って、コワイ人たちを仲間ハズレにしてしまおう。

●1981・3/スタジオ・ボイス

デニーズ風レストランが群馬県に与えた影響

関越自動車道が前橋までできてしまった。そして季節は三月。苗場に春スキーに行く軽薄な大学生たちは、さぞやウキウキしていることだろう。われわれの時代は、渋滞の国道17号線を深谷《ふかや》のネギの看板を横目で見ながら、トロトロと走ったものだ。途中、メシを食おうと立ち寄るのは、いつも〝どさん娘《こ》チェーン〟。トラックの運ちゃんと肩を並べて食べたミソバターラーメンの味を、今の若いもんは知らない。インターチェンジを降りれば、デニーズ風のレストラン（業界用語ではコーヒーショップと呼ぶ）がデンとひかえている。

だいたい苗場方面にスキー（しかも春スキー）に行く連中は、車の中でフュージョン系の洋楽と南佳孝を交互に聴くぐらいの芸当しかできない。だから、深谷から本庄にかけての近郊農村風景には、耐えられないものがあったにちがいない。できることなら、ネギの看板を見ずに苗場プリンスにたどりつきたい。どさん娘チェーンでラーメン食べるのイヤよ、わたし。ロジャー・エーガのダウンがだいなしじゃないのさ。こういう〝なんとなく、クリスタル〟な若者たちの救世主として現われたのが、デニーズ風のレストランだった。ハンバーグステーキを食べてから、アメリカンコーヒーでくつろげる。しかも群馬県で。この手の店には、まずトラックの運転手は入ってこないから、苗場っぽい気分はぶちこわされずにすむ。残り約八〇キロを目をつむって行けば、楽しい旅が貫徹できるわけだ。

ところで、このデニーズ風レストランの台頭によって、東京郊外の町の位がだいぶエラくなったように思える。たとえば、保谷《ほうや》とか田無《たなし》なんて所は、畑の中に新興住宅が点在する実に殺風景な地域だったわけだが、最近ではデニーズ、すかいらーく、ロイヤルホストのメッカとなっている。これらの店というのは、名前から受けるイメージは小市民的で決してカッコよくないのだが、見映えはそれほど悪くない。スパイロ・ジャイラあたりを聴きながら走っていると、まわりの畑地と妙に調和しちゃって、オッいいじゃないの、ちょっとお茶でも、ということになる。それになんといっても駐車場が広いから六本木で路上駐車をビクビクしながらのコーヒーブレイクより、落ち着ける。少なくともドライバーにとっては。……そんなわけで、保谷、田無はアメリカっぽくなったからエラいのだ。筆者の場合、あまり東京の東の方（たとえば埼玉県八潮《やしお》市とか千葉県松戸市など）には行かないのだが、きっとあの辺もデニーズ風レストランのおかげで、〝おっウチのほうもナウくなったじゃん〟と喜んでる女子大生が多いにちげえねえ。

各所で一億総アメリカ化が進むのは筆者も内心ではキモチよがっている。ところが、このコラムはそういう大勢をオチョくりながら伸びてきたわけだから、表向きは批判しとかなくてはいけない。現在のデニーズ風レストランの弱点は冒頭でも書いたが、トラック業界の人々を動員できないという点にある。ドライブイン・レストランというものは、トラックやタクシーの運転手のたまり場になってこそ成り立つものだ。アメリカやヨーロッパのドライブインもトラック野郎でごったがえしている。ではなぜ、東松山のすかいらーくにはトラックが止まっていないのか。これは端的にいって、豚汁ライスがないからであろう。海老名のドライブインのメニューには豚汁がある。だからトラックの運ちゃんがいる。日本のトラックの運ちゃんと豚汁の間には、強い癒着《ゆちゃく》があるのだ。深夜の国道を走るトラック野郎の中にも、きっとデニーズ風レストランに入りたがっている人がいるにちがいない。が、彼らの身体《からだ》は悲しいかなアメリカンコーヒーをうけつけないのだ。

〝走れ歌謡曲〟のメロディーには、なんといっても豚汁が似合う。デニーズ風のレストランが、本格的なドライブインとして定着していくには、トラック運転手のニーズにかなった〝デニーズPARTⅡ・豚汁店〟の検討が望まれるのであった。

ギャグの部分はこのくらいにしておこう。まーとにかく、田舎的地域が少なくなったなあ、と痛感する今日この頃です。

●1981・4／スタジオ・ボイス

間違いだらけの大学受験要覧〈東京編〉

◆学校群一覧

A群　東大　慶応　早稲田

B群　上智　青学　立教　成城　成蹊　学習院

C群　法政　明治

D群　中央　日大

E群　その他

この学校群は、将来、貴男が晴れて大学生になったときに、大学名の利用価値が高いと思われる順に並べたものです。利用価値は、パーティの席などで、学校名を言うことによって得られる報酬、来るべきサラリーマン時代に向けての将来性などを尺度にしております。

前記の学校群別に、入学前に必要な実用知識を紹介、あこがれの大学の正しい学生になるべくマナーを伝授いたします。

本書は、「どこの大学に入るとどういう女と交われるか？」という貴男の問いに答える、極めて良心的な案内書です。

〈A群〉東大　慶応　早稲田

この3校は、いちおう社会的にイイ大学と言われている大学です。この〝イイ〟の部分はそれぞれ違います。東大は〝アタマがよくて、偉い社会人になれる〟からイイ。慶応は〝カネモチそうでアソビ人ぽい〟からイイ。早稲田は〝アタマがイイくせにバカなことをやる〟からイイ――のです。女のコも、このようなメリットを当てにしてくるわけですから、しっかり勉強しておかないと暗い学生生活を送ることになります。

◆キメてみたいファッション

慶応の場合は、塾高（いわゆる付属高）から、プロのアソビ人が上がってくるので、より一層の努力が必要です。塾高出身者はほとんどアイビーなので、キミもアイビーにした方がいいみたいです。この学校は体制派が主流を占めるので、モヒカン刈りなどをやると、ウケるどころか相手にされなくなります。ロンドン系をやりたい人は、早稲田を受験するか、ランクを下げて日芸やムサビを狙いましょう。ところで早稲田も最近は、アイビーが主流です。しかし、この学校は、オカマやモヒカンも、ちょっと陽気でヒョーキンだったりすると、みんなの笑い者として幸せな4年間を過ごすことができます。

東大の人は別に深く考えなくても平気です。ただ〝オシャレな東大生〟をやりたい人にはヨーロピアン系をお薦めします。アルマーニのスーツを着て、「ボク、東大生です」と言えば、1人ぐらい墜ちる女もいるでしょう。

◆聴いておきたい音楽

東大を除いて、ユーミンとオフコースは一応聴いておきましょう。さだまさしやあみんのLPは即座に焼き捨てるか、D群の中央、日大に志望を変えて聴き続けるか、どちらかにしてください。最初から暗い学生に見られては元も子もありません。

東大を除いて、「ベストヒットUSA」に出てくる程度の洋楽知識は必要です。

東大の人は、クラシック音楽の知識を深めましょう。

◆用意したい小道具

車は絶対に必要です。慶応を除いて、さほど車種は問われません。慶応の場合、アコード、スカG以上の車を買う余力が親にない場合には、受験を見合せた方が得策です。すでにゴルフやアウディを持っている受験生（家の車でもよい）の人は、多少背伸びしても慶応を受けましょう。悦楽的な日々がキミを待っています。

東大の場合、いかに遊んで入ったか？　ということが、入ってから自慢ネタになります。入学後、キミの部屋に友達が遊びに来た際に、バカなマンガが並んでたりすると効果的です。

★特典

慶応は聖心、フェリス、女学館、青学と、早稲田はポン女、跡見、白百合、共立と、東大はいろんな学校の頭のいい人と楽しく交われます。ある程度勉強すれば一流会社に入れると思われるので、将来的にも、楽しく交われます。

〈B群〉上智　青学　立教　成城　成蹊　学習院

「ポパイ」の読者が多い学校群です。中流程度の家庭で、将来の目標はともかく、まずはアソビたいと思っている人は、これらの学校を受験しましょう。テニス、スキー、サーフィンの同好会が多いので、夢にまで見た〝軽い大学生〟にすぐなれます。アタマが悪くて、オカネがあって、ルックスがカッコいいキミには持ってこいの学校群だ。

◆キメてみたいファッション

全般的にアイビーかサーファーです。上智、青学、立教、学習院ではアイビー色が強く、成城、成蹊ではサーファー色が強くなっています。

立教と成城は、日焼け度が高い（色黒）大学として有名ですから、勉強の合間に日光浴をして、いまのうちから肌をならしておく必要があります。

◆聴いておきたい音楽

ユーミンとオフコースは、ここでも基本になります。早慶に比べて、サザンオールスターズ、山下久美子の評価が高まります。上智、青学は、女子の英会話熱が高いので、ＦＥＮなどを聴き慣れておくと、入学してから楽です。学習院の場合、クラシックの知識が若干必要になってきます。

◆用意したい小道具

車は原色のファミリアで、リアウィンドーにディズニーワールドのステッカーを、助手席の前にカワイイっぽい人形をぶら下げておけば大丈夫です。成城、成蹊の人は、サーフボードも用意しましょう。

成城や成蹊の学生が、慶応ボーイよりいい、と言われているのは、なんといっても軽さです。たまには街に出て、ハントの練習をしておいてください。

★特典

大妻、共立、跡見、女子美、女学館、実践の人たちが、六本木のナバーナというディスコで待っています。ちなみにB群の女子学生は、他群の女子学生に比べ上質と言われています。これらの人々と学内恋愛を発展させる方法もありますが、最終的にはA群の男子に奪われます。

〈C群〉法政　明治

この辺になってくると、学校名に頼ったアイデンティティは形成しにくくなってきます。江川卓（法）、糸井重里（法）、山下達郎（明）のように特異な才能を身につけてから受験に臨みましょう。またオカネがあるのに、ルックス的な面で自信のない受験生は、A、B群をやめて、C群の女子大生に的を絞ってみるのも良策かもしれません。〝鶏口となるも牛後となるなかれ〟というものです。

◆キメてみたいファッション

両校とも、バーゲンもののボタンダウンシャツに三峰のコットン・パンツといった感じの中途半端なアイビー・ルックが主流を占めてますから、外食代を節約して、「ポパイ」や「ブルータス」に出ている店で服を買えば、すぐにカッコイイ新入生になれます。上記したような特異な才能の持ち主は、陸軍払下げジャンパーにTシャツにサングラスをして、缶ピースを吸ったりするとキマります。両校ともマイルドセブンを受けつけない校風なので、いまのうちからショートホープやハイライトを愛煙しておきましょう。

◆聴いておきたい音楽

RCサクセションです。入学前に野音に足を運ばせていたりすると、先輩に「サイコ〜だぜエ」と誉められます。トーキング・ヘッズなどニューウェーブっぽいものもいいでしょう。絶対に聴いてはいけないものは、ボブ・ジェームスです。マイルドセブンやレモンティーが合うようなサウンドは、A、B群を彷彿《ほうふつ》させるので嫌われます。A群の滑り止めとしてC群を受験する場合、その種のレコードは合格発表と同時にハンターに売りとばしましょう。

◆用意したい小道具

車は無理してよいものを買う必要はありません。カローラの中古にするか、金銭的に余裕のある場合は、ベンツとかリンカーンにして、A、B群の学生にはできないハデさを追求してみましょう。先ほどのTシャツ+サングラスの人は、当然バイクです。よって、その道をめざす人は入学前に自動2輪の免許の取得が必要です。

★特典

両校とも地元の大妻、共立を狙い打ち。日大、専修には勝ちますが、A、B群の大学には敗れます。ただ大妻は、共立に比べ学校名アイデンティティに左右されにくいので、地道に努力すれば交われます。

〈D群〉中央　日大

イメージ的には法明と似ていますが、惜しむらくは六大学に入っていないこと。それをネタに法明が差別します。ただ中央でも法学部、日大でも芸術学部は、他学部と一味違う色を持っており、社会的評価も変ってきます。日大の場合は、付属高校が高校野球に強すぎる点が、大学のイメージを軽くしているようです。

◆キメてみたいファッション

日芸（日大芸術学部）を除いて、普通のアイビーや普通のサーファーです。ただ、付属からの中大生はかなりオシャレの修業を積んでいます。日芸は芸術を追求するところなので、余裕のある人は、相当思い切ったことができます。モヒカン刈りやチョンマゲなどをしても、他校のように石を投げられません。ランちゃんが通ってたので、いい娘がいそうな気がします。

◆聴いておきたい音楽

ＲＣ、サザン、ユーミン、オフコースといった人気銘柄に加えて、矢沢永吉が盛り上ります。ああいう人になりたいと思ってる〝心のツッパリ〟が結構いるわけです。高校時代に銀蝿を聴いたり、ちょっとあこがれたりした人が日大にはいるので、デビューアルバムぐらいは備えておきたいものです。

◆用意したい小道具

日大では、学部によってツッパリ出の人がいる関係上、車には凝ります。ツッパリ出身だからといって、もうサバンナではありません。セリカ・ダブルＸの２０００あたりがシブイです。ターボものもアダルトがられます。ファイアバード仕様は近年ウケなくなりました。

中央は、普通の車（カローラとかファミリア）でやっていけます。日芸は、ウォークマンをして自転車で通います。

★特典

中央は八王子に移転して以来、高尾に生息する共立の１、２年を取るしかなくなりました。しかし共立は、先述したように学校名アイデンティティに弱いので、中央線で都心部へと逃げてしまいます。ふつうの日大生は力ずくで、日芸は東京デザイナー学院と交わります。

〈E群〉その他

一橋、外語大、国学院、国士館、日体大、明学、駒沢、亜細亜、二松学舎、大東文化、拓大などいろいろありますが、それぞれちゃんとやっていると、大変だったり、苦情の数が多くなったりするのでE群としてまとめてしまいました。

E群だからといって、決して悪い大学というわけではありません。一橋は田中康夫の出た大学だし、駒沢はせんだみつお、拓大は所ジョージの母校です。亜細亜には、気立てのいいリーゼントのお兄さんが、ハイネックにカーディガンをはおって通学しています。

日体大に入ると、アディダスのトレパン姿で駒沢を歩けます。大東文化や高千穂商科は、漫才ギャグがウケている今こそが狙い目と言えます。

★まとめ

いまキミたちが真剣に考えなくてはいけないことは〝どういうつもりで大学に行くか？〟ということです。学費は安いところでも100万以上かかるわけですから、それなりのメリットがなくてはいけません。

メリットというのは、単に学力が身につくということではもちろんありません。どれだけイイ思いができるか？　ということなのです。

そのイイ思いは、麻雀であったり、女子大生であったり、経済学の原書が読めるようになることであったりと、人それぞれ違います。官庁に行きたいから東大に入るのも、六本木でアソビたいから青学に入るのも、暴走族の先輩を慕って亜細亜に入るのも、みなそれぞれのメリットを考えた正しい大学の選び方と言えます。

☆付録

●各大学生にふさわしい住所

〈A群〉

●東大　文京区白山、文京区小石川、台東区谷中《やなか》

●慶応　港区元麻布、港区白金台、世田谷区野毛《のげ》

●早稲田　新宿区西早稲田、文京区大塚

〈B群〉

●上智　文京区関口、中野区本町、渋谷区富ヶ谷

●青学　渋谷区神宮前、港区南青山、港区西麻布

●立教　豊島区目白、文京区小日向《こひなた》、渋谷区上原

●成城　世田谷区奥沢、目黒区八雲、杉並区宮前

●成蹊　杉並区久我山、目黒区碑文谷《ひもんや》
●学習院　文京区目白台、大田区西馬込
〈C群〉
●法政　世田谷区三軒茶屋、杉並区高円寺南
●明治　足立区西新井、江戸川区葛西
〈D群〉
●中央　小平市上水本町《じょうすいほんちょう》、練馬区関町北
●日大　荒川区西尾久《おぐ》、葛飾区お花茶屋
〈E群〉みんなで考えよう！

●1982・12／ポパイ

松田聖子と「ブリの切り身」の関係

松田聖子と同じ顔をした松田聖子じゃない人が西武新宿線の吊り革につかまっていたからといってべつにドキドキはしない。小林麻美と同じ顔をした小林麻美じゃない人が井の頭線の扉にもたれかかっていた場合、多くの男たちは少し動揺して、池ノ上で降りるか下北沢まで乗っているのか、勝手に予想したりする。松田聖子と呼べるのは松田聖子だけである。本物の松田聖子とは1回ぐらいお茶を飲みたい、と思っている人が相当数存在することと思う。できればそのさいに一言二言世間話をしてみたい。

「ちょっと帰りにブリの切り身を買わなくちゃ」というようなセリフがいい。「ブリの切り身」の部分の発音と表情に私は参りそうだ。

松田聖子が、松田聖子顔のふつうの女の子と違う点はそこにある。小学校の国語の授業で習う「感情を込めてしゃべりましょう」の能力が天才的である。

『天国のキッス』の詞の一節に〈誘惑されるポーズの裏で誘惑しているちょっと悪い子〉というのがあるが、この難解な、というか通常棒読みになりそうなフレーズを、じつに本当っぽくうたう。本当っぽいというのは、たとえばテレビを見ている男の子が、彼女であるA子にいわれているような錯覚にとらわれるほどリアルに表現する。

いい女、というものはルックス＋αによって作られる。松田聖子という女は、そのαのエッセンスが非常に多い女だと思う。たとえば「ブリの切り身を買わなくちゃ」のさいの表情と発音もそのひとつに含まれている。

●1983・7・14／週刊HEIBON

タモリと〝いいとも！〟の考察

会社で、課長さんあたりにお茶菓子などを出したさいに、課長さんの機嫌《きげん》がよかったりすると「食べて、いいかな？」とオドケられることがしばしばある。こういう、半強制的に「いいとも〜！」の返答を要求される場ほど恥ずかしいものはない。明るく堂々と「いいとも〜！」の受け答えができる人は、都心部ではめっきり見かけなくなった。多くのOLは「ハァ？」と一瞬ためらったのち、「いいとも……」と小声でささやいたり、「いいとも」のあとに「なーんちゃってね」とテレ隠しの常套句《じょうとうく》をつけることによって、〝自分は本気ではない〟という態度を表明する。

このような「いいかな？　いいとも！」の光景を、テレビで見ている分には、さほど恥ずかしくない。そりゃ、もういまさらカッコイイこととは思わないけど、少なくとも、あの課長さんの「いいとも〜！」のような赤面感はない。

「笑っていいとも！」の人気が長つづきしている原因は、メーンレギュラーであるタモリの〃自分は本気でない〃という姿勢にあるように思う。ワザとらしいことを本気っぽくやったあとで必ず、〃なんちゃってね〃の部分を用意してある。この〃なんちゃってね〃をどこかに残しておかないと、アリスやキッドブラザースと同じになってしまうので、まずい。

「最近のタモリは毒がなくなった」といわれているが、それは表面的に毒を見せることをやめただけだ。チンピラが幹部のヤクザに昇進したとき、スーツを着て言葉遣いが丁寧になるようなものである。

タモリのやる「いいとも〜！」や「トモダチの輪ッ」は、組関係のオッサンの妙に優しい笑顔みたいな無気味なにおいがするのであった。

●1983・9・8／週刊HEIBON

立花隆は割烹着が似合う

立花隆は近所のオバさんの顔をしている。白い割烹着《かっぽうぎ》が似合っていて、野球のボールが庭に入ってしまったときも、ニッコリと笑ってボールを返してくれるような性格のよさそうな〃近所のオバさん〟である。

そういう顔をした人が、ワイドショーで田中角栄のことを糾弾していても、見ているほうはなかなかその気になれない。なんとなく〝まあいいんじゃないの〟という気分のまま、つぎの〝荻島真一、バイクで事故！〟のニュースに臨んでしまう。

単身で勝負するフリーのジャーナリストの場合、テレビに出たり、有名人になったりすることはけっして嫌いではない。よって、立花隆も10月12日を頂点とする数日間は、ビートたけしのような気持ちでテレビ局の廊下を早足で歩いたり、雑誌社の取材を掛け持ちしたりしながら、マゾヒスティックな快感に浸っていたことだろう。公判の前夜などは、角栄の判決に関する興味よりも、自分が明日出る報道特別番組に着ていく服装とかカッコイイしゃべり方、といった問題のほうで頭がいっぱいだったことと思う。

それはけっして不まじめなことではない。角栄をここまで追い詰めた一ジャーナリストとして、スターになって当然なのである。しかし、立花隆には〝オレはスターである〟という自覚があいまいだった。顔が、いくら性格のよさそうなオバさんでも、もうひとくふう欲しかった。一般市民を興奮させるなにかが、不足していた。

角栄の秘書である早坂さんは、いい芝居をしていたじゃないか。悪役に食われた感じの今回の角栄騒動。映像ジャーナリズムの怖さって、こういうことなんでしょうね。

●1983・11・3／週刊HEIBON

弱そうなヤクザの話

横山やすしの出ているる転送電話やアルミサッシのCMが好きだ。なにかすごくアガッてるみたくてカワイイ。漫才をやっているときには見られない〝顔のコワバリ〟が観察できる。

「唐獅子《からじし》株式会社」という映画では、この〝コワバリ〟が良く出ていた。よって、相当弱そうなヤクザに見えた。横山やすしの演じるダーク荒巻というヤクザの性格上、それほど強そうに見えないほうが都合がいいのかもしれないが、ちょっと弱そうにも程がある、と思った。たとえばの話、安岡力也と比べた場合、サラ金を取り立てる人と取り立てられる人、くらいの違いがある。横山やすしの、フッと沈んだ表情には、サラリーマン金融の借金がかさんだ、要領の悪そうな会社員の悲哀が見える。最終の総武線でゲロを吐いて、白いシャツをビチャビチャにしている弱そうな会社員の像が、フッとした瞬間にのぞく。

横山やすしは、痩せているところに意義がある人だ。黒ブチの眼鏡をかけて、いわゆるブロマイド写真で見る分には、相方の西川きよしよりも絶対的にマジメそうな人に見える。七三分けにしていたころは、車のセールスマンのようなイメージすらあった。

そういう人が喧嘩っ早かったり、反社会的な行為をしたりするから、愛嬌があるのだ。かりに安岡力也が横山やすしだったとして、ずーっとどなりつづけていた場合には、洒落にならない。彼は風貌が〝強そうなヤクザ〟だったがために、ホタテのぬいぐるみをかぶって、オドケたりもしなくちゃならなかった。

演技をする横山やすしはイモっぽい。そのイモっぽさ、無器用さかげんが素人目《しろうとめ》にもわかるところが彼の魅力でもある。

●1984・2・2／週刊HEIBON

デニーズにいそうな芸能人

みなさんの身の周りにも、マッチやトシちゃんになんとなく似ている人がいて、宴席となると『ロイヤル・ストレート・フラッシュ』のひとつでも披露しては、「やだあ、ソックリ」等の声援を浴びていることと思う。しかし、マッチやトシちゃんのソックリさんは、しょせんソックリさんであって、やっぱしホンモノとは、人間構造的な部分で大きく掛け離れている。ホンモノのマッチやトシちゃんには、一般人を寄せ付けない〝芸能人エキス〟のようなものがビリビリとみなぎっている。だから、あなたがマッチに興味のないハウスマヌカンの人であっても、飯倉スタジオの前ですれ違えば、いちおうちょっとはドキドキしたりする。アイドルとは原則としてそういう力を持った人たちを指していた。

ところが、いいとも青年隊の人々は、このドキドキの度合いが非常に低い。芸能人エキスのようなものがあまり体内に蓄積されていない。量でいえば、雑誌のポパイに出てくる成城の学生バイトモデルくらいしか、芸能人エキスを含有していない。とくにマコトくんはこの傾向が著しい。たとえば、デニーズなんて店にも平気で入ってきそうな〝スキ〟がある。

いいいい方をすれば、それだけ身近である、ということだ。青年隊のマコトくんに似ている人は、ホンモノのマコトくんとあまり差がない。同じテニスクラブにいる宮田クンがTVに出て馬鹿やってるところを仲間うちで見ている、そんな〝わたしたちのアイドル遊び〟的な楽しみ方が、青年隊の場合はしやすい。『オールナイトフジ』に出ている松尾羽純《はすみ》とか深谷智子、といった女子大生の名前を覚えて、友人と〝どれがいいか遊び〟をするのも、青年隊チックな現象である。

デニーズにいそうな有名人、この路線が今年は狙い目だ。

●1984・2・9／週刊HEIBON

「さん」＋アルカリの法則

芸能人と悪い人は、女性週刊誌に名前を掲載されるとき〝呼び捨て〟にされる。むしろ呼び捨てにする方が自然で、どこの女性誌も「ショーケンさん離婚！」、「火野正平さんに新しい女性!?」とは書かない。作家や文化人っぽい感じの人の場合、エッセイなり小説が掲載されるときは呼び捨てになるが、その他のゴシップ記事のときは「氏」や「さん」を下に付けてもらえる。しかし、TVに出てバカをやる回数が多くなるにつれて、いつの間にか「氏」や「さん」は取っ払われている。気がついたときには「林真理子さん」は「林真理子」となって、中森明菜の隣に活字を組まれていたりする。

「三浦和義さん」はそういう意味で、もう立派な「三浦和義」である。ところが彼の場合は「さん」を取ってしまうと、川俣軍司の隣に活字を組版される危険性が高い。最近、自叙伝を出版したが、本の背に「三浦和義」と呼び捨てにされたネームが印刷されているのを見ると、『中国行きのスロウ・ボート　村上春樹』というのとは、また違った呼び捨ての迫力のようなものを感じる。何か本当に悪いことをした人みたく見えるところが凄い。

百恵は「百恵さん」になったことによって、「浩宮さま」の活字に近い位置に置かれるようになった。「さん」が付いているから、書き手がどんなに悪意を持っていようとだいじょうぶだ。ペンが勝手に善意をしてくれる。芸能レポーターも、ヘタな質問をするとバチが当たるような気がして、とりあえず「よかったな」と言ってほほえむことしかできない。

三浦さんに関する冗談がこんなに明るくできるのも、三浦さんが三浦ではなくて、三浦さんなればこそである。「さん」はこのように、いろいろな有名人を中和させるのに役立っています。

●1984・5・11／週刊平凡

ペンネームの由来

泉麻人。四人に一人くらいの割合で「イズミマサト」と読む。「イズミマジン」とふりがなを打たれたこともある。正解は「イズミアサト」。別に大した謂《いわ》れはない。本名が朝井泉。それをほとんどひっくり返したようなものだ。

泉麻人のペンネームの発生はいまからおよそ6年前。昭和54年の夏から55年の初頭にかけての時代、と推定される。その頃僕はあの「TVガイド」という雑誌を作っている会社の新入社員だった。

ある日、たぶん54年の暑い季節だったと思うが、先輩社員に連れられて「冷や麦」か何かを食いに行った席で、陽焼けしたマンボウみたいな暑苦しい顔、形をした放送作家を紹介された。名前は腰山一生《いっせい》という。とにかくのべつまくなし〝面白い、くだらない〟の差別なく冗談を言い放っている元気な人で、それに応酬するかのように僕がやり返したいくつかのギャグ、冗談がウケて、以後彼と接触をもつようになった次第である。

「俺が書いてるラジオに遊びに来ない?」

何ヶ月か後、僕は毎週土曜日の夜、腰山氏が本を書いているTBSラジオの番組に顔を出すようになった。豊島《とよしま》たずみという、その頃、「とまどいトワイライト」という曲がヒットしていたニューミュージック歌手のDJ番組で、僕は、彼女にからんでアイドルや歌謡曲のいい加減な評論をくっ喋《ちゃべ》るという役回りで出演することになった。

「まだ新入社員だし、実名で出ちゃうのはちょっとヤバイなぁ……僕も一応、人生設計ありますから……」ということで、〝泉麻人〟なる芸名が約20秒ほどの討議の後、誕生した。

一昨年、会社を辞めたとき、バイト原稿で使っていた泉麻人の名をすべて本名に戻そうとも思ったのだが、もう既に、妙な愛着、ある種の人格のようなものを「泉麻人」に感じており、5、6年居ついてしまったノラネコを捨てに行くような気がして、踏みきれずに今日まで来ている。

●1986・4／小説現代

＊「泉麻人」のペンネームの発生は昭和54年（79年）夏から55年（80年）初頭……と書いているが、冒頭の序文にあるように79年12月25日号の「ポパイ」ではその名を使っていたわけだから、79年の秋頃には出来上がっていたのだろう。この豊島さんの番組の後、同じくTBSラジオの「林美雄《よしお》のパノラマワイド」のコーナーでも泉麻人の名前を使っていたはずだ。ちなみに、この原稿より少し後の86年10月からスタートしたTBS系の番組「テレビ探偵団」〈先の腰山氏が作家のチーフだった〉において、僕は〈元週刊TVガイド記者〉の肩書で本名の朝井泉を名乗って出演していた。

「クリスタル」な副業ライターの頃

冒頭から7本載せた「スタジオ・ボイス」の原稿（とくに初回）は、カルいノリを強調したハヤリの文体で、〝昭和ケーハク体〟（僕はあまり使わなかったが「こういう」を「こーゆー」というくだけた口語調にするのが特徴）などと呼ばれた。長らく再読するのも恥しかったのだが、60代も後半の年になると「24、25のクソガキが書いたもの」と突き放して読めるようになった。これも時代資料……と納得できる。

僕の連載〈ミーハーチックな夜が好き〉がスタートした頃の「スタジオ・ボイス」の目次を眺めてみると、先述した松尾多一郎の他、松木直也、征木高司……といった「ポパイ」のおなじみライター、インタビューや特集ページには糸井重里や山口小夜子の名が見受けられ、80年代初頭のオシャレ系サブカル誌の感じが伝わってくる。

この当時はまだファックスも普及する前（僕が導入したのは独立して仕事場をもった84年頃）だったから、仕上がった原稿を持って編集部によく行ったものだが、スタジオ・ボイスは青山の紀ノ国屋の表参道寄り、三河屋という酒屋の上にあった。川村容子というカリスマ的女性編集長（その後、文芸春秋へ移籍）のもと編集者は大方がモード系の女性で、僕の最初の担当は白井さんという、どことなく大貫妙子っぽい感じの人だった（途中から青木さんという体育会系のノリの入ったパワフルな女性になった）。

各回の原稿を読み直してみると、トレンド（テクノ、プレッピー、竹内まりや）とノスタルジー（あずきヌガー、モナカカレー、森山加代子）の共通項を見つけて比較評論するというのが当時の僕のコンセプト（その後もあまり変わっていないが）のようで、それは原宿みたいなトレンド街のわざわざ裏を歩く——という原稿（東京の恥部を行く）の意図も同じだろう。「東京人」も「散歩の達人」も発行されていない頃、渋谷川の暗渠《あんきょ》道や東陽町の裏道を散歩するエッセーは、心掛けはともかく、けっこう新鮮だった（このネタ、まだ何回かできたはずだが、掲載した2回で終わっているのが惜しい)。

「ポパイ」では、先の松尾と〈チャラホレ兄弟〉の名義で富士山あたりのヘンテコなミヤゲモノを紹介したり、歌謡曲の珍盤を評論するような〝筆談スタイル〟の企画モノをたまにやっていたが、80年の終わり(11月25日号)頃から「ナミダの懐古物」という短いコラムの連載がスタートした。

これは手持ちの懐かしグッズ(菓子の空き箱なんかに収蔵していた野球選手カードやらバッジやら)を紹介していくというもので、30回近く続いたが、「80年代のオンタイム感の出た原稿を中心にまとめる」という本書の主旨からはちょっと外れるので、今回は除いた。

「ポパイ」ではこの後、「逆流行通信　アナクロベストテン」(時代ズレして恥しくなったモノや人のランキング)、さらに「街のオキテ」(新潮文庫になって、それなりのベストセラーになった)と連載モノが続いたが、先掲した「間違いだらけの大学受験要覧」というのは「アナクロベストテン」を連載していた頃に単発で書いたものだ。

「間違いだらけの――」というタイトルはその5年ほど前から徳大寺有恒によるロングセラー本になっていた『間違いだらけのクルマ選び』(毎年発行)からいただいたものだが、こういうブラックジョーク含みのライフスタイル分類……みたいなものの源は80年9月に原本、81年6月に講談社から訳本が発売されてベストセラーになった『オフィシャル・プレッピー・ハンドブック』だろう。ファッションとしての「プレッピー」は僕のスタジオ・ボイスのコラムに見られるようにすでに浸透していた（79年のメンズクラブあたりが最初か？）けれど、アメリカのプレップスクール（コンサバな私立高校）生やＯＢ・ＯＧのライフスタイル（デコイやラコステのポロにこだわる）を、シニカルな批評性をこめて解説したこの本は、僕のこのふざけた大学分類をはじめ、83年から84年にかけてベストセラーになったホイチョイプロダクションの『見栄講座』や渡辺和博の『金魂巻』などの〝笑えるマニュアル本〟の発端になった。

この「ポパイ」の大学分類企画が掲載された頃、僕は社員として関わっていた「ビデオコレクション」という雑誌のインタビューのページで田中康夫と会った。そのとき、彼が僕の書いたポパイ文をいたく気に入っていることを知り、それをきっかけに『大学・解体新書』（84年秋・祥伝社ノン・ブック）という共著を刊行、僕の初めての単行本となった。会社を辞めて独立する引き金になった仕事でもある。

ちなみに田中氏は同じ１９５６年４月生まれで、確か日にちも４、５日しか違わない。さらに『なんとなく、クリスタル』の河出文庫の「あとがき」（著者ノート）によると、一橋大の図書館で執筆していたのが80年5月というから、僕が「スタジオ・ボイス」連載の初回を書いていたのとほぼ同じ時期だったのだ。

「ポパイ」の兄妹誌として創刊された「オリーブ」で82年の夏から〝オカシ屋ケン太〟の名義で「おやつストーリー」というのを始めた。これは講談社で単行本や文庫になったが、この「オリーブ」の時代からグッとつきあいが親密になったのが『POPEYE物語』や『平凡パンチの三島由紀夫』を著した元編集者の椎根和《やまと》だ。

　椎根さんが「週刊平凡」のリニューアルを任されて、「weekly HEIBON」のヨコモジロゴを表紙に打った写真誌調のグラビア誌に様変わりしたとき、冒頭の目次横の巻頭言《かんとうげん》ポジションのコラムニストに抜擢された。芸能のトレンドネタを扱ったもので、83年7月の松田聖子の話が1回目である。まだ会社（東京ニュース通信社）に通勤していた頃だから、週1ペースの連載はなかなかきつかった。ファックス機もまだ導入していなかったが、当時通勤する会社は築地の朝日新聞隣りの築地浜離宮ビル内にあって、東銀座のマガジンハウスとも近かったから、社の帰りがけに原稿を持参した。朝や日中ではなく帰りがけによく寄ったのは、当時のマガジンハウスは大盤振舞いで、打ち合わせと称して寿司（「玉寿司」という店の上《じょう》）も取ってくれたし、提灯型ランプの個人タクシーに使えるタッ券をもらって帰宅することもできたからだ。

　この「HEIBON」（週刊平凡）のコラムは人称（僕、私）を極力使わず、人格のない傍観者のようなスタンスで書いていた。いま読むと、ムリに毒づいているようなところも感じられるが、1年ほど（84年5月の「『さん』＋アルカリの法則」がこの連載の最終回）続いたこのコラムは、後の「週刊文春」の「ナウのしくみ」（84年10月〜）の下敷になった。

「ナウのしくみ」のスタートと渡辺和博画伯との出会い

84年の夏、確か7月いっぱいで5年勤めた会社（東京ニュース通信社）を辞めた。先に書いたように田中康夫との共著本（大学・解体新書）の書き下ろしや雑誌のコラム依頼も増えてきて、物理的にしんどくなってきたのが主因である。退社するのとオーバーラップするように原宿の同潤会アパートの裏あたりに仕事

場を借りた。いまもあるかもしれないが〈ハイシティー表参道〉という看板をかなりデカく掲げた新築のワンルームマンションで、この1年くらい前に先の「ビデオコレクション」の原稿依頼（怪獣ビデオ特集）を通じて知り合った、みうらじゅん（本書の帯の惹句もお願いした）が探してくれたのだ。入った部屋はちょうど彼の部屋の真上にあたるところで、導入したばかりの留守番電話のテープを再生する音などがよく聞こえてきたものだった（そういう話も何度か雑誌に書いたはずだが、今回対象にした80年代のコラムのファイルには見つからず、掲載できなかった）。

週刊文春からの連載依頼がきたのは、おそらく原宿の仕事場を立ちあげてまもない頃。当時の文春は例の「疑惑の銃弾」（三浦和義事件）特集が当たっていた頃だが、読物ページの方も前年あたりから始まった「糸井重里の萬流コピー塾」が評判を呼んで、いわゆるサブカル志向の読者を開拓しようとしていた。

最初にお会いした担当デスクは名女川（と書いてナメカワと読む）という文春には割と多い珍名の人で、「萬流」には〝番頭〟としてよく登場する編集者だった。

「糸井さんから（あなたを）薦められたんですよ」なんてことをナメカワさんはおっしゃっていたような気もするが、「ＨＥＩＢＯＮ」で書いていたような流行や芸能をテーマにしたコラム……というテーマは依頼時点で決まっていたかもしれない。

「ナウのしくみ」というタイトルは僕が考案したものだ。時が経過したこともあって、「ナウ」のフレーズは84年時点でハヤっていた……と思われることもあるのだが、「ナウ」がトレンド語だったのはせいぜい70年代前半までで、当時はもう死語化しつつあった。流行、新現象に敢えて「ナウ」と古い言い回しをあてて、小学生の教科書調に「しくみ」と付ける――そんな逆説的な意図だった。

「ナウのしくみ」のタイトルを付けたところで、追っかけるように渡辺和博（ナベゾ）のヘタウマイラストが浮かびあがってきた。

マル金、マルビのフレーズが一世を風靡する（コレが「流行語大賞」の1回目なのだ！）ことになる『金魂巻』の初版が84年7月だから、ほぼハヤリ始めの頃のことになるけれど、僕が渡辺さんと知り合ったのはこの2年ほど前の82年あたり。当時担当していた「週刊TVガイド」のTV番組評の短いコラムを依頼したときが最初だった。

掲載したイラストは、おそらく初対面のシーンをイメージしたものだろう。

TV評で取りあげる番組は編集担当の僕が決めていたのだが、渡辺さんに頼んだのは松本伊代と柏原芳恵がちょっとセクシーなミニスカの衣装を着てアクションコントをやる「ピンキーパンチ大逆転」という番組で、コレ、調べてみると82年4月から9月にかけての放送だから、お会いしたのは82年の春か夏。場所は渡辺さんの

「ナウのしくみ」のスタートと渡辺和博画伯との出会い

仕事場のあった五反田駅の北東側のシャレた喫茶店で、入り口においしそうなケーキを並べたショーケースが置かれていたから、清泉の女子大生なんかが集《つど》う店だったのかもしれない。

そのときの渡辺さんの服装もよくおぼえている。窓の広い店だったので、やってくるところから見えていたのだが、黒い昔風の自転車を店前に停めて、上は白い普通のワイシャツ、下は若干色落ちしたジーンズで、シャツはなかに収めて黒いベルトをしっかり締めていたと思う。足もとの靴までは記憶にないけれど、たぶんあの頃ハマっていた中国の人の日常スタイルなんかをイメージしていたのだろう。

とっつきの悪い人で、しばらく会話が滞って困惑したが、どこかのエッセーで書かれていた〝ハマトラファッションの女子大生〟について、僕の学生時代の女子の話題なども織りまぜつつ語ってみたら、目をランランと輝かせてノッてきた。以来、西麻布界隈に出現したカフェバー（レッドシューズなど）で、人間観察評のやりとりをしばしば交わす仲になった。

「ナウのしくみ」という連載コラムには、僕の文章とはまたちょっと視点の違うナベゾ画伯独特の1点イラストが欠かせなかった。

ニューメディア時代のナウたち

さんま・キャバクラ・スーパーマリオ……

●週刊文春連載「ナウのしくみ」（1984・10〜1986・2）より

CNN
イバリがある
目線が強い!!
ステーキ
ヨシヤルゾ

松平定知アナのニラミは、ステーキのあるダイニングに似合う

元来、日本のニュース番組というものは、佃煮と茶碗と醤油の瓶が並ぶ四畳半の食卓に溶けこみやすい雰囲気、を重んじた作りになっていた。そこで、ニュースを読むキャスターに要求されるものは、「四畳半の食卓に土足であがりこまない程の謙虚さ」である。

それは、NHKで七時のニュースを読む加賀美幸子しかり、ニュースセンター9時の木村太郎しかり、ブラウン管に堂々とアップで映っている、という事実はあるのだが、どこかに「俺（私）ごときの他人が、平和な四畳半の団欒《だんらん》に水をさしてはならない」といった控え目な態度が覗く。

カツオの佃煮をつまむ父、母、そして息子たちのコミュニケーションをあくまで主役として、ブラウン管の中のニュースキャスターは、せいぜい縁の下から時折聞こえてくるコオロギの音に等しい立場で、ふとした瞬間に「存在感」を気にとめてもらえばいい、というくらいのものであった。

夜の十時半からのNHKのニュースでキャスターをつとめる松平定知には、その辺の意識がひとっかけらもない。「俺が、退屈な四畳半の団欒に一矢報いてやろう」という挑戦的な態度がギラギラしている。アップの画面からは、いまにも格子戸を蹴り倒して、ズンズンと土足で

茶の間にあがりこんできそうな鋭気が漂う。

　視線が違うのである。通常の日本のニュースキャスターは、おっとりと茶の間全般を眺めるような視線、なのに対して、松平のそれは、茶の間にいる特定の一人を睨みつけているのだ。「オマエにだけ教えてやろう！　巨人が勝ったぞ、どうだ凄いだろう！」松平の眼は、自信たっぷりにそう言っている。松平定知の視線は、そういう意味で、茶の間で何となくついているＴＶには、はまりにくい。しかし、「観てやろう」という積極的な態度でニュースに臨むとき、松平的な視線はありがたいものになる。「よおし、受けて立ってやろうじゃん！」と、身がピーンと引き締まるのだ。

　先日、米国直輸入のＣＮＮのニュースと日本のニュースを同じビデオカセットに録画して、見比べてみた。そこで気づいたのだが、松平のモニターを睨むような視線は、外人キャスター並に鋭い。確かに外人は彫りの深い顔であるため、睨んでいなくても、日本人が見ると睨まれているような気持になる。画面に収まった松平の佇《たたずま》いは、そんな「日本人が見た外人キャスター」に近い存在感があった。

　従来の日本人キャスターの多くは、まばたき一つとってみても、オドオドしたものが感じられた。ニュースフィルムに切り換わる直前の決めの顔も、チョロッと流し目になったりで、もう一つ定まらない。こういった恥じらい、謙虚さが掘り炬燵《ごたつ》を囲む四畳半の空気にはフィットしていたわけである。

　松平定知は、視覚的な部分で外人キャスターのポーズを研究したに違いない。手の組み方、ゲストと対話するときのオーバーアクション……。まばたきも、「よし、ここでまばたきを一つしてやろう」という、能動的な姿勢でなされているように見える。その手本となっているのは、叔父で風貌的にも似たところのある磯村尚徳であろうが、長い外国生活から一連の外人アクションが割合と自然になっていた磯村に比べ、松平のポーズは、より作為的に映る。そこが画白味にもなっていて、つい画面に引きつけられてしまう。

松平の顔つきは、実際、外人からは程遠いジャンルのものである。しかし、あの自信たっぷりのオーバーアクションからは「ステーキのあるダイニング」の風景が浮かびあがってくる。ロス五輪のダイジェストニュースに彼を起用したことは、そういう意味で正解であった、と思う。

掘り炬燵のある畳の茶の間は、イスとテーブルのダイニングルームに侵食され、ニュース番組のタイトルバックは、コンピュータ・グラフィックスとシンセサイザー音楽を用いたものに変わった。その後に登場するニュースキャスターは、どういう雰囲気が望ましいか？　と考えた場合に、松平定知のコンセプトは明確になってくる。

●1984・10・4／週刊文春

＊松平氏の叔父が磯村氏と書いているが、「従兄」が正解。大変失礼致しました。

「ビデオの男」と「ニューメディア時代」

実家のそばの南長崎の商店街にビデオレンタル屋ができた。南長崎の商店街というのは、山手線の目白駅を西に約二キロほどいったあたりで、いわゆるアーケードのある〝普通のオバサンが買物カゴを提げて歩いている〟ような風景のところである。

原宿や青山に、変わった感じの店が出現しても別に何とも思わないが、こういう普通の、ナウをしてない街に、新しっぽい店が現われると、時代の変遷というものを身をもって感じる。

五年前に魚屋の隣りにコインランドリーがオープンしたときもそんな気持になった。

「ニューメディア時代」とか「INS」とか「オンラインシステム」という言葉が、新聞やTVといったメディアの中で使われている分には、ほとんど人体に影響は及ぼさない。ちょっとその手のことが好きな人が、人より早目にビデオディスクを購入して、ディスクの貸借をしたり、土曜の夜にパソコンのベーシック作りに励んだりするくらいで、一般人は昔と同じ気持で、それぞれのゴルフや日曜大工に余暇を費やすことができた。「まぁ私ら古い人間は、そういうもんに弱いから……」と苦笑いをして、〝ニューメディア〟なんていう面倒臭そうなもののことを考えずにすんだ。

南長崎周辺部の普通のオッサンたちも、ウナギ屋の隣りにビデオレンタルショップが開店する前までは、おそらく、〝ニューメディア〟を見て見ぬフリをして通り過ぎていたことであろう。

僕は生まれたときからTVがあった世代の人であるが、たぶん、TVというものが本格的に力を見せはじめた頃というのは、こんな感じだったのだろう。渋谷のレコード店の店頭で流されている〝プロモーションビデオ〟は、街頭テレビにあたるもので、マイケル・ジャクソンは力道山である。ラジオ店の看板が、テレビ店に塗りかえられた状況は、ウナギ屋や魚屋の隣りに、突然ビデオレンタルショップが現われる感覚に近い。

サンダル履きで歩ける範囲の〝わたしたちの町〟に、ナウが侵入してきたとき、前時代の人は初めて危機感を抱く、のだと思う。それは、東京オリンピック以降の都市整備で、家の前のジャリ道がアスファルト舗装されたとき「あ、変わった」「戦後っぽいものが終わった」とみんなが身をもって感じたように……。

グリコ・森永事件の犯人グループの一味と思われている〝あの男〟が、ファミリーマート甲子園口店のビデオカメラに映ったことは、そういう意味で、今年っぽい。カメラではなく、ビデオであったことが、あの事件をより一層、アップ・トゥ・デイトなものにした。

各新聞、週刊誌がこぞって用いた「ビデオの男」なる表現は町の魚屋の隣りにビデオレンタルショップが出現する状況があってこそ成り立つもので、二年前なら、堂々と「ビデオの男」とは使えなかったであろう。たとえ若い記者が「ビデオの男、ですよ」と言い張っても、整理部の年配デスクから「ウチの読者にはわかりにくい」といった何らかのクレームがついて、ボツになっている。つまり、今年一九八四年だからこそ「ビデオの男」なのである。

さて冒頭からビデオ、ビデオと何度も使っているが、もはや読者の人の多くが、この言葉に対して何の目新しさも感じていないことだろう。ほとんど〝テレビ〟という語と並列した、日常語のイキに近づきつつある。

「昨夜《きのう》ビデオ見てたらさぁ……」という切り出しが、昼休みの喫茶店でいつの間にか自然にできるようになっていた。「普及」とは、ビデオデッキの所有台数ではなく、そういった「現象」だと思う。髪型で言えば、普通のオッサンがモミ上げを斜めに刈ってきて、それに対して若い奴が「エーウソー」と驚かずに黙々と仕事を継続している――その状態が「普及」である。

巨人の野球帽を被った前時代的な男の被写体は、マイケル・ジャクソンのビデオを、より「普及」に近づけた。

●1984・11・22／週刊文春

ドクター荒井と84年型宴会芸の研究

パーティーや忘年会の季節がやってきた。いわゆる〝宴会芸〟が街に氾濫する頃である。

毎年、TVや週刊誌をにぎわした人物というのが、その年のはやりネタになる。昨年あたりは、戸塚宏、梶原一騎、日景マネージャー、といったところをおさえておけば大丈夫であった。

三浦和義は今年ネタであるが、すでにアナクロな感じすらしている。では、今年はどの辺が狙い目なのだろうか。

まず、パッと浮かぶのが、あの中江滋樹の風貌である。ある程度恰幅《かっぷく》が良く、ロヒゲをたくわえている方は、いますぐ長髪にして（間に合わない場合はカツラを用意して）チャレンジすべきだろう。傍に倉田まり子顔のＯＬをおいて、肩に手をかけてニヤつくだけでＯＫである。

中江滋樹をやった後は髪をチョンマゲに結って、顔にダモンブロンザー（男性用の褐色メイク）を塗りたくる。スーツを脱いで、あらかじめ下に付けておいたまわしをポンとたたく。小錦変化《へんげ》である。カタコトの日本語を一言きめたい。

ここで阪急の野球帽を用意しておくと、さらにブーマーまで行ける。ジョギングパンツを穿《は》いてカール・ルイス、というのは、いささか無理矢理である。

こういった似た者変化としては、元警察官・広田から故・林家小染→故・中川一郎、というラインがあるが、こちらは外見的に地味な上、わかりやすいキーワードのようなものがないので、演技力を要求される。

若い人の場合、吉川晃司からライオネス飛鳥に移行する線が考えられるが、年寄の管理職の比率が高い席では危険である。

さてこの冬、僕が最も注目しているネタが「性感マッサージ師・ドクター荒井」である。この人は、アメリカで夫婦和合のためのマッサージを研修してきた後、現在「すがも美療院」という性感マッサージ院を開かれている人で、土曜のテレビ朝日の深夜番組に出演している。

家にいる土曜日は、オールナイトフジのよまわり姉妹《シスターズ》の唄を観てから、テレ朝に回して荒井センセエのマッサージに興奮する――というのが最近の僕のパターンである。

スタジオのフロアーにマグロのように横たわったトップレス・スタイルのモデルに、荒井センセエが指術を加える、というもので、妖しいインストゥルメンタルにのせて恍惚の境地に達したモデルが吐息をもらす――シーンがヤマ場である。

下半身を硬直させる愉しみの他に、ドクター荒井のストイックなまでにストイックな姿勢、これが見ものである。

荒井自身は完璧に職業意識に徹している。「恥骨上をこね回します」とかいって、モデルのその部分に指を這わすのだが、表情ひとつ変えない。パウダーを塗りたくって、指の運動をただ黙々と継続しているその姿は、ロクロで陶磁器をつくる工芸職人の域に近い。ほとんど生身の、バストとかも大きい裸の女を、単なる無機的な物体としか見ていないところが凄いのである。

こういったドクター荒井の一連の挙動を模写したものが、この冬あたりは見てみたい。

最初はOL。OLはたぶん宴席などで簡単には裸にならないであろうから、若手の男性社員でも良い。センネン灸などをのせてやると、より時事的である。ひと通り人間をやった後は、灰皿やビール瓶、刺身や乾き物の一つ一つにもマッサージの指を加えてやろう。とにかく、ここでは〝ドクター荒井のひたむきさ〟が芸のテーマである。

本来、宴会芸は〝人を感心させて拍手を頂く〟という性格のものであった。相撲甚句を唸ったり、アダチ龍光ばりの奇術を演じてみせたり、いわゆる職人芸にチャレンジする、という意識が大切であった。

しかし徐々に観客は〝感心したい〟より〝笑いたい〟の方ばかり望むようになり、ただ失態を見せるだけのものが堂々とはびこるようになった。「似てない森進一の物真似」もそろそろ飽きてきた。ひたむきなまでにバカな芸を見てみたい。

●1984・12・20／週刊文春

＊ドクター荒井の番組はもちろん、こういう原稿が書けていたことがすごい。

「ゆく年くる年」のアナウンサーに望まれる〝切羽詰まった〟緊張感

大晦日の夜に雪深い中尊寺の境内から「ゆく年の実況」を行なうアナウンサーのあり方について考えてみたいと思う。

「ゆく年くる年」の最初のカットというのは、やはりなんと言っても〝しんしんと雪降りしきる荘厳なる寺院〟の風景でなくては感じが出ない。カメラを引いてくると実況アナがマイクを持って佇《たたず》んでいる。たとえ吹雪《ふぶ》いていようとも傘などさすことはなく、カメラマンコートのフードを被る、なんて行為もここではオミットである。無造作に伸びた黒髪を粉雪が白く塗りつぶし、その背景に除夜の鐘の音——といった切羽詰まった状況を観客は期待しているのだ。少なくとも僕だけは待望している。

この日のために師走を無理して駆けずり回ってきたのである。「いやぁ泣いても笑っても、あと○日ですから……」なんて言いながら、ワザとあせってみたりしてきたのである。最後の締めくくりで妙にゆったりと落ち着かれたんじゃ、気が抜けてしまう。そういう意味で、大晦日の中尊寺には何としてでも雪を降らせなくてはならぬ。ポカポカとした穏やかな陽気の境内に、ゆったりとした実況が流れる——そんな年越しは是が非でも回避したい。

僕がディレクターだったならば、年越し実況担当のアナウンサーに次のようなことを強要する。まず、実況の前夜は徹マンなどをさせ、体調を最悪の状態にもっていかせる。徹夜明けのときには、ことのほか昂揚したトーンで喋るものである。そういったコンディション作りをしてやることが担当ディレクターの務めだと思う。

徹夜をすれば髪は脂ぎり、肌も荒れる。そんなキャンバスに白い雪をたたきつけたい。コートもボタンのちぎれたヨレヨレのものを選び、新品のパリッとしたトレンチコートなどを着てきた場合は、スタイリストに預けて泥水で汚してもらう。それがわざとらしくならないような有能なスタイリストをつけたい。髪はもちろん長髪である。それも忙しくて手入れを怠り必然的に伸びたという決してオシャレ心の感じられない型でなくてはならない。くちびるがカサついてもリップクリームなどは無用だ。荒れ肌の実況アナこそ、その場にふさわしい被写体である。

ここまで苦労して役作りをして、中尊寺に雪が舞わない、ということも考えられる。人工雪を降らすセスナの配備、も頭の片隅に入れておきたい。

実況現場は、惨たんたる状況であってこそ成り立つものだと思う。アナウンサーも、そこに惨たんたる情景があるからこそ興奮して実況の仕事を貫徹できるわけで、プロレスの実況が相撲の実況より面白いのは、その辺の理由であろう。猪木が死にそうだ、という切羽詰まった状況が古舘アナの名実況を生んだ。「前畑ガンバレ！」の時代から実況アナを動かすものは、切羽詰まった緊張感しかないのだ。

「ゆく年くる年」の開始から、年が明けるまでの十五分間は、いわば一年間のメーンエベントであり、ここに〝猪木がホーガンに殺されそうなシーン〟であるとか〝浅間山荘に鉄球が打ちこまれる〟といった緊迫した現場をつくり出さないことには、エンドマークの出しようがない。

「まぁせいぜい一日が終わるに過ぎないわけだから……」と醒《さ》めた大晦日観を吐く人もいるけれど、僕は、わざわざ雪深い東北の寺にカメラを持っていったり、銀座の時計台をアップにしたりの、国をあげてのヤマ場作りに酔いたいと思う。「あと数分で終わってしまう……」そういった刹那的な快感に、割と安易な気持で浸れる数少ないチャンスである。「来年のことを言うと鬼が笑う」という教えを信じて、限られた時にすべてを燃やしつくすべきである。

明けてしまったと同時に、我慢していた下痢便をすべて出しつくしたときに似た、ある種の虚無感を感じる。おめでたいような、惜しいような。

そんな複雑な心境で僕は新年を迎える。

●1985・1・3&10／週刊文春

「スチュワーデス禍の青春ドラマ」よ、どこへ行く

ポスト「スチュワーデス物語」の誉れ高い「青い瞳の聖ライフ」というドラマを遂に観ることができた。簡単に説明すると、フローレンスというガイジンの女子高生が、毎回「サメハダ！」とか「国民性が違う！」と日本人の先生方に罵られながらも、ピュアーなガイジン根性を貫き通して伸び伸びと青春の日々を送る——というストーリーである。もちろん視聴者の良い子たちは、執拗な日本人の「ガイジン虐待ぶり」を毎回愉しみにしているわけで、結城美栄子がフローレンスを罵倒するときのセリフも、「何もそこまで……」と思うほど大袈裟なものになっている。

フローレンスの顔も、往年のベッツィ&クリスの図体のでかい方を彷彿とさせる〝ダサイ白人女〟に仕上がっていて、観客も心おきなく笑うことができる。

ブルータス誌などで「大映テレビ制作のドラマ」に関する好評論を発表している竹内義和氏によれば、「スチュワーデス」「不良少女」「青い瞳」と続くこの種の流れは、ずっと以前の山

口百恵の「赤いシリーズ」の頃より大映テレビ制作のドラマに脈々と流れる血筋、のようなものので、別にいま始まったことではないという。

しかし、そういった「クサ味を味わう」みたいなある種逆説的な愉しみ方が、正統な観方より力を持ってしまい、逆説が逆説でなくなってしまったのは「スチュワーデス」以来のことと思う。つまり、山口百恵の頃は、まだ「不幸を背負ったヒロイン」とか「更生してゆく悪人」に、ストレートに感情移入できたのである。そういう観方をしている視聴者の数が勝っていた。

正義漢ぶったセリフやら、そのようなシーンを「クサイ!」と評して茶化す。いまから二十余年前、浜田光夫・吉永小百合による日活青春映画の頃は、クサイ筋に感銘し、その後、クサイものを煙たがって敬遠する時期があった。そして、ここ一、二年の傾向としては、クサイものを探して茶化すアソビに、多くの青少年が悦びを見出している。「青い瞳」は、そういったリアクションをも計算に入れた典型的な〝スチュワーデス禍〟の青春ドラマ、と言える。

クサイ場面を奮発して観客を笑わせる——ということがコンセプトとなったため、青春ドラマの設定は限りなく「現実」から離れていっている。その一方でドラマ的なストーリー構成をはずれて、プロモーションビデオの感覚で「現実」を流す——そんな感じのドラマが、テレビ朝日で火曜の夜中にやっている「トライアングル・ブルー」である。

ポパイ誌のモデルのような顔をした男(柄沢次郎)と、可愛かずみ、川上麻衣子といった女子大生顔の女たちしか登場しないドラマで、シチュエーションとして、六本木の街並とワンルームマンションと海とカフェバーが繰り返し出てくるだけである。セリフの内容は、毎回「リエとユージ、あやしいと思わない?」といった感じの、〝寝た、寝ない〟のテーマが延々と場面を変えて継続されてゆくのみで、ちょっと内容のあるセリフを吐かせてしまった後には、西麻布の街並に「ケアレス・ウィスパー」などを流して、クサ味を散らす。

「おまえのビーエム(BMW)最近元気?」みたいな現実性の高いセリフを多用し、かつて男に捨てられた女がヤケになって踊りまくる場でしかなかったディスコを、アソビ人の男女が単にクルマやパーティーの相談をする意味のないシーン、として用いた日本初のドラマである。

物語性に欠けた現実をそのまま流すか、物語を拡大解釈して大袈裟な設定で笑わせるか、青春ドラマの両極化は今後ますます激しくなっていくと思う。「金八シリーズ」の敗北は、現実性もないし、笑えるほどクサ味が大袈裟でない、という点にあるのではないだろうか。

とにかく、所詮ドラマなんだから、本気で「健全な青少年育成を考える」みたいなコンセプトはヤメにして欲しい。〝ためになる〟というものにロクなものはない。

●1985・1・17/週刊文春

*「トライアングル・ブルー」脚本の秋元康はこの後まもなく〝時代の寵児《ちょうじ》〟となった。

明石家さんまは、不気味な過剰マゾヒストだ

『二枚目の研究』（佐藤忠男著）という本によれば、本来、日本の時代劇における二枚目は、金も力もなければ、気も弱く、ただその場の情に絆《ほだ》されて、妻子を捨てて愛人に走り、あげくの果てに心中する——といったキャラクターであったという。

つまり、いまで言えば、駈け出しの美男俳優が演じる〝バクチにおぼれて新妻をカタに取られる呉服屋の若い衆〟といった役どころが、日本的二枚目の原型に近い。高橋英樹演ずる桃太郎侍のような強い人は、立役と言って、野川由美子や西川峰子に色目を使われても、決してニヤニヤ愛想笑いすることもなく、ただムッとした顔をして孤独にその場を去ってゆくものであった。つまり、フランスベッドのCMで「寝てみたい……」などと呟く前の三船敏郎、でなくてはならなかった。

日本特有の立役に、西洋的な二枚目エキスをブレンドしたものが、加山雄三に代表される「力と責任感は強く、女にも優しいが、不マジメなセックスはしない」という型で、僕などはそういうものを見て育ったために、二枚目というものに極めて誠実なイメージを描いてきた。

ところが時代がいい加減になるに従って、そのような立役エキスの強い二枚目は、息苦しい存在になってきた。責任感よりも煩悩に忠実に生きる〝スケコマシ〟が開き直れる時がやって来たのである。

お笑い界でこのところ盛り上がりつつある「最低男・さんま」は、本来の日本的二枚目のコンセプトに近いものだと思う。色男がダメさをウリ物にして哀れみを買う、というのは二枚目の正攻法である。その哀れみの買い方が昔より明るくなっただけである。ゴミのようなヌイグルミを着せられたり、プライベートな失態を暴露されたりしながら、さんまは明るく〝哀れみ〟を押し売りしている。

僕はいままで、さんまのツッコミをさほど面白いと思ったことはない。たけしやタモリや古舘伊知郎、所ジョージは、典型的なツッコミ芸人であるが、さんまは突っこまれたときほど、面白くなる芸人だ。舞台にいるタモリやたけしと、観客がグルになって苛めてあげたときに、初めてその力を百パーセント発揮する。脅されてエリマキを開くトカゲのように。

芸人のほとんどはマゾの要素が強いと思うのだが、中でもさんまは指折りのマゾヒストであろう。あの苛められているときに見せる〝泣きそうな笑顔〟が何とも言えない。徹夜の連続などもうれしくてしようがない、といった目をしている。

かつてタモリが自らを〝国民のオモチャ〟と称したことがあったが、タモリの場合は、完璧にオモチャに成り切っていない。オモチャのタモリが、遊んでいる国民をオモチャにしている。そんなパソコンゲームのような生意気なオモチャである。

その点、さんまは単純である。玉が当たるとウォー！　と叫ぶ、遊園地の玉当てのオニである。「もうどーにでもしてぇ」と、刹那的な叫び声が聞こえてくる。

ここまで崩れることができる人は公私共に強いと思う。スケをコマスために、最終的に崩れなくてはならない。麻のスーツを着てカウンターでウオッカを飲んでいるだけではマンションの鍵は開かない。スーツを脱いで「やらしてくれぃ」とおすがりした方が勝ちである。「マイルーラ」で折紙を折るくらいの茶目っ気も欲しい。ベッドを前にしたスケコマシの崩れ方を、そのまま舞台に応用し、演じているのが「最低男・さんま」である。

二、三年前に通天閣の裏の新世界花月で演芸を観たことがある。ここはジャンジャン横丁というガラの悪い通りに面していて、若手の漫才師が客の酔っぱらいにタバコの箱をぶつけられたり、ウケるために背中に氷を入れてのたうち回るなどしていた。「ウケるためなら殺されてもいい」といった感じで、ヘラヘラと笑いを浮かべてリンチを受けている明石家さんまには、一種、不気味なものを感じる。

「最低の二枚目」は強い。

●1985・1・24／週刊文春

日焼けサロンに通い、オーデコロンをつけた力士が土俵にあがる日

両国の新国技館で大相撲初場所が繰り広げられている。新しい国技館は、ボタン一つで土俵が地下に潜っていったり、物言い相撲を審議する際のビデオ室——といったニューメディアっ

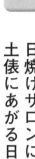

ぽいシステムが設置されていて、サンダーバードの基地みたいなSFチックなものに仕上がっている。

この新しい相撲の時代を支える二人の男、栃錦（現・春日野理事長）と若乃花（現・二子山理事）の近況を追ったドキュメンタリーをTVで観た。

いわゆる栃若時代を築いた往年の横綱たちが、いまの若い関取たちを叱るシーンが何回も出てきた。「何度言ったら、ちゃんと両手をついて仕切りが出来るようになるんじゃ！」とか、「われわれの頃は稽古しすぎて声を枯らして、演歌の巧い関取なんていなかったもんだ！」といった類のことを、千代の富士や若嶋津やらの前でこぼす。若いもんは、「あ〜ら、またはじまっちゃった……」とソッケない顔をして佇んでいる。

輪島や貴ノ花らの若い親方衆も「若手の教育がなっちゃいない」と、幹部親方たちに嫌味を言われている。彼らはさながら会社で言えば中間管理職にあたるクラスなのであろう。

「いやぁ、理事長と二子山がうるさいからさ、ちゃんと仕切りキメてみてよ」と輪島あたりがC調な感じで弟子たちに説いているシーンが目に浮かぶ。

裸にチョンマゲにマワシ、というあのスタイルを見てしまうと、どうしても古めかしい人という印象を持ってしまうが、考えてみれば北尾も保志も若い。若嶋津だって二十八歳である。ワムのLPを聴いたり、湘南でウインドサーフィンをしていてもおかしくない年頃である。「国技館が青山にあればアソビやすいのに……」と本気で思っている奴も幕内に五人くらいはいそうである。

そう言えば若嶋津も北尾も、栃若時代の相撲取りに較べると随分とルックスがイマっぽくなっている。チョンマゲをやめてヘアサロンで髪型をキメれば、トランクスを穿いてハワイのビーチに寝そべっていても、さほど浮きあがらない風貌をしている。ビーチにフィットしないあんこ型の大横綱・北の湖が引退した。隆の里のような力士然とした顔立ちは、近い将来アナクロなものになっていくように思う。

裸で土俵に立ったり、プクッとした腹にマワシを巻くことを恥しく思うような風潮も現われないとは言えない。場所前に日焼けサロンに通って、肌をコンガリと小麦色にしてくる若手が出現する可能性もある。チョンマゲもカツラになるかも知れない。その頃、二子山理事はもういないだろうが、現在の仕切り問題のように「力士たちの土俵上でのメイク、オーデコロン使用の禁止」等のテーマが、親方会で討議されていることだろう。

国技、伝統芸能としての相撲――という意識は、力士たちの中でますます薄まっていくことと思う。教師に聖職観が失くなってきているのと同じように、相撲取りも「ギャラを貰う分だけ、裸になって頑張る」といった意識を強めていく。つまり、フィージーに行ったり、毛皮を買うために働いている風俗産業ギャルに近い気持で、恥しい裸体をさらしている。あくまで普段は「普通の男の子でいたい」と彼らも思うに違いない。

ちょっと話は古くなるが、隆の里がラッタッタにまたがって恋人のスチュワーデスのマンションに通ったり、最近の若嶋津と高田みづえの恋愛騒動などを見ていると、伝統芸能的相撲社会に対するヤング力士たちの反発、のようなものを感じる。

「関取が横綱になる日まで愛を打ち明けられない……」といった高田みづえの苦悩を綴りながら、芸能誌は〝江戸時代の武士と商人の娘〟の美談みたいに書き立てているが、当人たちはもっとドライにやっているように思う。

「あんなポップスみてえな歌い手とつき合いやがって……」

顔を真赤に染めて怒る二子山親方を横目で見ながら、若嶋津は冷めた感じでモロ手突きの稽古をしている——そんな風景が浮かぶ。

●1985・1・31／週刊文春

パンチパーマの流行がものがたるヤーさんたちの「価値観の変化」

竹中組長の葬儀の中継を観ていて気づいたことと言えば、何と言っても「パンチパーマの恐るべき波及」である。

かつて、ヤーサン関係の人の髪型は、角刈りかオールバック、と相場は決まっていた。健サンをモデルにした角刈りと鶴田の旦那に代表されるオールバックが勢力を二分し、ちょっとシャレッ気のある者がアイパーをあてたりしている——という構造であった。

しかし、ここに来てヤング勢を中心に、極細のロットで髪を巻いて仕上げる、いわゆるパンチパーマが急激な伸びを見せているようである。

ところで現在、一般人の認識としては、電気ゴテを使用して髪をチリチリにしたものがアイパー。小便くさいパーマ液をかけて、髪を極細ロットで巻き、〝チリチリ〟というよりは、小指が一本収まるくらいの〝クリクリ〟のやつがパンチパーマ——という感じになっているが、専門家に言わせると、どうもパンチパーマはアイパーの別称に過ぎないらしい。みなさんが頭の中で思い浮かべている「花籠（元輪島）親方みたいなスタイル」は、巻きのツオいデザインパーマ、というのが正解らしい。しかし、ここでは紛らわしくなるので、極細ロットの巻きのツオいデザインパーマ＝パンチパーマ、電気ゴテ使用＝アイパーとしてハナシを進めていこうと思う。

パンチはアイパーに較べて金がかかる。アイパーは町の床屋で、せいぜい八百円か千円くらいでやってくれるが、パンチは三千円から五千円くらいが相場だ。美しいシルエットをキープするためには、就寝時にネットを被ったり、パーマ用のクシで毛先を丸めたり、と何かと手間がかかる。

おそらく、パンチの方がアイパーや角刈りよりも女の子にモテるのだと思う。一般社会における「シブがき隊ヘアー」や「チェッカーズ・ヘアー」くらいの威力があるのだろう。

死んだ竹中組長はオールバック、中山若頭はアイパーであったが、彼らはきっと嘆いていたに違いない。

「近頃の若いモンは、ほらアレ、パンチパーマって言うの？　女みてえに髪クルクル巻きやがってよぉ……」

葬儀の参列者をざっと見渡したところ、ルックス的には皆さんコワモテのラインを保っておられるものの、ヘアーの部分にズームアップしてみると、ヤング層と幹部層の間に大きなギャップが見うけられた。

パンチパーマは、ヤクザ屋の意識が希薄な「疑似ヤーサン層」から徐々に波及してきたものと思われる。たとえば、真夏の逗子海岸でトウモロコシを焼いているアンちゃんたちは、五、六年前からパンチをキメていたし、日の丸の旗を立ててバンに乗っている若者たちも、パンチの導入は早かった。

暴力団関係に浸透しはじめたのは、プロ野球、プロレス、大相撲親方、スナック業、といった業種に広がっていったのとほぼ同期、一昨年の夏以降と推定される。

現在、最もパンチの被害が著しいのはプロ野球界で、先日、プロ野球ニュースを観ていたら、キャンプ中のドラゴンズ選手のほぼ全員が強いパンチの髪を、ヘルメットの下から覗かせている。その被害はキャスターのみのもんたの髪にまで及んでいた。

一方、角界でも元輪島の花籠親方、九重親方らを中心にパンチ禍は広がっている。僕は高見山と北の湖の将来が心配でならない。ただでさえ竹中組長面をした北の湖のことである。断髪式は相当インパクトのあるものになることであろう。

パンチ禍に見舞われている業界の共通点は「男気」を問われる職種、ということである。しかし、「パーマをかける」という行為は、元来「女のすること」とされていたものである。仕上がりは確かに男っぽく、腕力なども強そうに見える。が、コワモテの大男が髪をクルクルとロットで巻いて、ネットを被《かぶ》っている状態――というものを想像すると、やはり「価値観の変化」を感じる。

●1985・2・21／週刊文春

三浦和義とかい人21面相の戦略の違い

「去年のミウラ」と「最近のミウラ」は明らかに違うものである。

去年のいま頃、私たちはやはり興味本位で三浦和義という人物を見つめていた。三浦氏の喋る言葉や動作の一つ一つが魅力のあるものであった。そういった魅力は、露出回数が増すにつれて若干インパクトは弱まったものの、週刊プレイボーイの人生相談などを読む限りでは、まだまだ魅きつけられるものがある。そして、何より去年と違うのは、「三浦和義」という人物に対するウケ手側の普通の人々の意識である。

去年のミウラの魅力は、「いつボロを出すか?」というところにあった。つまり、「刑事コロンボ」の犯人が、モットモらしい理屈をこね回しながら、最終的には追い詰められてゆく過程——を観賞する愉しみであった。だから、週刊文春誌や田原総一朗、ミッキー安川といった人物の突っ込み、が何より面白かったのである。フジテレビが千鶴子さんの歯型をとってロスに乗り込んでゆく、などのニュースも見ていてワクワクした。「三浦和義=犯罪者」という位置付けのもとに、われわれは色めき立っていたわけである。

ところが「最近のミウラ」の魅力は、そういった方向性のものではない。週刊プレイボーイの人生相談を読んでいてふと気づいたのだが、もはや「三浦和義がヤッていようが、いまいがどっちでも良い」。とにかく、ミウラっぽい理屈や言い回しが登場すれば、それで満足してしまう。「どうすれば三浦さんのようにたくさんの女とつき合えるのでしょうか……」といった質問に、「……女性と会ったら誕生日を聞いておいて、それをリストしておくこと。これで花束でも贈れば、女性は悪い気はしませんよ。（略）」という感じの三浦論が付いていれば、それで良い。キナ臭い事件話を離れて、読者の興味は三浦和義というキャラクターのみに注がれている。

事件に関わった人の良否というのは、時が経つにつれてどうでも良くなってしまうものである。それは、田中角栄を見ても江川卓を見ても言えることで、どんなに残虐な事件でも、実際直接被害を被《こうむ》った何人かの人々以外の者は、ある時期、一緒になって怒ったり泣いたりしても、結局身のまわりの「週末にゴルフに行ったり」「次のデートに着ていく洋服」のこととかの方が大事であるから、そんな直接知らない人の良否なんて問題に、いつまでも構っちゃいられない。

よって、三浦和義のタレント宣言は、極めて正攻法である。消費者ニーズを考慮すれば、レコードを出したり、コントをしたりして、パーソナリティを前面に押し出してゆくやり方は、「これからのミウラ」にとって正しい戦法であると思う。その辺を弁《わきま》えてか、「最近のミウラ」は良く笑っている。去年のいま頃のミウラのスナップは、たいがい憂いをふくんだ〝疑惑の男〟のコピーにふさわしい表情をつくっていた。

「かい人21面相」は、この辺のコンセプトが三浦和義に較べて甘い。脅迫文と、画像の悪いビデオの男、モンタージュのキツネ目の男、の三点ではパーソナリティは出しにくい。あくまで事件とセットでなくては成立しないキャラクターであり、このまま同じようなことをダラダラしていたのでは、人気の維持は難しいだろう。ミウラを乗り越えるには、この辺で一回捕まって、その後の獄中手記などを軸にして、〝人間くさい一面〟といった要素を出していく方が良いと思う。やり方によっては、パンチパーマに巨人の野球帽を被った「ビデオの男人形」などのキャラクター商品もヒットする可能性はある。それが、わが日本のマスコミ社会のしくみである。

しかし、三浦和義の大がかりなプロモーションの前では、他の、別れたのくっついたのというタレントのゴシップがホントにセコいものに見える。松田聖子はちょっとやそっとのことじゃ百恵にはなれない。

●1985・3・21／週刊文春

「サイエンス」を「ガマの油」で割ると「筑波博」ができる

十六日の開会式の日に筑波博を見に行った。

常磐自動車道の谷田部インターを降りると、そこから四キロほどで会場である。会場に至る沿道の風景は、道から少し離れたところに農家群が並びその向こうに小山、そして道沿いの土地は宅地造成地、といった典型的な新開地の景色である。交差点には、いわゆるデニーズっぽいドライブインが、一、二軒オープンしている。

ただ他の都市近郊の新開地と違うのは、ミヤゲ物屋と自動販売機、仮設トイレが圧倒的に目に付く点で、「渋滞＝商売繁昌」というう街づくりのコンセプトが読みとれる。この会場に通ずる道路は、「サイエンス大通り」という名がつけられているのだが、周りの農家の人々は、いきなり田んぼの中に敷かれたサイエンス大通りというものを、どういう意味で受けとめているのか気になる。

「サイエンスってのは、ナニだね。私ら良くわかんねぇけど、近代的なもんなんだろ、アレ」って感じで、そのネーミングと自動販売機がやたらと並ぶ景色を見つめていることだろう。「サイエンス」とか「科学」という言葉は、良く考えてみると実に漠然としたものである。

会場ではパビリオンを十館ほど見学した。

科学博のパビリオンのほとんどはやたらとデカいスクリーンで、「自然＋宇宙」をテーマにした映像を見せる――といったパターンであった。たとえば、鳥が大空を飛んだり、水が川を勢いよく流れる――そんな極くあたりまえの風景も、目の前全体がスクリーンという巨大な映像として見ると、農協で働く普通のオッサン、オバサンはぶったまげる。普段見ている些細なものが「すんげぇサイエンスなもの」に映る。

そして、日本の自然を空撮していた画面は、次に地球を離れ宇宙空間を映し出し、ロケットが飛び立ち、サイエンスっぽさに追い討ちをかけるのである。

日本古来の、たとえば鳥や獣が飛び交い、農民が畑を耕す。その脇でロボットが歩いたりピアノを演奏する。そういったナチュラル＋ニューメディアで、「結局どうなってゆくことが望ましいのか」という具体的な未来図をあいまいにしているのが筑波博全般のイメージである。

そのようなあいまいさ加減が良く現われているのが「いばらきパビリオン」である。やはり〝1/4球スクリーン〟という巨大スクリーンで、「茨城のさまざまな風景」を見せてくれる。筑波山、袋田の滝といった茨城が誇る自然の風景を見せ、そして一方で東海原子力施設群、鹿島臨海工業地帯、筑波研究学園都市といったものも肯定しつつ一本のフィルムの中で紹介している。

パビリオンの入口にはショーウインドーが設けられ、その中で人間国宝的なオッサンが笠間焼のロクロをまわし、オバサンが結城紬をつむいでいる。奥のスペースでは茨城の近代都市計画の模様をコンピュータ・グラフィックスを駆使して紹介するビデオが流されている。パンフレットには「新しい科学、培われた伝統」といったコピーが刷られているのだが、これらのものは、どっちかを取ればどっちかが潰《つぶ》れる、といった関係にある。

つまりステーキに、ショウユとソースと両方ともぶっかけて「うん、バラエティに富んでいてなかなか良い」とコメントしているようなものである。いばらきパビリオンには地元客を中心に列が出来ていたが、みなおそらく「オラが県にはいろいろあって凄いんでねぇの……」くらいの感想をもって満足して帰っていくのだろう。

僕は、そのような「欲張りだけど、結論があいまい」という日本人の国民性が大好きである。

筑波博はその辺の「ショウユもソースもとりあえずあった方が良い」の体質が良く現われているイベントだと思う。

帰り際に会場内のスーベニア・ショップで「ガマの油」と「セラミックボールペン」を買った。

●1985・4・4／週刊文春

天狗・つぼ八・とんねるず

花見、新入社員歓迎会と、酒がらみのイベントが盛りあがる季節である。千鳥ヶ淵や上野のお山で夜桜を見物した後、若い衆は勢いにのって居酒屋へと繰り出していく。

さて、通常はいわゆるカフェバー風の背の高いイスにさりげなく腰かけたりするのが好みのみなさんも、イベントの余波をかって体中に「元気」が充満しているときには、「雑然とした空間でアツアゲなどを突つきたい」という気持になる。たまにはパンチパーマの威勢のいい兄ちゃんの「ハイ、チューハイ3、シメジバターにエイヒレ、オーダー入りあっす！」の掛け声にまみれたい、と思ったりする。

そういうときのために、やはり反ハイテック、反ポストモダーンな雰囲気の有楽町高架線脇の「八起」とか「天狗」「村さ来」「つぼ八」「がき大将」といった類の居酒屋は頑張っていてもらわなくては困る。

ニッポンの若者は決して地下鉄の駅から遠い目立たない地下のバー、だけを愛しているわけではない。

そういった「天狗」っぽい元気な居酒屋には、この季節、花見帰りの若手社員と久しぶりにキャンパスに顔を出した大学生たちとが、4・6の割合くらいでいる。アツアゲにチューハイにパンチパーマの店員——という単語から連想して、シロウトは「有線の曲＝浪花節だよ！人生は」とつい答えてしまうが、それは大きな間違いである。

この手の店の選曲は、けっこうビルボードしている。正確に言えば、一カ月前にビルボードの上位にあった曲、たとえばいま頃ならマドンナの「ライク・ア・バージン」、フィリップ・ベイリー＆フィル・コリンズの「イージー・ラバー」、ワムの「ケアレス・ウィスパー」を主軸に、時折、吉幾三の「俺ら東京さ行ぐだ」、CCBの「ロマンティックが止まらない」がかかる——というパターンである。

ま、有線放送というのは何も「天狗」のために選曲しているわけではなく、もちろん八代亜紀や北島三郎が流れる場合もあるわけだが、なんとなくそういった〝コンセプトの甘いナウ〟をしている曲が、その手の店内にはなじんでいるのである。

さて、以上のような、わからない人には全くわからない、わかりにくい描写説明をクドクドと綴ってみたのは、近頃人気の「とんねるず」という漫才コンビはそういう天狗っぽいモノである——ということを言いたかったためである。

彼らのヒット曲のテーマにもなっている「一気」というゲームは、オシャレじゃないけどダサイとも言い切れないナウッぽいアソビである。「一気！　一気！」の掛け声にあおられてジョッキを飲み干すというアソビは、十年かもう少し前くらいから大学生を中心に繰り広げられていたもので、決して新品の風俗ではない。しかし、ここに来て「大学生＝バカである」「若者＝ミーハーである」という定義が肯定されたのと同時に、メジャーな若者風俗の地位を確立した。

とんねるずというキャラクターは、そのような「ミーハーな若者」のラインに乗り、彼らの「象徴」のようなものになることに成功した。彼らの象徴になるためにはオシャレすぎてもダサくてもいけない。「天狗」で流れるアメリカン・ポップスくらいがちょうど良い。アツアゲを突つきながらＢＭＷと菊池桃子と同好会ないしは同僚のダサイ奴の悪口を明るく交わす――そんな絶対値的なイマ風の若者を大袈裟にしたモデルが、石橋貴明と木梨憲武による「とんねるず」である。

コンパの席上で調子に乗って酒をクイクイ飲ったあげく、メチャクチャな芸を披露し、突如として青ざめゲロを吐き散らし、そのゲロを吐くフィニッシュまでがトータルとして面白い奴。彼らにはそういったいい意味でシロウト的なパワーがある。

シロウト的であるが故に、一般的な評論はしにくい。

いつまでもバカな若者のままで時代に乗っていって欲しい人材である。

●１９８５・４・11／週刊文春

恵比寿の「客車カフェバー」で感じたこと

その日は時折にわか雨の降る三月最後の日曜日であった。

筑波博の富士通パビリオンにも、おそらく一時間か二時間待ちの行列ができていたことと思う。その頃僕は、山手線恵比寿・目黒間の線路沿いに発生した「ビヤステーション恵比寿」の入場の列に並んでいた。

ここは、サッポロビール恵比寿工場の一部を改造して作られたビヤホール・レストランである。レンガ造りのホール（ビヤプラザ）、ＥＦ58型電気機関車＋オハ47＋スハ43型の客車レストラン（ビヤエキスプレス）、そして客車とホールの間のスペースはバーベキュー・パーティー用の屋外レストラン（ビヤプラットホーム）になっている。

この日は強い雨が降っていたため、ビヤプラットホームは閉鎖されていたが、他のビヤプラザとビヤエキスプレスは満席であった。僕はまずオハ47型の客車を改造したビヤエキスプレスを覗いてみた。

横須賀線のような向かい席が並ぶ車両で、客のほとんどは三人か四人の家族連れである。車内は原型をとどめ、網棚などもそのままになっている。ハンドバッグとかコートは網棚に載せて食事を愉しむわけである。通常の客車と違うのは、前と後ろにＢＯＳＥ《ボーズ》のスピーカーが取り付けられている点で、ここからAORミュージックのようなものが流れていたりする。車内の天井には元から扇風機が付いているので、けっこうカフェバーっぽい感じに仕上がっている。

かつての貨物駅なので、すぐ脇はホンチャンの山手線の線路が走っている。車窓ごしにホンモノの電車を眺めながらビールを飲む——というのは妙な気分である。走らない、ということはわかっていても、いまにも走り出しそうな臨場感はかなりある。

アメリカ映画などを観ていると、客車を改造した「ダイナー」と呼ばれるレストランが良く出てくるが、大方は道路沿いにデニーズのような感じで建っている。日本でも最もポピュラーな山手線沿いに置かれたこのダイナーは、相当完成度の高いダイナー、と見ることができるだろう。

さて、レンガ造りのビヤプラザの方はと言えば、こちらはこちらでメルヘンしている。広いスペースの内に古っぽい木作りのテーブルがいくつか置かれ、中央にはストリートオルガンなども備えられている。

ハメルンの笛吹きみたいな服装をしたディズニーランド顔のお兄ちゃんがハンドルを回すと、あら不思議、オルガンから「マイセレナーデ」が聞こえてきましたよ……という世界なのである。店内には、家族連れもいれば、新しもの好きのモミ上げ斜め刈り少年、白いレースのストッキングを履いたお嬢ちゃん、おっと忘れちゃいけねぇガイジンさんもちゃんと仕込まれていて、グループで生ソーセージなどを突っついておられる。

ところでこの地にビール工場ができたのは明治二十年のことである。水は玉川上水から分水した三田用水（代官山のヒルサイドテラスのあたりを流れていた）が使用された。ビール運搬用の貨物駅・恵比寿麦酒停車場が設けられたのは明治三十四年。「恵比寿」の地名は、ヱビスビールから付けられたものだ。その後、恵比寿は「東横線、東横デパートの設置」を地主の反対で渋谷に譲り渡してしまったことから繁栄に一歩遅れた、と言われている。

しかし現在では、渋谷や六本木ほど俗化してない、ということで逆に恵比寿はナウなスポットとして注目され始めている。

ディズニーランドと筑波博で行列慣れしたのか、客の列は雨中延々と続いていた。ビヤステーション脇のアメリカ橋の上を客を運ぶタクシーが何台も行き来していく。

髪を刈り上げた若いカップルも、新百合ヶ丘の団地に住むニューファミリーも、ちょっと不便な場所にある「ディズニーランドのようなスペース」に列をつくりたがっている——ちょっと苦労して夢の国を見に行く——のが85年的な余暇の過ごし方、なのかも知れない。

●1985・4・18／週刊文春

＊この貨物線路はガーデンプレイスの誕生とともに消滅したが、鉄道ブームの昨今、この部分は残しておくべきだったとつくづく思う。

デザイナーズ・ブランドを舞台衣装にするニュー・アイドルたち

こないだ久々に「週刊明星」と「週刊平凡」を買った。ザーッと見た感じやっぱり「明星」「平凡」していて、十年前の感じとさほど変わりがないと言えば、変わりがないのだが、じっくりと見るうちにいくつかの変遷に気づいた。

レイアウトとか文字の流行は除外するとして、まず言えることは「アイドルたちの普段着がファッション誌のラインに近づいた」という点である。それは普段着を着たりするシチュエーションについても言えることなのだが、たとえばベッドとか家具の一つ一つをとってみても、センスとか値段とかがリッチっぽいものになった。

もちろん中には、〝貧乏くさい親近感〟をウリモノにしている人はいる。しかし、十年前くらいまで主流を占めていた「舞台の上のアイドルもオフの日は質素な庶民」の理念は、完璧に崩壊した感がある。

「普通の女の子」感を押し出す姿勢は確かに脈々と受け継がれ、ここ一、二年、そういった「日常性」をウリにするパターンは却って激化している。しかし、決して質素な庶民の日常ではない。「ＶＩＶＡ　ＹＯＵ」や「ＡＴＳＵＫＩ　ＯＮＩＳＨＩ」などでかためられたＫＹＯＮ^2（小泉今日子）や松本伊代の普段着は、ある程度の貧乏なイナカモンを切り捨てたところに存在している。

　いまからおよそ二十年前。舟木一夫やら本間千代子が「明星」「平凡」の誌面を飾っていた時代、アイドルたちは貧困な山村で暮らす定期購読者たちのことをまず第一に考えなくてはならなかった。よって、けっこうカネがたまっても、舞台衣装以外の普段着はできるだけ質素におさえることを余儀なくされていた。なんとなくあか抜けないポロシャツを着て、近所の八百屋のオッサンと気さくに話したりするシーンが良く載っていた。オフの日には麦わら帽子を被って山登りをする。ことあるごとにアイドルたちが被っていた麦わら帽子が、ここに来て急速に減少している。

　ファッション畑のスタイリストがこの世界に侵入して以来、「麦わら帽子」「山登り」「一日駅長サン」といった牧歌的なアイテムは衰退の一途をたどっている。

　チェッカーズの成功以来、アイドルたちは開き直った。いわゆる「アンアン的オシャレ」（俗に言うカリアゲ）に対する罪悪感が消えた。それまで芸能ラインのオシャレは、ジュリーのような人を除いて、どんなに背伸びしても男子はサーファー、女子はメルヘンの線までだった。つまり、スタイリスト、ヘア&メイクの範疇外のオシャレであった。

　ところでここまで使ってきた「普段着」とは、正確には、雑誌撮影のための「普段着っぽい衣装」のことである。ギンギラの舞台衣装以上に、デザイナーズ・ブランドのシャツや輸入雑貨屋の小物を配した普段着っぽい衣装がアイドルにとって重要な要素になってきたのが85年的な傾向である。その頂点に立っているのが、チェッカーズとＫＹＯＮ^{2}というわけである。

漫才の世界では五年前のブームのときに、ギンギラスーツにチョータイという舞台衣装が消え、変わって、とんねるずのＫ・ＦＡＣＴＯＲＹに代表されるデザイナーズ・ブランドが舞台衣装として定着しつつある。

天地真理や浅田美代子の頃よりの古式ゆかしい水色レースの舞台ドレスは、近い将来完全に消滅してしまうのだろうか。歌番組のスタジオ・セットがロフト風のものになったり、プロモーションビデオのようなものが普及する状況をみると、ピラピラのアイドル然としたドレスは、どう考えても分が悪い。ＫＹＯＮ^{2}がたまにそういったオーソドックスなドレスなどを着て出てくると、とてつもなく衣装が古くさいものに見えてしまう。

オールナイトフジの松本伊代のファッションなどを見ていると、「普段着っぽい衣装」にカネを遣う時代――の到来をひしひしと感じる。

●１９８５・５・23／週刊文春

中曾根首相の〝カジュアル政策〟について

「総理にきく」という番組を観ていたら中曾根首相が出ていて自作の俳句を読んでいた。聞き手は鈴木健二と加藤寛で対話の内容もかなり柔かい感じのものだった。僕は二十分間くらいポーッと観流していたのだが、「すばらしき仲間」みたいな民放トークショウを観ているような気分で、番組終了後にホンダのCMが流れるのでは……なんて一瞬思ったりした。

さてこの番組の中で首相が発言した「東京サミット（来年五月開催）は書記を入れずにカジュアルな服装で……」というフレーズが、次の日の朝日新聞の見出しになっていた。

今回はまず、この中曾根首相言うところの「カジュアルな服装」について考えてみたいと思う。

「やっぱカジュアルって言ったら、ゴルフルックでキマリだよね」という考え方が中曾根サイドでも主流を占めるのではないかと思う。オフホワイトないしはベージュのニットシャツに心持ちフレアー気味のスラックス、襟のボタンを一つはずすか七宝《しっぽう》焼ループタイを締めるか——あたりのところが議論の焦点になると思われる。ウエスタン・スタイルのレーガンに合わせて、ループタイをターコイズ使用のモノにしたり、首にバンダナを巻く、という線もあるが、そこまでやった場合、野党の反発を買うことは必至であろう。

やはり、あの世界において「カジュアル」とは、ニット素材を中心にしたゴルフルックを指す、と見るのが正解だと思う。

まあ具体的なスタイリング問題はともかくとして、「東京サミット」というテーマで、その手の方向に話をふれる中曾根という人は、なかなか隅におけない政治家だと思う。先の「国民一人百ドルの外国製品を買おう」の発言にしてもそうなのだが、マスコミが見出しに欲しいツボを実に良く心得ている。わかりやすく言えば、「聖子と正輝の結婚関連の週刊誌広告」に目をやっている普通の読者たちの視界にも、すんなりと入ってくるようなフレーズを提供している、ということである。

多くの新聞購読者たちは、ボンサミットで何が論議され、来たるべき東京サミットでは何をなすべきなのか――といった核心っぽいことはどうでも良い。よって、その種のカタいフレーズは見出しになりにくくなってしまった。

結局、田中角栄というタレントが「病院にいるのか」「家にいるのか」という問題が新聞の一面やTVニュースのトップを飾る時代なのである。家にいるか、病院にいるか、の問題なら、多少政治情勢にうとい人でも冗談の一つをかましたりすることが可能である。

「国民一人百ドル買え!」とか「サミットはカジュアルに……」のフレーズは、そういった状況を見据えてのものだと思われる。「首相、ここは一つファッション関係のネタにふった方がインパクトありますよ……」等の、広告代理店筋の助言があったように思えてならない。

去年あたりからのニューアカデミズム・ブームの大きな特徴として、〝ドゥルーズ＝ガタリからスチュワーデス物語まで語る〟という手法がある。難しそうな人がカンタンっぽいことを語る、というか、カンタンっぽいことを邪険にしたら生きて行けない時代になってしまったことは確かだ。

新聞というものがオカネを出して買ったり取ったりするものである以上、「倫理」とか「格式」より「消費者ニーズ」を重んじる、というコンセプトは正しいと思う。

つまり、「角栄は病院か、家か……」といった記事が一面にくることを「近頃の新聞は中身のないことばかり書いてやがる！」と怒るのは、筋違いだと思う。やっぱりタクシーの運ちゃんとかハーゲンダッツの行列に並んでいるお姉ちゃんにも読んでもらわないと困るわけである。

というわけで中曾根首相のフレーズは、こういうコラムでも扱いやすい、マスコミ的見地から考えて非常に優れたものであると僕は思う。

●1985・5・30／週刊文春

食欲よりもファッション性を重んじたカップラーメンの話

ＴＶのブラウン管の大きさは最初20か22インチが普通であった。それから18、16、14、と徐徐にコンパクトな方向へと向かい、ここにきてまた28インチくらいの大きな画面が評判になっている。

ブラウン管が小さくなり、コンパクト・サイズのＴＶが出回りはじめると、評論家たちは「家族内の価値観が分散化し、個人が自分の部屋でＴＶを観る時代が来た——」といった類の分析をした。しかし、「独り住まいの人が28インチのＴＶを買う」という事実を見ると、必ずしも「サイズ」と「観方」に関連性があるとは言い切れない。

14インチでも28インチでも、「ＴＶを観る」ということにそれほどの違いはない。わが家の茶の間のＴＶのサイズも、20→18→14→16→28……とめまぐるしく変わってきたが、いつの間にかその時代のサイズに慣れてしまっている。

結局そういうのって、〝一人で観る〟とか〝持ち運び便利〟とか〝迫力ある大画面〟といったもっともらしい目的以前に、〝なんとなく大っきい方が気分〟といったあいまいな時代の雰囲気によるところが大きいように思う。それは、〝髪の長さ〟や〝ハンドバッグの大きさ〟の変遷と同種のものであろう。

最近、「カップヌードル・ミニ」という約2分の1サイズのカップヌードルが出た。僕は当初、それを「スプライトのファミリーサイズ」と同じような〝目的に基くサイズの変換〟ととらえていたのだが、良く考えてみると、どうもコンセプトが違うような気がしてきた。

ファミリーサイズというのは、「複数で飲むため、食べるため」という確固とした目的が見える。一人で飲んでいたスプライトを三人で飲みたい――そういった〝飲み方〟に基く量である。「大盛」とか「特大」というのもわかる。レギュラーよりも多い、大きい、というのがサービスの基本である。

しかし、レギュラーのモノを小さく、少な目にして売る、というのはわかりにくい。とりあえず見えるコンセプトとしては「小食の人のために」「間食用に」ということであるが、そんな人のことまで考えてやる必要があるのだろうか。「食べきれない人は残せばいい」「とりあえず買ってもらえばいい」というのが本来の商売の発想である。

ファミリーマートの値段を見ると、レギュラーサイズが75ｇ＝１２８円、ミニサイズが35ｇ

＝78円。実利的に考えれば、ミニサイズが損である。

食べる目的みたいな点から考えていくと、この「カップヌードル・ミニ」は実にわかりにくい商品である。これは、量的な損得を考えてはいけない商品なのではないか、と思う。

ＴＶのブラウン管のサイズのように、単なる〝時代の雰囲気〟に合わせて作られたサイズなのでは……とふと思った。それは、アタッシェケースを使っていた若者が、いつの間にかその約2分の1サイズのポーチを不便なく使いはじめたように、サイズがキマってから、目的や用途をこじつけていく、というパターンである。「迫力ある画像でなくちゃ耐えられないから28インチを買う」というのではなく、「なんとなく28インチを買ってしまったから迫力ある画像を愉しんでいる」あるいは「ポーチを買ってしまったから、かさばるハードカバー本を持ち歩くのをやめた」ということである。

つまり、「2分の1サイズのラーメンだから、それだけしか食べない」。早い話が、人間の食欲よりもファッション性を重んじたサイズ、ということである。

セブンイレブンの店内をグルグルしていたら、女の子たちが「このカップヌードル、カワイーよね……」などとハシャぎながらミニサイズを二、三個手に取っていた。その子たちはオナカがメチャンコ減っていても、「カワイー」という理由でミニの方を買うと思う。

●1985・6・6／週刊文春

＊この当時「ブラウン管」は画面構造を超えて、テレビ自体の俗称のように広く使われていた。

コレクターたちにとっての「テレホンカード」の価値

ところで僕は、毎回「ハーゲンダッツがどうした」とか「レースのストッキングに西麻布のカフェバーがこうした」と陽気でナウっぽい若者風のことをノタマっているものの、実のところは所詮、切手コレクターあがりの自閉症である。

やれ「ビードロを吹く女」だ「月に雁」だ、「見返り美人」も捨て難い——というような問題に日々興奮しながら〝切手蒐集〟に幼年期を費した男である。

少年雑誌に載っている甘っちょろい切手関係のコラムでは飽き足らず「郵趣」をはじめとする、いわゆるスタンプマニア専門誌なども小学生の分際で定期購読していた。この手のマニアというのは、のめり込むと当初の志向性とは違った方向に突き進んでしまう。はじめは「綺麗だから……」とか「記念に……」といった、まあ純粋な欲求のもとにコレクション作業をしているわけだが、徐々に「人の持っていない珍品」「投機的な意味合いの価値」を追求するような体質に移行していく。

たとえば切手シートには〝目打ち〟と呼ばれる穴が縦横に打たれている。この目打ちの一箇所がエラーで抜けていないモノや、あるいは印刷の具合が全般に薄いモノ、などにアリガタミを感じたりするようになる。

そして、そういったコンセプトのもとに〝古銭〟〝記念タバコ〟〝記念乗車券〟〝記念ハガキ〟といった周辺グッズの蒐集に手を広げていったり、それらを買い占めて、いわゆる投機ブローカーの道を歩みはじめたり、するわけである。

最近、その手のマニアのアイテムの一つとして「テレホンカード」が加わったようである。趣味の切手屋のドアに「テレホンカードあります」「使用済テレホンカード買入」等の貼り紙を見つけることが多い。お店の中に足を踏み入れてみると、五十種近くに及ぶ絵柄の異なるカードが陳列されている。

大阪で行なわれたイベントにちなんだ絵柄のモノとか、沖縄のナントカ祭りのモノとか、限られた地方で、限られた枚数しか発行されていない種もあり、そういったカードがマニアの間で高値をつけているらしい。

実際、五百円、千円なりのカードをプレミアムを付けてそれ以上の値で売買することは表向きは芳しくないようで、

「ウチは陳列しているだけで、そういうことはやってません」とコソコソと否定する店主が多い。売らないのに何故陳列されているのか不思議である。たぶん客を見ているのであろう。こういうのって、ヤバい裏ビデオを買うみたいで思わずゾクゾクしてしまう。

いまのところ各ショップは、様子を見ている段階のようである。われわれ取材班が秘密裏に調査した結果、各ショップの水面下には何人かの個人のテレホンカード・ブローカーがいて、店を訪ねてきた色気のある客には彼らを紹介する。そして、そのような水面下でカード取引が

行なわれ、状況を見て大手が参入する——というしくみではないか、ということである。

現に、使用済のカードを三十〜五十円で買入れて資源を貯えているショップは多い。

ところで、テレホンカードの面白いところは若い女性の需要が多い商品である、という点である。営業のサラリーマンはともかくとして、電話好きの、外でチャラチャラ遊んでいる女子大生といった、〝自閉的なコレクター〟とは正反対の位置にいる人々が頻繁に利用しているモノである。そういった〝陽の世界のブランド〟がこの世界に参入してくるっていうのは、ちょっと興味深い。

ヴィトンのバッグに使用済カードを詰めこんで彼女たちが切手商の門を叩く。「女子大生使用済のテレホンカード!!」。ま、そういう方向には行かないでしょうけど、なかなか行く末の愉しみな現象だと思う。

●1985・6・13／週刊文春

エッ！ナニ？
NTTになる前のカードの方がエライんだぞ
テレホンカード
50
電電公社
松永みどりさん

逆輸入ニンジャがロンドンからやって来た！

友人の代官山のマンションで白ワインを飲みながら黒澤明の「七人の侍」を観たことがある。その友人はカリアゲ頭の人で、家具なども ロンドンの骨董屋で仕入れてきたもので統一されている。板張りの床の上に直《じか》に置かれた28インチモニターとビデオデッキ、その傍に環境植物としてのカスミソウ。日本の古い白黒のチャンバラ映画みたいな映像は、そういった俗に言うカフェバーっぽいナウの空間にわりとマッチする。

日本のニューミュージックバンドがわざわざヨーロッパまで行って撮ってきたプロモーションビデオよりも、かえってナウっちいものに見えてしまう。

これは以前にも少し述べたが〝日本人の日本人によるファーイースト現象〟のひとつの現れである。カフェバーや六本木みたいなものに飽きてしまった東京人が、いまさらにして「隅田川の納涼舟」や「神楽坂の料亭」のようなものに美意識を感ずる、というやつである。

そのとき、日本人は、日本人の皮を被ったガイジンに変身している。一旦ガイジンになってしまえば、下町のドブガワも養老乃滝のニコミも、腹のダブついたスモウトリも、日常何のありがたみも感じずに飲んでいたホウジチャも、それはそれはキッチュな〝東洋のシンピ〟に早変わりする。

先日、ロンドンで一旗上げたとされるフランク・チキンズという女性デュオグループのコンサートを観に行った。頭髪はもちろん過激にカリアガった三十歳くらいの女性の二人組で、わかりやすく説明すればパンクっぽい服装をして妙な唄を歌う。

公演曲目をざっと紹介すると「フジヤマ・ママ」「エライヤッチャ」「チーバ・チーバ・チンピラ」「イエロー・トースト」「ウィー・アー・ニンジャ」ｅｔｃ。ほとんどが英語と日本語がゴッチャになった詩である。詩が和洋折衷している、という点は現在の歌謡ポップスの状況と同じであるが、「日本語の方に主題がある」というところが、吉川晃司の「ＹＯＵ　ＧＯＴＴＡ　ＣＨＡＮＣＥ」とは違う。

吉川晃司や佐野元春は、英語以外の日本語の発音を、より英語に近づける——という努力をしているのに対し、フランク・チキンズの場合は、英語をより日本人的な発音にする作業に努めているようであった。

ロンドンで何年間も暮らしていた二人であるから、おそらくもっとスピーキングは流暢《りゅうちょう》なはずだ。そういうガイジンのような日本人が、わざとヘタに英語を喋る。これは「代官山・白ワイン・チャンバラ映画」といったウラのかき合いの末期的症状だと思う。

僕と渡辺（和博）さんの前には、ホンモノのロンドンっ子たちがいて、彼女たちのステージを興味深そうに見入っている。彼らの頭の中で、こういった風景はどのようなものとして受けとめられているのだろうか。カブキやスモウと並列した一連のジャパニーズ・パフォーマンスの一つとして見ているのだろうか。しかし大勢を占める日本人観客の意識が、カブキやスモウとは根本的に異なる。日本人たちも「海の向こうから来たもの」としてとらえている点が、会場の雰囲気をとてつもなく妙なものにしている。

ロサンゼルスのハーゲンダッツには〝トーフティ〟と呼ばれる豆腐ベースのアイスクリームがあり、向こうの人たちに人気を呼んでいる。ロスのガイジンが東京の青山を訪れたとき、何故豆腐をベースにした品目が本場に置かれていないのか？　怪訝《けげん》に思うかも知れない。西麻布にあるようなスシバー風の寿司屋も、最初から日本に存在していたもの、と彼らは誤解しているに違いない。

フランク・チキンズの日本公演を観て、「逆輸入商品」に対する日本人の屈折した意識を再確認した。
●1985・6・20／週刊文春

「焼けないサンオイル」を塗って焼く——というナウ

海で甲羅干しするときに、ほとんどの人はサンオイルを塗るようになった。

かつて、小学校の臨海学校ではじめて海に行った頃、いまからおよそ二十年前であるが、その当時、渚でサンオイルを塗りたくっている人はそれほどいなかった。いわゆるナウをしていた一部の若者たちが、発売されたばかりの「資生堂サンオイル」を、ステイタス・シンボルとして使用していたわけである。もちろん、それ以前から「オリーブ油」というものは存在していたのだが、サンオイルという名称が定着しはじめたのは、昭和四十年代に入ってからだと思う。

その頃以来、サンオイルというものは「日焼けを促進する油」という概念がある。つまり、オイルをとにかくいっぱい満遍なく塗りたくれば、紫外線がどんどん吸収されてガインガインに黒くなる、といった意識がある。

ところが実際、近頃のサンオイルは、SPF(SUN PROTECTION FACTORS=太陽光線防御指数)効果をウリにしたものが多い。コパトーンでもロイヤル・ハワイアンでも、パッケージに示された〝4〟とか〝10〟の数値が、このSPF指数である。数が大きいほど、太陽光線は防御され、ゆえに焼けない。

結局、肌を紫外線から守りつつ徐々に焼こう——というのがこのSPF効果のコンセプトなわけであるが、サンオイル自体のイメージが「ガインガインに焼くための油」というものから脱せずにいるため、どうもしっくりいかない。

ロイヤル・ハワイアン・オイルのパンフレットの各種製品のキャッチコピーを紹介してみよう。

SPF2→日やけエンジョイ派に
SPF4→日やけ入門派に
SPF10→日やけひかえめ派に

SPF15→日やけ防止派に

ちなみに、「SPF10」の製品には、こんな解説が付け加えられている。

「お肌の保護に気をつけながら、しかも健康的に日やけをしたい方のためのローションです。ひかえめに、美しい日やけをつくります」

この文面はサンオイルという商品のあいまいさを、実に良く物語っている。

結局、「SPF効果の低いものは、良く焼けるけど、お肌の保護は保証できませんぜ」というようなことを言ってしまっているわけで、ひいては「日焼け」という行為を皮膚健康学的見地からは否定している、みたいにもとれる。

甲羅干しをする人、というのは、意識としては「人より黒くなりたい」と思って寝転がっているわけで、この「ひかえめな日焼け」というコンセプトは、ガンガン吸いたいんだけど、健康を気にしながらマイルドセブン・ライトを日に五本吸う、という行為にけっこう近い。

セブンスターを十本吸っていた人がマイルドセブン八本に落したときに、「マイルド八本吸うくらいなら、いっそ禁煙したら？」なんてことを言われたと思う。で、今回マイルド八本を、マイルドセブン・ライト五本に落した。こういう人がいる限り、「マイルドセブン・ウルトラライト」といった銘柄が近い将来開発され、吸ってるのか吸っていないのかわからないような「ひかえめな喫煙」が横行することだろう。

SPF効果というのは、セブンスターがマイルドに、マイルドがマイルドライトになってゆく状況と何か似ている。強いタールの香りを味わう、という目的でスタートした喫煙が、何となくタバコのようなものを口に銜《くわ》えていれば良い、という方向に変わってきたように、日焼けも、とりあえず油のようなものを塗って、太陽の下に寝転がる、というポーズが何より大切になってきたようである。

●1985・7・18／週刊文春

*「ウルトラライト」の名称こそ使われなかった（ユニクロのダウンには採用された）が、その後「スーパーライト」「エクストラライト」「FK」（P304参照）など様々なニッチ銘柄の登場を経て、「マイルドセブン」は2013年初めに突然「メビウス」と改称された。

セーラーズ詣でに訪れる85年型観光客の体質

渋谷の公園通りの裏道に北谷公園という小さな公園がある。端の方にブランコ、真ん中に砂場があるくらいの何の変哲もない町公園なのだが、昼間から五十人ほどの人垣ができている。歌舞伎町裏の公園にいるような労務者の群れでもなければ、日比谷公園のアベックでもない。大概、中学生くらいの年格好の二、三人のグループと、彼らの付き添い風の四十代主婦によって、その人垣は形成されている。

もうここまでの描写で、お気づきの方はいらっしゃると思うが、これこそあの「セーラーズに群がる人々」であります。

この公園の前の路地をはさんで向かい側には、水兵さんのキャラクターのトレーナーが中高生に爆発的人気を呼んでいるファッションハウス「セーラーズ」がある。

あまりの人気に、現在狭い店内は「入替制」になっており、あふれた人々は整理券をもらって前の公園に列をつくる。夏休み中は平日で約五十人、休日には百人近くの人の列が生じ、約二～三時間待ちでやっと店内に入れる状態が続いた。店に入場すると、持ち時間は十五分で目当ての商品を買い漁《あさ》り、次の回の客と入れ替わる。持ち時間で買いきれなかった人々は、また列の後ろに付く。一日潰して三回か四回チャレンジする人がかなりの数いる、と聞く。列の人に話を聞いてみると「今日、三回目なんだ」とか「今回はシボリ込んできたから十五分でキメます」とか、のうのうと言ってのける奴が何人もいた。

ほとんど「スペースマウンテン」の初期の状態に近い。

木村一八、おニャン子クラブといった中高生に人気の高いタレントが愛用している、ということがブームを大きくしたわけだが、結局、人気のものは「ここでしか買えない」「一つのデザインのものを数十着しか作らない」という〝稀少価値性〟にある。ここまであのマークのやつが氾濫したら、稀少価値も何もあったもんじゃないと思うけど、「マークは同じだけど色使いが違う」みたいな〝微妙な差異〟が大切なわけである。

一応、「メジャーはおさえて、そのワクの中でマイナーをする」といった、今日的な消費者ニーズの読みが、セーラーズのコンセプトの中には集約されている。

当然、偽セーラーズというのは出回っていて、店頭には〝こういう行為は許せない！〟という卜書きと共に、原宿や横浜で売られているニセモノが見せしめにされている。

ところで僕が驚いたのは、前の公園に並んでいる客の半数近くが、大阪や広島、九州などから観光旅行の一ポイントとして、ここに立ち寄っている、ということである。「一昨日は筑波、昨日は東京ディズニーランド」というパターンの観光客が実に多い。筑波とディズニーはわかるけど、このセーラーズとかハーゲンダッツというのは、旅行会社のパック・コースなどからは除外されている「陰の名所」である。

こういった東京の「陰の名所」というか「裏名所」に、遠隔地からの客が群れるのは、結局、広島も福岡も町自体が東京のつもりになってしまった、ということだろう。ハーゲンダッツやセーラーズなどの裏名所は、決して観光パンフレットや東京都二十三区の地図帳には載っていないが、情報誌やファッション誌を東京の人と同じように読みつけているうちに、すっかりオラんちの町のもん、になっていた。

だって、広島の家族連れが、渋谷とは言え、変な路地を入ったところにある見ず知らずの公園で三時間も待ち呆けている、なんてシーンは「はとバス観光」の時代には考えられなかった光景である。

三浦さんがフルハムロード・ヨシエをわざわざ渋谷のわかりにくい路地につくったのもこういう風潮を見ると一理ある。

●１９８５・９・５／週刊文春

Xデー前の「ミウラさん」とXデー後の「三浦」の違い

ほんの二、三週間前まで、何だかんだ言っても「ミウラさん」と〝さん〟付けで呼んでいたウチの母親が、いつの間にかさりげない調子で「三浦」と呼び捨てにするようになっていた。そう言えば僕自身も、いまは「三浦」と平気で言える。これでも、「あの日」から四、五日後くらいまでは、最初つい「ミウラさん」と言ってしまい、途中で気づいて「三浦」と直すような、ぎこちないところも残っていた僕である。

警察に逮捕された人のことを呼び捨てで呼ぶのは、社会通念上、しごくあたりまえのことは言え、「三浦和義」に関しては、どうもしっくりといかない。だって、彼を取り巻く状況は、Xデー以前と、いまのところ（九月十八日）ほとんど変わっていないわけですから。「三浦が矢沢美智子に依頼して、一美さんを殺害の目的で殴打させた」なんて事情も、昼下りのワイドショーあたりで既に中耳のカタツムリ管が腐るほど、聞かされていたことだし、もう忘れかけていたような事柄である。「矢沢美智子」の名を久しぶりに見たときも、「あー、そう言えばねぇ、元ポルノ女優の」「そのあとペンションとかで働いてた……」といった、一種、懐しい印象すら感じた。

いまさら新聞の活字で〝極悪非道な……〟とか〝舌先三寸の女性遍歴〟と書き立てられても、いまいち感情移入しにくい。

僕は年齢的に終戦直後の状況というのを知らないのだが、「悪いアメリカ」が急に「偉いアメリカ」に変わってしまったときの意識に近いような気がする。もちろん、三浦は、二年近く前から悪そうな人ではあったわけだが、Xデー以前は「三浦さん」だったわけで。それが、逮捕という一瞬のイベントを通して、国をあげて「三浦」になってしまう——という展開は邪念のない頭で考えてみると、やっぱし変である。

しかし、彼に対する意識がどう変わったかと言うと、とりあえず「悪い奴である」という公式認定を受けただけで、結局、一般市民の興味の方向性は以前とさほど変わってないようである。

「ほんと三浦って、信じられない奴だよな!」と、世間体的な怒りを新たにした上で、「あのハンティングワールドのバッグ、ホンモノかしら?」とか「ペイズリーのシャツ、青山のキラー通りの○○で売ってたぜ」「三浦の右隣りの刑事、橋本功に似てるよね」「左のメガネの奴は、カラオケでサントワ・マミー唄うタイプね」といった、日航機事故のときと同じように〝事の善悪〟とは別の世界で話は盛り上がるわけである。

そのような、本質的には「逮捕前」とさほど変わりのない俗世間の中で、「報道」だけが火を噴いたように燃えあがっている、という構造が何とも妙である。

同じ日に流れた夏目雅子の悲報には、素直に感情移入できるのに、三浦和義のニュースに関しては、どこかねじれた視点で接することに慣れすぎてしまった私たちである。

それは、「モラル」とかより、所詮「ヤジ馬意識」のエキスの方が強い、ということで、結局「面白い見世物が見たい！」というところに行き着く。だから、たとえ三浦が犯行の状況を自白したにしても、はたまた冤罪が証明されたとしても、最後まで「火曜サスペンス劇場」を見るような目つきで、この事件の行く末を見つめていくことだろう。

だいたい、他の、この事件を上回るような大きな事件、事故が起こったら、三浦のことなどすっかり忘れてしまうようないい加減なヤジ馬たちに、「社会悪を本気で糾弾する!!」ような資格はない、と思う。

「大久保清」も「平沢貞通」も、何年かしてドラマを見て、悪い奴だったはずの主人公に変に感情移入して〝歴史的な偉人〟と一瞬、勘違いしちゃったり。

ホンネを言えば、「三浦和義」って、そんなモノである。

●1985・10・3／週刊文春

ほのぼのとした人間愛を追放した「金曜日の妻たちへパートⅢ」の戦略

タクシーの捕まりにくい金曜日の夜は早目に切り上げて、部屋の14インチTVで「金曜日の妻たちへパートⅢ」を観て、そのあと同僚のコと〝今後の展開〟について電話で話し合ったりするような25歳くらいのOL——というのが東京近辺には割と多い。概《おおむ》ね白レース系のストッキングを好み、バーなどに行くとワインクーラーないしモスコミュールを注文し、結婚準備で退社する折には芦田淳のワンピースを着てくるから一目でわかる。銀座・旭屋書店で買った渡辺淳一の文庫本も部屋のブラインド脇の本棚に二冊ほど並んでいる、と踏んだ。

とまあディテール分析はこのくらいにして、〝金妻《キンツマ》〟というのはなかなか良くできたドラマだと思う。

夫や妻が浮気したり前妻とどうのこうのあったり、という大筋は、ここ十年来それほど斬新なものとは言えないが、「家のつくり」とか「街並」「お茶やお酒を飲む場所」といった、いわゆるディテールの部分でターゲットを計算した工夫が見られる。

まず田園都市線・つくし野という青山、渋谷の延長線上にある宅地をロケーションとして選んだ点。これは、TBSの緑山スタジオに近いという物理的な理由もあるのだろうが、駅前に「焼肉・サウナ・パチンコ」の御三家看板が目立たない立地、というあたりが何より大きい。

つくし野駅前の窓の広い（普段は森村の女学生がパンプキンパイを食べている）カフェテラスで主婦役の小川知子と森山良子が紅茶を飲んでいる。そして窓ごしに見えるポプラ並木とプロムナードを行き交う犬を連れたニューファミリー。

このようなシーンこそが、金妻においてはキモいのである（＊キモい＝当時は「肝」に由来する「重要」の意で使っていた）。

古谷一行と板東英二が帰りの電車で会っても（この二人はやたらと電車の中で隣り合わせになるのだ）駅前の一杯飲み屋でひっかけたり、ましてやパチンコ屋で暇をつぶすなんてことは全くない。町田市小川一の十七あたりに建っていると思われる板東の家に寄って、サンルーム風のスペースに設置されたダイニングテーブルで、板東の妻の小川知子がこさえたスミイカの地中海風マリネのようなものをつまみスコッチを空けるのだ。

だいたい、つくし野とか南町田のあたりってのは、テニスコートとかペットショップはあっても焼肉屋とか一杯飲み屋風の物体がほとんど見あたらない。町ぐるみで〝有線から流れる演歌〟を排除しよう、という姿勢がみなぎっている。

つまり、大工の宇津井健や板前の岡本信人が、有線から小さく流れる山本譲二を聞きながら「ビャロォー、世の中どおかしちるんでぇ!」といった類の愚痴をこぼす余地を与えなかったところに、「金妻」の世界は存在するわけである。

「金妻」に限らず、TBS夜十時台のドラマというのは、四、五年前から一貫して「人情味あふるる魚屋のオカミ」とか「涙もろい大工の棟梁」「一杯飲み屋の暖簾の下から千鳥足で出てくる中間管理職」というものを切り捨て、ホームドラマからほのぼのとした人間愛みたいなものを軽視する方向を貫いている。

そういったものよりも、テニスコート沿いのポプラ並木の風景に、軽いフュージョンやシティミュージック風の挿入歌をかぶせることに気を配ってきたようだ。冒頭で書いたようなOLたちが〝見たくないモノ〟、たとえばあるバーにたどりつくまでに現実ではどうしても視界に入ってきてしまう「回転ズシ屋のイルミネーション」とか「酔っぱらいのゲロ」といったモノをなるったけ見せないようなシーン構成、とでもいいましょうか。

古谷一行やいしだあゆみが働く職場に、ダサい感じの管理職やOLが一人として出てこないあたり、大したもんだと思う。

プロモーションビデオ的なドラマ、として高く評価したい。

●1985・10・17／週刊文春

阪神が猛虎になるのはうれしいがボケ虎がいなくなったら淋しいワィ

いわゆる「阪神」の凄さ、というものを観て来た。

十月八日、快晴。甲子園球場では「ヤクルト―阪神」のカードが行われる。僕と編集担当のカナクラ氏は、切符もないまま十四時十二分発の新幹線に乗った。

阪神電鉄甲子園駅を出ると人垣の中に、早くもダフ屋の姿が目につきはじめる。

「内野券、安くしときまんがな」

この関西弁は必ずしも正確ではないが、紛れもない〝関西系のダフ屋〟が我々の前にたかってきた。我々のように東の都から観光客気分でやってきた者は、こういった〝異国情緒〟を漂わせた〝ダフ屋〟に、弱い。それは、香港に観光に行って、カタコトの日本語を喋るガイドに騙されて、ついつい「記念写真入りのお皿」等を買わされてしまうのと同じで……。僕とカナクラ氏は、気づいたときには関西系のダフ屋に万札を渡していた。

結果、一塁側の内野A指定席を¥2000で購入。正価は¥1700だから、わりかし良心的なダフマン、と見て良いだろう。あとでタクシーの運ちゃんに聞いたら、対巨人戦のときは、〝正価の十倍〟というのが近頃のダフ相場らしい。対広島戦で約五倍、ヤクルト戦というのは、最も手頃なダフ値で買えるカードだという。

観客数も九月以降、巨人戦で約五万五千。今回のヤクルト戦は三万八千。巨人戦の七割の客とは言え、球場は三塁側の外野席と内野寄りを残してほぼ満席の状態であった。

阪神の攻撃になると、震度五の地震の地鳴りにも似たどよめきが外野席の方角から押し寄せ、地鳴りは一瞬にして、観客席全域に広がっていく。活字で書いても、その臨場感というものは伝わりにくいと思うが、一種、新興宗教の読経のような、冗談では済まされないムードがある。

イカ焼きの匂いとネットリとした関西弁のトーンが交差する観客席に五分も身を置いていると、ストレートを七三に分けた紳士的な頭髪は、猛虎団の応援団員の如くクリクリとしたパンチパーマに変化《へんげ》していくような気分になる。「虎の洗礼を受けている」そんな感じだ。

僕たちは球場入口の売店で仕入れた「虎のハッピ」を早速羽織って、虎信仰を昂揚すべく努めた。

RCや爆風スランプのコンサートのマスコミ招待客のように、どこかで冷めた応援をしてしまいがちの「関東からの客」も、こういったハッピみたいなものを身につけると、わりかしすんなりと地元の虎キチの気分に同化できるものだ。売店にヤキトリを買いに行くときなんかも、けっこう堂々とした感じで関西面《づら》をして、球場内の通路を歩くことができた。

ところで、この日は、我々のような即席虎キチストレンジャーの応援もむなしく、3—2で阪神は敗れた。

ゲームセット後「阪神フィーバーの本質」などについて、考察してみた。

確かに球場のムードは凄いのだが、一歩町に出るとタクシーの運ちゃんも、北の新地のホステスのお姉ちゃんも、現地人のリアクションというのは、東の人が思っているほど、のめりこんだものではない。「3―2で負けちゃったよ」なんてフッてみても、「そりゃ実力や」とか「マジック消えてんとちゃう?」といった、予想外に冷めた反応が返ってきたりする。

それは一つには、「もう大丈夫」という余裕から出てくるもの、とも思えるが、基本的には「狂い咲き」を見るような目つきで、虎の疾走を観察している、といった風なのだ。

強い虎は確かにウレシーけど、二十年間茶化し続けてきた〃ボケ役〃を失ってしまうことも少々さみしい。よって、虎がグズグズしているのを見るとき、イライラする反面、「ボケがやっぱりボケとるわ……」といった安心感を同時に感ずるのでは、と思った。

●1985・10・24/週刊文春

六本木・霞町文化を蚕食し始めたニュー風俗=キャバクラへ行こう

前々から行ってみたいと思っていた念願のキャバクラへ、ついに行った。「ナイトタイムス」誌の〃ニュー風俗ランキング〃でも、10月25日号現在王座に輝いている新宿キャッツである。

蛇足だがこの「ナイトタイムス」の風俗ランキング表に、近頃、ディスコ部門が加わり、現在、マハラジャとランフィニ・ジャポネスクが首位争いにしのぎを削っている。風俗関連の媒体で六本木アイテムのディスコが扱われるあたり、新風営法後の歌舞伎町文化と六本木・霞町文化の融合（カブキとカスミのデタント）が、いよいよもって本格化してきた、という感がある。

さて、キャッツで僕についた娘は、東海林さなえチャンと言いまして、ハマ育ちの元サーハー。栗色に染めたレイヤードとロコ特有のハスキーな早口喋りが、稲村（ヶ崎）でグルーピーしていたっぽい過去をしのばせている。

「ここって、マンイーターばっかかかるのよね」

店内にリバースして流れるホール&オーツをバックに、さなえが呟く。

指名をしてもしなくても、とりあえず、女の子がつく。しかし「指名」の場合は点数が付いて、指名獲得ランキングもあがり、それによってギャラも上昇する、ということで、サービスの質も変わる。だけどその〝質〟は、旧キャバレーのようにシャセイ的なものではなく、「左手を女の子のモモに置く」までか、「そのさらに奥まで忍ばせることが可能か」くらいの程度である。で、週に何度も通い詰め、ランキング上昇に貢献した常連客には〝店外デート〟というごほうびが与えられ、ここではじめてシャセイ的な可能性が開ける、ということらしい。

とりあえず店内において、シャセイのニオイはない。超ミニの女の子をはべらせて、ラスベガスとパフォーマンスをいい加減に解釈したようなショウを見たり、ディスコサウンドに乗せて一緒に踊ったり——つまり、カルい感じの女子大生を連れてアソビに来た、という雰囲気を売る店なわけです。

とにかく流れる曲は、ディスコっぽいやつが多い。

マドンナとかドナ・サマーみたいなタイプの音楽は、ニューヨークよりもむしろ東京のキャバクラのスパンコールと赤レーザーが飛び交うショウ、というシチュエーションに最もフィットするように思う。

冒頭で「カブキとカスミのデタント」の件に触れたが、結局、キャバクラというスペースは、マハラジャのＶＩＰルーム感覚にカブキのエキスを注入したようなものだ。ああいった六本木近辺の高級ディスコのＶＩＰルームに入ると、中小企業の若社長風の男が水っぽいコンパニオン顔の娘をはべらせて、普通の水割りを飲んでいたりする。

あのＶＩＰルーム内に漂う退廃したムードを大衆的なクラスにもってきたものがキャバクラやキャンパスクラブの類である。そしてキャバクラの内装をコンクリート打ちっぱなし風にして、アートがかったインテリアをほどこし、ショウの踊り子をメキシカンや東南アジア風のオカマに変えると、近頃、六本木近辺にチョボチョボとオープンしているアートスペース風のバーになる。

即物的なシャセイ、というものを二次的なテーマに後退させ、エンタテインメントの部分を前面に押し出したキャバクラというスペースが、風俗産業の一アイテムとして定着した事実は興味深い。

今後は、さらにカスミのエキスを強めた「カフェキャバ」（カフェバー＋キャバクラ）とか、ウェイティング・バー付きのファッションヘルス「バーヘル」といった、屈折した方向に進んでいきそうで愉しみである。

とにかく、身の回りのナウは何でも吸収してしまうところに、ニュー風俗の凄味はある。

●1985・11・7／週刊文春

街に蔓延する「松本小雪病」の症状

「夕やけニャンニャン」というマットーなサラリーマンはほとんど見れないような夕方五時台のバラエティー番組が随分前から話題になっている。

で、この番組の人気は、レギュラーのおニャン子クラブととんねるずによって支えられているわけだが、そういったレギュラー陣の一人に松本小雪というやったらマユの濃ゆさ加減が目につく娘がいる。

レギュラー陣も、出てくるトーシロの学生さん達も、いわゆるその手の番組にぴったりとハマリ込んで大変元気がよろしいのだが、この松本小雪と最近レギュラーに加わった土屋昌巳というミュージシャンだけ、めっきりとクラい。覇気がない。（番組内で〝土屋さんと小雪を明るくしよう〟みたいなテーマのコーナーもある）

「オールナイトフジ」以降、TVに出てくる若いトーシロの娘さんたちは、とりあえず、笑顔をつくって、早口で「○○とかもカワイイと思っている会員番号○番・田口サナエです」みたいな話法と、言い終わった後に自分で拍手をする一つのパターンを身につけたわけだが、一方で松本小雪のような〝ただポーッとしている〟ズレたやつも、その対極のものとして現われるようになった。

おニャン子クラブの人たちというのは、半シロウトながら、一応ハガキとかプレゼント紹介の文などを時間内でキッチリと読み終えようとする職業意識のようなものが感じられるのだが、松本小雪ってのには、そういう「ちゃんとキッチリやろう」みたいな従来の送り手側のセオリーが丸っきし欠如している。

普通の人は、マイクを握ってTVカメラが作動したら、むりやり送り手側の人っぽい演技をヘタなりにしてしまうものだが、彼女はそれすらしようとしない。ほんと、ただスタジオで、家と同じことをやっている凄い人なのである。

松本小雪に関しては、かなり前から「妙な女である」等の報道がなされていた。しかし、僕は、どうせ慣れてくればヒョーキンな一面とか、お茶目な仕種なんかも見せたりして、みんなに愛されるマスコット的な存在に変貌していくのだろう、と高をくくっていたのだが。

甘かった。松本は、相変わらずソッケない顔をしてヤな奴ぶりを発揮しきっている。

で、まあ松本小雪の場合は、一応、田辺エージェンシーのタレントさんなわけで、そういったイジョーなソッケなさがウリになれば、それはそれでタレントとしては優秀ということだが、近頃、この「小雪モドキ」みたいな一般人が巷に増えている。

大概は、ハウスマヌカンとか美大系の学生とかなのだが、「ソッケなさ」や「ワケのわかんなさ」イコール「オシャレ」というコンセプト。

たとえば、初対面で会ったときに、営業笑いひとつ作らずにポーッとボケていて、いきなしポツリと「あたし、パセリになりたいんだ」なんて言っちゃうんですね。で、「キミって変わってるね」とか返すと、またかなり間をとってから「だって、あたしのチチって、シマウマなんだもん。だから、シマウマ語でコードが打ちこんであるの」。

けっこうこういうやつって、難しい思想書の名前を暗記してたりして、音楽の趣味なんてのはもう完全にオペラにイッてしまっている。「ハーゲンダッツ級の全国区クラスのナウ」が世の中で最も×、と考えている。

中部山岳の山奥の方から、ハングリーをいっぱい背負って上京してきた人って、ここにいく危険性が高いと思う。

せっかく花の都に上ってきたのに、わかりやすいナウは一つも見あたらないし、そこで仕方なく「シマウマ語」や「オペラ」を選んでしまった。こういうアブネー感じの人たちって、今後ますます増えるような気がする。丸の内あたりにもね。

●1985・11・28／週刊文春

素人と単なる四方山話をするだけで一時間三千円払うテレクラの奇怪

去年のいま頃は、世田谷の三軒茶屋で地下の電話ケーブルが火災を起こして、「電話命《いのち》」の現代人たちをパニックに陥れていた。

それから一年。巷には「テレフォンクラブ」（テレクラ）なる怪しいスペースが新宿歌舞伎町界隈を中心に勢力を伸ばしつつある。最近、唯一愛読している雑誌「週刊ナイトタイムス」でそのテレクラなるものの存在を知ったオレは、早速、新宿近辺にある某テレクラに足を運んでみた。テレクラは、パチンコ屋や喫茶店が並ぶ繁華街の老朽化した雑居ビルの三階にあった。

狭い階段を登っていくと、ドアの前に出前の天丼のどんぶりなどが放っぽったままで、ほとんどセコいサラ金の入口のような佇いである。

ドアを開けると、すぐ脇に事務机があって、いい加減な浪人生風のお兄ちゃんが座っている。いわゆるニュー風俗関連の従業員というのは、旧風俗の「る〜とこ」（トルコ）や「ストリップ」と違って、従業員にパンチパーマが少ない。あったかくなれば湘南あたりにウインドに出掛けていきそうな普通のケンカの弱そうな若者が、サイドビジネスとしてこの手の産業にツマ先を突っこんでいるケースが多い。ここで千円を払い、免許証（身分証明書）を見せて会員登録をする。

さて、部屋が空いていれば、さらに使用料（だいたい一時間三千円くらい）を払い、〝電話のある部屋〟に通されるわけだ。

部屋は、約二畳。まん中に小さなテーブルと応接間風のイスが一つ。そして、テーブルの上には主役の電話機が一台。傍にはワキ役のクリネックスティッシュとクズ箱。それと灰皿。

ここで一時間、ただボーッと電話が鳴るのを待つ。

かつて「テレフォンセックス」と言えば、いわゆるプロのお姉さんとモシモシして、マニュアル通りのアハーの声など聞きながら、シコシコ作業をするという形態のものだった。ところが近頃話題のテレクラのウリは、相手が「微笑」や「新鮮」の告知広告を読んでかけてきたシロートさん、という点。よって、お客のボーイズたちは、狭苦しい二畳間の中で、じっと息をこらして獲物がかかるのを待つしかない。
二、三分静寂があって、いきなり「ルル～」ときたときの緊張感はなかなかのものである。初心者は、思わず一瞬とまどってしまう。しかし、約十部屋の各々の客が一本の「ルル～」を取り合うわけだから、ぐずぐずしていたら、いつまでたってもお喋りができない。
「最初から受話器をはずして、プッシュボタンを押したまま待機し、受信音のアタマを聴いたと同時にボタンを離す」というのが、テレクラ通の必勝テクニックらしい。もう、こうなってくるとほとんどゲームの世界である。オレはファミコン「スパルタンX」の三面にチャレンジするようなピリピリした心構えで、「ルル～」の進撃に立ち向かい、結局、三本の電話をとることに成功した。通話者の内訳は以下の通りである。
①埼玉の、彼と別れたばかりの20歳の看護婦。
②彼が出張中の20歳の大学生（法政らしい）。
③ケーハクな野郎のイタズラ電話。傍で女の声。
③は除外するとして、とりあえずココにかけてくる女たちは、やたらと喋る。で、いわゆる「アハー」の方向には行かずに、「いま金妻観てるの」とか「部屋のストーブの点《つ》きが悪くて……」といった単なる四方山《よもやま》話をペラペラとまくし立てたあげくに、自分の彼との話などをはじめる。受け手のオレの方は、ほとんど人生相談をしているような感じで一時間を過ごした。
もちろんアハーの人たちも中にはいるのだろうけど、見ず知らずの女と、お互いの顔も素姓もわからない電話という道具を通して、「金妻の内容」について話し合う方が、考えようによってはワイセツに思えた。

●1985・12・5／週刊文春

スーパーマリオに冒されてしまった私

とにかく近頃は左手の親指が痛む。正確に言えば第一関節の少し下の筋のあたり。非道《ひど》いときは左腕のつけ根から胸筋にかけてのあたりまで、プールでいきなりクロールを二百メーターくらい泳いだあとのようにもったりとカッタルくなっていた。

僕は決して、左利きのパチンコ・マニアではない。結婚祝いに友人たちから貰ったファミコンのせいである。

ここまでかたくなに拒んできた麻薬に遂に手を出してしまった――そんな感じ。先日、「スパルタンX」を卒業して（四面の毒蛾が出てくるあたりでメゲた）、いまは「スーパーマリオブラザーズ」。この文章が活字になる頃には、八面までクリアーしていたい、と願っている。

まぁここでゲームの内容の説明をしても、おそらく伝わりきらないと思うのでやめるが、とにかく初めてやる人にとってはとんでもないほど難しいゲームなのである。いつまでやり続ければゴールが見えるのか、いまの段階では予想もつかない。たとえばの話、一生をこのゲームのために費してもいいぜ！　と、三十路近い大人に一瞬思わせるほどの魅力はある。魅力なんてなまやさしいもんじゃないかも知れない。親指のつけ根がズキズキ痛んでも、〆切が迫っていても、自然と身体がゲームモニターに向ってしまうのだから、一種の覚醒剤だよね。

いわゆるファミコンのゲームソフトの内容というのは、大きく分けて二パターン。一つは、相手と得点を競い合う「スポーツ競技物」。そしてもう一つは、勇者が悪者や悪の兵器を倒しながらお姫様を救い出しに行く、いわば「冒険ファンタジー物」。「スパルタンX」も「スーパーマリオ……」も後者である。

イイモンの勇者や兵器に感情移入しながらバスバスと悪を破壊していくという構造は往年のインベーダーゲーム以来のものであるが、いま思うと「ああ、あの頃はなんてなまやさしい時代だったんだろう……」と、しみじみとしてしまうほど内容は高度になっている。この手のゲームをやっていると、「人間は進化する動物」ということをつくづく思い知らされる。ほんと、一面をクリアーするたびに、〝小さい頃自転車の補助輪がとれて、さらに手離し運転が出来るようになった〟ときと同じような「成長の悦び」を実感する。

そういう訳で、僕のまわりでも、日を追ってファミコンにのめり込んでいくいい大人たちが増えている。家だけでは飽きたらず、出張先のホテルのTVに配線してまでやったというサラリーマンの話も聞いた。しかし、いまのゲームは前述したように、息つく暇もないほど難しいので、読書やレコード鑑賞をしていたときより煙草の量がグッと減った、という人もいる。

クリスマスを前に、任天堂の一万五千円くらいする「ファミリーコンピュータ本体＝HVC—001」は、ほとんど予約をしないと買えない状況にある。ことし一年で販売台数は五百万台に達するとさえ言われている。

休日、秋葉原の電気街を訪れると、イシマルやナカウラやラオックスのファミコンコーナーには、小中学生の人垣ができている。彼らは販売用に展示してある〝ただゲーム〟を延々とやり続けて品定めをしているわけだ。一種の立ち読み、というか〝立ちファミ〟ですね。で、店には月に十本くらいのわりで新発売されるゲームソフトの一欄表が貼ってあって、入荷日近くになると「オジさん、〝1942〟入った?」とか言ってダダーっと押し寄せてくるのだ。

彼らのお手並をしばらく拝見していると、九九も覚えきってないような奴がやたらとウマイ。左手の親指のあたりに目を向けてみると、第一関節の周辺部が妙に太く発達しているようにも見える。こういうガキがいっぱいいると思うと、ナウのオジさんも少しビビる。
●1985・12・12/週刊文春

*ちょうどこの頃、渡辺和博、みうらじゅん両氏とともにマウイ島へ旅行、レンタカーの窓越しの景色をスーパーマリオの背景にたとえて、各面のBGMを口ずさんでいたことを思い出す。

[特別ルポ]ハレー彗星を清里高原に見た!

それは素晴しい一日の幕開けでした。'85年、十二月の初旬。ハワイ・マウイ島から帰国したばかりの僕と渡辺(和博)氏は心持ち厚着をして編集人・カナクラの待つ京王プラザホテル南館ロビーに向っていました。

「いよいよ、だね」

渡辺氏がいく分、頬のあたりを紅潮させて言うと、僕はそれに応えるように頸動脈をビクビク震わせながら、冬日が傾きはじめた西の空を見上げました。

そして、カナクラの運転するピアッツァ・ターボは中央高速を一路西へ。〝八ヶ岳山麓ハレーウォッチング・ツアー〟は、こうしてスタートしたわけです。

八ヶ岳の東南側の山麓に甲斐大泉という小さな町がある。鉄道を利用して行くと、中央本線の小淵沢で小海線に乗り換えて、二つ目の駅。もう一つ先は、メルヘンチックなペンション街として有名な清里、さらに先にはかつてＳＬマニアの間で撮影名所として栄えた野辺山がある。

僕たちが「ハレー拝観」の場所に選んだところは、その甲斐大泉駅から少し入った森の中にある〝ペンション・ステルラ〟。英字で書くと“STELLULA”となる。これはラテン語で〝小さな星座〟の意味。ここのペンションには天体観測室が設けられており、そこからありがたきハレー様を拝観しよう、というわけである。

ハレー拝観にあたって、僕はこれより数日前、渋谷西武のオモチャ売場で「ハレータイム」という〝一目でハレー様の位置がわかる〟という秘密兵器を買い求めている。時計盤の端っこのボタン（ハレーモード・ボタン）をプッシュすると、地球・太陽・火・水・木・金・土星の位置が蛍光ランプで表示され、さらにもう一押しすると、太陽と地球の間のあたりを「ピピピッ」と音をたてながらハレー様が通過していく――といったタイソーなグッズなのである。

まあ良く考えてみれば、こういったあいまいな位置がわかっても、実際のところハレー観測には何の役にもたたないわけであるが、「ブームに乗じてムリヤリ作りました」って感じのいかにも日本的な商品コンセプトが読みとれて、僕はこのハレータイム、けっこう気にいっている。

僕たちはハレータイムを「ピッピ」言わせたり、さらに気分を盛りあげるためにユーミンの「DA-DI-DA」のカセットなどを聴きながら、メルヘンの里へと向っていったわけである。野郎三人で冬枯れの中央フリーウェイをユーミン聴きながら流す――というのも、ハタから見ればかなり気色の悪い風景ではあるが、これからハレーロマンに浸ろう、というとき、このくらいの雰囲気作りは必要であろう。体内の毒素を絞り出して一刻も早く「エー、ウッソー」体質の女子大生に変身しといた方がよろしい。

さて、その天体観測室のあるペンション・ステルラの内装は、と言えば、ダイニングのまわりにロマンチックなお星様のフォトが飾られ、食器棚にはもちろんブルーベリー、コケモモ、リンゴの〝ペンション御三家ジャム〟が並んでいる。

そして、ダイニングより一段低くなったリクライニング・ルームには、背の低いクッション・ソファとおなじみの白いガットギター、さらに極めつきの〝PREPPY'S IDOL〟のカモ（インテリア雑誌に必ず出てくる木作りの水ガモ人形）などが備えられ、メルヘン度に拍車をかけている。

こういうスペースの中でモーツァルトを聴いて、ウーノのカードをペラペラめくったりしながら、僕たちは徐々に「ハレー拝観者」としてふさわしい体質に矯正されていくのである。

ハレー様の拝観は、夕食後の八時半から開始される。

「それまでにオフロに入られたらどうですか?」と、ペンション夫人が勧める。そうか、ハレー様を拝む前には身を清めなくちゃいかんのか、と一瞬思ったのだけれど、やっぱり湯冷めしそうなのでやめにした。ハレー様、ごめんなさい。八時半、という時間は、別にもったいつけているわけではない。陽がおちて時間が経過して、ある程度夜空が黒味を増してからでないと、ハッキリと見えないらしい。十二月頃のハレーの光度というのは、そのくらい弱いものなのだ。夜更け過ぎまでネオンが瞬いている街では、さらに遅い時間を選ばないと観測は難しい。

窓から空を見渡すと、とりあえずいまのところは満天の星である。「ハレーを観よう」とはるばる遠くからここにやってきても、あいにくの悪天で、拝めずに帰っていくお客さんも多いらしい。「グヤジ〜、またハレーが見えなかったよぉ。クッシュン!」なんて文章が、例のマルい文字で緑のボールペンを使ってペンションらくがき帳に書かれていたりする。本題の〝ハレー観測〟まで、アレコレもったいつけてここまで引っぱってきたが、「そう簡単にハレー様は拝めないのだ!」ということを、読者のみなさんも良く理解していただきたい。

八時三十二分。いよいよ僕たちは観測室に入ることを許可された。室の中には、21センチ

（レンズの円周）の天体望遠鏡をまん中に、案内役のお兄さん（二十代前半くらいの童顔の青年。アニメの主人公の少年役の声優、って雰囲気）。そして、横浜からハレーを見にやってきたという星好きのＯＬが二人。僕たち三人を加えて計六人が、四畳半くらいの円型の狭い室の中に入っている。球型の天井は、空を見るスペース分開いているので、かなり寒い。氷点下五度くらいとのこと。

最初に、アニメ声優のお兄さんの解説のもと、カンケーない星をいくつか見せられた。「見せられた」と表現するにはしのびないほど、それはそれで美しいものなのだが（たとえばオリオンとかコグマとか）、やっぱしこういうときってのは、なかなかはじまらないＳＭ白黒ショーを待ちつつ見ている腹の出たオバサンの踊り、って気分になってしまう。すいません、せっかくメルヘンがモリ上がってるときにハレー様をストリップなんかに比喩してしまって。

とにかく、ぶるぶる震えながら、僕たちは大トリのハレー様の拝観を待った。フツーの、ヒラの星座の観賞が一区切りついて、ガイドのお兄さんは大きく深呼吸をした。それはハレー様の拝観に臨む前の精神統一、のようにさえ見えた。

「いよいよですね、渡辺さん」と、僕は心の中で呟きつつ目配せをすると、渡辺氏は感慨無量、といった顔つきで見返した。

お兄さんが位置をセットし、ギャルたちから順に望遠鏡を覗く。「エー、ウソ、ドコ？　ホント　カワイー」などの歓声が聞こえ、そして、僕の番が……。

望遠鏡を覗くと、無数の光るものがプレパラートの中にゴチャゴチャしている、って感じで一見どれがハレーなのか、良くわからない。解説を聞いて、どうもペガスス四辺形の少し下、うお座の端っこの方でボッと滲むように光っているやつが、問題のハレー様らしい。

「尾を、ちょっぴり引きはじめてるでしょ?」とガイドの兄ちゃんは言ってるけど、あまりその辺は良くわからない。しかし、そういうつもりでじっくりと見つめてみると、左に向って引いているような気もしないでもない。いや、ここは引いていることにしよう、せっかくなんだから。

こんなこと言っちゃハレー様に失礼かも知れないが、フツーの星と変わらない、と言えば変わらない。期待したわりには、わりとあっさりとした幕切れだったので、急に、何かこのまま引き下がっちゃ寂しいような気がして、僕は五度くらいレンズを覗き直したりした。しかし何度見ても、ハレー様は、「ボッ」と切れかかった60ワット電球みたく、けっこう情けない雰囲気で空に滲んでいらした。

七十六年前、一九〇九年から一九一〇年にかけての接近の際には、「彗星の尾に青酸ガスが含まれている」「よって地球上の生物は全滅する」などの噂が世界中で飛びかい、フランスでは毎夜のように〝最期のカーニバル〟が開かれたり、アメリカじゃ、〝処女をいけにえに捧げよう〟みたいなワケのわかんない運動がモリ上がったらしい。日本でも、〝この世の終わり、アソばにゃソンソン〟ということで、花柳界がにわかに活気づいた、なんてハナシもある。

ま、〝花柳界がモリ上がる〟あたりの状況は、いまと似ている。ファッションヘルスもキャバクラも、六本木ギャルの黒人ハントも、ハレー接近のせいということでおちつく。

しかし、七十六年前のハレー騒動に関する記事などを見て思うことは、「実際はそれほど大袈裟なものじゃなかったんじゃないの?」ということである。

〝満天をハレーが尾を引いて輝いてた〟とかいうけど、ほとんど物的証拠となるような、たとえばエンパイヤステートビルの脇っちょの方にハレーが飛行船ツェッペリンみたいな感じで浮かんでいる、なんて写真は見たこともない。「七十六年前のホウキ星は、それはそれは大きく立派に見えたものでしたよ」などの、長老の談話がたまに載ってたりするけど、あれもどこか怪しい気がする。関東大震災でウチの方がひどく揺れた——みたいなことを、長老同士が自慢する感覚に近いのでは、と思う。

結局、ハレー彗星ネタの面白さは、接近の周期が人間の寿命程度の〝長い〟周期であること。短すぎてもありがた味はないし、〝何万年〟ってくらいの長さになってしまうと、孫子に大袈裟に語り継ぐ悦びがなくなる。

だから、私たち'85〜'86年のハレー接近にあたった年代も、次の二〇六二年を見そうな息子や孫たちに向けて、たぶん相当大袈裟にハレー騒動の件を伝えることだろう。「あのときは東京中の店が売春宿になって、みんな朝までハレー観ながら騒いだもんだ」とか「東京タワーの先っぽにハレーの尾がぶつかって焦げた」とか。

きっと見てないやつまで「見た」っていうにキマってる。

●1986・1・2&9/週刊文春

アイドルオーディション化する六本木界隈の「ヤングカラオケ」

ファミコンもやっぱり飽きる。シンセサイザーのあのピッピポというＢＧＭがたまらなく不快に感じられることが近頃多い。瞬間、モニターの中で飛び跳ねるスーパーマリオが、あたかもいま別れようとしている女のようにうっとうしい存在に見える。「なんで、こんな奴のこと好きだったんだろう……」。一時は〝悪性のファミ中《チュー》〟とも思ったけど。結局、「アメリカンクラッカー」や「スーパーボール」と大差のないオモチャだった、ということがわかった。で、いまはカラオケに夢中なオレです。六本木近辺の「最近の〝ザ・ベストテン〟に入っているような曲しか置いてない店」に良く行く。

まぁこの手のヤングサラリーマン、学生を対象にしたカラオケバーは別にいま始まったわけではない。二、三年前からその種の〝アイ・ジョージをメドレーで唄う小指の立ったオジさんの来ない〟カラオケに通っている学生の話を聞いていた。最近の注目すべき傾向としては、客がますますプロっぽくなったことと、そういった「ヤンカラ」（ヤング向けカラオケバー）に、従来のカラオケに見られるようなスタンダード、たとえばフランク永井の「おまえに」、布施明の「そっとおやすみ」みたいなもんが定着しつつある、ということ。

以下はそのラインナップだ。

〈ヤンカラの定番曲《スタンダード》〉

・チャコの海岸物語／サザンオールスターズ
・六本木心中／アン・ルイス
・赤いスイートピー／松田聖子
・十戒／中森明菜
・ワインレッドの心／安全地帯
・恋におちて／小林明子
・雨の西麻布／とんねるず
・桃色吐息／高橋真梨子

これらの曲は、新曲が出てピークを過ぎても、安定してリクエストされている。ざーっと見渡すと、どことなく〝六本木っぽい水商売〟の雰囲気にフィットしている旋律、詞が浮かぶ。

従業員も大概の店では、カルチェサントスを腕にはめて水に浸《つか》ったポッキーチョコを運んでくるお姉さんの替わりに、ソフトなコールドパーマをあてた荒《すさ》んだ羽賀健二顔のホストたちがステージのまわりにズラズラと立ち並び、入れ替わり立ち替わりＭＣ（司会進行）をして、合い間にショウタイムなどもこなす。ホストの中には、トシちゃんの唄マネ振りマネがやたらと巧い奴が必ず一人はいる。

この手のヤンカラの真髄は、なんと言っても「新曲にいち早くチャレンジし、振りまでも含めてソレっぽくキメる」ということだ。つまり、前に掲げたような定番（スタンダード）も定着しつつはあるものの、それは新曲にうとい初心者がブナンな線、ということでリクエストするもので、通はあくまで新曲（それもザ・ベストテンにランクインしたばかりの）を渡り歩く。

銀座や新橋の中年サラリーマンの集うカラオケでは、とりあえず〝唄の巧さ〟が評価の対象にされた。つまり、いつも聞かされるおきまりの「大利根無情」であっても、歌唱さえちゃんとしていればスターになれた。しかしヤンカラは冷たい。いくら声量があっても、音程がしっかりしていても、桑田にちっとも似てない〝チャコウミ〟（チャコの海岸物語。常連はこう呼ぶ）をやり続けていたのでは、スターの道は遠い。

ほとんど仕種まで明菜になりきった娘が、ヒットスタジオで発表されたばかりの新曲をビデオで繰り返し観てコピーし、このステージでいち早く披露する。六本木界隈のヤンカラは、一種、アイドルオーディション番組みたいな空気が漂っており、ヘタな素人が安易に舞台に立つには危険だ。

僕は現在、田原俊彦の「It's BAD」をレコードまで買って特訓しているのだが、これも二月上旬までにキメとかないとヤバイ。

●1986・2・13／週刊文春

'80年代コラムあらかると❶

女子大生菌の襲来

会社の中でも、営業の人というのは、何かムリヤリ元気している風なところがある。たとえば昼飯を食べに行った帰りに、横断歩道の真中あたりで同僚とバッタリ出くわす、なんてことがよくあるが、営業の人というのはこういうとき85％くらいの確率で、すかさず冗談でツッコミを入れる。「アラ、またサボッちゃって……」とか「ザルソバばっか食べてちゃダメだよ」と、さすがに5メーターくらい手前で咄嗟に考えたネタだけあってほとんど笑えた代物《しろもの》ではないが、とりあえずニヤッとしてあげる。とにかく、知り合いに会ったら、何か突っこまずにはいられない体質になっているようである。

エレベーターの閉まり際、というシチュエーションでも、5秒くらいの間に機関銃のように用件を喋りまくる。この用件も、別に「いま言っておかなくてはならない」ほどのことではない場合が多い。瀬戸際で何かアクションを起こすことによって、自らを盛りあげているのだろう。ボーッとしていると、身体がくさっていくような恐怖感に襲われるのかも知れない。

OLの場合も、営業の人に似て、瀬戸際でベチャクチャと喋るのを好む。しかし彼女たちの場合は、それがごく自然な感じで交わされている。道でバッタリ出くわしたときなどもきわめて自然な雰囲気で、「わぁ、カワイイ、変えたのぉ、髪型ぁ……」と、フワーとしたツッコミでくる。こういったツッコミをすれ違うまでに考えつかないときは、ニコッと微笑んで、胸の前あたりに手をさし出し、小さくバイバイのポーズをして立ち去っていく。「さよなら」をするわけではないのだから、このポーズも実に意味のないものなのだが、会社のビルの前などを通ると、よく女の子たちが、このポーズをやり合ってはお互いに喜びをわかち合っている。

男の営業マンたちも、これができれば、ムリヤリ用件や冗談を思いつく必要がなくなる。街頭でお顧客《とくい》さんと対面したときもニコッと微笑んで、胸の前で小さく手を振り、それに応えるように、お顧客さんもバイバイの振りをしてくれたら、どんなに楽だろう。男というものは、カワイサよりもタクマシサみたいなものを追求してしまったばっかりに何かと苦労が多い。

ところが近年、その辺の状況が少し変わってきた。営業マンでも20代前半くらいの若手は、横断歩道の途中で同僚と会っても、ニコッと首を10度ほど斜めに振って、立ち去っていくようになってきた。この「ニコッ」の表情が、30代の営業マンに較べて無理がない。さりげない。ちょっと気色悪いけど、カワイイのだ。沈黙が怖くてムリヤリ作った顔っぽく見えないところがすごい。

この傾向は、いまの大学生くらいからあって、いわゆる女子大生風の青年が増加している。さりげないバイバイのポーズと、それに伴う笑顔の作り方も、女子大生が世の中で一番うまい。物事をブナンな感じで切り抜ける——ということに関しては彼女たちの右に出る者はない。そういった、「ブナンな感じの仕種やポーズ」ができるようになる女子大生の菌に、20代前半のサラリーマンあたりまでが感染している。30代の営業マンたちが促進する「ムリヤリ元気のツッコミ」が「ブナンな感じの仕種」に侵食されつつある。ムリヤリ元気の営業マンたちが人前でダジャレや流行語を連発しているのを垣間聞いて恥ずかしい気分になったりしているキミは、すでに女子大生菌に冒されている。いまは、ブナンな感じの笑顔で、あいさつを交わす程度のものだが、近い将来必ずあの「バイバイ」のポーズを大手町の交差点で同僚とやり合ってはハッピーな気分に浸る日がやって来ることだろう。

●1984・7／GRUNDY

カリフォルニアン・ニューウェーヴ

僕は、28歳になる最近まで、うちの近所にある「小さい頃から通っていた、普通の床屋」に行っていた。しかし、半年ほど前に、その普通の床屋のオッサンは、何を血迷ったか「これからはカリフォルニアン・ニューウェーヴだぜ！」と不敵な笑いを浮かべ、僕のモミ上げをスッパリとバリカンで刈り取ってしまったのである。つまり、僕のサイドヘアーは「テクノポリス」をやっていた頃のYMO、に近いものになった。

他《ほか》の部分もYMOになっているのなら、まだカッコはつくのだが、後頭部や前髪は、いわゆる〝普通の床屋のカッティング〟であったため、僕はかなり地味な気持で以後数日間を送った。

その頃はサラリーマンをやっていたので、カリフォルニアン・ニューウェーヴの髪型をして、スーツにネクタイを締めて通勤する。オフィスでは、ＯＬたちに笑われる前に、自分から「これ、カリフォルニアン・ニューウェーヴってんだぜ！」とか言って、おどけてみたりの、苦難の道を歩んだ。

しかし、「本格的な災害」はその後に訪れた。刈った毛は生えてくる。それも徐々に。つまり、元の、普通のモミ上げに戻すためには、ワキ毛の剃り跡のようなゴマ塩の状態を通過しなくてはならないのだ。その状態を拒んで毎日カミソリを入れることは、永遠に、「カリフォルニアン・ニューウェーヴ」ということである。

僕は決心した。「どうせ失ったモミ上げなら」というなげやりな気分で、ポパイ誌のヘアー特集に載っていた〝青山あたりにあるニューウェーヴ床屋〟の電話番号を探した。

電話で道順をあまり詳しく聞くと、どこかの田舎のミーハー、と思われそうなので、「根津美術館の方でしたよね……」と、さもその辺の事情に通じているようなツッコミをして、10分近く店の周辺をうろついた末、どうにか目的地に辿りついた。

店に入ると、ベストＵＳＡなどでは流されないＵＫもののラップや、マイナーなレゲエとかがわりと低いボリュームでかかっていて、顔色の悪い無表情なヘアメイカーたちが、彫刻を造るような目つきでハサミを執《と》っている。常連の客は、店のお兄さんのマルボロを1本もらって、冗談を言ったりして動作にそつがない。初体験の僕はと言えば、首の曲げ方一つとってみてもぎこちなく、ヘアメイカーの提案に「そうですね」と、緊張しながら答えるのみであった。

そんな居心地の悪そうな「オシャレ床屋」のことを、僕は愛してしまったようだ。3回ほど通ったが、まだ一言も冗談を交わせない。

担当のヘアメイカーも、相変わらず無表情である。店に入るときは、やっぱりいまでもドキドキする。

こないだ、初めて店内のソファでタバコを喫った。少しずつ、なじんでいく。中学生の頃、初めて女の子に電話してつきあい出す感じ、そんな「キュッとした緊張感」に溺《おぼ》れている。

●1984・10／スコラ

カフェバーが消える日

カフェバーという単語をヤング誌媒体で使えるのは、恐らくこの夏あたりまでであろう。以後使用する場合は、〝ちょっとアナクロだけど……〟とか〝ひと頃流行《はや》った例の……〟なんて修飾語を付けないと、何かと書きづらい単語になりそうである。だいたい、ディスコという言葉自体、いまや不用意に使えないではないか、わが国においては。

西麻布の交差点近くにある「レッドシューーズ」という店は、いまのカフェバーの走り的なところで、2年ほど前は頭を刈り上げたスタイリスト風の人と、ジャケットのすぐ下がTシャツの金回りの良いアパレル関係者しかいなかった。それがいまや、普通のアイビーのブレザーを着た若手の会社員や、1年半前のニュートラの服装をした女子大生なんかに占領されて、元いた刈り上げの人たちは、代官山方面に逃げたり、路頭に迷ったあげく凍死する者も相次いでいる。

カフェバーの寿命を縮める主因となりそうなのが、天井から吊り下げられた扇風機である。これはもう、最初に目にしたときから「危ないなあ」と思った。「あ、これ、ギャグのネタになっちゃうなあ」と、土気色の顔をしたガン患者に出くわしたときのような心境になったのを憶えている。'82年夏、むし暑い晩のことであった。

スピーカーといえばBOSE、の店があまりに集中していた点も気がかりだった。ビデオ装置なども、もちろんのことである。ディスコがヤバくなったのは、ジョン・トラボルタのおかげであった。「サタデーナイト・フィーバー」という映画が当たって、会社の管理職クラスまでが「ディスコでフィーバー、なんちゃって」と冗談を言い始めた頃から怪しくなってきた。いま生き残っているディスコは、肩書きとしてのディスコを払拭《ふっしょく》して、飲んだり食べたりする場所に、踊れるスペースも用意しました——という形式のものである。

ディスコも、カフェバーも、社会風俗として扱われた瞬間から、オシャレではなくなる。その、たとえばの話、暮れにやる「ことし1984年」といったドキュメンタリー番組でマイケル・ジャクソンのビデオの脇で、ラムやらウォッカやらを飲んでいる若者たちの姿が紹介されるようになっては、もうおしまいなのである。そのときにTV局の人は、やっぱり天井扇を入れ込んだ構図を組むだろう。ギラついたものは、商売として儲かるけど、寿命も短い。地味なものは、商売としても地味だが、寿命は長い。これは、ピンク・レディーと高田みづえなんかを比べてみるとよい。そして、ギラついたものが生き残る方法としては、少しずつ形を変えていくか、ターゲットを変えていくしかない。

現段階において、カフェバーの核は、西麻布から246、並木橋を経由して代官山へ移動した。そして、天井の扇風機は姿を消し、ビデオの位置づけも控え目になった。古くからのカウンターバーの形に近づきつつある。何もハデな部品がなくなれば、一部のファッション関係者は別として、その辺の漫才師や僕みたいなライターふぜいに文句をつけられる危険性はなくなる。

一方で、ターゲットを東京ディズニーランド層においたキーウエストクラブのような、わかりやすい店も増えている。これは、〝カフェバーを絵本にしました〟的なもので、子供や田舎のみなさんも安心して入れる。

そんなわけで、いま〝カフェバー〟と書いたときに思い浮かべる典型的なカフェバーの姿は、都心では早ければ年内に消滅しそうである。周辺部のマニアは、カメラを用意して一刻も早くスナップを撮っておいた方がいいでしょう。

天井扇やビデオのないニューモデルは、ピンク・レディーの最後の方の曲みたいな哀愁が漂っている。みんな、あんなに〝ユーホーッ〟って言ってたのにね。大衆はいつも飽きっぽい。

●1984・4／バラエティ

ウシアブとユーミン

一昨年の夏、車ごと川に転落した。伊豆修善寺《しゅぜんじ》の山道で、愛車クイントの内に紛れ込んだ全長約三センチのウシアブに見とれているうちに、気がついたときには道が消えていた。登り坂の曲がり道を直進した車は、物理的に崖下を流れる川へと落下していった。自ら落ちようとしている場所が、どの程度深い位置にあるのか、ウシアブだけを見つめていた僕には、当然察しがつかない。「もしかしたら御陀仏《おだぶつ》になるのかしらん」と割と安易に心配しつつハンドルを強く握りしめていた。こういう修羅場において人間は「絶対に俺が死ぬわけがない！」という身勝手な意志を貫き通すものである。よって、来たるべき死に対する恐怖感も、けっこういい加減な型になる。

落下地点までの距離は約五メーターであった。僕は即座に車から這い出し、崖をよじ登った。たぶん崖には登り段のようなものがあり、そこを無意識のうちに駆けあがったのだと思う。左膝と肘、右手首等の箇所にウインドーのガラスの破片が突き刺さり、右手首は静脈の近辺だったこともあって、出血が夥《おびただ》しかった。ウシアブに気をとられての失態、のくせに、僕は妙にヒロイックな快感に酔い痴れていた。「西部警察」で犯人の車とカーレースを展開した末、崖下に転落し不屈の精神力で底から這いあがってきた三浦友和の気持であった。

とりあえず〝出血多量で死ぬ〟という心配は置いといて、僕は事故発生時にカーステレオから流れていた曲を必死で思い返した。もちろん、いつの日か友と酒をくみ交し、〝僕の転落事故〟が肴《さかな》になった折に、より、ウ、ケ、るためである。シチュエーションを考えれば、「太陽にほえろのテーマ」などの選曲が望ましいところだが、僕はユーミンの「潮風にちぎれて」という曲をかけていたのだ。〝およぐに〜は、まだ早い……〟という出だしのその曲を聴くと、いまでも僕の目の前に一匹のウシアブが現われ、何とも言えぬ哀しい気持にさせられる。

●1985・2／小説現代

モニターに向かって笑顔を作るまで

十月からTV番組の司会、というやつをやっている。「やつ」と呼び捨てに出来るほど、実際の話、余裕をもって務めている仕事ではないのだが、とりあえず「冗談画報」というタイトルでフジテレビ月曜深夜のバラエティー番組。毎回毎回、いわゆるナ、ウ、イ、感じの芸人さんやバンドのライヴショウを紹介していく。司会役の僕の仕事は、メインの芸人さんが登場する前の簡単なお喋りと、終わった後にちょっとした対談をする。

活字の仕事で、インタビューや対談、コメントの類《たぐ》いは何度かやっているのだが、〝放送でそういうことをする〟というのは、これがなかなかシンドイものなのである。その辺のシンドさについて、どっちかというとシンドくないペンの力を使って、訴えることにしよう。

九月二十六日。第一回、二回目の収録があった。一回目の演目は、「小堺一機&関根勤」によるコント、そして二回目は「米米クラブ」という、わかりやすく言えばロックバンドのショウである。各々ゲストという形で一回目は作詞家の来生《きすぎ》えつこ、二回目はミュージシャンのチャーが入る。

収録日前に二度ほど、プロデューサーの横澤（彪《たけし》）さん、作家の高平（哲郎）さんをはじめとするスタッフの人たちと打合せをした。

「ま、大丈夫ですよ。学生時代、パーティーの司会とかやったことありますから……」

僕は、わりとおちつき払った感じで、別にこれと言ってリキんでいる素振りも見せることなく、対応していた。いつもギリギリまで、わりかしおちついている。おちついている、というか、ポーッと何《なーん》も考えてない、って雰囲気に近い。そういう面倒くさそうなことを考えたり悩んだりするのが面倒くさいのである。だから二日くらい前に「台本」みたいなものを貰っても、ザーッとアンアンのファッション・グラビア頁《ページ》をめくるような感じでしか見なかった。

ポーッと何《なーん》も考えてないので、収録の前夜もけっこう良く寝た。しかし、遅い朝食をとって、便座に腰をおろす頃より、余波と思われる症状が現われてきた。

ゆるい。腹がゆるいのである。終盤はかなり水していた。トイレを出てダイニングチェアーに腰掛けてコーヒーを一口、マイルドセブンライトを一服。「キリキリッ」。おっと、胃のあたりも痛むではないか。

やっぱり人並みに緊張しているのではないか、と少し安心しつつ午後三時三十分、局入り。出演者を交えて打合せ、そしてリハーサルをザッと見る。七時過ぎから収録開始の予定。お客さんも百人ほど入る。

本番が近づくにつれて、胃痛の周期が短くなる。緊張感は募るものの、片一方で「オレは軽い感じの奴なんだ」という暗示をかけるようになり、スタッフやタレントとの対応ぶりも、軽薄なトーンになっていくのが自分でわかる。「オッハヨーゴザイマス、どぉですか最近、チョーシ？」なんてフレーズを、わりかし大きい声で陽気な笑顔なんか作って言っちゃったりする。普段なら、別に喋るほどのことでもないようなことを隣に佇んでいるスタッフに突っこんでみたり、これはやはり尋常ではない。スターみたいな気分を作って、局のフロアーを歩いてみたり。そのような「暗示」をかけないと、やってらんない、のである。

ＡＤ（アシスタント・ディレクター）の前フリ（観客の気持ちをモリ上げるために、出演者が登場する前にＡＤが簡単な喋りをジョークなど交えながら行う）が始まった。スタジオの端で簡単なメイクなどしてもらいながら、じっと聞いている。まもなく「司会者の紹介」があって、本番開始である。僕は思わず〝台本〟を見直す。

中学校の受験の日、当日ギリギリまでポーッと構えていたクセに、開始のベルが鳴る一、二分前になって、カバンの奥底から歴史年表を取り出して「安土桃山時代」にあった事変を読み返した――そんなシーンが眼底の裏あたりを横切った。往生際《ぎわ》が良さそうでいて、結局、最終的には、悪い。ダメな私……。

「それでは司会者を紹介いたしましょう、コラムニストの泉麻人さんです」

瞬間的に「軽い感じのスター」の暗示を一段とパワー・アップして、僕は心持ちオドけた身振り、そしてニヤついた顔、を作って、花道を駈けてゆく。とりあえず、観客の皆さんは拍手などしてくれている。見回してみると、雑誌や単行本などで僕の存在を認識されていると思われる人たちは、わりと好意的な笑顔で迎えてくれているようだ。ソッポを向いている奴も、中にはいるのだろうが、そんなもんはこういう局面においては、見えない。仮に見えても、見えないのだ。

「ハイ、コンバンワ、泉麻人です……」

第一声を放つと、面白いほど次から次へと言葉が続く。極度の精神昂揚《こうよう》状態が呼ぶ多弁、というやつである。惨事に遭遇し、すんでのところで助かった人が、異様に流暢《りゅうちょう》な感じで事故の目撃談などを語る——というのと同じであろう。

あっという間に、二本の収録を終えた。午後九時過ぎ。収録完了五分後、腹が「グゥー」と鳴り、そう言えば夕飯を食っていなかった、ことに気づいた。

●1985・12／潮

下町だって「ナウ」い

首都大改造の一つに〝浅草六区再開発〟というのがある。朽ちた〝六区〟をつぶして、多目的ホールやアスレチッククラブを内蔵したビルをおっ建てよう、という構想らしい。そのほか、上野・浅草地区一帯は「ニュー下町（ダウンタウン）計画」の名のもと、下町の古くさいイメージから脱却し、ナウな、ヤングな、ファッショナブルな街に生まれ変わろう、と頑張っているようである。

僕は街が時代に乗って衣を替えていく、という流れは、極めて自然な地殻運動のようで、そういう経過を見つめていくのは割と好きだ。しかし、浅草かいわいの再開発計画には、どうももう一つ納得いかないところがある。

ナウなヤングたちは、果たして浅草に〝青山みたいなナウ〟を要求しているのか、という疑問である。たぶん、浅草や入谷や吾妻橋のあたりってのは、老舗っぽい感じのままの方がオシャレ、なのではないかと思う。最近の下町文化のちょっとしたブームは、朽ちた六区とひなびた洋食屋と昔かたぎのオッサンがうろつく――そんなノスタルジックな風景を観光する、というところにある。つまり、古っぽい朽ちたままの浅草、ってものが、彼らにとってのディズニーランドなのである。古っぽい映画館やジャンパー姿のオッサンもポストモダン建築と別種のナウ、ということだ。

そこに青山っぽいファッションビルがボコボコとできてしまったとき、それはたとえば、ガマの野っ原にむりやり建てられた筑波のパビリオンのような「中途半端なナウ」になってしまうのではないか、と甚《はなは》だ心配になる。

●1986・1・5／日本経済新聞

「ナウの崩壊」という名のナウ

「泉さん、〝ナウ〟は本当に崩壊してしまうんでしょうか？」

ブロッキング高気圧下の晴天が続く五月の初旬、僕は毎日新聞の人からそんな質問を受けた。「週刊プレイボーイ」五月七日号の特集「ナウの崩壊」を読んで、その人は迫りくる不安に眠れぬ一夜を過ごしたらしい。「……そう言われてみれば、そうかも知れませんねぇ……」

僕は大雑把な受け答えをしてその場を切り抜けたものの、結局〝ナウ好きの性〟でこのような原稿を引き受けることになった。

さて、思うに「ナウの崩壊」は確かに広い目で見れば始まっている。しかし、狭い目で見れば永遠に〝ナウ〟は〝ナウ〟だ。

つまり、ナウ一つ一つがとってもセコイものになっている——という状況はヒシヒシと感じる。「ハーゲンダッツ」とか「新人類」とか「とんねるず」とか「サイキック」とか「スロップ」とか「ニュー長髪」とか、新しいナウは相変わらずポコポコと発生している。しかし、「アウトドアライフ」や「サーファー」のときのように、みんなが一斉になびく根の張った勢力の強いナウというのは、ここ一、二年、極めて少なくなっている。

ここで多くの広告マーケティング関係者のみなさんは、「泉クン、それは価値観の多様化のせいだよ……」とおちつき払って言うことでしょう。「価値観の多様化によるナウの細分化→ナウ・エキス分散→崩壊」という説も、かなり的を射てると思うけど、もっと焦点をついた言い方をすれば、「ナウの空《す》き間《ま》があんまし残っていない」ということだと思う。

ジグソーパズルを思い浮かべていただけば良い。パズルに挑む人はとても退屈な男で、ほとんどそれ以外に愉しみのない人。

さて、ゼロの段階では、かなりしんどいけど「創作」の可能性は多分に残されている。モナリザの顔から組もうと、背景から作ろうと自由である。

モナリザの顔の三分の二くらいが完成し、肩の輪郭などがつかめた頃、パズルの組み立ては最も愉しい時期に入る。残りのパズル片の数がある程度限られてきたので、予想通りにボコボコとはまっていくようになる。

そして調子に乗ってボコボコ埋める快感に酔っているうちに、残りのパズル片が十個くらいのところまで来てしまった。ここで退屈な男は、はたと考える。あと十個はめ込めばゲームは終わってしまう。そしたら俺は、また退屈になってしまうじゃないか。それは困る。そういう事態は避けたい――ということで男は顔の一部分を再びバラバラにしたり、パズルの残片の一つ一つを半分に切り刻んで、残り少ない空き間の中で戯れている。

懐古ブームとかアナクロ遊び、和食の見直し、といった近頃の現象は、パズルの終わりが見えてしまったため、再びバラバラにして組み直している――という状態である。

組み直しのナウや、一片一片が小さく切り刻まれたナウは、やっぱし伸び伸びと組んでいた頃のナウに較べてセコい。言い換えれば三度目や四度目のオナニーと同じである。

ハーゲンダッツの前にはサーティーワンやスウェンセンズがあり、とんねるずの前にはビートたけしや古舘伊知郎がいた。よって、盛り上がるのも早ければ、慣れてしまう時期も早い。慣れられてしまってからどこまで居残れるかが勝負であり、そこに〝ナウ〟の価値は暴落した。

結局、ここにも「エントロピーの法則」は存在していた、ということである。閉ざされた系の中で〝ナウ〟という名のエントロピーはすさまじい勢いで増大していった。そして人々はいま、〝面白モノ〟やナウイ（この語にルビ点をふるのもエントロピーの増大によるものである）モノを探すのに苦労している。苦労しても見つからないので、とりあえず「崩壊」と唱《うた》ったわけである。

しかし所詮「ナウの崩壊」というキーワードを提示すること自体が、ナウ探しのコンセプトに基づいてしまっている点が何ともはかない。もはや空き間はなくとも空き間を探さずにはおれない体に私たちはなってしまった。一体どうしてくれるんでぇ！

と叫んでみても、そこにはただ風が吹いているだけである。

さて僕は、一応仕事なので以上のような「ナウ崩壊のしくみ」を考えてみた。こういうことをみなさんが考えたりしながら、「ナウ崩壊」という名のナウが、また半年かそこらセコい感じで、盛り上がるのでしょう、きっと。

そして、パズルの残片がもうそれ以上切り刻めないほど小さくなってしまったとき、ジグソーパズルはフロッピーディスクに打ち込まれ、私たちはパソコンでモナリザの組み立てをやり直すのだろうか。その新しいパズルが味わったこともないような快感を与えてくれることを望みたい。「望みたい」だなんて、実にいい加減な結びだけど……。

●1985・5・15／毎日新聞夕刊

バブル前夜のナウたち

エイズ・マドンナ・ウォーターフロント……

●週刊文春連載「ナウのしくみ」（1986・3〜1987・12）より

イタコのテレホンサービスをキミは聞いたか?

「る〜んる〜んこ〜る」というテレホンサービスの情報誌がある。テレホンサービスとは、「いのちの電話」に代表されるマンツーマン方式の人生相談から、受話器をとった瞬間、いきなり女のあえぎ声などが流れるセックステレホン、リカちゃんが話し掛けてくる「リカちゃん電話」まで、いわゆる電話を媒体とした番組サービスである。

電電公社の民営化によって、さまざまなタイプのテレホンサービスが各地に設けられた、とは聞いていたが、こうやって一冊のカタログ本をめくっていると、本当にユニーク、妙なやつがいくつか見あたる。

まず「モンタージュボイス」という項目。〝クラーク博士の声〟〝太宰治の声〟〝坂本龍馬の声〟と、各地の名士の声が揃っている。そのほとんどは肖像画などをもとにコンピュータで合成したものだが、その中で、北海道のNTT滝川が流している〝成吉思汗の声〟というやつを試しに聞いてみることにした。

「ワタシハ　ジンギスカンデス。ワタシノ　ツクッタ　ジンギスカンリョウリハ　タキガワノメイブツデス……」だって。

困ったな、ジンギスカンが日本語喋っちゃったよ。何もジンギスカン料理のPRすることもないと思うけどな。

というわけで、このモンタージュボイスってのは、暇なときなんかに聞いてみると、けっこう笑える。

さらにペラペラとめくっていると「テレビゲームの音」とかいう妙な番組にぶつかった。岡山県のＮＴＴ玉島。

ピコッ　ピコッ　ピーピーピー。ファミコンのアメリカンフットボールゲームの音、というのを延々流し、時折、地元のナレーターのお姉さんの解説がＤＪ風に入ってくる。で、耳をすまして聞いていると、このお姉さん、ちょっとナマッてたりするんですね。岡山あたりのファミコンの音はなかなか風情があります。

「テレビゲームの音」くらいで驚いてちゃいけない。青森のＮＴＴむつには「イタコの口寄」なる強力なナンバーが控えている。イタコってのは、もちろん恐山の巫女。あの巫女様のパワフルな叫びが茶の間の電話機で拝聴できるたぁ、思ってもみなかった。ありがたいこってす。

でもこれなんか、一人暮らしの薄暗～い三畳間で聞いたら、ちょっとしたホラーもんである。進行役のナレーターの声色もどことなく薄気味悪い。

昔、深夜ラジオで「たむたむタイム」という聴取者の青少年たちが言いたいことをくっちゃべったテープを流す番組があったが、その手のテレホンサービスもけっこう多い。たまらないのは、そういった素人のカラオケを流し続ける番組。

ススキノあたりのスナックで収録された「素人カラオケ合戦」の模様を延々流したり。「いやね、いま○○番にかけると、あたしの〝兄弟船〟やってんでね。ちょっとお知らせしとこうかと思いましてね」とか言って仲間内に聞かせまくってるオッサンがいるに違いない。他にも、巨人戦に対する不満を言いまくる番組、有珠山の大爆発音を聞かせる番組、どこそこの坊さんが法話を説く番組と変わったやつがいろいろ揃っている。

音声シリーズとして今後あたりそうなネタを提案すると、「ニューヨークの黒人のケンカの音」「イタリアントマトの女子大生の会話ライブ」「暴走族の集会」「芦屋のお嬢さまの囁き声」。

そういった具体的なシチュエーションが浮かんできそうなやつがもっと出てくると面白いと思う。説教なども、坊さんとか神父とかの節操のある人が説くのではなく、電話をかけるといきなりヤクザの大ボスの怒鳴り声や酔っぱらいのボヤキが聞こえてくるような、アバンギャルドな方向に突き進んで欲しいですね、ここまできたら。

●1986・3・20／週刊文春

「グルメ」でもなく「健康」でもなく IMOジュースはヘンタイで売る

アンコの乗っかったソバを売る店が出来たと思ったら、今度はヤキイモのジュースである。あのトマトジュースでおなじみのカゴメから「IMO」という名のヤキイモ飲料が発売され、ちょっとした話題になっている。

炭酸入りのやつと炭酸なしの生ジュースタイプのやつと両方飲んでみたが、いくら好意的に味わってみても、僕の味覚の基準では、決して「旨い」とは評せない。3キロほど近くの坂道をランニングして、カラカラになった喉にキューッと流しこんでみても、やっぱり、どうもねぇ……。こういう味は、どう転んでも「マズイ」方の味なのではないでしょうか。

で、この手のマズイ味のものというのは、大概、健康やダイエットに良かったりするものである。いわゆる〝健康飲料〟という名目のもとに、多少飲みにくい味であっても「ま、しょうがねんじゃねぇの、カラダにいいんだから」と妥協できる。

ところがどうもこのヤキイモのジュースは、それほど〝健康〟や〝活力増進〟〝ビタミン補給〟などの路線をうたった製品でもないようである。

じゃ一体どういうつもりなのさ、と識者は疑う。旨くもなく、さして健康に効く気配もない。

「一体どういうつもりなのさ、こんなもん出しちゃって」と消費者を混乱させることのみに、このヤキイモジュースの使命は課せられているように思う。

「はい、マズイって言っていただいても結構ですよ。だってそういうつもりで作ったんだもん。いいんですよ、話題にさえなれば……」そんな関係者の勝算たっぷりの笑顔が僕には見える。

「ねぇヤキイモのジュース飲んだぁ?」「ちょっとアレってヒンシュクもんだと思わない?」

「そ、そ、そ、焦げたみたいな変な味なのよね」「でもヤキイモ、ジューサーにかけたらあんな味になると思う。私、けっこう最近クセになっちゃったぁ」

「ウソ、ユミコってヘンターイ」

というような「話題」を売れれば、ひとまず◯《マル》の商品なのではないかと思う。

たとえばちょっとしたパーティーなどで、リンゴジュースの中に一つだけヤキイモジュースを混ぜておいて友だちをひっかけたり。ヤキイモジュースの一気飲みが盛り上がったり。そういったゲテモノ的な道具として使用されることを最初から計算して作られた商品、と僕は推測する。

つまり、これは清涼飲料水というより、一種のオモチャに近い。東急ハンズなどで短期的に売られるパーティー・ホビー。味が旨いからいい、マズイから悪い、という問題のものではない。妙だ、変だ、ということでリアクションが発生すれば正解というわけである。

芸能界では、歌がうまいから売れる、という時代は完璧に去った。二枚目だから、顔が整っているからという理由だけで売れる時代も終わりつつある。

とんでもねぇ唄でも、妙な顔した奴でも、「ダセェー」とか「ヒデェー」とかいうことで話題になれば売れる。もはや食べ物、飲み物の世界もそこに突入したという感じがする。

もうどこに行っても、ある程度おいしいジュースやアイスクリームは手に入るようになってしまった。「レディーボーデン」のアイスクリームを初めて食べた日の感動はない。そうなってくると、「オレはこんな妙なモノを食ったぜ」という方向に刺激を求めるしかない。

さっきから「マズイ」とか「妙だ」とかやたらと書きまくっているが、カゴメさん、そんなに目くじら立てないでください。

「マズくて妙だからオモシロイ」という時代なのです、最近は。

そりゃあ、やっぱりおいしいもんは食べたいけど、ウナドン味のジュースが出たらパーッと飛びついちゃうわけです、話題欲しさに。

●1986・3・27／週刊文春

スーパー歌舞伎「ヤマトタケル」は「スケバン刑事」のコンセプトに近い

噂のスーパー歌舞伎、というものを観に行った。新橋演舞場で、とりあえず三月二十七日まで公演されていた「ヤマトタケル」である（作・梅原猛、台本・演出・主演・市川猿之助）。劇場脇に貼られたポスターには〝21世紀のカブキ〟とかのコピーと共に宙を舞う猿之助の姿がダイナミックにかたどられ、ちょっとしたSFX映画のノリである。

そんな異色な歌舞伎ということで、観客の中には、六本木WAVEビル地下のシネ・ヴィヴァンでゴダールやヴィスコンティを内容も理解せずにただオシャレの追求の一環として鑑賞するのが大好きそうな、デザイナーズブランド系の若人たちの姿もちらほらと見受けられた。

しかし、観客の80％は、やはり「猿之助様と日本の歌舞伎」を、入れ歯を洗浄したあとに飲むホウジ茶、と同じ意識で愛しているカルチャー好きのオバサンないしオバーチャマ方である。当日も、静岡観光のバスが演舞場前に横付けされて、そこからドドッとパワフルなオバチャン軍団が吐き出されてきた。

内容は、簡単に言えば、ミカド（帝）に良く思われていないヤマトタケルが、クマソやエゾといった恐ろしい国に悪者、魔物征伐に行かされる、というストーリー。つまり、構造的には近頃流行のヒロイック・ファンタジー。アーノルド・シュワルツェネガーのアクション映画やファミコン・ディスクの「ゼルダの伝説」と同じである。

悪の代表・クマソ兄弟の衣装などは極彩色のガウンの背中に不気味なタコやカニが浮き出るようにあしらわれていて、誰が見ても「こいつぁワルだ！」とひと目でわかるように出来ている。悪役はすべてダンプ松本も聖飢魔Ⅱのデーモン小暮もビックリの〝極悪クマドリメーク〟に塗りたくられているのだ。

見せ場の格闘のシーンは極めて大袈裟である。ヤマトタケルが火責めに会う場面などでは、火の粉たちがカンサイのファッションショーのラストみたいな感じで、朱色の衣装をひらつかせて踊りまくる。肩ぐるまをして上になった者が炎を象徴する大きな紅色の旗を振ってみたり。「やかましくて、いけねぇな、こういうのは……」隣りの席のオッサンが呟いていたのが印象的だった。

オーラスの盛り上がりは、伊吹山で巨大な雹《ひょう》に打たれて息絶え、葬られたヤマトタケルが、墓の石山をぶち壊し背に羽根を生やかしてジーザース・クライストよろしく天を舞う、というシーン。黒子がタケルの背にクレーンをくくりつけるあたりの作業がはっきりと見えちゃったりするところが、サーカス小屋の見世物風で僕は割合と好きである。「ハイ、それではこれから踊り子さんにクレーン入れますよ。見事、宙を飛びましたら拍手よろしくぅ」の世界なのである。なんかいきなり猿之助さんが悲惨な曲芸師にされちゃったみたいで、カワイソーと言えばカワイソー。しかし観ていて「ありがたい」という感じがするのは、やはりこの手の身体を張ったシーンである。

午前十一時に上演を開始して終演は午後四時。確かにオシリは痛くなるけど、時間の割に退屈しない。台詞とストーリーを極力単純にして、衣装やメーク、早変わりや格闘シーンなどの、いわゆるケレンの部分を極力派手につくる。これはある種「スケバン刑事」などの近頃あたっているドラマのコンセプトに近い。

「やかましくて、いけねぇな……」のオジサン、オバサンたちのための地味な歌舞伎も残っていていいと思うけど、僕は、ケレン好きの猿之助さんにレーザー光線やSFXを導入した、さらにニューメディアな歌舞伎を追求してもらいたい。スピルバーグと猿之助が合作した歌舞伎なんてのを茶巾寿司つつきながら観てみたいものだ。

●1986・4・10／週刊文春

キンタロー
紙オムツ
のりたま
ジャンプー！

ダニCMに飾られた宮中晩餐会は従業員タキシードにあふれていた

英皇太子ご夫婦の宮中晩餐会の中継番組を観ていたら、途中でダニキンチョールのCMが出てきたりしてこれには笑った。とっておきのワインを出してきて、いつもとはひと味違う雰囲気の茶の間で晩餐会をきどりながら鑑賞していた皆さんは、きっと腹だたしい思いをされたことでしょう。

「せっかくその気になってるのにダニキンチョールのCMはないでしょ」なんて、TV局に抗議の電話をかけた主婦の方もおられることと思う。しかし、やっぱりスポンサーは強い。金鳥サンが高いオカネを払っているから、我々は皇居・豊明殿に迎えられるダイアナ妃やチャールズ皇太子の姿を茶の間でゴロゴロしながら拝めるわけで。華麗なイヴニングドレス姿のダイアナ妃のカットのあとに、ダニキンチョールを流そうとゴキブリホイホイで攻めようと、それはスポンサーの勝手である。

他のCMも何故か「かっぱえびせん」とか「のりたま」とか「大森屋のノリ」とか、小市民的なものばかりかたまっていて、僕は一瞬、ダイアナフィーバーに嫌気がさした電通社員が、いやがらせでこういうスポットばかり集めたのでは……とさえ思った。

まぁ一般的なイメージでいけば、「クラウンのロイヤルサルーン」とか「サントリーのVS

ＯＰ」なんてモノが並ぶ、って雰囲気である。ひとときのロイヤル気分に酔っている小市民夫婦も、ま、そういうラインなら満足するであろう。

しかし現実はやっぱ、「大森屋のノリ」が食卓に置いてあって、この季節、隣りのスーパーの裏から入りこんできたゴキブリが畳の端っこの方をチョロチョロはいまわり、ＴＶの前でガキがゴロゴロ寝転びながら「かっぱえびせん」をつまんでいる——といった風景なんだろうな。

非現実的なダイアナ妃と現実的なＣＭが混合したイジワルな番組でした。

で、こういった宮中晩餐会のシーンなどを観ていて、妙に浮き上がって見えるものに日本人男性のタキシード姿、というのがある。東京サミットに続いて皇室や閣僚のブラックタイ、タキシードのカッコをわりと頻繁に見てきたわけだが、何度見ても〝東天紅の支配人〟みたいなものを連想してしまう。別に東天紅にこだわらなくてもいいのだが、要するにあのカッコから最初に連想するものは、結婚式宴会場付きの大きな中華料理屋の支配人、というわけである。

とくに安倍外相なんか、モロにそういった感じで、スーツの内ポケットに電算機など隠し持っているように見える。若い浩宮様や礼宮様の場合は、中華料理店の支配人というより、結婚式の二次会や謝恩会のディスコパーティーにレンタルのタキシードでキメてきた大学生のノリ。どっちにしろ、妙にみんなカルっぽいというか、水っぽいヒトに見えてきてしまうから不思議だ。

着こなしが悪い、だらしないということではない。シロウト目にはけっこうキッチリとしているように見える。しかし、やっぱどうもチャールズさんとの間に壁があるんだよね。ズラーッとまわりに並んだタキシードの閣僚の人々が全員お店の従業員に思えてくる。で、そういう人たちがナイフとフォークを使って、良くわかんねぇジョークに（チャールズさんのジョークって、実際どこがおかしいのか僕は理解できない）適当に相槌を打ちながらイセエビの油揚げなんか突ついてる、と思うと、これもまた笑える。

しかし、どこか無理した感じの晩餐会のシーン（といっても、最初と最後しか映像には映らなかったのだが）は、学芸会のようでなかなかカワイらしかった。「ダニキンチョールのお国が無理しやがって……」。僕はしみじみした気分で、タキシードの支配人たちの姿を見つめていた。

●１９８６・５・29／週刊文春

＊文中の「安倍外相」は安倍晋三の父・安倍晋太郎氏のこと。念のため。

岡田有希子の口寄せテープ、遂に入手！

ピッピッピ、と通信音が鳴りＦＡＸが入ってきた。発信人はイラスト担当の渡辺氏の友人。内容はある市販カセットテープのパッケージをコピーしたものだった。「霊界から甦える魂——

岡田有希子・坂本九・夏目雅子・沖雅也」。恐山のイタコが四人の故人の魂を呼びよせ、その〝口寄せ〟のシーンを延々収録したという凄いテープ。タイムリー社という聞いたこともないようなメーカーから¥１２００で発売されているらしい。このカセットの所持者である渡辺氏の友人からお借りして、ありがたく拝聴させていただいた。

ラジカセの再生ボタンを押すと、「ヒュウウウ〜」といきなり嵐のようなノイズが入り、〝青森県の下北半島にそびえる恐山は高野山、比叡山と並ぶ日本三大霊場の一つで……〟と、まずは風土の紹介から。このナレーションの女の人の声は、いわゆる岸田今日子声で、ノッケから何か薄気味悪そうな雰囲気で迫ってくる。そして、恐山のある津軽地方を意味づけるかの如く〝じょんがら三味線〟のSEがかぶさり、スワヒリ語風のワケのわかんない呪文がはじまる。

スワヒリ語の呪文はいつの間にか東北のズーズー弁になっており、良く聞いてみると「あたすユキちゃんよ。あたす、まっさかこんな目に遭うと思わなかったべ……」とか言っている。で、聞き手の人が「天国は寒くないですか？」とか、ほとんど意味のない質問をいくつかツッコんで、バックに「くちびる　Network」が流れてきて約十分くらいで会談は終わる。

そしてまた岸田声のナレーションがあって夏目、坂本、沖と同じようなやりとりが繰り返されるわけだ。最後の沖雅也のシーンでは、このイタコのオバサン「そいじゃ、九ちゃんとマサちゃん、ユキちゃんと四人で仲良く帰っから、あとよろしく頼むわ」なんて、きれいにまとめちゃったりする。

「当日、岡田有希子さんは黒っぽい服、夏目雅子さんは寝巻き姿、坂本九さんは白い半袖シャツ、沖雅也さんは背広姿、で現われたとのことです……」と補足ナレーションが入って、テープは感動的に終わる。

このテープの説明書きには、〝一人静かにお聴きください〟と書いてあったりするわけだが、ほんとに真剣にそういう聞き方をしている奴がアパートの隣りの部屋なんかにいたとしたら、思わず鳥肌が立つ。

おそらくタイムリー社の人も〝悪フザケ狙い〟でつくったのだと思うけど、いったい買う方は「どういうつもり」の人たちなのだろうか？　本気で感情移入して聞いてるやつっているのかなぁ、中には。

恐山からの実況映像だったらまだ信じられるけど、カセットだもんな何せ。どう考えてもスタジオで適当な雑踏ノイズかぶせて2、3時間でやっつけたとしか思えない。このイタコのオバサンもかなりあやしい。その辺の駅前で東北出身の易者かなんかつかまえてきて、むりやりイタコに仕立てあげたような如何《いかが》わしい香りが全編に漂う。

「おばさん、ちょっといまのとこわかりにくいから、も一ぺんユッコになりきったつもりでやってみよーか、はい、テークツー！」って感じでね。途中で店屋もんの天丼なんかとってやって。香港などに行くと、パッケージはビートルズの写真になっているのだが、実際聞いてみるとフィリピンバンドが演奏するカム・トゥギャザーだった、なんてインちゃんのテープがあるけど、あれに近いほのぼのとした魅力は確かにある。

しかし、ズーズー弁のオバサンの岡田有希子ってのは、いかに肯定的な態度で聞き入っても感情移入しにくい。声帯模写で岡田有希子や坂本九をやるイタコがそろそろ出てきても、いいような気がする。僕はイタコ界がそういう方向に進むことを期待してます。

●1986・6・12／週刊文春

オナラの匂いのするカルトムービーのお話

先日〝ニオイのでるビデオ〟というものを映画会社の宣伝部の方からお借りした。これは「ポリエステル」という映画で、六月の二十一日に発売されるらしい。ジョン・ウォーターズ監督、ディヴァイン主演といった、近頃業界じゃ話題の〝カルトムービー〟の一つである。カルト（CULT）とは〝崇拝〟とか〝熱狂〟の意味で、要するに向こうの（主にニューヨークあたりの）セコい映画館で十年くらい前から、一部のマニアを対象に延々と上映されていたマイナーな作品――みたいなもんを、あいまいに〝カルトムービー〟とか〝インディペンデントムービー〟と呼ぶらしい。

よって〝カルト――〟と一口に言っても、インテリ狙いの難解そうなやつから、変態やウップン晴らしに劇場に来たヤサグレ者を対象にしたスカトロ物までいろいろあるようである。ジョン・ウォーターズ――ディヴァイン線《ライン》の作品というのは、どちらかと言うと後者っぽいノリのやつで、日本では勘違いしたインテリにワリと人気が高いが、「向こうじゃ、東京で言うシネマロサあたりで大蔵映画の〃人妻SM責め〃とか観てる息のクサいオッサンたちの間で盛りあがってたんじゃないの?」と僕などは推測している。まもなく渋谷のパルコで上映される「ピンクフラミンゴ」なんか、このディヴァインというダンプ松本を百倍くらいおぞましくしたようなオバサン(実はオカマ)が、犬のウンコとかをグチョグチョ食っちゃう映画なわけで、やはりカルトムービーの話題作とされている「ストレンジャー・ザン・パラダイス」と同じようなつもりで彼女と観に行ったりすると、とんでもないことになる。カルトでも、ディヴァイン関連の作品は、犬のウンコのあとに平気でイサキのムニエルが食べられる強ジンな体質の彼女と行った方がブナンであろう。

と、このくらいフッておけば「ポリエステル」という作品の大方の雰囲気はつかめるであろう。

この映画では、ディヴァインさん、鼻がイジョーに利くアル中で人の良い主婦に扮しておられる。とにかくドラマの中でのべつまくなし鼻をフガフガ鳴らしている。で、そのディヴァインの鼻フガに合わせて、画面の右下にナンバーが点滅。①から⑩までのナンバーが打たれた付録のニオイ紙(オドラマカードという)の、各々の箇所を指先でこすって鼻を近づけると、画面でディヴァインの鼻に吸いこまれてきたブツの臭気が嗅げる、という寸法。

①バラの花、②ディヴァインのダンナのオナラ、③シンナー、④ピザ、⑤ガソリン、⑥スカンク、⑦都市ガス、⑧新車、⑨ボロボロのズック靴、⑩芳香剤スプレー、といったラインナッ

プ。

④のピザはシェーキーズの店内そっくりのニオイのする佳作。②のオナラは、日本人のとは少し違う。肉食のアメリカ人のオッサンがいかにもコキそうな感じのものだ。

映像を追っていると、いきなり交通事故で血だらけのドライバーの首が転がっていたり、いかにもクサそうな靴下を脱ぐシーンがはさみこまれていたり、作者は、もっといっぱい妙なニオイの出るポイントをつくりたかったのでは……と思う。

しかしニオイというのは大したもので、モニターの前でクンクンやりながら観ていると、映画の中の世界というのが実に身近なものに感じられてくる。そして、クサそうなニオイを勇気をふりしぼってクンクンやる瞬間の緊張感ってのがたまらないのだ。

カルトムービーの魅力は、やっぱこういった〝わかるやつだけで悦び合う閉鎖的な趣味〟にあるのかも知れない。

だから、どこそこのお嬢さままでが犬のウンコやズック靴のニオイを「わー、オシャレ～」と肯定してしまうほどのブームになってしまったら、やっぱりイケナイと思います。

●1986・6・19／週刊文春

イマっぽい北尾と「努力の人」保志 相撲取りもキャラクターの時代

北尾と保志が各々、横綱、大関にアベック昇進した。北尾は双羽黒、保志は北勝海とシコ名を改名したわけだが、まだ浸透していないので、ここでは旧名を使うことにする。

この二力士に関する報道記事は大概、性格を二極分析した形で展開される。北尾が〝陽〟保志が〝陰〟、北尾は〝運〟保志は〝努力〟、北尾が〝クロワッサンサンド〟なら保志は〝納豆にミソ汁〟、北尾が〝西麻布のカフェバー〟と来れば保志は〝日暮里の一杯飲み屋〟といった感じに。

まあどちらも年齢は同じ〝サンパチ〟（昭和38年生まれ）なわけだが、北尾の方が若く見える分、より新人類っぽさを強調されるケースが多い。

「パソコンとナイフ集め」という北尾の趣味だって、考えてみれば取り立てて大騒ぎするほどの問題ではない。チョンマゲ頭でウォークマン聴いてたっていいじゃない、別に。北尾が仮に太寿山みたいな老けこんだ風貌をしていたら、その辺のニュアンスはかなり弱まったものと思われる。あの〝ニタァ〜とした苦労知らずの笑顔〟そのお気楽っぽさは巨人の桑田の表情にも通ずるものであるが、北尾の風貌というのはやはりイマっぽい。

一方、保志の方はと言うと、こちらはもう見るからに〝苦労人〟〝何かに耐え続けて今日まで生き続けている〟といった雰囲気が滲み出しているわけで。相撲関係の専門誌などを読むと、「好きなタレント→小泉今日子」なんてデータがあったりするわけだが、そこから一気に〝KYON²が好きな新人類大関〟って方向には広げにくい。そっちの方のことは北尾に任せて、保志クンにはやっぱ〝小さな体でコツコツとここまで地道にはいあがってきた努力の人〟って役回りを演じてもらわんとな……ということになる。

だから保志はまちがってもパソコン、ファミコンの類に手を出しちゃいけない。小錦なんかに誘われてマハラジャに行くこともイメージに反する。「趣味→稽古」、そして、糖尿や肝臓といった持病の一つくらいつくって、それに打ち勝ちながら俵の人生を歩んでいく——これが今後の保志に課せられた理想的なシナリオであろう。

横綱・双羽黒となった北尾の場合、やはりマスコミの分析は〝体制的な相撲社会の器から外れたニューな横綱〟というものだろう。

〝稽古もせずに恵まれた体だけでC調に綱をとってしまった現代っ子〟これが北尾のイメージなわけだから、心を入れ替えて稽古ひと筋のマジメ横綱になってしまったら、記事のウリがなくなってしまう。「横綱昇進の電話が来たら、〝エッウソ、ホント、シンジラレナァイ……〟って言うんだ……と北尾は冗談を飛ばして、現代っ子ぶりを見せていた」といった記事が書きたいわけである。だから北尾はあくまでもカルい奴であってもらわなくては困る。ジメッとしたイメージの糖尿や肝臓はご法度《はっと》である。パソコンのしすぎでなった腱鞘《けんしょう》炎あたりが理想の持病であろう。

今秋、はじめてのパリ巡業が開催されるらしいが、各々のプロモーションフィルムをパリを舞台に撮るとしたら、北尾はカジュアルにフレンチアイビーきめてシャンゼリゼあたりのカフェでお茶してるシーンを、保志の方は頑固にまわしを締めたまま、エッフェル塔をバックに四股《しこ》を踏み続けている――そんな感じではないだろうか。

プロレスの世界は各々のファイターたちのキャラクター付けがしっかりと為《な》されている。相撲も国技とはいえ、形としてはギャラを貰ってやっているプロのお仕事である。「とにかく稽古に精進して励むのが正しい力士の道」という一辺倒な考え方をそろそろ改めてもいいのでは、と僕は思う。

見せかけだけでも、「趣味→ダイエット」なんて新人がもっと出てきてもいい。

●1986・8・7／週刊文春

＊北尾のその後については452ページ（パンクな北尾……）にも記述されているが、波乱な格闘人生の後、55歳で早世。地味な保志の方が角界のトップ（相撲協会理事長）に上りつめた……というのは物語じみている。

港区海岸にできたカフェバーには怪しい中国の密売人がよく似合う

新自由クラブが解体し自民党に吸収合併された夜、僕と渡辺さんは「港区海岸」にできたカフェバーを探検に行った。「港区海岸」というのは浜松町の東側の海沿い、竹芝桟橋のあたりの地名である。

そのカフェバーは首都高速浜崎橋インターの角の倉庫会社の地味な雑居ビルの六階にあった。

ビルの前の空地には業務用のライトバンやトラックが駐まっていて、一台だけおそらくその店の関係者のものと思われるベンツが。入口に看板の類は何も見あたらず、ポストの郵便受けにも、それっぽい表札は掲げられていない。なかなか用心深い店である。

四、五人乗りのセコいエレベーターで六階まであがる。やはり看板も何もない殺風景なドアを勇気を出して開けてみると、そこはカフェバーだった。

内装は入って左側にカウンター式のバーコーナー、そして窓際に沿って、外の景色が眺められるような配置で低いイスが並べられている。冒頭から〝カフェバー〟という表現をしてきたが、どちらかというと地方の観光ホテルのスカイラウンジみたいなものを意識したつくりである。テーブルランプなども、わざと垢抜けない、そうですね、仙台のビジネスホテルのティールームに置いてありそうなオレンジ色の情けない感じのものに統一されている。

店の端にはジュークボックスが置かれ、ここに店の人がコインを入れてＢＧＭが流れる、というしくみになっている。選曲はプレスリー、パット・ブーンそしてベンチャーズといったアメリカ系の60'Sもんを中心に、たまに悪ノリして裕次郎や欧陽菲菲、鹿内孝の「本牧ブルース」なんてものがかかってしまう。と、こうなってくると当然酒はモスコミュールとかジンリキーといった西麻布ノリのカクテルよりも、ハイボールあたりをついついオーダーしたくなる。窓越しには首都高のインターチェンジ、そしてその向こうにオリエントの電光時計、㋩のネオン、彼方に光る東京港。

この店のオーナーは、昭和40年代初期の日活映画で、渡哲也や真理アンヌがカクテルを飲んでたスカイラウンジ——みたいなものをやりたかったのだと思う。また一方で「ブレードランナー」に出てくる酒場を東京的に解釈したもの、という見方もできる。とにかくいろいろ考えた末、もうここに行きつくしかなかった、といった末世的な退廃が漂っていて、深読み好きの東京人にはたまらない環境である。あと、この店に何が必要かと言うと、店の片隅で麻薬の売買をしている謎の中国人、といった役者であろう。

さて一階下のディスコというのが、これまた退廃していて、店のカウンターの隅に置かれた裸のレコードプレーヤーの上に往年のシュープリームスなどのＬＰを店の人が取っかえ引っかえして踊る。レーザーなんてもんはもちろん飛ぶ気配もなく、床がビコビコ幾何学模様に光るなんてこともない。ただのスキー場のセコいディスコとか、こないだ韓国で行ってきたゴーゴー喫茶風の粗雑さを作為的にやっている、といった感じだ。

まあこのディスコに限らず、僕も二回ずつくらい行った渋谷のヒップホップとか新宿の第三倉庫、白金のダンステリアといった店は、どこも意表をついた町はずれに控え目な感じであって、外装、内装とも、ワザとゴーゴー喫茶風にダサくつくってある、ということで共通している。

歌舞伎町のキャバレーやピンサロがレーザービンビン、ハイテック内装のキャバクラに変わっていく一方で、ハイテックの総本山的なカフェバー、ディスコの世界に、怪しい中国の密売人が似合うような店が増えてきた、という現象はなかなか面白い。このまま行くと、錦糸町楽天地のディスコでラップを踊る日も近いだろう。

●1986・8・28／週刊文春

鉄屋さんがこさえたサーフィン波発生装置

〝サーフィン波発生装置　小さい波を増幅　石川島播磨実用化にメド〟なる記事が二、三週間ほど前の日経新聞に載っていた。要するに、波のない日本の海の沖合に波を作る機械をおいて、ノースショアみたいなビーチをこさえてしまおう、というわけである。

ということで早速、私たち、そのサーフィン波製造装置なるものの実態について取材してまいりました。

東京は大手町にある石川島播磨重工業広報室。応接間に通された我々は、装置の実験の模様を記録したビデオを見せられた。横浜の磯子にある技術研究所の水槽で行われた実験で、幅50センチほどの水面にサーフィン波を発生させる、というものであった。水槽の底に、屋根の部分に傾斜のかかった鉄製の台をセットすると、高さ8センチほどの波がそこにぶつかって12センチくらいになる——と、こう活字で説明すると高校の物理の参考書みたくわかりにくいが、要するに、オフロの中に斜めにフロブタを入れて、手でパチャッとやると大きな波ができるのと同じ原理である。

つまり、それほどメカニックな難しそうな装置ではない。単に海の一部を上げ底にする、というだけのことである。

まぁ装置の構造的なことはともかくとして、ここで問題にしたいのは、あの〝石川島播磨〟という重々しい、名刺さえ冷たい鉄板でできていそうな硬いイメージの企業が、こういうバカな（といっては失礼だが）超ナンパな装置を開発した、というあたりのことである。

——たとえば技術者にサーファーが多かったりするんですか？（思わず、そんな質問をしてしまった）

「いや、この装置は、海底油田の掘削装置に使われている〝波よけ〟の逆の発想なんですよ。荒波をくだいて小さくすることができるのなら、逆に小さい波を大きくすることもできるのでは？　ということでね」

そして、若いもんを集めて会議を開いた結果「それで、ノースショアみたいなウェーブ、つくれるんじゃないっすかね？」と潮焼け髪の若手社員が右腕の陽焼けの薄皮をひんむきながら提案したかどうかは知らないが、とりあえず〝逆の発想〟でこういうことになったらしい。

実際、造船業界は〝所詮老舗の造船はいつか韓国に抜かれる〟ということで、ほとんど〝捨て〟の状況にあるようだ。

「やっぱりこれからはマリンレジャーですよ」ということらしい。

で、数点のマリンレジャー関連のパンフレットを見せてもらった。

〝ＩＨＩサーフレジャー設備〟ＩＨＩとは石川島播磨の、いわゆるＣＩネームである。ライディングをするサーファーのイラストをあしらった、思いっきしカル～くしたつもりのそのパンフには、前述した装置の他に、サーファートラベラーなるマシンが。これは、ビーチからブイ付のロープにつかまってサーフポイントの沖合まで出られるという、いわば海上リフト。その他、大型タンカーを改造して甲板にテニスコートをつくったり、プール、レストランを設置したりの洋上マリーナ施設。こういうもんが実際にできると、アイドル歌手のプロモーションビデオの監督は楽になるだろう。

ところで現状では、海を使ってこの手の人工サーフ施設をつくることは、さまざまな問題があって難しいらしい。いくらプライベートビーチと言っても、海自体はお国のものということで。よって、人工サーフ波発生装置はレジャーランドのプールで実現する可能性の方が高い。

かつて「西武が川越に海をつくる！」というウソの話をどこかで書いたことがあったが、大手資本が悪ノリすれば八ヶ岳の麓にライディングしにいく夏もなきにしもあらずである。

産業革命は進みつつある。

●1986・10・23／週刊文春

錦糸町にピーターラビットが上陸した日

「錦糸町」というと、東京の中では「青山」や「渋谷」「西麻布」といった地域の正反対の性格をした町、というイメージがある。〝楽天地のキャバレー〟〝パチンコ屋〟〝場外馬券売場〟〝パンチパーマをかけたジャンパー姿のおじさん〟そんな、いわゆる〝オシャレなＴＯＫＹＯ〟のワクからハズれた風物をもって語られる場合が多い。

下町とはいえど、浅草ほど一般ウケしやすい下町風情が感じられるわけでもなく、どうももう一つ持ち上げ方に苦労する町であることは確かだ。

さて、そんな錦糸町の駅前に11月、西武百貨店がオープンした。開店イベントの講演の依頼をうけて立ち寄ったわけだが、これがなかなかの盛況なのだ。とくにＢ１の食品売場と６階のインテリア・食器売場が凄い。食品売場では、庶民的な漬物や和惣菜のコーナーよりも、ズッキーニやブラックオニオン、切り刻んだレタスなどを並べたサラダバーのカウンターが繁盛している。亀戸駅前の八百屋で昨日まで一束60円の小松菜を選んでいたようなこの辺っぽいオバさんたちが、サウザンアイランド・ドレッシングをかけたサラダの試食コーナーに列をつくっている。一方、6階食器売場では、ウェッジウッドやジョルジュ・ボワイエのブティックをデート気分で見て歩く江東ニューファミリーのカップル。できれば楽天地のパチンコ銀龍で電動やっていたかった、みたいな顔をしたオジサンが、奥さんにむりやり引っぱってこられてピーターラビットのマグカップを選んでいる――といった微笑ましい光景にもぶつかった。

「本当は私たち、こういうことしたかったわけ……」と言わんばかりである。キンツマ病は多摩田園都市の風土病ではない、ということを思い知った。

「そんなピーターラビットの食器とかラルフローレンのブティックとか輸入もんのジャムや紅茶を並べたって、錦糸町あたりの住民にはウケるわけがない。そういう世界が好きな一部の人は、わざわざ渋谷や青山まで行ってオシャレな食器などを選んでくるはずだ」

ハッキリ言って僕はそのような考えを持っていた。よって、その日の講演でも〝こういった山の手っぽいスペースはウケない〟というような類の発言をしたのだが、どうも読みがアマかったようだ。江東・墨田地区の住民は思ったより〝青山っぽいこと〟が好きだったようである。

以下は錦糸町西武関係者の方のお話である。

「いやね、最初は正直言って不安だったんですよ。駅前のパチンコ屋なんかが繁盛してるとこだし、浅草みたく下町特有の保守的な住民が多いのでは、と。で、オープン前に住民の嗜好アンケートをとってみたんです。そしたら〝紅茶はフォーションしか飲みません〟みたいな高級志向の人がかなり多いことがわかりまして、こりゃイケるんではないかと……」

お客さんの多くは東大島や北砂の工場跡地にできた団地やマンションに入った、いわゆる江東ニューファミリーの人々である、という。つまり、ほんとは東京の西の方に住みたかったのだが、家賃の都合上、比較的安くて都心に近いこっちの方に来た人々なわけで、一刻も早くわが町が〝TBSのドラマに出てくるような街〟になってくれる日を心待ちにしている、ということだろう。一方、古くからの界隈の住民も、浅草ほど〝下町の庶民性〟に対してこだわりがないのかも知れない。「所詮中途半端な下町なんだから変わるように変わってくれぃ！」って感じで。

錦糸町西武、丸井、二つのナウスペースのすぐ傍には場外馬券売場があり、路地にイスを出して昼間から焼酎をあおっている旧錦糸町人がいる。変わりゆく韓国ソウルの中心街にも似た活気を感じた。

●1986・11・27／週刊文春

サザエさんをめぐるデマの考察

「サザエさん」に関するイケナイ噂が小、中学校で話題になっているようだ。

①サザエさん一家がハワイ旅行に行った帰りに飛行機が海に墜ちて、全員、元のサザエやカツオの姿に戻って番組が終了する。

②サザエさんが不倫に走り、ワカメが家出をし、カツオはグレて番長になり、サザエ夫婦は離婚する。

女性週刊誌の記事によれば、主にこの事故死説と一家離散説の二点であるらしいが、どちらも確かに暗いが良くできた話だと思う。飛行機事故死と言っても、海に戻ってサザエやカツオに戻る、といったあたりのフォローはなかなか気が利いている。人間のサザエさんやカツオくんは実は仮の姿だった、という民話的な帰結である。噂、デマというものは尾ヒレがつくものであるから、おそらくこの時点では〝たまたま学校の旅行でハワイに行かなかったワカメだけ生き残って「ワカメちゃんの冒険」が始まる〟とかの新ネタが囁かれていることであろう。

岡田有希子の幽霊騒ぎ以来の一連の不気味なデマは、世紀末を象徴するイマ的なものとしてとらえられているが、それほど目新しい現象ではない。いまからおよそ二十年前、僕が小学生の時分には〝快傑ハリマオがアフリカロケ中に象に踏み潰されて死んだ〟というデマがわりと盛りあがったし、噂で殺された有名人は松坂慶子の前に何人もいた。デマの帰結がブラックな方向に行くのは昔から変わっていない。思わず心がほのぼのするようなデマ、流言というのにはなかなかお目にかかれないものである。よって、そういった一連のデマと時代状況にはあまり関連性がない、と僕は思う。

ただ今回の「サザエさん」のケースなどを見て思うことは、（小、中学生が考えたとすれば）ハリマオの時代に較べて、構成がプロっぽくなっている、という点である。〝飛行機事故〟〝不倫〟といった時事性を織りまぜて、社会人クラスの宴席でも使えるようなネタに仕上がっているあたりには感心させられる。

TVのゴールデンタイムで30％の視聴率を上げている「サザエさん」であるが、その30％の観られ方と今回のデマネタには関係があるように思うのだ。

日曜日の夕餉《ゆうげ》の茶の間で平穏に映し出されている「サザエさん」の映像であるが、ブラウン管に向う40代、50代の親とその息子、娘たちの観方には相当のギャップがあるに違いない。昭和20年代、30年代の朝日新聞朝刊や姉妹社単行本の「サザエさん」を普通の小市民家庭劇として受けとめていた世代には、あの小津安二郎的な大家族の雰囲気や坊主頭のカツオくんの風貌も不思議ではないが、いきなり昭和50年代の多摩の3LDKマンションの28インチリモコンTVで「サザエさん」デビューを飾った少年少女たちにとって、やはりあの家族はおかしい。カツオの坊主頭も決してオシャレでやってるカットには見えないし、家族間の心温まる会話なども妙に不自然なものに映るはずだ。30％のうちの15％くらいを占めるであろう茶の間の少年少女たちは「どうも変だぞ」と思いつつ何となく点いているから観ているのではないかと思う。

現実離れしたものというのは冗談のネタになりやすい。相撲取り、時代劇、サザエさん……。かつて家元・糸井重里氏が「ビックリハウス」でやっていた読者投稿企画〝ヘンタイよいこ新聞〟でも、「水戸黄門」や「サザエさん」を素材にした笑い話が横行していた。

今回の「サザエさん」デマ騒動、確かにネタはブラックであるが、それほど深刻なイヤガラセのようなものには思えない。パターン化された古典をくずして遊ぶ一種のパロディであり、そういったものを〝暗い時代状況〟などと結びつけて大袈裟に報道する方に問題がある。

●1986・12・18／週刊文春

アディダスを履いた黒人坊さんトリオ

去年の12月19日に「ランDMC」のコンサートを観に行った。ランDMCとは、近頃、マイケルやプリンス、カール・ルイスにイカンガーをしのぐ勢いでニッポンの若者たちにありがたがられている黒人三人組で、〝ラップ〟という音楽をやる。ラップというのは、〝あまりサウンドというものを意識せず、まくしたてるように語る〟唱法とでも申しましょうか、要するに日本で言えば南無阿弥陀仏のお経とか、往年のトニー谷の「アナタノオナマエナンテェーノ……」とか吉幾三の「俺ら東京さ行くだ」の世界に近い。

まぁ一般の大人の人たちにわかりやすく説明しようとすればランDMCは〝パワフルな黒人の坊さん三人組〟ということになる。で、彼らランDMCをはじめとする近頃人気のあるラップグループは、〝スクラッチ〟というものを導入している。ターンテーブルの上にレコードを乗せて、針で盤の溝を摩擦してキュルキュルと独特のサウンドを刻んでラップを盛りあげる――こういった一連の作業をスクラッチという。

かなり荒っぽい解説であったが、ランDMCという人たちはそういうことをする人たちなのであった。

さて彼らのコンサートのチェックポイントとして、もう一つ忘れてならないのが、〝ファッション〟である。全身をアディダスのトレパンでかため、足元はやはりアディダスの黒三本線が入った〝スーパースター〟というスニーカーをヒモなしで履く。で、シルクハット風の帽子を被るわけです。まぁ時には黒いジャンパーを羽織ったり、多少スタイルのバリエーションはあるわけだが、〝アディダス〟は一種の定番、ということで、観客の人たちもコレを真似たスタイルで繰り出してくる。会場のNHKホールに向う途中、ヒモなしのアディダスをカッポカッポさせながら公園通りを駆けのぼっていく少年たちを何人も見掛けた。渋谷公会堂前では、いざ出陣とばかりに路肩にしゃがみこんでアディダスのヒモを抜く、ラップ愛好少年たちの「ヒモ抜き」の儀式が繰り広げられ、付近一帯には白い靴ヒモが無数に散乱していた（完全な〝ヒモなし派〟から〝黒ヒモ三穴通し派〟〝青ヒモ派〟など、厳密に言えばいくつかの流派が存在する)。

ところで僕もこの日のためにアディダス・スーパースターを購入し、途中でヒモ抜きをして出陣したわけだが、若干大き目のサイズをむりして買ってしまったため、脱げないように歩行するのが難儀であった。ヒモなし初心者の歩き方は、ほとんど鉄腕アトムのようなペタペタ歩きになってしまう。

さて、コンサートの方は前座が〝いとうせいこう&タイニーパンクス&近田春夫〟による日本語ラップ。彼らは日本語でラップしてもトニー谷みたくならない黄色い顔をした黒人である。観客も各々「俺たち、私たちは黒人なんだ!」と自己暗示をかけながらオールスタンディングで踊りまくっている。続いてフーディニ、というグループ。この人たちはフィーラというブランドのトレパンでかためていた。

そして大御所ランDMCの登場となるわけだが、ラップというのは続けざまに何曲も聞かされると眠くなる、ということが良くわかった。とくに英語の内容がわからないと、結局、お経を聞いているのと同じ状態になるのだろう。確かにいま一番カッコイイ音、というのはわかるのだが、僕はハッキリ言って途中で飽きた。オメガトライブみたいな俗っぽい曲が妙に恋しくなったりする。

やはり日本人は、時にはユーミン、時にはエリック・サティ、そして時にはアディダス履いてヒップホップ、といった全方位外交的な〝陸《オカ》ラッパー〟の道が一番キモチ良い、というのが今回の結論である。

＊「韻を踏む」なんて文法が定着する前の、ラップ黒船期の話である。

●1987・1・15／週刊文春

中国三千年のタバコだから、効きます

新年を機に誓った〝禁煙〟がそろそろ破られる頃だと思われる。僕も何度か禁煙を決行したことがあるが、つい銜えてしまった禁煙明けの一服ほど旨いものはない。世の中には〝禁煙明けの一服〟のために禁煙を慢性的に決行している人もけっこう多いのではないだろうか。

先日、たばこセンターで〝話題の中国たばこ！　金建〟をついに買った。金建、と書いて、〝ジンジャン〟と読む。昨年秋口から煙草マニア（サブナードあたりのたばこセンターに行っては変な新種煙草を探してくる連中）の間では、ちょっとした噂になっていた銘柄である。

「身体にいい煙草」

噂の範囲ではそう言われていた。解説パンフレットを拝借してきたので、そのコメントを引用しつつ、この「金建」なる煙草の本質に迫っていこう。

〝中国学術権威の開発〟

金建は、北京巻たばこ工場が中国の権威ある学術院、科学委員会と共に研究開発した特製た

ばこ。特に成分の研究には六年の歳月をかけ、たばこの品種からブレンド成分、技術に至るまで、全く新しく開発されています。

〝中国古来の自然理論と最新科学の結晶〟

金建が従来のたばこと一線を画しているのが、中国の国家機密となっている三百種の独特の成分。三千年の歴史を誇る中国が育んだ自然理論と、最新鋭の科学の合流によって確かに新しいたばこがここに誕生しました。

何か良くわかったようなわからないような、とりあえずかなり大仰な解説である。で、この〝三百種の独特の成分〟の正体は、国家機密ということで明かされていない。パンフの脇っちょには〝西周の金文〟などのカットを載せてごまかしている。

しかし〝中国三千年の歴史〟的な言い回しは、こういう文章の際に実に効く。「中国」で「三千年」とくると、どことなく由緒正しきもの、って気がしてきてシロウトはつい納得させられてしまう。「中国」でなく「ソ連」だと何となくコワソーだし、この銘柄の場合「フランス」だとちょっと軽い。

で、さらに裏面には、

〝金建は他のたばこと違い、心からリラックスできる――と評判のたばこ〟〝時代を先がけ、吸う人だけでなく副流煙を気にする周囲の人たちのことも考えて研究されています。これも三百種の独特の成分に鍵があるようです〟

とくる。

まぁ言ってることは大体こういった同じようなことで、結局〝何故、心からリラックスできるのか〟〝何故、周囲の嫌煙者に迷惑をかけないのか〟ということは良くわからない。すべて、中国国家機密の三百種の成分ってやつのお蔭らしいのだが、物的証拠（マイルドセブンを喫うよりこれだけストレスが解消する、みたいな）はない。しかし曖昧に善者《イイモン》の煙草ってイメージだけは残る。

「金建」の謂れなど知らぬ嫌煙者の前でためしに吸ってみたら他のを吸ったときと同じように嫌な顔をされた。白い煙も出れば、煙草特有の苦い香りもする。パッケージの側面には〝吸い過ぎに注意しましょう〟のコピーがちゃんと入っている。そしてパンフの締めのコメントは〝禁煙、節煙をお考えの方にぜひおすすめします〟ときた。

一体どういうつもりで吸えばいいのでしょうか、この煙草。〝吸えば吸うほど体力がつきます〟とか〝吸うたびに肺に抵抗力がつきます〟とでも表示してあれば謎の三百種の成分の意義も明確になってくるというものだが。盲腸を薬で散らしているような何ともイライラした気分にさせられる。

崖っ縁に立たされた煙草界の状況を象徴するような作品である。

●1987・1・22／週刊文春

ニッポンの社交界にはEHエリックが似合う

晴海で「外車ショー」が繰り広げられていた頃、僕と渡辺氏と編集担当の神長倉《かなくら》氏の三人はタキシードに身を包んで赤坂プリンスホテル・クリスタルパレスへと向っていた。

知人の結婚式に参列するわけではない。ブライダル・ファッション界の大御所・桂由美女史が主催する〝デビュタントパーティー〟なる催しの見学がこの夜の目的であった。ことしで三回目を迎えるというこのデビュタントパーティー。パンフレットによると、デビュタント(DEBUTANTE)とは〝社交界にデビューする若いお嬢さん〟という意味合いらしい。

「西欧では、現在でもハイティーンになった娘を両親が公に披露するという伝統は生きています。デビュタントのためのパーティーには次の四種類があります。①もっとも豪華なもので、個人的に開く舞踏会、②次には、夜のダンスパーティー、③ついで午後のティーダンス、④そして現在もっとも一般的なのが、集団のデビュー舞踏会です」

で、今回のやつは④を日本的にアレンジして成人式を迎える20歳のお嬢様を百名集めた、というものだ。

「デビュタントの方は、主役の晴着である白いドレスを着てお集まり下さいませ。お父様はなるべくタキシード、又はそれに準ずるもの(カクテルスーツなど)、お母様はディナードレス、又はカクテルドレスでお願い申し上げます……」
　ということで、会場は白いドレスで着飾った和製デビュタントたちと、わが娘の晴れ舞台に慣れないタキシード、モーニング姿で繰り出してきたお父様たち、娘のデビュタントにかこつけて黒柳徹子チックなキンキラ衣装をせがんだと思われるお母様たちでごった返していた。晩餐会は午後六時スタート。百名のデビュタントたちがズラ～リと並んで来賓を出迎える中、僕らも〝さも社交界の顔役〟になった気でテーブルについた。

　パーティーの進行役はE・H・エリック。ディナータイムのゲストは菅原洋一。そして楠本憲吉、大屋政子、バーバラ寺岡といった人たちが祝辞を述べる〝いかにも〟のキャスティングである。やはりこの手のパーティーの場合、進行役はE・H・エリックか岡田真澄、あるいは高島忠夫、宝田明といったあたりが定番であろう。ディナーショウの歌手は、北島三郎でも水前寺清子でもなければ東京ロマンチカでもない。いわゆる〝越路系の唄〟（愛の讃歌ｅｔｃ）がさりげなくハマる菅原、フランク永井、ダークダックスのラインだ。テーブルにはプリンス系ホテルの結婚披露宴洋食二万コース的な料理が出される中、エスコート（ボーイフレンドや主催者側が集めた青学の学生とか……）を従えてデビュタントたちの顔見せ、そしてスピーチ、簡単なゲーム大会、大詰めでソシアルダンス・タイムとなる。メインのはずのダンスは、デビュタントたちが〝若くてソシアルを知らない〟ということもあってか、ダンスフロアーを埋めていたのはほとんど着飾ったお父様、お母様方であった。若いもんはこのあと衣装室で着替えて、マハラジャなりエリアなりで勝手に舞踏会をするのでしょう、きっと。

参加費は一人三万円。友人たちの費用もすべてデビュタント側の家族がもつ、ということで衣装代まで含めると、こりゃ五十万くらいパッと飛ぶ、というわけである。ま、社交界デビューと言ってもその社交界がどこにあるのか見あたらない日本であるから、参加者たちも「一生の記念に……」くらいの意識で来ているのだろう。お父様たちが汗水たらして頑張ってここまで〝円〟を高くしたのである。どうせ土地は高過ぎて買えないのだから、外車やデビュタントパーティーでゴージャスごっこをしてもバチはあたらないと思う。これもある意味での〝内需の拡大〟である。

●1987・1・29／週刊文春

スーパー手帳を内蔵したビジネスマン

丸の内あたりを散歩していると、弁当箱くらいの大きさのぶ厚い手帳を小脇に抱えて歩いているサラリーマンの姿が目につくようになった。

いわゆる〝ファイロ・ファックス〟というやつである。イギリスで1920年代に開発された手帳で、スケジュールからカレンダー、アドレスとさまざまな情報データがルーズリーフ型式でファイルできる。

僕のまわりでも2年前の正月くらいから、ちらほらとこのファイロ・ファックスを使用する人間が現われはじめた。料理屋などで打合わせ、なんて席上で、スッとバッグの中からこれをとり出し、1時間単位で仕切られた細かい予定表にメモを書きつけていく。そして、帰り際にさりげなくファイロに装備したビニール製のカードホルダーからアメックスを抜き出し、勘定を。引きかえにもらった領収書を、これまたさりげなく二つ折りにして、スクラップ・ホルダーに差し入れる。「男はこうありたいね……」の世界である。

そういったファイロ道を歩んで三度目の正月を迎えた百貨店マンに先日お会いして、彼の手帳の構造をじっくりと拝見させてもらった。

いや、とにかく凄い。

まずは「一日の予定」のページにはじまって「週間の予定表」「年間の予定表」「上司への報告事項」「お得意様メモ」（お得意様の名前と顔、型の特徴などがメモってある）さらに「流通業界各社の経常利益表」等を縮小コピーしたものが貼りつけられ、カードホルダーには、一連のクレジットカードにテレホンカード、電卓、ラジオ、アラーム、そして〝ゼブラCARDY〟なるカード型のボールペン、シャープペンシル等がギッチリと収納されている。

現在、百貨店の文房具売場には、このファイロ型（本家ファイロファックス以外に、サザビーにアッシュフォード等のコピー商品が出回っている。いわゆる業界の人たちは、エルメスのクロコダイル皮を買った、とか、ブタ皮がオシャレとか、パッケージの部分で盛り上がっている人が多い）の手帳用のさまざまなパーツが並べられている。六本木・赤坂・青山周辺の地図と界隈のレストラン、バーの連絡先を印刷したミニデートマップのようなものとか、ゴルフのスコア表とか。

が、この手の既製パーツだけをやたらめったらぶちこむのは真のファイロマンとは言えない。仕事に必要なデータを縮小コピーしたり、ワープロで打ちこんだりして、オリジナルのファイルを積み重ねていくのがこの手帳の正しい使い方である——と、『スーパー手帳の仕事術』なる本を書かれた山根一眞氏も言っておられる。

つまり、呑み屋のホステスさんなら〝お客さんの月間ボトル・ランキング表〟とか〝手相ホクロ占い〟あるいは〝サントワマミーの歌詞カード〟を、組関係の若頭なら、総会で上層幹部に問われたときに恥をかかぬよう〝抗争の歴史〟〝麻薬ルートに関する簡単な知識〟〝年間の殉職者の経歴〟なんてデータを縮小コピーしたり、ワープロで打ちこんでファイリングしとけば完璧である。ノルマンディ上陸作戦で、胸に抱えこんでいたぶ厚いファイロ・ファックスが敵の銃弾をくいとめ一命をとりとめた将校がいる、などという逸話があるくらいだから、その筋の方たちには打ってつけの品と言える。

ところで僕はどうもここまで本気で情報というものをファイルしたりする気になれない。何かこの「ファイロ・ファックス」というアダプターがないと作動しないロボットになっていくような。シートベルトに慣れてしまうと、シートベルトを一時でもはずすのが怖い、あの感覚に襲われそうな気がするのだ。

少し、だらしのない自分を愉しみたい。わがままかしら。

＊いま思えば、〝アナログなスマホ〟的な装置だった。

●1987・2・12／週刊文春

日航「沖縄―札幌」便は一種の麻薬だ！

かつてはちょっとハワイやグアム、サイパンあたりに行ってくればそれだけでエッセイのネタになったものであるが、近頃はそんじょそこらの外国のハナシじゃ誰もありがたがってくれない。海外旅行の普及はエッセイストにとって、決して喜ばしいことではない。それならば国内で外国旅行した気分になれないものか、と考えた結果、〝沖縄―札幌〟便という妙な航路が日航に存在することを知った。

昭和60年の1月から、1、2、3月の3カ月間だけ週四便のペースで毎年運航している季節便である。沖縄↓札幌はブルー・アイランダー、札幌↓沖縄はオーロラという愛称があるらしい。まぁ〝ブルー・アイランダー〟は何となくわかるが、〝オーロラ〟っていうのは一体どういうつもりでつけたのでしょう。北海道と沖縄を、北極と南極にでもたとえているのだろうか。

朝8時50分羽田発のJAL901便に乗り、11時35分沖縄着、14時45分沖縄発のJAL93

8便で17時40分札幌着、というとんでもない行程。ま、札幌で軽く石狩鍋かなんか突ついて、そのまま20時20分発のJAL524便あたりで羽田に戻る――なんてのもオツではあるが、そこまでやるとむなしいので札幌で一泊することにした。しかしそれにしても、東京から沖縄経由で札幌に飛ぶ、なんていうのはかなり無茶な旅の部類に入るだろう。

僕と渡辺（和博）氏は、ポロシャツにジーンズ（靴→アディダスのスニーカー）、シャツの上にアンゴラのセーター（渡辺氏はラムウール）、そしてウールのダッフルコートといった、お互い申し合わせたように似たパターンの服装で集合した。

当日、羽田の気温は摂氏4度。機内でダッフルをたたみ、沖縄上空でセーターを脱ぐ。那覇の気温・摂氏21度。飛行場を出て、ぎらぎらと輝く南国の太陽を浴び思わずシャツの腕をまくる。札幌便までまだ時間があるので、国際通り・牧志の市場へ。短パン少年はさすがにいなかったものの、道往く人は皆陽焼けして浅黒い。市場の中の台湾料理屋で昼食。扇風機がまわっていた。街頭で氷入りのサトウキビジュースを飲む。夏はもう近い。

14時45分発のブルー・アイランダー。〝スーパーシート〟というゴージャスな席に座る。沖縄→札幌便のスーパーシート料金は七万五百円（一般席は六万五百円）。さすがにガラ空きである。僕らの傍に「北海道に雪見に行く」という沖縄の成金夫婦。「そうだよな、その手の客しかどう見ても乗らねえよな、こんな便……」。当日は典型的な冬型気圧配置で、上空から〝雪雲の被さった日本海側〟と〝ドピーカンの太平洋側〟とがクッキリと区分されて見渡せた。機内では、列島を沖縄から北海道まで順々に空撮したビデオ「日本・空からの縦断」が上映され、〝地理のライブ学習〟としてはこれはどの環境はない、といった風情であった。

17時40分千歳空港着。気温・摂氏マイナス9度。空港ロビーを歩きながらセーターを被り、さらにダッフルコートにあせって腕をとおしホックを留める。外に出ると、空中で氷結したような小雪の粒がいや応なしに顔にぶつかってくる。

「昼間見た風景は嘘だったのか……」。かつて、マイアミからニューヨークに飛んだときに同じような〝超空間移動〟的な感覚を味わった憶えがある。この飛行ルートは一種の麻薬だ。

4月、5月頃まで延長して、〝沖縄の海水浴とニセコのスキーを同日に愉しめる〟ようなパックツアーを企画したら、けっこう面白いのではないかと思う。昼は沖縄でガンガンにビール飲みながら肌焼いて、夜はちょっとまだうすら寒いススキ野あたりで毛ガニほじくりながら熱燗をキュッと一杯——ぜいたくこの上ない国内旅行パックになると思う。

●1987・3・5／週刊文春

レーザーが飛ぶこの頃の仏壇

日経産業新聞を読んでいたら〝ハイテク神棚登場!〟なる記事が載っていた。

拍手を打つと扉が自動的に開き、テープに収録した祝詞《のりと》が流れる——という代物らしい。

「音センサーを内蔵しており、五秒間に拍手の音を二回感じると、モーターの働きで約十五秒かけて扉が開く。次に約九十秒、テープに収録した祝詞が流れ、終ると自動的に扉が閉まる。付属のコンセントに電気式の灯明を差し込めば、灯りも自動的に点いたり消えたりする。一台九万八千円――」ということだ。

僕は岐阜の仏壇屋の友人にさっそく〝ハイテク仏具界の状況〟について問い合わせてみた。大学時代の友人で「大野春堂」という大手仏壇屋の御曹子である。蛇足だがファミコンの「リンクの大冒険」を既にやり終え、「ドラゴンクエストⅡ」も先日〝水門のカギを持っているラゴス〟の隠れ場所を見つけて佳境に入っている、という凄い人だ。

ＦＡＸで取材用件を発送すると、まもなく返信のＦＡＸが届いた。

〈他にもこんなハイテク仏具があります〉

①テープレコーダー内蔵仏壇
②テープレコーダー内蔵経机
③電気線香（年寄りが火を使うと危ない、という発想で線香を電球にしたもの、ボックスに香料を入れボタンを押すと、線香のニオイが漂ってくる）
④電動仏壇（内陣の扉が電動で開く。創価学会では普及しているが、本願寺、禅宗は使わない）
⑤レーザー仏壇（光通信用のグラスファイバーを使って、御本尊上方より、レーザー光線で仏像を照らす）スゴイ！
⑥セラミック位牌（大塚製薬の子会社が開発、販売。従来の木製に比べバツグンの耐久性。セ

ラミック素材なので位牌に故人の写真等も焼きつけられる）

とまあ、けっこういろいろとあるものだ。しばらくして彼から電話が入った。

「グワッハハ、なかなか過激だろ、ウチの業界も」

いかにも岐阜の仏壇屋、といった感じのドスの利いたダミ声である。

「テープレコーダーモノは十年くらい前にハチトラ（8トラックテープ）内蔵した仏壇が出たんだよな。だけど、この手のやつの弱点は、仏壇の耐久性にテープレコーダーの寿命がついていけない、ってことなんだよ。仏壇は何十年と使えても、レコーダーはどうしてもヘッドにゴミがたまったりしてイカレちゃう。で、近くの電気屋も仏壇の内蔵テープレコーダーなんかはやってないからさ。結局、それだったら小型のテープレコーダー買って仏壇の抽出しに入れとけばいいんだし」

客の反応もいま一つ〝ハイテク仏壇〟に対しては否定的だという。岐阜や名古屋の人というのは、嫁入り道具を運ぶのに中身が見えるガラス張りのコンテナトラックを使ったり、やたらと冠婚葬祭は派手、というイメージがあったのだが。

「どうせゴージャスを追究するんだったら、総ケヤキ造りの三千八百万の仏壇買ったりね。やっぱこの世界じゃハイテクはきついと思うなぁ」

ということである。ただ〝セラミック位牌〟に関しては、耐久性や機能（故人の名前しか入れられなかったところに写真が刷りこめる）の面から見てもけっこう将来イケるのでは……と仏具界のプロはコメントした。

まぁ考えてみれば、神棚や仏壇の扉が自動的に開いたからといって、それほど便利という気もしない。神棚の下のTVの音に反応して扉が開いちゃったりするんだよね。オールナイターズの拍手の音で祝詞が流れちゃったり。それはそれで確かにおかしいけど、やっぱできればそういう事態は避けたいですよね、神棚に祭られるヒトとしては。

●1987・3・12／週刊文春

泉麻人「エイズ検査」に行く〜その1

花曇りの空から時折淡い日射しが射しこむ朝であった。僕はコム・デ・ギャルソンのアンゴラのセーターの上にバーバリーのステンカラーコートを羽織って、通勤の渋滞が続く山手通りでタクシーを停めた。

「駒込病院……」

運転手にそう告げたとき、一瞬、胸がどきどきと高鳴った。

都立駒込病院・AM9：30。渡辺（和博）さんはGジャンにジーンズという軽装で現われた。Gジャンの衿に〝キャプテンEO〟のバッジが光っていた。僕たちは無言のまま「感染症科」の受付まで歩いた。

と、ここまでの描写で勘の良い読者の皆さんは今回のネタが何であるか、お察しのことと思う。別に風疹を患ったわけではない。一応〝ナウのしくみ〟なんてコラムをやっている責任上、あのナウな病気の検査を受けとかなきゃいかんな、ということになった次第である。

身に覚えはそれほどないが、残念ながら全くないわけではない。常識的な生活を心掛けてはきたものの、たまには非常識な生活なんてやつにもトライしてみたりもしたし、外人もそれほど嫌いじゃない。以前〝フライデー〟に、〝マナイタショウで童貞を失った〟等のデッチ上げ記事が載っていたが、正直言ってソレに近いことはやってしまったことのあるO型の僕である。

とまぁ、走馬燈のように〝過去の記憶〟をたぐりながら、待合室に入った。感染症科待合室の壁には「風疹」「ハシカ」「水疱瘡」「しょうこう熱」といった病名の表示はあるが、アレに関しては一言も触れられていない。十人掛けくらいの長椅子が向いあっており、目が合うと、みな「オレは風疹の疑いで来てんだぜ、おめえとは違うぜ！」というような顔をする。しかし、中には内股気味の一目でアッチ関係とわかる人が深刻な表情でうつむいていたりして、なかなか人間模様を感じさせられる環境である。倉本聰のドラマの一シーンを見ているようだ。

「ワタナベさん、ワタナベカズヒロさん、6番の部屋にどうぞ」渡辺氏が先に呼ばれた。約3分ほどで渡辺さんが出てきた後、僕も〝6番〟の部屋へ。

「はい、そこのイスに座って」先生は他の医者と同じように、机に向って患者に背を向けたまま荒っぽく言った。ベッドの前の丸椅子に腰をおろすと、先生クルッと椅子ごとふり向いて、開口一番こう言った。

「アソビで来てんじゃないの?」

近頃はちょっとしたブームということもあって、冷やかし半分に来る学生サンなどが多いらしい。ま、僕もそういう節がないとは言えない。

「身に覚えがあるの?」

「ハイ、多少は……。やっぱりちょっと気になることが……」

僕は深刻そうな表情をつくって答えた。そして、先生はアンケート用紙のような紙を片手にして尋問を開始された。

――相手はどっち?

「はぁ?」一瞬とまどう。

――男、女?

いきなり〝どっち?〟と突っこまれたら、そりゃシロウトさんは詰まりますよね。残念ながら「男」の経験はない。それから先生は「クイズ・タイムショック」の田宮二郎のような調子でポンポンと早口で攻めてくる。

――外人は?

――何年前?

――いままでに何人?

――最近はいつ?　どこで?

――それ、ノーマル？

最後にイスがクルクルと回転しそうな気がした。尋問はものの二、三分で終り、血液検査室で採血をしてコースは終了。4月13日に結果は判明する。晴れて「朗報」がこの誌上で発表できることを祈りたい。仮に結果がうやむやになっても、僕をそっとしておいてくださいね。

●1987・4・16／週刊文春

泉麻人「エイズ検査」に行く〜その2

僕は小学六年生のときに〝受験〟を経験した。要するに中学受験者である。試験問題はけっこう解けたので自信はあった。しかしその自信というのは〝8《ハチ》・2《ニィ》〟くらいの自信で、やはり発表当日の朝というのは、ある程度緊張する。発表を見に行った父親からの報告電話を待ちながら、お昼のバラエティ番組で「ブルーライトヨコハマ」を唄いしだあゆみの姿体などぼんやりと眺めていた。

で、まぁ今回のエイズ検査結果発表の朝の心理状況というのが何に近いかというと、僕の場合は、〝中学受験結果発表の朝〟が浮かびあがった。実際、シロかクロかの確率は過去の僕の体験データと巷の感染率を照らし合わせてみれば、シロ8以上の確率なわけだが、心理的には8・2くらいの自信、である。

さて今回は親が発表を聞きに行くわけにもいかず、僕は軽目の朝食（コーンフレークと紅茶）をとって、家を出た。出際に妻に「大丈夫だよ、自信はある」とだけ言い残して。

ところで受験だったら、たとえクロでも潰しがきくが、こっちはいまのところきかない。「……ダメだったよ、今回」と家に電話を入れても、「あらそぉまた来年頑張ればいいじゃない」といった慰めてくれるような返答はおそらく期待できない。このようにトータルとして考えていくと〝受験発表〟などと比喩するのは間違いなわけだが、その程度のもんと思いこまなくてはやってらんない、のである。

発表は9時50分、の予定であった。駒込病院感染症科の受付には、やはり〝結果〟を聞きにきた同志たちが。

「ニセ一万円札の武井って、いいよね」

「ウン、新聞やニュースがやたら〝愛車はBMW〟って書き立ててるところがオカシイ」

「アレはやっぱ〝サーブターボ〟じゃダメなんでしょうね」

「ネームバリューがね」

「高級欧州車、で処理されちゃう。やっぱ語呂ですよね」

「そぉ、アウトビアンキとか長過ぎるやつじゃね」

「やっぱ、ベンツかBMW、三文字だね」

「BMWも市民権得た、ってことだよね」

僕は傍の渡辺（和博）さんとエイズ外の会話をして、心を紛らせていた。

一人ずつ順番に〝6番〟の部屋に呼ばれて先生から結果を聞く。「ブルーベルベット」に出てくるホモみたいなオッサンが、内股の足どりも軽く帰っていく。「おめでとう」僕は感染症科待合室の同志の朗報を喜び、心の中でそう叫んだ。

とまぁ、ここまでもったいぶって引いてきたわけだが、ま結局、私らは〝シロ〟であった。と言っても、そんなもんたとえ〝クロ〟でも〝シロ〟と書いてしまえば活字になってしまうわけで、とりあえず信じてもらうしかない。僕の秘密を知っているのは駒込病院の担当医師だけなのである。しかし部屋に入るなり、五枚ほどのカルテをペラペラッと流し読みされて「感染、してないね。でもこれからは危ないから、気をつけてね」で、終りであった。証拠の診断書なども、よっぽどの理由がない限り書いていただけないようだ。せっかく2週間もどきどきしながら待ったのであるから、御褒美のバッジでもテレホンカードでも欲しい気分である。

「それじゃパスした人は受付でバッジもらって帰ってください」なんてノリでやれば、ミーハーな若者がどっと詰めかけて行列をつくるに違いない。

「検査、シロだったよ」と人に伝えると「あ、そぉ」とそっけなく返されて終りの場合が多い。「オレ、やばいんだよね」とか言いながらどきどきしていた頃の自分が、少し懐しい。やはり〝エイズ〟は検査など受けずに素人のプロ野球評論のように語り合うものなのかも知れない。

●1987・4・30／週刊文春

プジョー205とFM横浜の和洋折衷

近頃僕は〝プジョー205〟というフランス産の外車に乗っている。外車と言っても250万くらいの小型車でソアラの一番安いやつと同じくらい安い。こないだCMに出てそのくらいのおカネをもらったので、つい買ってしまった。

免許を取って12年になるが、日本で左ハンドルのクルマを運転するのは今度がはじめてだ。道端に駐車して外に出るときなんかガードレールにひっかかってなかなか面倒である。首都高で料金を払うときなども、身を助手席側に倒さないととどかなかったりして、けっこう厄介である。左側の車線に暴走族の右ハンドルのクルマがべったりと停車しているときなんてのも、顔がすぐ隣りなのでビビる。

しかしまぁ、こういった不自然さ、不便さが快感といえば快感である。せっかく買ったんだから、そう思いこんだほうがいいだろう。

で、僕は国産車のときは日本語の曲をけっこう聞いていたくせに左ハンドルになった途端に横文字の曲ばかり好むようになった。つまり、代官山あたりをフランスの住宅街と勘違いして走ろう、という魂胆である。だからと言ってシャンソンを流しているわけではないのだが。やっぱし左ハンドルで英語の曲だと、国産車以上に〝外人錯覚気分〟は昂揚する。

ところが、そういうアソビに没頭して1カ月くらい経つと、左ハンドルのクルマでFENを流しっぱなしにしながら左側通行の環六を走っている状態、というものがやはり不自然に思える瞬間がある。車窓をかすめる「つけめん大王」の看板、時折カーラジオから流れるボンジョビのサウンドをかきけすように侵入してくる右翼宣伝カーの軍歌――これはやはり無理がある。ふと、ラジオのダイヤルを〝FM84・7〟と合わせると、いいバランスで和洋折衷している番組が流れてきた。

ＦＭ横浜でカマサミ・コングという外人（日系人か？）がＤＪしている「サムタイム・アイランド」という番組である。カタコトの日本語と英語をとりまぜながら、あっちの曲とこっちの曲をごった煮に流す。こっちの曲と言っても別に春日八郎というわけではなく、山下達郎とかＥＰＯのラインである。このカマサミ・コングが微妙に日本語なまりしたイングリッシュで〝タツロォ　ヤマシィタァ、ライドォンタイム……〟と紹介するあたりの雰囲気が、何とも〝左ハンドルで環六〟の気分にすんなりと溶けこむ。「つけめん大王」の看板も肯定できる。

ま、こだわらなければこんなことどうでもいいことなのだが、'87年初夏現在、カマサミ・コング的な和洋折衷がそう言えばメディアに氾濫している。

まずタバコのＣＭ。アメリカではほとんど喫われなくなったタバコというものの宣伝に出てくるのはほとんど外人で、五人くらいの金髪の男たちが会議をしながらスパスパやっている〝セブンスターＥＸ〟の世界などは、とりわけカマサミ・コング的なものを感じる。

テレビ朝日で深夜にやっている「ＥＮＫＡ　ＴＶ」という番組は、外人の女のＤＪがアメリカントップ40のようなノリで演歌の新曲を紹介していくというものだが、これも〝左ハンドル用の演歌〟というコンセプトの部分では一緒だと思う。

こういった状況は一見、ニッポンが占領下の時代に逆行しているようにもとれるが、当時と根本的に違うのは、主導権を〝和〟のほうが握っているというところであろう。つまり、「つけめん大王」の街並や演歌というものをコカ・コーラで育った世代の人たちに食べやすくするために〝外人〟をつかっている。オブラートのようにね。

確かに20年前からアラン・ドロンがダーバン着てたりしたが、あの頃はオブラートみたく安くなかった。

●1987・6・11／週刊文春

「便座シートペーパー内蔵トイレ」の構造

僕は比較的最近まで〝しゃがみ式〟の便器を愛していた。ホテルなどに入っても、2対5くらいの割でしかない〝しゃがみ式〟のやつをわざわざ探して用を足していた。

しかし2年前に結婚して、妻の要請でマンションのトイレは〝ヒーター＋洗浄器内蔵の洋式〟を装備、いまでは〝すわったときお尻が温かくてお湯さえ出る〟やつでないと、何となくおちつかない身体になってしまった。

あのお尻がヌクヌクッとする感覚は最初たまらなく気味が悪いものだが、慣れると、何か出ない、いい、いい、いい、いい、いい、いい、い便もやさしく吸い出してくれるような（汚い表現だが本当にこういう感じなのです）温かさを感じるようになる。

ピュッと噴き出すおしり洗浄器のお湯もしかりである。はじめはイケナイ事をしているみたいだが、ちょっと数をこなせば、ごく自然な日常行為と化す。いつの間にかTVをリモコンで操作することに慣れてしまったのと同じことである。

というように僕のトイレライフは、ここ、二、三年の間にめざましい変化を遂げた。

池袋のサイシャインで開催されていた〝AQUA—HUMANIA'87〟というイベントを見に行った。あのトイレやシステムキッチンの大手メーカー・TOTOが創業70周年を記念して開いた展示会である。未来のトイレやバス、キッチンの試作品などが何点か展示されていた。

①応接ソファ型隠れトイレ

これは僕が勝手にネーミングしたものであるが、普通の応接ソファの布カバーのところをカパッとあけると、下から便座が顔を出す。「つまり部屋の中で簡単に用が足せるというわけです、紅茶なんか飲みながら……」

――そんなぁ、臭わないいんですかぁ？「ここの裏っ側のとこにですねぇ、強力な脱臭機能が装備されておりまして、悪臭を瞬時にして吸いとってしまう。し損じて辺りにつけたりしなきゃ大丈夫です」要するに、麻布十番のニオわない焼肉屋のようなものである。ま、いくら大丈夫と言われても、あまりこういう応接間では飲み食いしたくないけど。

②便座シートペーパー内蔵トイレ

エイズ騒ぎ以降、洋式便器の便座にトイレットペーパーを敷いて用を足す人が増えているが、あれは座る瞬間の風でフワッと敷き紙がズレてしまったりで、なかなか完璧にこなすのは難しい。これはボタンを押すと便座の端から自動的にペーパーカバーがズルズルと出てきて、用を足して腰をあげるとこれまた自動的にペーパーカバーは便器の底に吸いこまれ藻屑と化す、といった強力兵器である。

ま、ここまで几帳面にお尻を大切にしてやることもないような気もするけど、ちょっとした消費者ニーズをすぐに具体化してしまう日本という国の凄さを痛感する。トイレットペーパーの先をボタン一つで三角に折ってしまうような機能も開発されかねない気配である。

この他に、トイレの中で安心して着替えができるようにと、カーペット貼りの床を内蔵したトイレとか、ＯＬ用に歯ブラシや化粧用具を収納するロッカーを装備した洗面所のモデルなどが展示されていた。

試作品のほとんどは、ＴＶやエアコンのリモコンと同じようにパネル型のボタンに軽く指を触れるだけで機能が作動するようにできていて、金属性のノブや、いわゆる〝トイレのヒモ〟というものは完璧に消滅している。

こういった指を汚さない、臭くないトイレが普及したおりには、ブルジョアが、わざわざ〝ヒモを引っぱって水を流す〟旧式のスタイルを購入して、臭いを懐しがる趣味が流行したりするのであろう。

「いやぁ、懐しい香りですなぁ」

「どうです、風情があるでしょ」なんてね。

●1987・6・25／週刊文春

マドンナのアリーナ券と恋愛成功率

〝マドンナ限りの恋〟という言葉がある。「マドンナ行かない？　アリーナあんだよね」の誘い文句で、一夜限りの愛を愉しんだカップルたちの話である。大概、男は某大手広告代理店に勤務している。

知り合いの女子大生は、あまり好きでない某大手広告代理店勤務の男から、前述したような誘いをうけ、いそいそと後楽園球場へと出掛けていった。大雨の土曜日のことである。皆さんご承知のように、コンサートは突然〝風雨のため中止〟ということになった。ま、この時点でリタイアした〝悲劇のマドンナ男〟も世の中には何人もいらっしゃることでしょうが、こいつはそんなことじゃくじけない。そういうときのために、日曜、月曜のアリーナ券もしっかりとオサエていたのである。そして彼らは晴れて月曜日にマドンナデートを成就させたわけである。

その後の彼女からの報告によれば、結局、その男とはマドンナ限り会っていないし、今後関係を深めるつもりもないらしい。ま、残酷と言えば残酷であるが、券一枚で嫌われている女の子とデートができただけでも幸福、と考えたほうがいいのかも知れない。近頃、それほど効く切符というのは巷に転がっていない。

僕も、某大手広告代理店の知り合いに誘われて月曜日に観に行った。

招待客用の券が置かれている9番のテントの前には、ちょっとした行列ができていた。新聞で報道された〝マドンナルックの女子高生〟みたいな少女たちはここにはいない。皆、普通のダークグレーや紺のスーツを着た会社帰りの関係者たちである。ネクタイの色を黒に替えると、葬式の弔問客の列と変わりなくなる。僕が行った開演間近の時点で、〝御招待〟のハンを押したチケットがまだ一束ほど残っていた。

そうか、このチケットは完璧に接待用というわけである。

「いやね、ウチの娘がさ、マドンナっていうの、ほらあのロックみたいなオンナの歌手の。チケットどうにかなんない、今日の夜……」といったお得意先からの突然の注文に対応するための切り札というわけだ。

6月初旬という時期に公演が開催されたのは、一種〝中元〟という目的もふまえてのことかも知れない。そりゃあ確かに、三越の五万円商品券よりある状況においては価値を発揮する。

球場内観客席はアルプススタンドの最上階まで満杯であった。しかし、グラウンドの隅のほうには、入れようと思えば数百人詰めこめるくらいのスペースがある。参加席（場内のステージの見えないところでビデオモニターのマドンナを観る￥4400）なんて妙なものをつくるくらいだったら、あそこに入れてやりゃあいいのに、と素人は思うが、主催するほうはこれでもいろいろと大変なのだろう。

僕の席からは、マドンナは肉眼で7センチほどだった。前列の二人組の女の子は、7センチのマドンナに全神経を集中させて踊っている。隣りは〝冥土のみやげに〟的な意識でやってきた関係者サイドのオジサンで、ずっと腕組みをしながら、まるで数キロ先の隅田川上空にあがる花火を谷中の二階屋の物干し台から眺めている、って風情で静かに見物しておられる。まわりのビルの屋上にもカラスの大群のように人影が確認できた。上空では尾灯を灯したセスナ機が旋回している。

そういったステージ外の情景まで含めてみて、なかなかボルテージのあがったイベントであった。ところでマドンナ本体のみを観賞するなら、僕は歌舞伎町の〝のぞき部屋〟が一番だと思う。彼女の風体、身のこなし、肌の色合い等はああいったチープなスポット照明の環境に実に映えそうなのである。一兆円くらい資金があったら、説得して、是非一度壁穴からピーピングしたい。

●1987・7・9／週刊文春

「スキューバダイビング講座」のワイセツ性

3チャンネル、というかNHKの教育テレビで「スキューバダイビング」の講座がはじまったというので観てみた。

近頃はハワイとかサイパン、沖縄に、ただ焼きにということではなく、〝潜りに〟という前提のもとに出掛けたりするのが流行《はや》りである。

「あれ、焼けてるじゃん、どこ行ってたの?」

「マウイ……」

「遊びで?」

「ウン、ちょっと潜りに」

このラストの〝潜りに〟のフレーズがあるだけで、どことなく単なるミーハーより一枚上、といった感じのハクがつく。僕も〝潜りに〟のひと言が早く言いたいのだが、どうもその辺無精でまだチャレンジしていない。ま、そのような〝スキューバ〟に対する興味と、もう一つは教育テレビがそういったナウをどのように処理しているか、みたいな別の興味とでチャンネルをまわした。（というか、リモコンを押した）

一回目は、インストラクターの西村周先生（宇宙人ぽい雰囲気のシブいヒトだ）が、生徒さんである和田まゆみさんと伊藤ルリ子さん（両人とも晴海のパソコン機器イベントのコンパニオン風）に、機具のつけ方等を指導する――といったシーンが主であった。

ソテツの木を背景にしたプールサイドに先生と生徒さん二人。和田さんと伊藤さんは水着を着ている。（ハイレグではないが、けっこう肌の露出度は高い）

「じゃ和田さん、伊藤さん、ウェットスーツを着てください」

西村先生の妙に低音の効いた声が響く。そして、カメラは、水着の上にウェットを履く生徒さんの肢体をなめる。

「爪を立てると傷ができて危険ですから……」先生の声と和田さんのピンクの爪のアップ。

「それではシュノーケルをくわえて貰います」シュノーケルの口をくわえこむ和田さんと伊藤さん。これはなかなか興奮する。そして僕の興奮は、〝シュノーケルクリアー〟のシーンで最高潮に達した。シュノーケルクリアーとは、シュノーケルの中に入りこんだ水を、口から息を吐いて外に噴き出すという作業のこと。水中カメラは生徒さんの顔の大アップ。

「ハイ、口からシュノーケルをはずして、水を入れます。クワえなおしてぇ、ハイ、吐き出す！」

ゴボゴボッと音をたてて和田さん、伊藤さんのシュノーケルから勢いよく水が噴き出す。

さて、この情景というのは何かに似ている。そうです、あのクリスタル映像のアダルトビデオの世界に近い。

「ハイ、これからセックスをするわけですけれども、その前に、ここにございます電動のオモチャを使って……」村西とおる監督のダミ声が響きわたり、ガウンを着た女優さんのアップ。そして、女優さんは電動のオモチャを手にして……。

「ハイ、もっと奥まで入れてみていただくわけですがぁ」

バックで解説する監督のナレーション。

というわけで、NHK教育テレビの講座モノの雰囲気というのは、出演者が裸になっていない他は、実にアダルトビデオしているのだ。

他に「将棋講座」の棋士とアシスタントの女性のやりとりなんかも観ようによってはなかなかワイセツだ。

「ここで7・2玉《ぎょく》と寄るわけですね」（棋士）

「ハイ、先手の玉ですね」（女）

みたいな会話を将棋盤パネルをはさんで淡々とやっている。

「スキューバ講座」もフジの深夜あたりでやっていたら、別に何とも思わないような気がする。

〝教育テレビでやっている〟という意識が何かプラスアルファなものをもたらしているように思う。それはたまたま開いた医学百科のグラビアのオッパイの写真にドキッとする感覚に近いのかも知れない。

●1987・7・23／週刊文春

ビッグサンダーマウンテンで濡らして

マドンナ公演のチケットでとりあえず第一回目のデートに成功した男に「二回目のデートはどこに行ったの？」と聞いたら、何のてらいもなく「ビッグサンダー・マウンテン」と答えた。こいつが最近愛読している本は『サラダ記念日』、ちなみにいま好きな女性タレントは後藤久美子と黒木香だ。

僕はハッキリ言って、こういうミーハーな若いもんが好きである。やっぱりエリマキトカゲは、エリをおっ立てて元気に走りまわっている時期に見てこそエリマキトカゲである。こないだ池袋サンシャインの水族館で久しぶりにウーパールーパーを見たが、何か〝旬《しゅん》を過ぎた回転寿司のハマチ〟を見ているようでわびしかった。

というわけで、僕も懲りずに「ビッグサンダー・マウンテン」に乗りに行った。

浦安のディズニーランドに行くのは、これで五回目である。オープンの頃にたて続けに三回行って、春に〝キャプテンEO〟を観て、そして〝ビッグサンダー〟である。昔は湾岸線を浦安で降りていく人が多かったが、ここ一、二年は葛西で降りるのが流行りのようだ。ま、そんなのは好《す》き好《ず》きであるが、近頃は浦安までノホホンと乗っていると、「あらこのヒト〝葛西〟じゃないの？」という感じの蔑視の視線が助手席方向から飛んでくる率が高くなった、ここ東京あたりじゃ。

と、このように敢えて長い枕でもたせているのは、この〝ビッグサンダー・マウンテン〟というアトラクションの性格に合わせてのことである。

早い話、鉱山を列車で駈け降りる――事務的に説明しちゃえばそれだけの内容である。が、この列車に乗りこむまでが大変なのだ。

行列は思ったより短かった。ほんの二、三分で鉄道が発車する鉱山会社の入口まで到達した。すぐ向こう側に鉱山鉄道の線路が見えている。「こりゃ10分くらいで乗れますね」「思ったより混んでないっすね」と、そんな安易な発言を連れの渡辺さん、文春編集部の女子二名と交わしていたわけであるが……。

鉱山会社の内はくねくねと通路が折れ曲がり、すぐ隣り側に見える人の列は大分先のほうの人たちなのであった。

しかしここの行列がエラいのは（別に行列自体がエラいわけではないが）、とにかく周囲の内装が凝っていて、そういうものを見ながらタラタラと進んでいくと、あまり飽きることがない、というあたりである。古びたスチームトラクターがおいてあったり、窓ごしに朽ちた水車小屋が見えたり、金具の一つ一つ完璧に赤サビが出ていて、老朽化した鉱山の雰囲気を演出している。アメリカのディズニーランドでは、本物の骨董機具を仕入れてきて装飾した、と聞くが、日本の場合はどうなのだろうか。新品の金具の上にペイントしてサビをこさえたのかも知れないが、それにしてもよくできている。停車場にたどり着くまでに、すっかり〝西部の廃鉱〟に入りこんだ気分はできあがる。

そうか、これは簡単に乗れてしまってはいけないものなのだ。苗場のスキー場も、軽井沢も、夏の湘南も途中渋滞しながらユーミンを聞いてこそ〝気分ができあがる〟というもので、乗るまでに「50分」かかった。

乗車時間は3分40秒。終盤、急降下して水溜りに飛び込むシーンで、水滴がゴルチェの麻シャツを仄《ほの》かに濡らす、そこが圧巻である。

「フロリダ（ディズニーワールド）で乗ったときはもっと濡れたのに……」バイシクル・ルックの短パン少年が口惜しそうに言っていたのが印象的だった。

夏休みに入って〝待ち時間2時間〟になった暁には、もっと派手に濡らしてやって欲しいものである。近頃は日本人もＳＭ慣れしているから、もう大丈夫だと思う。

●1987・7・30／週刊文春

ナース井手のち隅田川花火

近頃はちょっとした花火ブームである。この季節、毎週末どこかしらで花火関係のイベントが催されているようだ。

考えてみれば、夜空に打ち上がる五色、七色の大花火という景観はビジュアル時代にマッチした派手っぽいものだ。レーザー光線をビンビン飛ばすディスコやライブコンサートに慣れた目にも、すんなり溶けこんでくる。で、一方で〝古き良き江戸の〟的な、流行りの下町懐古趣味の趣きもあり、その辺がこの盛りあがりの要因であろう。

都心を大雷雨が襲い、JR線がマヒした夕刻、僕は隅田川花火を見物するため、浅草へと向っていた。ま、正確に言えば、大雷雨に襲われたのは昼の3時過ぎ、浅草の花火までには少し時間の開きがあるのだが、何かこういう〝嵐のあとの花火〟みたいなこじつけは、この手のイベントの場合、大切である。

僕は嵐の中、赤坂プリンスでナース井手と対談をして、その足で浅草に向った。対談中、二度ほどホテルの避雷針に落雷する音を聞いている。こう書くと、ナース井手さえも何か意味をもっていそうにみえる。大雷雨とナース井手、――何となく花火の前戯として、ふさわしいような気がしないでもない。

浅草松屋の向いあたりの、隅田川辺りのマンションに住んでいる友人がいる。八階の彼の部屋が花火見物会場、というわけである。男女混じえて十人ほどがその部屋に集まった。

窓から首をのり出して、左を向くと上流の会場から打ち上げられる花火、右を向くと下流会場の花火が望める。隅田川上には、数隻の花火見物用の遊覧船が浮かび、川向こうには夜店の提灯の列がピンク色に光っている。吾妻橋の上にはびっしりと見物客の人混みが出来ている。

TVの花火中継を点けて、ホンモノとニセモノ（本物には違いないのだが）の差を確認しつつ見物をした。

7時過ぎ、缶ビールを開けて乾盃をし、まもなく一発目の花火が打ち上げられた。ボ〰〰ン。

「あ、やっぱりTVと同じだ」

「あたりまえでしょ、そんなの」

「待てよ、音がズレてるよ」

「え、ウソォ……」

「ほら、いまのが、さっきのボーンだぜ。TVのほうが早い」

「やっぱ録画かな」

「バカ、絵は一緒だよ」

「あ、そうか、音速三百四十メートルとかの法則……」

「ドップラー効果」

「違うよ、ドップラー効果ってのはさぁ、踏切に電車が来て……」

何か妙なところで昔の物理学の話が盛りあがってしまった。

打ち上げられる花火には、各々ネーミングがなされていて、たとえば〝はたらき蜂のバラード〟とか〝みちのくの紫陽花〟〝青い地球のノスタルジー〟など。観光地で売っている、ちょっといい、いい、いいおしゃれなミニケーキの趣味である。ところで近頃は皆、ゴージャスな花火慣れしていて、ちょっとやそっとの仕掛けじゃ驚かなくなっているから花火業者も大変である。ポカ玉（いわゆるシダレ柳を描いたり）や曲（火の玉が不規則な方向に飛び散ったり）という仕掛けを多用した動きのあるものが目立った。フジテレビで中継していた〝大江戸花火〟では、富士山やナイヤガラの滝を描いてみせるような極ネタが話題になっていたが、一体どこまでエスカレートしていくのだろう。そのうち、コンピュータにデータを打ち込んで超LSI的な発想で複雑な花火玉が生産されるようになるのだろうか。ま、最終的にはストリップショウと同じように、〝獣姦〟までイッたあとに元のオーソドックスな型に戻るような気もしないではないが。

花火は約1時間でお開きとなった。人出は九十万、空を見上げすぎて首の筋を違えて医者に駈けこんだ人が何人か出た、とニュースで言っていた。雷は鳴ったけど、日本の空は見た目こそとりあえず平穏のようである。

●1987・8・13&20／週刊文春

青山の葬式は夢工場みたいだった

その日、青山一丁目あたりを歩く人の趣きは、何となくいつもと違っていた。平日のその界隈は、通常、麻のスーツを着て口髭をたくわえた業界風のサラリーマン、ソバージュ髪にノースリーブの腕が、〝こないだハワイで焼きました〟って感じで褐色に輝いている外資系ＯＬ、そして暇潰しにフラフラしている短パンの学生サン、などのメンツによって構成されている地域だ。

そういう青山好きの人々の服装は全般的に黒い。ここ一、二年の傾向である。その日の客層も違う意味合いで「黒い服」の人が多かった。

ここまで書けば、カンの良い人はわかると思うが、当日、青山斎場では〝石原裕次郎氏〟の合同葬が催されようとしていたわけだ。別に〝氏〟を付けることはないのかも知れないが、どうも最近の風潮からして呼び捨てにするのは忍びない感じである。滅多なことを書くと、奥崎謙三みたいな一本気な裕ちゃんファンのオジサン（奥崎＝裕ちゃんファンということではない）に殴られそうな気がする。

ま、裕次郎氏本人に関しては以前に書いたので、今回は当日、青山界隈で目についた人々について考察してみよう。

青山一丁目から斎場に向って歩いていく黒い人々の表情は、概ね明るかった。「明るい」と言っても、いろいろランクがあるが、葬儀に向う客としては極めて明るい。たとえばの話、「夢工場にしようか、ディズニーランドにしようか、青山斎場にしようか迷った末、ここに決めた」みたいな家族連れの集団なども目につく。あと呑み屋のチーママ風のグループ。黒いTシャツの下に、シマウマ柄のマンボズボンなんかを合わせて淡路恵子風の茶色のファッショングラスなどを目にあてている。

「だけどマコさんも大変だったわよね、今回」「渡さんもだいぶやつれたでしょ」「あ、お茶飲んでく、ウエストで」てな具合に、けっこう会話がはずんじゃっている。

そして、青山斎場向いの「デニーズ」「ウエスト」その隣りのガラス張りのフランス料理屋の光景は凄まじかった。青山デニーズの駐車場には、群馬、大宮ナンバーのクルマが並び、二階に登る階段は、斎場入口の騒動を見物する客であふれている。フランス料理屋の窓際の席には、オードブルと水だけでねばっている場違いな感じの中年カップル。店の脇の駐車スペースに座りこんで、ラジオで高校野球の「明石―帝京」など聴きながら缶コーヒーを飲んでいる完璧な観光客までいる。空を飛び交う数機のヘリコプター、渋滞したクルマを整理する警官、騒々しさに拍車をかけるようにミンミンと輪唱をくり返すセミ――斎場外のムードは〝葬式〟というテーマからは完璧にかけ離れているように見えた。

葬儀の夢工場化――そんなコピーでくくれるような趣きである。満杯の青山デニーズ店内のムードも、おそらく晴海の夢工場内のレストランのそれとさして変わらぬように思える。

「せっかくここまで来たんだから、青山のブティック、覗いていきたいわ」

「よし、じゃ夜は六本木あたりでディナーとシャレこむか」

「僕、ホブソンズのアイスクリーム食べたい」

「何だそのボブソンって?」

群馬から繰り出してきた裕ちゃん世代の家族は、想い出の青山デニーズをバックに記念写真を撮って、次の目的地へとコマを進める。

僕も西麻布まで歩いてタクシーを拾って仕事場へ戻った。TVで3時の芸能ニュースを観ていたら、レポーターが妙に厳粛な顔つきでしめやかなシーンだけ強調して報道をしており、ま、もっともだと思いつつも現場とのムードのギャップを感じた。今回の葬儀の場合は、野次馬のほうにスポットをあてないとドキュメントにはならないと思う。

●1987・8・27/週刊文春

ヘルスジムの次はゴージャスな健康ランドだ

先日、雑誌の仕事で名古屋に行った。「Kelly」という地元でつくっているファッション誌の仕事で、名古屋界隈のいろいろなナウスポットを見て歩くというものだ。

ディスコとかファッションビルもまわったのだが、一番衝撃を受けたのは〝ドライブイン型健康ランド〟というやつだ。

東京近辺にも古くは船橋ヘルスセンター、最近も江戸川区の船堀に健康ランドがオープンしている。〝健康ランド〟とは、オフロを中心としたレジャー施設である。オフロというと誤解が生じるかも知れないが、この場合のオフロは、マジメなほうのサウナとか薬湯（ソープのほうもマジメと言えばマジメであるが）である。で、そういったマジメなオフロに浸ったあと、宴会場やゲームセンターでくつろぐ、というシステム。

名古屋近辺にはこういった健康ランドがここ一、二年のうちに四、五店オープンし、どこもなかなかの盛況らしい。

小牧市にある「ラッキー健康ランド」というのを覗いてみた。この手の店は大概、都市部から少しはずれた県道沿いの畑地の中の広大な敷地にドカンとゴージャスな佇いで控えている。「あ、あれですね」車の窓越しに〝ラッキー健康ランド〟の全貌が見えてきたとき、僕はしばらくの間、開いた口がふさがらなかった。

入口に、神社の狛犬を十倍でかくしたような二匹のシーサー（沖縄の家屋の門などに備えられている獅子のような動物）の石像が構えられその門をくぐると広大な駐車場、そして横長の宮殿を思わせる館が。宮殿の屋根には左から右へビッシリとネオン看板が並べられている。

〝ラドン〟〝サウナ〟〝薬湯〟〝宝石風呂〟〝金風呂〟〝ミスト風呂〟……もういくつかあったかも知れない。玄関口にはダメ押しのようにシーサーの石像、そして〝入れ墨の方、入泉お断り〟の看板。

館内に入ると、左側にフロント、右側は待合ロビー。ロビーにはひと風呂浴びたと思われる老夫、老婆が四方山話などしながらくつろいでいる。どうやら、息子や嫁の〝お迎え〟を待っているらしい。朝、嫁がクルマに乗せてジーさんバーさんをここで降ろし、一日ゆっくりくつろいでもらって、日がおちる頃迎えにくる、といった感じで、一種〝老人の保育園〟みたいな使われ方をされているようだ。

フロントで入浴料千五百円を払い、温泉場へ。薬湯、サウナ、ジェットバス、桐湯、ミストバスと何種もの風呂が並び、〝正しい入り方の順序〟などが標示されている。温泉場のコーナーにはガラス張りのＶＩＰルーム風のスペースが設けられ、そこに金風呂が一槽展示されていた。個人用の小さなサイズである。〝時価三億数千万円相当の純金を使用し……〟等の謂れが、金風呂ルームの入口に掲げられている。入浴料プラス千円払うと、この金風呂につかることができ、さらに五百円で〝記念写真〟を撮ってくれるらしい。女湯のほうに、やはり個人サイズの宝石風呂、というのがある。宝石をちりばめた浴槽につかり、ちょうど頭のくる部分に王冠が設置されている、という凄いものだ。

風呂からあがると、ユニホーム（アロハ柄のシャツに短パン、女は同じ柄のムームー）に着換え、シアタールーム（寝転がったまま映画が愉しめる）や宴会場でくつろぐ。三階建ての館内には熱海のホテルサイズの大宴会場が十室くらいある。さらに和食、洋食のレストランにカフェバーにみやげ物屋。老夫婦が揃いのアロハとムームーでトロピカルドリンクを飲んでたりして、なかなか微笑ましい。

一日、いろんな風呂につかって帰る。風呂を乗り物におきかえればこれも一種のディズニーランドである。老齢化社会が本格化した頃、各地の遊園地は健康ランドに変わるかも知れない。

●1987・9・10／週刊文春

トレンディな老人ホーム

去る敬老の日の新聞に、〃ペアシティ　サクラビア成城〃なる高級マンションの一面広告が載っていた。一見、単なる億ションの広告のように見える。が、コピーをよく読んでみると、どうも老人対象のマンション、要するに老人ホームの超高級モノ（エルダリーハウス）ということがわかった。

モデルルームが公開されているというので、覗きに行ってきた。

入居条件は、満60歳以上の単身者ないし夫婦で、自分の身のまわりのことが自身でできる程度の健康の方、ということだ。ちなみに夫婦の場合は片方が60以下でも入居可能だが、夫婦以外の問題、要するに相方が愛人だったりした際は両者とも60以上じゃないとマズイ、とのこと。

2億4千万（35坪）の部屋と1億4千万（23坪）の部屋を見た。23坪といったら、四人家族のサラリーマン家庭が「ま、子供部屋はつくれないけど、けっこう広いなウチは」って感じでどうにか幸せに暮らしている柏市の3LDKマンションくらいの広さである。35坪あれば、かなり堂々とした4LDKがつくれる。そういうぜいたくなスペースに、居間、和室、ベッドルーム、トイレ、バス。何とゆったりしたトイレなのだろう。便器とビデが50センチくらい離れて置かれている。洗面台までの床の空き地に大人二、三人ザコ寝できる。そしてトイレは一個だけではない。ゲスト用のトイレと家人用のトイレが一個ずつ別々にあるのだ。

パッと見した居間の様子というのは、そうですね、イギリスの貴族関係のヒトがクリケットの成績の自慢話なんかしながらティーパーティをする、そんな雰囲気。ガラス越しには、ジャイアント馬場が五人くらいデッキチェアーの上で日光浴しても窮屈でないくらいのテラスが見える。部屋のところどころにブザーのようなものが装着されている。これは〝ナースコール〟と呼ばれるもので、いつどこでクラッときても、このブザーを押せば館内のナースステーションから至誠会病院派遣の医者や看護婦がとんでくる、というありがたいものだ。

「他にレストラン、これはホテルオークラのコックが指導した料理をお出しします。あと、ここがバーで、それとビリヤード場に陶芸ルーム、このシアターホールでコンサートなどを愉しんでいただくわけです」

パンフをめくりながら係員が説明する。

「えっ、これで2億ってのは安いんじゃないの?」と思ってる方も多いと思う。そぉ、この1億、2億という金額は分譲価格ではない。入居金、という名目である。入居金の20%(つまり1億の部屋なら2千万）は、退去するときに還ってくる。で、残りの実質的な入居金をあらかじめ定められた〝15年〟という期間の中で毎年毎年15分の1ずつ償却していく、というしくみだ。ま、この他に二人で一月30万ほどの管理費とか食費も要るわけだし、将来、孫子に引き渡せるというわけでもないし、やっぱぜいたくと言えばぜいたくである。数年分先払いして高級ホテルに滞在するような感覚のものだ。

だけど成城の一等地（ローンテニスクラブの向かい）で、医者付き庭園付きレストラン付きプールバー付きのイギリスの貴族みたいなお部屋、なんて滅多な境遇じゃないと入れないもんね。

「サクラビアに入りたいから60過ぎのジーさんと一緒になった」（25歳・ＯＬ）みたいなケースが増えるかも知れない。そして今後はこういったホビー重視型の、サクラビアを少しシャビーにしたようなエルダリーハウスが浦安とか大宮などにもできて「老人ホームなんて暗いよね」とかいいながら、エルダリーハウスＢ１の老人専用ディスコでステップを踏む老夫老婆が出てくるに違いない。

●１９８７・10・８／週刊文春

＊ここがいまやさほど珍しくもない〝介護付高級老人ホーム〟の先駆けだったのだ。

環境映像としてのＣＮＮ

「近頃、テレビのドラマに業界モノと銘うったものが目立つ。しかしそれらのドラマで扱われている業界とは、一部の派手な放送局、レコード会社等のマスコミ業界に限られており、これは本来の〝業界〟という言葉の意味をとり違えているのではないかと思う。私は戦後の混乱期からメリヤス加工ひと筋にうちこんできた人間である。放送局の仕事と較べたら確かに地味かも知れぬが、メリヤス繊維の世界も立派な一つの〝業界〟である。テレビという公共の電波を使って、一部の限られた業種のみを〝業界〟と呼ぶのは誠に遺憾な行為と感ずる」（川口市・山田権造・58歳）（同様二通）

なんて投書が新聞のテレビ欄の下の投書欄に載りそうなほど、ドラマの世界はギョーカイモノのオンパレードである。本当、山田権造氏の言うとおり、一本くらい神田正輝と田村正和がメリヤス職人に扮する異色の業界モノがあってもいい。

そういった業界モノドラマとニュースワイドとレトロモノ（往年の人気番組の再放送）が目立つ〝秋の新番組〟の中で、唯一僕がハマってしまっているのが「ＣＮＮヘッドライン」という番組である。テレビ朝日で夜中の十二時過ぎからやっている十分間のニュース番組だ。

ＶＪ（ビデオジョッキー）の女の人が出てきて、アメリカンヒットチャートの音楽に乗せて矢継ぎ早にＣＮＮの社会ニュースを紹介していく、というもので、ＭＴＶみたいなニュースショウとでも呼ぼうか。一つのニュースは一分弱、それを英語と日本語両方で解説するので、異常な早口になってほとんど内容は理解できないまま終わる。しかし、ブラウン管にオハイオ州の山火事とかカリフォルニアの海岸に打ち寄せるハリケーンの高波とかが映し出され、バックにアメリカンポップスとＤＪ風の喋りが乗っているだけで、何となく気持が良い。何か、自分がニューヨークのアパートの住人になり、隣りの部屋にはジムというゲイの友人が住んでいて、窓の向こうにマンハッタンが見える——そんな勘違いがしやすい番組である。「ＣＮＮデイウォッチ」を夜中につけている人のおそらく半分くらいは、内容はさておき、環境映像として向こうのニュース画像を利用している、と思われる。そういう〝環境映像としてのＣＮＮニュース〟というコンセプトを圧縮してわかりやすくしたものがこの「ＣＮＮヘッドライン」であろう。

ところで、自分の住んでいる葛飾区新小岩のアパートをニューヨーク、前を流れる荒川放水路をハドソン川と見立てて、板張りに改造した〝若葉荘〟の一室で流す映像としては、これまで、外人ミュージシャンのプロモーションビデオ、要するにＭＴＶが重宝されていたわけであるが、このＭＴＶが日本に氾濫しすぎて、あまりそれっぽい気分に浸れなくなったという状況がある。以前は向こうのミュージシャンが牢獄の中でコブシをふりあげて唄ってたりするだけで「おっＭＴＶ！」と感動したものであるが、近頃はそういったＭＴＶっぽい映像を見ると、ニューヨークやロンドンよりも六本木あたりのひと昔前のカフェバーの景色を先に彷彿してしまう。そこへ行くとオハイオ州の山火事の映像はまだ肉が締まっている。番組のラストに世界の為替相場のチャートが出たりするあたりも硬派っぽくてかっこが良い。（ここも異常に速い速度で画面が切り換わり、ナレーションも表示も英語なので、内容を理解するのは難しい）

しかしこのＤＪ口調でポップスに乗せてニュースを紹介されると、悲惨なニュースも悲惨に見えないところが凄いところだ。ま、山火事くらいならまだしも、どこかに核ミサイルが落ちたニュースをブルース・スプリングスティーンなんかに乗せてサラリと紹介されたらコワイですね。

●１９８７・10・29／週刊文春

カボチャのイメージチェンジ

たとえばＮＨＫの「連想ゲーム」で加藤芳郎キャプテンが、「カボチャ！」というヒントを出したとする。答える側の大和田獏さんとしては、一瞬首を傾げて眉間にシワなどを寄せたあと、いつものように、ニッポンの将来に何の不安も感じていないといった脳天気な笑顔をつくって「冬至！」と叫ぶであろう。

まあたとえ解答者が大和田獏でなくとも、渡辺文雄でも坪内ミキ子でも、ブラウン管の前で一緒に連想ゲームを愉しんでいる視聴者の皆さんも、カボチャと言えば冬至というイベントを連想するのが一般的な日本人というものだ。

しかし、ここ一、二年、とくに今年あたりから急速に「カボチャ＝冬至」の連想等式はゆらぎつつある。連想ゲームに新田恵利が登場して、あのスタジオ中が清里のメルヘンペンションに変貌してしまうような声色で、「ハロウィ〜〜〜〜ンッ！」と堂々と発する。そんな状況になりつつある。

冬至という、一年中で最も夜の長い、地味で暗目のイメージを肩にしょっていたカボチャはハロウィンという海の向こうのイベントとタイアップして、〃明るくお茶目なパンプキンくん〃の路線にイメージチェンジを図ったわけだ。

ハロウィン。キリスト教の万聖節の前夜（10月31日）、カボチャをくり抜いたお化けちょうちんを掲げ、仮装をして町をねり歩くといった、向こうの子供たち、つまりキリスト教圏の子供たちの秋祭りである。カボチャが飾り物に使われるのは、顔のお面や人形をつくるのに形状的にむいている、そしてちょうど収穫の時期にあたり、数が豊富である等の理由だ。要するに、日本の田舎でお盆のときにナスやキュウリに箸を突き刺して人形をつくったりする風習と同じである。仮装して町をねり歩き菓子をねだったりする、その祭りの形態は、青森のねぶた祭りに近い。

しかし「ハロウィン」は、その言葉の響きのカワイイっぽさ、十月末というクリスマスシーズンの前哨戦として都合の良い時期等が幸いして、秋分の日に仏壇にあげたオハギが干からびはじめる頃から、ここ日本でもハロウィン熱が盛りあがるようになった。

仕事場のある代官山付近にはここ数年、クリスマス関係の小物を扱うショップが増えた。そういった店はツクツクホウシの鳴き声が寂しくなる頃から欧米並みに「ホワイトクリスマス」鳴らして、クリスマス関連グッズを店内に並べ出すわけだが、やはり西高東低の気圧配置が定着するまでクリスマス物はキツい。そこで、クリスマスまでの中継ぎ、鹿取が出てくるまでの岡本的な役割をするのが「ハロウィン関連グッズ」ということになる。

プラスチック製のパンプキンくん提灯（ネーミングは筆者が勝手に付けた）からアクセサリー、ステッカー、仮装メイク商品、キャンデーそしてビールのつまみのカボチャの種まで、ちょっとユーモラスなカボチャのキャラクターをあしらった関連グッズが並ぶ。

31日には代官山一帯で大がかりなハロウィン仮装パレードが繰り広げられるらしい。近い将来には、バレンタインデーのように定着して、10月31日になるといたるところで妙な仮装をしたガキや大学生たちに出くわすようになるのだろうか。向こうのカレンダーをチェックして、既にポスト・ハロウィンになるべく舶来モンの祝祭を研究している業者もいるかも知れぬ。

代官山界隈の八百屋をのぞいたらカボチャの上にハロウィンのカボチャ人形の看板が吊る下がっていて、思わず笑ってしまった。

「オクサン、カボチャ安いよ、今日ハロインだからさ」なんて八百屋のオッサンにがなりたてられたら、やですよね。

●1987・11・5／週刊文春

＊ハロウィンはこのままスぐに定着したわけではなく、一旦衰えたものの、バブル崩壊後の幼稚園、保育園あたりの質素な催し物として根付き始め、彼らの成長とともに２０００年代あたりから晩秋の定番イベントとなった。

デリバリー・ピザとＦＡＸ出前の話

近頃実家のある落合あたりで変わったことと言えば、デリバリー式のピザ屋（あのオシャレなオート三輪風のスクーターで出前するピザパイ屋）が二軒、ビリヤードバー（プールバーではない）が一軒、アスレチックジム付きのサウナが一軒、たて続けにオープンしたことだ。

ビリヤードバーとジム付きサウナはともかくとして、このところのデリバリーピザ屋の進出ぶりには目を見張るものがある。ほんの半年前まで、ピザの出前と言えば、東京で限られた地域、要するに港区や渋谷区に住むいわゆる業界人御用達のモノとされていたわけだが、いまじゃ埼玉のあぜ道を歩いていてもピザ積載のスクーターにぶつかる。

「ペパロニっていうんですか、このハムみたいなやつ。それとパイナップルにアンチョビ……」なんて感じのメチャメチャなトッピングを、税逃れ農地でサラダ菜をつくってるオバサンがオーダーしてると思うとゾッとする。「日本人って、本当はイタリア人だったんじゃないかしらん」と思わせるほどの浸透ぶりである。

　とまあここまで出前ピザが広がってしまうと、当然、五年前からドミノのピザをとっていた渋谷区広尾の住民としては面白くない。「ここ広尾や麻布でしか（出前を）とれない」というところに美徳を感じていたわけだ。だからこそ、イタリア人のフリをして、大正漢方胃腸薬で荒れた胃をかばいつつ、親戚縁者が訪れてくるたびに無理して「ピザでもとろうか。この辺、出前してくれるんだよ」と、勝ち誇ったように電話口に向っていたわけである。

　ところで、日本人はやっぱりイタリア人ではなかった――ということを実証するかのように、近頃、港区、渋谷区近辺にピザ以外のデリバリー屋というのが出現している。

　恵比寿の仕事場のポストに、〝DAIKAN　GAYU〟というネームの入ったメニューパンフレットが投げこまれていた。どうやら、デリバリー方式の中華がゆ屋のようである。出前ピザ屋のメニューにありがちなツルツルのビニールコーティングしたグラビアに、干貝鶏粥（鳥肉と干貝柱のお粥《かゆ》、鮭魚子粥（いくらのお粥）といった、わりと本気っぽいオカユの写真が載っている。ちょうどお昼どきで腹も鳴っていたので、早速注文してみることにした。

　と、パンフレットを良く見ると、電話番号の下にFAX番号が添えられている。なるほど、FAX出前というものがついに出現したか。

　〝Bセット（オカユ、シューマイ、スブタ、サラダ）一個〟余った原稿用紙にそう殴り書きして住所を書き添えてFAXにセットする。

　ツ――、という音がして出前のメモ書きは吸いこまれ、どうやら発信されたようだ。

しかしＦＡＸ出前というのは何となくおちつかない。やはり料理屋のオッサンないしオバサンと「スブタって、これ時間かかる?」「いや、すぐできますよ」等の会話を交わさないと、どうも本当に出前が届くのかどうか不安でしょうがない。

「お待ちどおさま、ダイカンガユでぇす!」

出前の兄さんがやってきたとき、雑誌の懸賞がちゃんと届いたときみたいで妙にうれしかった。

ＦＡＸだと混んでるときに応対する時間が省けるので楽である、ということだ。それに、一応証拠が残るので、「天丼4個と言ったはずだ」「いや5個です」みたいなもめ事とかは防げる。「カツ丼まだかよ、いい加減にしろよ!」気の弱い人も、ＦＡＸなら割と楽な気分で催促できそうな気がする。

「すいません、いま出ました」ソバ屋の言い訳はＦＡＸになってもたぶん変わらないと思うけど。

●1987・11・12/週刊文春

ゴルバチョフの万年筆攻撃

レーガンとゴルバチョフが並んでいる。パッと見の印象は、長身でハリウッド出身の甘いマスクを備えたレーガンが勝っている。ゴルバチョフは短身のうえ、顔のでかさが目立つ。

そんなわけで「どちらがカッコいいか？」という基準で判定すれば、七十過ぎの老年とは言えレーガンに軍配があがるだろう。

しかし、五分、十分と二人の雰囲気を眺めていると、パッと見の印象は徐々に変化していった。ロシアの格言などを織りまぜながら必死にリードをとろうとするレーガン。それを沈着冷静に構えながら適当なところで、「あなた、その格言、こないだも使いましたね」なんて感じでツッコミ返すゴルバチョフ。場内爆笑。予期せぬゴルバチョフの切り返しに動揺するレーガン。

「いや、私、この言葉好きなんですよ」とあせってボケてはみたが、思ったよりウケない。「しまった、ハズシた！」鼻のかみ過ぎでトナカイ状に赤くなったレーガンの高い鼻がいっそう悲惨に映る。

INF全廃条約の調印式のラストシーンもゴルバチョフが仕掛けた。

「万年筆（パーカー75）を記念に交換しましょう」条約書のサインにお互いが使った万年筆の交換をゴルバチョフが提案する。レーガンがいかにも好みそうな演出を、ゴルバチョフがまんまと奪った、という感じに見えた。おそらく、最初から「やってやろう」と目論んでいたのだろう。

12月8日（日本時間9日）の首脳会談の中継を見ているうちに、あのタカ派の力強いイメージのレーガンが実にいたいけな人の良さそうなオジサンに思えてきた。陽気な体育会バカが沈着冷静な文化系インテリ野郎を前にしてたじろいでいる。レーガンとゴルバチョフを比較すると、そんな感じだ。

「大学時代はアメフトひと筋に頑張ってきました。体力には自信あります！」と、カラカラと陽気に笑いながら入社してきた体育会出の商社マンがイランに飛ばされていく様を、軽い冗句など返しつつ冷めた目で送り出す経済ゼミ出身のエリート（趣味は囲碁）。なんて〝位置関係〟が浮かぶ。

代々、アメリカはエネルギッシュで派手、ソ連は冷静地味、といったイメージはあったわけだが、これまでのソ連首脳というのは、陽気なアメリカにツッコまれたときに、おどおどしてひきつった顔をしたまま構えてしまう、みたいな〝根暗のぎこちなさ〟が表に現われていた。ゴルバチョフは確かにレーガンに較べるとまだパッと見の印象は地味であるが、地味なりに派手風俗の研究を理詰めで究めている、といったあたりが鋭い。

アメリカ人特有の大袈裟な身振りとか、面白くもないのに笑ってみせるようなポーズ、冗句を言う間、などをビル・コスビーやディーン・マーチンのビデオを観ながら徹底的に研究した、来年のサミットではソフト帽をカウボーイハットに換えてきそうな、そんな気配すらしてくる。

そして、連れのライサ夫人、これがまた侮れない。大韓航空機事件の「真由美」ではないがヨーロッパに出向いてアメリカ人ウケする体型、フェイスに整形してきたのではないだろうか。政策よりも視覚的イメージの時代である。ゴルバチョフのソ連だったらやりかねない。

ま、ＩＮＦ全廃といっても覚醒剤とマリファナとシンナーをやっていた不良たちが、もう流行らないからシンナーだけはやめましょうか、と合意した程度のものである。そして、あのあまりにも調子のよいゴルバチョフとレーガンのやりとりを見ていると「ちょっと親父さん騙《だま》されてるんじゃないの？」と、口のうまい不動産屋にのせられて変な物件を売りつけられている父親を見ている息子のような気分になった。

●１９８７・12・24＆31／週刊文春

コンサバとラジ

僕の仕事場は恵比寿にある。暇なときに、郵便受けの底にたまっている不動産のチラシを眺めたりして過ごすことがある。

ま大体この辺に入ってくる住宅物件は、港区の六本木、広尾、西麻布、そして東横線、田園都市線沿線の世田谷から横浜北部にかけての地域。要するに、東京で一番高い住環境のチラシだ。

「西麻布4LDK1億3千万、高えなぁ……」

去年の5月、恵比寿の仕事場に移ってきた頃は、〝億〟の値が付いているだけでタメ息が出たものだ。それが、いまじゃヒトケタの億程度じゃタメ息はおろかゲップも出ない。

「広尾　5LDK低層　12億7千万」

「成城　240㎡売地　14億2千万」

といった〝フタケタ億モノ〟が割とあたり前に登場するようになり、1億、2億のロークラスの億だと「なんだ、けっこう安いじゃん」と感じるようなカラダになってしまった。

とにかく、「家」とかというものに対する金銭感覚はこの一年で完璧にマヒした。正にモノポリーゲームの意識である。洋服、クルマ、グルメ……といった〝ブランド遊び〟ができる範疇から「土地部門」がスコーンと飛び抜けていってしまった――そんな感じである。

「田園調布のお坊っちゃま」と聞いた瞬間、「相続税大変だよな……」といった心配が先に立ってしまうようじゃ、もうシャレにならない。

「住む場所なんて、浦安でも大宮でもどこでもいいやい!」いままで港や世田谷や、品川ナンバーにこだわっていた人たちが、とりあえず住居関係の問題はオミソにして、クルマやグルメといった手の届くパーツだけで〝ナウの勝負〟をするしかなくなってきたのが87年あたりの情況だと思う。

ゆえに外車は売れ、ニセ札作りの犯人までＢＭＷに乗るようになったが、首都高は2車線で慢性渋滞、おまけに料金はあがり、ドライバーのイライラは募って、オートマのアウディは暴走した。一方その頃、六本木近辺には不動産会社経営のディスコやバーが雨後のタケノコの如く発生、ＶＩＰルームでソバージュの娘はべらせて酒池肉林するのは、歯医者や医大生に変わって、地上げ屋と株屋サン……。

エイズ、円高、ＦＦ問題、そして地価暴騰に、いきなり降ってわいた株暴落。「そろそろおかしくなるぞ……」とは思っていたが、いよいよ潜伏期間を経て発疹がボツボツと二の腕や首筋に現われはじめた。悲観的に考えれば、かなり暗い気持になれる年であった。とくにチェルノブイリ関係の本などを肯定的に読んでしまったヒトにとっては、この「ナウのしくみ」で扱っているような事柄の一つ一つが、コンサバ社会の終局のシーンに見えてきて、思わず笑っちゃわずにはおれないことでしょう。

と言って、ここまで国全体〃ぬるま湯〃に浸ってしまった以上、ラジカルな動きを起こすのは億劫でしょうがない。身体に悪いと知りつつ、ダラダラと煙草を吸っている状況もそれはそれで気持ちが良い。

僕は今後もそんなあやふやな意識で、時代を観察していくつもりだ。

●１９８７・12／『ナウのしくみ88』あとがき

'80年代コラムあらかると②

兜町とアイスコーヒー

兜町なる町名は耳にしても、実際に足を運んだことのある人は少ないのではないかと思う。地下鉄の東西線と日比谷線が交差する茅場《かやば》町の隣り、わずか1キロ四方程度の地域である。編集担当のS嬢と茅場町駅前の喫茶「セピア」で待ち合わせをして、兜町の心臓部とも言える「東証」（東京証券取引所）の見学に行った。

喫茶「セピア」AM8：00。兜町の朝は早い。店内はモーニングサービスをとる証券マンたちでごった返していた。銀縁の眼鏡をかけた視線のきつそうな男たちが日経の紙面を隅から隅まで睨みつけながら、戦闘開始に備えてのエネルギー補給をしている。

〝アイスコーヒーにピザトーストね〟

季節は初冬なれど、何故かアイスコーヒーを注文する客が多い。やはり〝アイス〟の方が勢いがつくのだろうか。

AM9：00。兜町通《つう》の日刊投資新聞編集長篠田《しのだ》昭吉氏の引率で、日本橋川にかかる鎧橋《よろいばし》脇にある、「東証」に向けて出発する。兜町最大のイベント〝立会《たちあい》〟の風景を見学しようというわけである。ところで篠田氏は歩く速度が非常に速い。もたもたしているとすぐに50メートルくらい先に行かれてしまう。大体、この界隈の人の歩行速度というのは、丸の内あたりのビジネスマンの1・5倍くらい速いように思える。〝年中、師走のような街〟——兜町をひと言で言い表わすとすると、そんな感じだろうか。

AM9：10。東証着。2階にあがって株券売買立会場、いわゆる〝立会〟の様子を見学する。立会場は1階のフロアーにあり、天井が3階の高さまで吹き抜けになっている。それを2階の通路の脇のウインドー越しに見学する、というしくみになっているわけだ。

ウインドー越し、眼下に広がる約1600㎡ほどのスペースに約2000人ほどの関係者が蠢《うごめ》いている。1人あたりのスペースは1㎡もなく、すごい人口密度である。壁づたいに張りつけられた電光掲示板に株価の動きが小刻みに表示される。それに合わせるかのように、人の動きが正に蜂の巣を突ついたようにせわしくなったりする。場内の喚声、どよめきが、ぶ厚いウインドーを突き破って2階の見学通路にまで洩れてくる。

センターに4か所ほどあるカウンターの前には、紺色の制服を着た証券会社の従業員が折り重なるようになって、ピースサインを出したり引っこめたりしている。これが俗に言う〝手サイン〟というやつで、手の平側を向けて〝ピース〟を出すと「買い」、手の甲側を向けて出すと「売り」という具合になっているのだそうだ。

しかし声は張りあげるわ、手は振りあげるわ、人を突き飛ばして走るわ、凄絶《せいぜつ》な職場である。担当者は午前中2時間、午後2時間、計4時間これをやっているというから、丸井のバーゲンの比じゃない。やはり、入社4〜5年目くらいのガタイのデカイ、いかにも体育会やってましたって風貌の青年が多いように見うけられる。立会場の床はとにかく頑丈で、しかも足に負担をかけない〝カバザクラ〟という木を特注して作られているそうである。場内の天井脇にはズラーッとエアコンの通風孔が並び、年中冷房がONされているというが、立会がスタートして1時間もすると、ブレザーを脱いでシャツを腕まくりしている人の姿が目立ちはじめた。

この日は午後に「米中間選挙民主党優勢」の報が流れた日である。われわれは午前中しか見られなかったが、おそらく午後の立会場は蜂の巣を蹴飛ばしたような状態になったものと思われる。空前の株ブーム。レーガン政策からファミコンの評判まであらゆるナウ情報が反映する兜町の現場は、朝っぱらからアイスコーヒーで冷やっこくしとかないと、ほんと、やってられないようなホットな状態が続いているのである。

●1987・1／ペントハウス

「電話番号」を売る店

僕の趣味は、強いて言えば「散歩」である。暇を見つけては、何の目的もなくフラフラと路地裏を歩きまわる。

「この店はどういうつもりで、この場所に民芸品屋を出しているのか?」とか「あの表札の字の雰囲気からして、家主の性格は……」なんてことを想像しながら歩くのが好きだ。

去年の五月に仕事場を恵比寿に移して以来、気になっていたのが、この「恵比寿電話店」の存在である。目黒の茶屋坂に抜ける静かな旧道沿いにポツンと立っている。いわゆるナウ、な佇いのブティックやレストランが雨後のタケノコのように増殖している〝恵比寿あたり〟の景観の中で、この〝昭和三十年代チックな〟店構えは僕の目に妙に焼きついた。

「恵比寿電話店」。大雑把なネーミングである。いわゆる電話機を販売しているショップ——素人はそう思う。店構えからして、店内にはアンチックな黒電話などが陳列されている。僕もそんなイメージを思い浮かべていた。

呼び鈴を押しても人が出てこないので、看板に掲げてある連絡先をメモって、外から電話をしてみた。

「もしもし恵比寿電話店さんですか？　電話機なんか扱ってらっしゃるんですか？」

「いえいえウチは〝番号〟の売買です。お宅、電話番号お売りになるの？」

「はぁ？　電話番号って売れるんですか？　いくらで？」

「相場は五万一千くらいかねえ……」

成程《なるほど》。いつも移転のときは電話局に行ってしまうので知らなかったが、「電話番号」自体に値段が存在するのだ。買い値が五万一千、売り値が六万九千前後、これが現在の〝番号相場〟らしい。民間の「電話店」なるところは要するにこの差額で商いをしているわけだ。

この純日本的木造家屋の中で〝番号〟の売買がされている、と思うと、何とも不思議な気分になってくる。

●１９８７・２／月刊現代

恵比寿電話店
電話
鈴木きよ

南青山の骨董家屋

港区南青山七丁目。紀ノ国屋スーパーから高樹町に抜ける通りに面したこの物件、東京あたりじゃ数年前から話題になっている。

「この土地家屋は絶対に売りません」

僕の記憶では、年々〝立看板〟が大袈裟になっている。
三、四年前はせいぜい小さい看板が一つか二つ。下を歩く着物のおばさんよりもでかいゴージャスな看板が装着されたのはごく最近のことだ。地上げ屋の攻勢の凄まじさを看板の規模によって世間に訴えている——そういう解釈もできる。来年あたりは家を覆い隠さんばかりのバカデカイ看板が出現するのだろうか。看板代もバカにならないだろうな……と、ついいらん心配をしてしまう。
で、この看板とともにもう一つ気になるのが、家屋の前に置かれたタイヤの山。よく見ると屋根の上にも一個か二個のっかっている。これは一体何を意味するのだろうか。脇の方に〝ダンロップタイヤ〟なるネームの入った器が置かれているあたりから推測すると、そういったタイヤ関係の商売をしている、あるいは「していた」方の家屋なのかも知れない。が、屋根の上にまでタイヤがのっかっている、という状態は何となく不自然である。地上げ屋さん側が、いわゆる〝いやがらせ〟の一環として古タイヤを投げ捨てていった、という見方もできる。

そして最大の疑問点は、家主は果してどこに住んでいるのか？　である。写真ではよくわからないかも知れないが、前面の木造家屋は道路側に向ってかなり傾《かし》いでいる。おそらく後方のモルタル造りの二階家のどこかで、この頑固な家主はじっと胡座《あぐら》をかいて構えておられるのであろう。

「家とは何か？」ということを思わず考えさせられる。ちなみにこの南青山の通りは、洒落た西洋アンティークを扱うブティックが多いことから、俗に〝骨董ストリート〟と呼ばれている。

●1987・5／月刊現代

小林麻美の日常性

僕はいままでに三回も、〝ナマの小林麻美〟と逢ったことのある好運なライターである。一回目はLF（ニッポン放送）のロビーで、二回目は白金ショコラッティ・エリカのティールームで、三回目は世田谷のユーミン邸で秘かに催された晩餐会の席上で、麗しき麻美嬢を至近距離で拝みつつ雑談なども交した。

一回目と二回目は雑誌「ａｎａｎ」のインタビュー取材の仕事で、肩を並べて白金東大医科学研究所前の舗道を約百メーターほど歩いている――なんてシチュエーションの写真にもおさまった。そのカラーポジはいまでも〝証拠品〟として手帳の裏ポケットにしまいこんで持ち歩いている。

活字界には何百何千のライターがいることと思うが、〝小林麻美と肩を並べて白金を歩いた〟という経験のあるヒトは少ないだろう。それだけでこの商売をやっていて〝モトをとった〟という気分である。直木賞をもらったりするより、たぶんうれしい。

そして三回目の〝ユーミン邸のパーティ〟は、さらに衝撃的な想い出として僕の網膜のアルバムにこびりついている。

二年ほど前のことだ。

「今夜パーティするんだけど、泉クンも康夫ちゃんと一緒に来ない？」

ユーミンから招待を受けて、僕は、当時アウディ100に乗っていた田中康夫と一緒に松任谷邸を訪れた。

ユーミン邸に入ると、ダイニングテーブルに二人の美女が並んで座っていた。

小林麻美と薬師丸ひろ子、だった。

こういう場合、名前の下に〝さん〟を付けるべきか否かは迷うところがある。「小林麻美さんと薬師丸ひろ子さん」としてしまうと何か妙な距離感が出てきてしまうし、かといって、「小林麻美と薬師丸ひろ子」という呼び捨て調も〝前々からナアナアの友人〟的なニュアンスを与える危険性がある。

で、この場合の呼び捨ては、女子高生が街で田原俊彦を見掛けて、「いまのタハラトシヒコよ」と呼び捨てにするのと同じ種類のものである。

そのときの僕と「小林麻美・薬師丸ひろ子」の間には、ダイニングテーブルをはさんで、〝田原俊彦とその辺の女子高生〟くらいの距離が存在していた。よって僕はそういう感じの視線で、おそらく彼女たちを見つめていた。テーブルの上にはユーミン手製の中近東料理が並んでいたが、緊張気味にあせってあけた赤ワインの酔いで、すぐに視界はぼやけはじめた。

途中から井上陽水が加わって、僕の傍で田中康夫が弁舌をふるっていた。内容はうつろだが、僕の身体から分離した三半規管を会話の渦が何度か通り過ぎていった。

ふと気づくと、ダイニングテーブルの向こうの流し台の前で、小林麻美と薬師丸ひろ子が並んで洗い物をしている。僕は一瞬〝嘘〟かと思った。だいぶ酒もまわっていたので、もしかしたら幻影かもしれない。しかし、確かにその日、小林麻美はオフの顔をしてわりと慣れた手つきで皿に布巾などをあてていた。ユーミン邸の水道の蛇口から勢いよく水が噴き出していた。

「洗い物をする小林麻美」を見たライターというのは、白金を肩を並べて歩いたことのあるライター、よりもさらに稀であろう。ほんとオレは何て果報者なのだ！

とまあこのようにプライベートな話をあえて持ち出したのは、僕は〝非日常性の隙間に垣間《かいま》見《み》える日常性〟に小林麻美の魅力を感じるからである。一般的に「小林麻美」は、ニオイの無いハイテックな家具のようなものとしてとらえられるケースが多いが、それは表面的なもので、彼女の魅力は、そのハイテックな家具の入っていたダンボール箱をガムテープで巻きつけて〝燃えるゴミ〟のポリバケツの脇に捨てにいく、ところまで収容されたものだと思う。つまり、飯倉のバーの冷たいストゥールに腰を掛けイタリアの画集を物憂げにめくっていても、頭の3パーセントの部分で〝ガスの元栓を締めたか否か〟の問題を気にしている。

そういう〝日常〟がチロッと覗いたりするところがキモいところで、覗き過ぎてもいけないし、全く覗かなかったら、おそらくこんな特集記事が組まれるような〝いい女〟にはなっていなかったことでしょう。

「普通がいいなぁ……」

CMのあの台詞《せりふ》がいつまでも自然に聞こえる女であって欲しい。

●1987・5／月刊カドカワ

シークレットシューズの故郷を訪ねて

「人に知られることもなく自然（！）に身長が6〜8㎝アップ！」

例のシークレットシューズなるモノのキャッチコピーである。

アレをつくっている人は、一体どういう人なのだろうか——そんなモヤモヤがかなり以前から僕の頭の中に澱《よど》んでいた。漫才のネタなどに頻繁に使われている話題のクツである。シークレットシューズと言えば、ほとんどの人が「あぁ……」とその存在を認識しているかのような反応をする。人によっては、漫才のネタを連想して吹き出す。そこまで広く認知されているグッズなのに、僕のまわりには履いている人がいない。

どういう人が履くのか。どの程度売れているのか。どういう人が考案し、どんな状態で生産されているのか。その実態に迫るべく、シークレットシューズの老舗、二光通販株式会社をたずねた。

江戸川区北小岩二丁目。都心からほぼ総武線と平行して千葉市川方向へ続く蔵前橋通りと、江戸川区の東部、江戸川と新中川の間を縦断する柴又街道の交差点に二光通販本社はある。かつての農地に、ここ数年、中古車センターとドライブインレストランが急増している地域である。交差点付近には、二光通販の看板を掲げたビルが三軒ほど見える。

本社の応接ロビーで担当者を待った。パネルで仕切られた狭い応接スペースがいくつも並んでいる。西新宿の高層ビルにある英会話カセットセールスの会社の接待ロビーと同じ作りだ。

まもなく三人の男が現われた。

営業部長の伊東氏、出入り業者（シークレットを製造する工場を管理する）の鈴木氏、そして、シークレットを開発したデザイナーの師岡《もろおか》氏。

——それではまず伊東さんにお聞きしたいんですが、シークレットはいつ頃から？

「七年、もう七年になりますかね。やはりビジネス用としてこういう靴があってもいいんじゃないか、ということで」

——ビジネス用と申しますと。

「え、つまり、国際社会時代が到来しましてね、ビジネスで外国の方と接触する機会が多くなった。と、どうしても背丈が低いとね、圧倒されちゃいますでしょ、向こうの人みんな高いですから。そんなあたりのところですかね」

伊東氏はしばしニヤニヤ顔で応答する。

——で、やっぱり注文される方というのは低い方、かなり背の低い方という……。

「それがですね、ユーザーの方の注文書に書かれている足の文《もん》数みる限りじゃ、そうでもないようでね、足のサイズにして25・5から26・5くらいの人、多いですからね。ま、普通のサイズですよね。そのくらいの足の方ってのは大概、背丈も160以上はありますでしょ。つまり、私、こう推測するわけです。ある程度、背のある人がさらに高くカッコ良くなりたい、その辺の欲求を刺激しているんじゃないかと」

高さは〝6センチ〟と〝8センチ〟のタイプがある。近頃はデザインの種類も豊富で、レギュラーのイタリアンタッセル型の他に、ウイングチップ、メッシュ、スニーカー、さらに〝本革シークレットバッシュ〟なんてタイプまで。バッシュなのに本革を使うってあたりのセンスが、い、い、二光サンならではの味である。

端の席で、ひとりだけ寡黙そうな雰囲気を装っている師岡さんにクリエーティブなお話を聞いてみよう。師岡さんは制作畑らしく、ちょっとさばけた服装をされている。他の二人は紺ないしグレイの背広だが、彼は茶系のスーツに、イタリアンカラーのドレスシャツ、靴は赤茶の夏っぽいメッシュ。〝中津川フォーク集会〟を彷彿させるような長髪が肩先でなびいている。

——デザインなどは、どのように発想されるんですか？

「やっぱりイマのファッションの傾向なんか多少参考にしましてね。それから何よりユーザーからのリクエスト。近頃はゴルフシューズのシークレットは出来ないのか、って問い合せがね、多くて。いま開発中です。あと、靴脱いで部屋にあがったときに背が低くなる、それをどうにかしてほしいと」

——それは、だってねぇ……。

「靴下をね、開発してんです。シークレット靴下。秋には販売に応じられる予定です」

——シークレット靴下って、いや、わかりますけどね。いったいどういう風に……。

「その辺はちょっと企業秘密ですので……」

シークレット靴下。冗談では聞いていたが、マジに開発されているとは知らなかった。僕は、この二光通販という会社の〝奥の深さ〟を思い知らされた気分であった。

埼玉県三郷市。北小岩の会社からクルマで約40分のところにある「ヨシダ製靴《せいか》」という工場を訪ねた。シークレットシューズは数軒の工場で分担して作られているわけだが、ここはその中の一軒、吉田鉄雄さんという主《あるじ》とその奥さん、吉田さんの弟、奥さんの妹の四人でやっているという小さな工場だ。

吉田さんは十代の頃に浅草の靴屋さんの見習いをはじめて以来、この道30年のベテランだ。独立したのは20年前。

「ただアップやりはじめたのは、5年前からだけどね」。アップとは〝シークレット〟の業界用語らしい。

約50坪ほどの工場内に、出来たてホヤホヤのシークレットがぎっしりと並んでいる。そして入口脇の棚には、アッパーと呼ばれる、要するに型抜きされた靴の甲の部分の革が山積みされている。ここでは、このアッパーを縫製して、底の部分、つまりソールと合体させ完成品を仕上げる作業を行う。

一日朝の9時頃から夜10時頃まで働いて約百五十足、月に三千〜四千足を生産する。シークレットはソールの型が変形（要するに踵《かかと》の部分が急に高くなっていたり）なので、いくら靴作りのベテランとはいえ、慣れるまではなかなか大変だったらしい。5年前に仕事を請け負い、いまでは工場で扱う靴の90％は〝シークレット〟だと言う。

——吉田さんもシークレット、愛用されてるんですか？

「ええ、私もやっぱ愛着ありますからね、三足持ってます。ちょっと着替えて夜のお出掛けなんてときなんかコレ、履くんですわ」

——夜のお出掛けと言うと？

「いやね、日曜が休みなもんでね、土曜の夜なんか、そのハス向いにスナックがあんですけど、カラオケの。そこでちょっとね、唄好きだからね」

——レパートリーは？

「ま、裕ちゃんとかさ、裕次郎。その辺の古いやつだけどさ」

吉田さんはカラオケの話になると、目がランランと輝いた。このあたりはここ10年あまり靴、ゴムプレス、プラスチック玩具の工場が密集しはじめた新興の町工場街である。そういった工場仲間と誘いあって繰り出すらしい。

帰りに僕は、6センチタイプのシークレットを一足お土産にいただいた。千代田線に乗って、恵比寿の駅で履き替えて仕事場まで歩いてみたのだが、視線の位置が6センチ高くなっただけでコレが実にキモチが良い。ちょっと最初勇気がいるけど、是非一度皆さんもトライしてみるといいと思う。

●1987・9／鳩よ！

寛美とオバチャン

関東の人間にとって、藤山寛美とはどういうものなのだろうか。関西の人間から見た大宮〝デン助〟敏光、僕の解釈はそんなところだ。無論、大宮敏光は消えたが、藤山寛美は残っている。そして、藤山寛美＝全国区、大宮敏光＝関東地方区、といったそのネームバリューの規模の違いはある。しかし、関東の30ちょっと過ぎくらいの僕にとって「藤山寛美」の名は全国区的なメジャーなイメージがあるが、その実体はあやふやである。何となく芦屋雁之助とかあいったノリの関西芸人というイメージがあるだけで、具体的な姿などは浮かんでこない。そういった意味で、東京でずっと30余年育った僕などにとって、桂三枝とか横山やすしとか、明石家さんま、鶴瓶といった人たちよりも、遥かに遠いところにいる関西芸人なのである。

藤山寛美と松竹新喜劇というものについてほとんど把握していない僕は、関東のオバチャンたちでごった返す会場の新橋演舞場の状況が極めて意外に感じられた。関西ならわかるけど、東京で藤山寛美をやっていったいどういう人が集まるのだろうか……と、ガラスキの状態を予想して僕は新橋演舞場に向かったわけである。しかし、会場は僕の予想に反して満杯。オバチャンというか、平均年齢60歳くらいのオバアチャヤマ、ジーチャヤマ方で客席はびっちり、という状態であった。

「浦安○○町内老人会の皆様……」。幕間《まくあい》にそんな場内アナウンスが流れた。浦安の町内老人会が寄り集まって観劇に訪れるような催しなのだ。僕の親くらいの世代には、「藤山寛美」という存在は、おそらく「ひょうきん族」に出てくる吉本興業の売れっコ、たとえばさんまを筆頭に紳助、のりお、サブロー・シローくらい浸透している芸人なのであろう。

僕が観たのは夜の部の二幕目「愛情航路」という演し物《だ》である。大阪の港町で大衆食堂を営む力《りき》さん（藤山寛美）が、友人の船乗り作《さく》さん（島田正吾）から〝老後資金〟の５００万円を預かる。「私が船に乗っている間にこの５００万を利回りのよいところに回してふやしておいてくれ、陸《おか》に上がったら私は船乗りをやめてそのカネで家を買ってのんびりと老後の生活を送るつもりだ……」といった金を、力さんは、店の常連客で新しい事業を興そうとする青年に貸してしまう。青年の事業は失敗して、５００万はパー、そこに船乗りの作さんが帰ってくる、さてどうなるか……といったストーリー。で、登場人物はみな、情にほだされやすい善人揃いで、結局「カネよりも愛と人情が大切」といった結論を残して幕となるわけだ。もぉほとんど中盤でほのぼのとした結末は見えてしまうわけだが、あまりに徹底した様式美の世界に僕は思わず感心してしまった。

俳優の演技もひとつひとつクサい。藤山寛美のボケもクサい。だけど、これはこれでいい！と思える。完成された人情喜劇の世界だ。僕は、こういった〝清く貧しく美しく〟的なテーゼがベースになったほのぼのペーソス喜劇は決して好みではない。たとえばこういったものをベースにしてそれをナウっぽく解釈したようなドラマを佐藤B作と宮崎美子と山口良一あたりのキャスティングで演じていたら、収録スタジオに乗り込んで後頭部にケリを一発入れてやりたいような気分になるに違いない。だけど、それが藤山寛美&酒井光子&島田正吾となると、正に本気というか、濃縮されたホンモノの原液を飲まされているような感じで、許してしまう。東武デパートの地下で売っているクサヤは嫌《や》だけど、大島の民宿で出てきた本場のクサヤは旨い、みたいなものだ。

島田正吾が極めつけのクサい台詞を吐くと、場内後方から「シマダッ！」の掛け声が飛ぶ。おそらく新国劇から島田についているファンなのだろう。こういう環境の中で、こういう芝居を見るというのは、ヘタに自分の価値観に近いアマい若者芝居を観ているときより気持ちがい い。「第三舞台」のニセモノみたいな新々劇を観せられると、思わずヘドを吐きたくなるが、この芝居は僕のセンスから極めて遠いところにあるので、歌舞伎や能あるいはブロードウェイで意味のわからないミュージカルを観せられた時のように、その場の雰囲気に酔える。

しかし、若いもんが「ぴあ」や「シティロード」で情報を仕入れて、「夢の遊眠社」や「第三舞台」に押し寄せてくるのはわかるが、この新橋演舞場の藤山寛美を満杯にしたオバチャンたちはどこからやって来たのだろうか。

ビートたけしやタモリやさんまや鶴太郎、三宅裕司、あるいは野田秀樹、鴻上尚史の陰に、藤山寛美を笑いに、泣きにくる50、60代のオバチャンたちがけっこういる、という事実にはっきり言って驚かされた。それと蛇足だけど、松竹新喜劇の若手の男優ってみんな藤山寛美を若くしたような顔してるんですよね。

●1988・10／日経WOMAN

バブルピークなナウたち

ボディコン・ドラクエ・Wアサノ……

●週刊文春連載「ナウのしくみ」（１９８８・１〜１９９０・２）より

アメマー
ピピピビ
地下ディスコの会話
営業車で道混んでたさかい……
バイパス？

ヨシモト光線がナニワを変える

「冗談画報」というTV番組（フジテレビ）の仕事で大阪に行った。ナンバ千日前の吉本会館でやっている本場ブロードウェイのバーレスクショウ「AMERICAN VARIETY BANG!」の一部を放送しようというわけだ。

〝吉本のショウ〟というと、どうしても、間寛平、桑原和男、花紀京やらが出てきて「ゴメンクサイ」と「アメマァ〜」といったギャグをかまして客席でセンベエ囓《かじ》りながら観ている浪花のバァさま方が金歯をむき出しにしながら笑って、最前列で朝からグデェ〜と寝転がっているジャンパー姿の酔っぱらいが時折ステージに向って野次を飛ばしたり……といった雰囲気の、例の「吉本新喜劇」の世界を東京出身の僕でさえ思い浮かべてしまう。関西の人はなおさらであろう。

今回のブロードウェイのショウは、去年の11月にオープンした吉本会館NGKシアター（NGKは、ナンバ・グランド・花月の意）のコケラ落し公演として開催されたものだ。

「ヨシモトは新喜劇や漫才ばっかやってるとこじゃおまへんでぇ。ちょっと声掛けりゃブロードウェイの芸人はんまで来てまうんでっせー（すいません、いい加減な関西弁で）」といった、ま、一種の脅しを含んだオープニング公演というわけだ。

ＮＧＫシアターは、そのネーミングの趣からしてそうであるように、これまでの他の〝花月劇場〟とはちょっとグレードが違う。劇場あり映画館ありスタジオありレストラン、喫茶、地下にはディスコも完備といった総合レジャービル。二階のＮＧＫシアターには一階の入口からゴージャスなエスカレーターで昇っていく。

一階の玄関口は白い大理石（だったかな）、とにかくツルツルしたオシャレな感じのピロティ風スペースになっていて、地下のディスコに入ろうとする〝浪花のボディコン娘〟たちがたまっていたりする。ここだけ見る分には東京の青山スパイラルホール前のムードにかなり近い。ちなみに一階のピロティ脇の喫茶店の名は「青山」という。

で、このナウな吉本会館の建った千日前界隈の景色とはどういうもんなのであろうか。

まず、一番目立つのは、のぞき部屋、ファッションヘルス関係の立て看板を持ったオッチャンである。メインストリートを飾る店はそういった風俗関係の店にパチンコ屋、回転ずし、古くからある帽子とネクタイの店、といった面子。要するに東京の新宿歌舞伎町と池袋の西口ロサ会館周辺と上野クインビーチェーンのあたりを一堂に会しました、という凄まじい風情。そういうところにオシャレなディスコ付きの、ブロードウェイのショウを呼べるようなエンターテーメントスペースをおっ建ててしまうところが吉本の吉本たるところである。そして、まわりにいくらミナミのチンピラが徘徊していようと、「ヌキヌキ五千円ポッキリ！　ヤングサロン千日前」などの立て看かついだオッチャンがウヨウヨしていようと、ボディコンのウエストを引き締めて堂々と吉本のディスコまで通ってくる浪花のコンサバ娘の心意気には負ける。

吉本会館オープン以降、従来のオッチャン層に心斎橋あたりから流れてきたヤングが加わり、千日前はちょっとした〝人種のるつぼ〟と化している。翌朝、NGKで漫才を観たら、「宮川大助・花子」という演者の名がレーザーでステージ後方のスクリーンに映し出され、大助・花子が登場した。千日前界隈では客層の変化に、ピンサロやのぞき部屋をプールバーやクレープ屋に改造する店も増えているようだ。

吉本の放つレーザー光線がいま千日前の人々のDNAを変えようとしている。

●1988・1・14／週刊文春

トゥーリア事故とクワタの因果関係

①桑田危機一髪
②桑田悲鳴聞いた
③ヒヤリ桑田

以上は去る1月6日〜7日付の各スポーツ紙の一面を飾った大見出しである。これらの大見出しが付けられたある事件とは何か。次のうちから選びなさい。

なんて問題が作れそうなほど、「六本木トゥーリア事故」に関するスポーツ新聞の報道は奇怪であった。

混雑した車内でどうにか自らのスペースをキープしつつ、吊り革につかまりながらスポーツ新聞を読みふける中年サラリーマン。まぁ朝の山手線でごく普通に目にする光景である。「桑田危機一髪」の大見出しとその傍に〝山ごもり出発〟の小見出し。あぁどこかの山中でマムシでも踏んづけたのかな……などと寝呆け眼でぼんやりとその一面記事を覗き見していた。ところが注意して記事を追っていくとどうも〝山中でマムシを踏んづけて、危機一髪〟ではない。〝ディスコ惨事の現場に居た〟などの横帯の見出しが上のほうに入っているではないか。

歯槽膿漏気味の中年サラリーマンの口臭と横目に耐えつつ、さらに記事を読み進んでいくと、結局、事故直前まで巨人の桑田が、トゥーリアのそれも事故のあったダンスフロアとは別室になったレストランに来ていた——ということを伝える記事であることが判明したわけだ。

「店を出た直後に後ろのほうでドーン！　という音がして……」とか記事にはあるわけだが、どうもこの辺は胡散臭い。

そういうわけで、僕はその日思わず桑田大見出し関係のスポーツ紙を数紙買いあさってしまったわけだ。

とにかく一面のトップ記事にするわけだから、ある程度の文字数がある。パターンとしては
①桑田は強運である。
②球界新人類たちの夜の遊び方が論議を呼びそう
といった二方向に展開させてまとめる、というやり方が主流であった。

たとえば1月7日付日刊スポーツの場合。

〝持って生まれた強運さなのかもしれない〟という書き出しではじまり、途中当日の店での情景描写があって、後半残り六百字のあたりから話はムリヤリになってくる。

〝しかし、そこは19歳の若者。一緒に行っている友人に誘われでもすれば、踊りのまねごとをする可能性は十分ある。……たとえ、照明器具の直撃は避けられても、飛び散るガラスの破片が目や肩などにでも突き刺されば、それだけで投手生命を断たれかねない危機でもあった〟

といった具合に飛躍し、さらに甲子園に5度出場、巨人単独指名、などの強運エピソードをつらね、山ごもりに出発する際、羽田までの道が渋滞し搭乗時間に20分遅刻したが飛行機の出発がたまたま1時間遅れて大丈夫だった、とくる。そしてラストの締めはこうだ。

〝危機一髪で難を免れたラッキーボーイ桑田が、ポスト江川の大エース目指して本格スタートする〟

こういう報道の姿勢が不謹慎か否かを語る以前に、どんな素材でもスポーツ新聞的な結論にもっていってしまうその一貫したコンセプトは、ある意味で立派である。オレたちには常識なんていらねえ、そこに桑田や長島Ｊｒがいればいいのさ、という割り切り方。どんな事件でもコンピュータにインプットすれば、桑田や長島にひっかけて記事ができてくる、というような気さえしてくる。もしも桑田がトゥーリアにいなくて、双羽黒がたまたま当日六本木の明治屋の前あたりを歩いていた、というネタさえあれば、当然〝危ない！　双羽黒〟等の大見出しとともに〝次々と身辺に難がつきまとう双羽黒。北尾さんにとってやはりことしは波瀾万丈のひとり場所となりそうである〟なんて調子の記事ができあがるわけである。

●1988・1・28／週刊文春

ガイジン改造スキーツアー～サホロ①

「北海道のスキー場に行ってガイジンになろう」

今回から二回にわたってそんなテーマで話をすすめる。と、ここまで書いてそのゲレンデがどこにあるのか、わかるヒトはわかるであろう。

北海道は新得町《しんとくちょう》サホロに昨年暮れオープンした〝地中海クラブ〟に四日間滞在し、スキーと大陸的な社交術を学んできたわけである。地中海クラブと言えば、世界最大のバカンス村とうたわれ、このたびサホロに出来たものを含めて世界中に百七カ所ある。たとえば南の島のクラブなら、水泳にサーフィンにダイビング、このサホロとかスイスとかの冬のリゾート地のクラブならスキーをはじめ、スケートにスノーモビルに雪ゾリと、とにかく〝アソビに関するものなら何でもござれ〟といった感じのありがたいところなわけであります。で、ここにはそういったアソビをサポートする〝GO《ジーオー》〟と呼ばれるスタッフがいる。GOとは〝ジェントル・オーガナイザー〟の意。このスタッフの皆さんが徹底的にガイジン的なアソビ方をわれわれに仕込んでくださるというのだ。

サホロの地中海クラブに行く段どりとしては、千歳空港で飛行機を降りたのち、まずは石勝線を走る「アルファ・コンチネンタル・エキスプレス」という列車に乗る。この列車で終点の新得駅まで行き、そこからバスで地中海クラブへ、という行程を踏むわけだ。

このアルファ・コンチネンタルという列車はその名のとおりヨーロッパのコンパートメントを彷彿させるような、シェードのかかった広いパノラマウインドウとゆったりしたシートがウリの、かなりJR離れしたデザインをしている。車両の最前列にはスクリーンモニターが設置され、ここに沿線のトマムリゾートや地中海クラブのプロモーションビデオが映し出される。シートに座っていると、まもなくホテルアルファサッポロから派遣されたウエートレスがやってきてメニューを伺う、といった具合だ。スクリーンでは地中海クラブのフランス人がシャンソンを唄っている。オーダーした赤ワインを一口飲みながら車窓を眺めれば、石狩原野の雪景色もパリからシャモニーあたりに向うリゾート列車からの景観に見える、といった寸法である。

この列車に乗りこんでいるJRの乗務員もやたらと陽気なのが不気味である。「お客さん、列車空いていますから、どうです、前に来て、運転席でも覗いてみませんか?」とニコニコしながら誘いに来たり、「え、ここにございますオレンジカードはこの列車内のみの限定発売です。めったにない値うちもんですよ」といった感じで売り子をしたり、「ほら、いまあそこに見えてるのがトマム山ですよ、ちょっとあのゲレンデは風が強いんですね」とか、客が尋ねもしないのにガイドをはじめたり、とにかく元国鉄乗務員とは思えぬ明るさで攻めてくる。

このように、地中海クラブに向う客はJRのアルファ・コンチネンタルに乗った瞬間から少しずつ、陽気なガイジンエキスの照射を人体に受けはじめているのだ。

さて新得駅に着くと、駅前に地中海クラブ行きの大型二階建てバスが待ちうけている。クラブのガイドが乗りこんできて、

「ハイ、みなさんよーこそ地中海クラブへ、ブラボー!」って調子でクラブのしくみなどを説明しはじめる。BGMは勿論、脳天気なラテンミュージックだ。駅前広場に、〝蒸気機関車に石炭をくべる火夫の銅像〟なんてのがひっそりと建っているくらいの素朴なこの北国の町の中を、ラテン音楽ガンガン鳴らして大型バスは走っていく。

「もう戻れない……」

内気な日本人活字業界の僕らは覚悟をきめた。そして、地中海クラブの玄関口でわれわれを待ちうけていたのは、笛太鼓をかき鳴らしながら奇声をあげて迫ってくる地中海GOの大群であった。


（つづく）

●1988・2・18／週刊文春

CLUB MED.
ハア〜イ
ライ
ライ
CLUB MED
CLUB MED

ガイジン改造スキーツアー～サホロ②

〈前回のあらすじ〉

外人占有率が最も高いと言われるスキー場、北海道新得町の地中海クラブ。そこに果敢に乗りこんでいった泉、渡辺らを待ちうけていたのは笛、太鼓をかき鳴らしながら陽気に騒ぐＧＯ（スタッフ）の集団であった。

☆

地中海クラブでＧＯと呼ばれている接客スタッフの人種構成は、外人（主にヨーロッパ各国の）三、日本人七くらいの割合である。しかし、ここの日本人スタッフというのは、顔は東洋であるが、ほとんど体内には〝ラテンの血〟が流れている、といった風情である。

「Ｈｅｌｌｏ！　オゲンキデスカァ？」

ロビーに入るや否や、いきなり歓迎のトロピカル調のオレンジジュースを渡され、見ず知らずのお兄様お姉様方にニコニコ顔で肩をポンと叩かれる。

「ハイ、これから皆さんとスキーをしたりパーティをしたり、四日間愉しく一緒にアソんでいくわけですが、ここはホテルではありません。いいですかぁ、ここで一緒に過ごす皆さんと私たちＧＯは仲間です。そうです、ここはひとつの村なのです」

ＧＯの一人が、通常日本人の三倍くらい高いテンションで歓迎のあいさつをし、いよいよ

〝外人改造計画〟は本格的にスタートした。

スキー講習は技術によって七クラスに分れて行われる。パラレル出来損ない程度の僕は〝2B〟のクラス。中学時代に一度スキーを履いたきり二十年ぶりという渡辺さんはビギナーコースに入会した。こういう具合に、まずは同じクラスになった人同士知り合うというしくみ。

そして、ランチやディナーのテーブルも、知らない者同士相席になるようになっている。客の女の子たちは宅配便で送りつけたボディコン、パンプスを身にまとってテーブルにつく。で、ディナーの時間には必ず毎回出し物を変えて、ステージの上ではGOたちがショウを繰り広げる。これはオーバーアクション気味のイタリア人が単に変な顔をしてみせたり、プレスリーのあて振りをしたりといった、劇場で観ればそれほど大した芸ではないのだが、何せみんな〝一日も早く外人になろう〟と努力しているわけであるから、けっこうアマいギャグでも「ルーシーショウ」の笑い屋みたく机をドンドカ叩いてゲラゲラ笑ったりしてしまう。と、冷めた視線で状況を観察していた僕は、自分がテーブルで浮きあがっているのを感じ、くやしいけどむりやり笑った。

ショウの最後には、テーブルの客も総立ちして舞台の上のGOたちと一緒に「ラ・バンバ」を踊る、という儀式がある。一日目の夜は変に〝日本人の血〟が邪魔して立てなかった。そして二日目の夜、ロス・ロボスの雄叫《おたけ》びを耳にするや否や僕は意を決して立ちあがった。ステージのGOたちの振りを真似、ステップを踏み。ふと、向こうのテーブルに目をやると渡辺さんも踊っている。目に涙を浮かべて、ラ・バンバを踊っている。感動的な一夜であった。僕らは日本人の血を捨ててラ・バンバを陽気に踊る外人になったのだ。獄中にいる奥崎謙三にひと目見せてやりたい光景である。彼をこのツアーに呼んで誰を最初に殴るか――そんなゲームをアトラクションの中に組みこんだらかなり面白いと思う。

ところで一日目の夜だっただろうか、地元新得町の婦人会のオバさんたちがディナー会場に現われた。ここで食事してショウを観て帰る、というコースがどうもあるらしい。ススキノ関係のママ風の衣装をまとったオバサン軍団はラ・バンバを何のてらいもなく踊り、ディスコでは外人GOと向き合ってバナナラマでステップ踏んで嵐のように去っていった。

木材と畜産の素朴な町・北海道新得はいま大きく変わろうとしている。（BGM・新日本紀行）

●1988・2・25／週刊文春

机文字〝9〟の謎を考える

しかしそれにしても綺麗な9の文字であった。校庭に描かれたその机文字を見ながら、僕は思わず感心してしまった。

世田谷区立砧南《きぬたみなみ》中の〝机文字事件〟はこの原稿を書いている二月二十六日現在、まだ解決していない。まぁビニールひもと粘着テープで縛られてトイレにぶちこまれた宿直のオジサンは災難であったが、ヤジ馬にとっては、なかなか愉しめる事件であった。

まず〝9〟という控え目な暗号を残したおしゃれである。これが、たとえば「バカ」とか例のオマンコマークとかだったりしたら、一発で低俗なイタズラとして片付いてしまう。かと言って、岡本太郎画伯が描くような芸術的な作品では謎解きの余地もない。そういう意味で数字というのは、何か意味がありそうで、かと言ってすぐに解答がでるわけでもなく、謎解きのネタとしては実に重宝なものである。

事件後、①村上龍の作品『69』にヒントを得た　②なるほどザ・ワールドの人文字に触発された　③光GENJIと少年隊の人数に関連がある　④メンバーの中に坂本九のファンがいた　⑤オイチョカブにからんだ犯行

などの勝手な推測が巷では飛び交ったが、実際はもっとナンセンスな意味合いかも知れない。たとえばメンバーのボスのドラクエⅢのレベルが9だったとかね。あるいは単に「9という型が僕らの美的感覚に訴えたんっすよ」みたいなアート的理由かも知れない。

〝9〟の右下にわざわざ椅子でピリオドを打って、〝6〟と誤解されぬように配慮されているし、文字の中にまだらの隙間をつくって、写真映えするように施されている。その辺から推測して、かなり〝9〟という数字に思い入れを抱いているメンバーであることは確かだろう。

われわれシロウトにはかなり良く出来た作品に見えるが、9作成メンバーたちは今回の作品に不満を抱いている、なんて状況も考えられる。新聞や週刊誌に載った写真を見ながら、「う

〜ん、やっぱり右上の曲線、バラついてんだよね。オイ、右上のあたりやったの誰だ？　山田かぁ、おまえスキ間あけすぎなんだよ。死んじゃってるよ、作品が」報道写真をルーペで覗きこみながらメンバーを叱るボス。

と、こういう方向で推測を展開していくと、どうも最初からカッチリとした設計図があり、四百四十七個の机を使用する、というのも元から決まっていたような気がしてくる。

〝砧南中校庭「9」作成プロジェクト〟なるものが発足し、メンバーの一人が数カ月前に校舎に侵入し、巻尺で机の寸法を計り、それに基づいて設計図が作成された。当日はその設計図を元に9が作成されるわけだが、人文字と同じで、上から見ないと形の良し悪しというのはわかりにくい。トイレに監禁されていた宿直のオジさんは気づかなかったのかも知れないが、作業中、実は上空にヘリが飛んでいた。メンバーは全員インカムを付け、ヘリのディレクターの指示のもとに9の机文字は作られていったわけだ。限られた時間の中で完成した9をつくる、そんなメンバーの何人かはドミノ立ての熟練者かも知れない。

「相次ぐ机文字の怪」

「こんどは練馬で〝8〟の文字」

「幼稚園の砂場に〝5〟」

といった具合に、捕まらずに新たな机文字パフォーマンスにチャレンジしていってもらいたい。宿直のオジサンも負けてはなるものかと、学校中の机をすべてアロンアルファーで床に固定して彼らの襲撃に備える。また学校側も机文字を作りにくい歪んだ形の机を採用して対抗措置をとるが、ある机メーカーはこのブームに乗じて「きれいな机文字ができる勉強デスク」なるものを発売する――なんて展開どうでしょうか。

とまあいろいろ憶測を書きたててみたが、本当こういう事件は謎のままであって欲しい。ヤジ馬たちの酒の肴で済む程度の。

●1988・3・10／週刊文春

2・25ドラクエⅢ抹消事件

その忌わしい事故は二月二十五日午後十時三十分頃、発生した。当日は仕事も早く終わり、九時過ぎには家に帰宅し、はしゃぎまわる夜型の二歳の娘を寝かしつけて、僕はバーボンのお湯割りをつくった。

「今夜はたっぷりできるぞ」

ＴＶの傍の台の上から任天堂のファミリーコンピュータ機をとり出し、ブラウン管前約80センチの指定位置に座りこんだ。僕はお湯割りを一口飲み、ドラゴンクエストⅢのカセットをパッケージの中から出して、ファミコンの口に差し込む。カシッ、快い音が響く。一日のうちで最も胸おどる瞬間である。それは小学校の遠足の朝、いざ目的地に向おうとするカクタス観光のバスの乗車口に足を踏み入れた——そんな瞬間にも似ていた。

そして僕は、ファミコンの電源をONにする。画面に〝ドラゴンクエストⅢ〟のロゴマークが映し出され、続いて「ぼうけんをする」のいつもの表示。リモコンのAボタンを押して、スタート。「おや?」おかしいぞ、名前登録の画面が出てきた。もうゲームが進んでいるのに、この画面が出てくるはずがない。何度Aボタンを押してトライしても、名前登録の画面が繰り返して出てくる。

「もしや? ぼうけんのしょが消えてしまったのでは!?」

どうも僕は操作を誤って〝ぼうけんのしょ〟を消してしまったようだ。ぼうけんのしょが消えてしまったということは、またゲームを最初からやり直さなくてはならない、ということを意味する。勇士マユリンのレベルは10、戦士ライアスのレベルは12に達し、ロマリア西部の塔にいるガンダタとその一味打倒に向って頑張っている、二月の二十日以来こつこつやって、やっとここそこらへんまで進んだところであった。

僕は動揺した。あわてふためきファミコンのリセットボタンをカシャカシャ押したり、電源を入れたり切ったり、そしてカセットを引っこ抜いてまた入れ、そんなことを繰り返しているうちに、今度は絵自体全くでなくなってしまったのだ! 何度ゲームをセットしても、ブラウン管には灰色の画像が浮かびあがるだけで、ドラクエⅢのロゴマークさえ出てこない。

『ゲーム自体が消えてしまった』

翌朝一番で発売元のエニックス社に電話を入れた。

「ド、ドラクエが消えちゃったんです」「それじゃ最初からやり直すしかありませんね」「いえ、ゲーム自体、全く画面に現われないんです。電源を入れたままカセットを抜いちゃったりしたんです、灰色の画面しか出てこない……」「それは消えてますね」「やっぱり消えてますか……直りませんよね」「ええ、ゴシュウショウサマです……」

こういうケースは本当に稀らしいが、発生しないとは言いきれないらしい。

僕は、途方に暮れて街をさまよい歩いた。新宿西口ディスカウントストア街。〝ドラクエⅢ入荷未定〟〝予約うけつけていません〟、昨日まで他人事《ひとごと》と笑っていたポスターの文字が瞳の奥につき刺さってくる。昨夜まで冗談のネタにしていたエイズに感染したときの心境、というのはこんなものであろうか。マユリンもライアスも魔法使いのイリアも僧侶のニコライも、ニフラムの呪文をかけられたように電波の粒子になって天に消えた。一番かわいい時期だった。これから愉しいこと、胸がわくわくするような出来事が待ちうけている、そんな息子たちを、お父さん、この手で……。何度、灰色のブラウン管に向って呼びかけてみても、もうマユリンやライアスの笑顔は帰ってこない。

「世の中にはドラクエⅢが買えなくても明るく生きている人はいっぱいいる」友人たちはそう言って僕を励ます。旅に出ようと思う。そして長い旅から戻ってくる頃にはカセットの中にマユリンやライアスたちのヒナが宿っているかも知れない。

今夜も〝奇跡〟を信じて灰色の画面を見つめている。

●1988・3・17／週刊文春

一瞬のマイク・タイソン

皆様にご心配をおかけした「ドラクエⅢ抹消事件」であるが、いまは心の傷も癒えて、不慮の事故で失った長男にウリ二つの次男を大切に育てるような思いで、新しいドラクエⅢに日夜とり組んでいる。ゲームをストップするときは、モニターに映し出された〝ゲーム中断に関する解説文〟を二度三度と読み返し、解説通りにファミコン機本体のリセットボタンをまず押し、フーと深呼吸して口の中で一、二と数えてから電源をOFFにし、「よぉし大丈夫だ、絶対に大丈夫だぁ」と念じてからカセットを収める。

「ちょっと過保護に育てすぎよ」と、妻は笑う。確かにそうかも知れない。しかし、事故は起こってからではもう遅いのだ。

ところでそのドラクエⅢの中に、「ぶとうか」というキャラクターがいる。経験値を積んだぶとうかは素手で迫りくる猛獣どもを一撃する。簡素な「けいこぎ」を羽織っただけの涼しいなりをして、スコーンとパンチを一撃。マイク・タイソンというやつもそんな男だ。（よぉし、うまくつなげたぞ）

ビッグエッグ一階後方席でオペラグラスを覗いていた僕には、ほんの一瞬の出来事であった。まぁそれは十万円のリングサイドで腕組みをして、ムッと口をつぐみ身体微動だにせずファイトを観戦されていた三船敏郎さんにも、ほんの一瞬の出来事、だったのかも知れないが。タイソンを二《ふた》まわりも膨らませたトニー・タッブスがよろけてロープにしがみつき、あれェ休んでんのかな？　と思っているうちに、タッブスの巨体はリングから消え、かわりにセコンドが飛び出してきた。バックスクリーンのモニターに目をやると、リングアウトの床に仰向けになったタッブス。額から血があふれている。

試合開始後約6分。早い、とは聞いていたが、本当に早かった。たまたま当日腹の具合が悪く、1Rの途中あたりで不慮の便通に襲われトイレに駆けこんだ十万円席の客は、どういう気持でいるのだろうか。「5分やそこらだったら我慢できた……」自らの肛門括約筋の腑甲斐なさを責めても責めきれないであろう。

オペラグラスでリングサイドを眺めてみても、観客のほとんどは呆気《あっけ》にとられた、という顔をしていた。口をムッとつぐんで、それは何も三船敏郎さんばかりではない。一瞬の強烈なノックアウトシーンを目のあたりにして、その衝撃で口をムッとつぐんでいるのか、あるいは「十万円、ちょっと惜しかったな」という思いでムッとしているのか、その辺の複雑な心理が入り混じったムッと顔であろう。まぁしかし、この巨大な卵型のドームの中に、何千何万の客が入りこんで一斉に6分間だけ口をつぐんで息を殺しリングの上を凝視し、また一斉に散っていくという状況は、どこか妙である。たとえばこれが二線級のセコい試合だったら、数分でゲームが終わってしまった途端にリングサイドに陣どった、ボクサーよりよっぽど怖そうなオッサンからヤジが飛び、他の客も、ストレートに「チキショー、カネ返せ！」という気分で帰路につける。しかし、ことタイソン様の試合となると、ほとんどの素人観客は「そうだよ、凄《すげ》えノックアウトだよ、これがタイソンなんだよ」と自分に言い聞かせつつも、どこかに「あの、こんなこと言ってアレなんですけど、できればもう2Rほどジリジリとね、もたせてからスコーンって感じでね、いえ、確かに最高のパンチだったんですけど……」といったスケベ根性が働く。

家に帰って、TVの録画を見たら、6分間のゲームを何度もスローモーションにしたり、静止画にしたりして、タイソンのパンチ分析などで余った時間を潰していた。しかし改めて見ると、演出を施してないドキュメントの凄さ、というものを感じる。それは刑事ドラマの殺人シーンとホンモノの殺人現場の差のようなもので、ナマの現場というのは、いつも案外、呆気ないものなのだろう。

●1988・4・7／週刊文春

ビッグエッグのひばりギャルたち

後楽園ビッグエッグに美空ひばりを観に行った。ビッグエッグに行くのはマイク・タイソンについで二度目だが、タイソンのときとどことなく心構えが違う。タイソンも確かにグレートなボクサーであるが、「本場のケンカを覗き見しにいく」そんなハスに構えた野次馬意識が強かった。しかし、美空ひばりの場合はそうではなかった。丸ノ内線後楽園駅を降りて前方にひかえる白色の巨大タマゴを目にしたときから、「あの聖堂の中に美空ひばり様をいよいよ拝みにいく」という荘厳な意識に支配されていった。

僕の美空ひばり歴などというものは、「悲しき口笛」の頃から通じているオールドファンに較べたら、勿論、浅はかなものである。僕が小学校五年生のときに、ブルー・コメッツを従えて唄い踊った「真赤な太陽」が、幼時体験の中で最も印象に残っているひばりの姿である。あのコブシの利いたロック唱法、傍の三原綱木を突き跳ばさんばかりのパワフルなゴーゴーダンスを目にしたとき、「このヒトはタダモンじゃない！」と子供心に思ったものだ。

しかし、その後、上の世代の大人のように「悲しい酒」などのひばりナンバーを信仰していたか、というとそうではない。やはり普通の健康な青少年らしく深夜放送でかかる向こうのロックや南沙織を聴いた。ただ美空ひばりというヒトは、僕にとって幼少の頃よりずっと、婆さんが毎朝拝んでいる茶の間の仏様の位置に近いヒトという崇高なイメージがある。だから今回のビッグエッグ公演も、百年に一度しか開かないどこかの国宝の観音像を参拝に出掛ける、というような気分である。

ビッグエッグのゲート付近は行列慣れしていないオバチャンたちでぐちゃぐちゃな状態であった。観客の約八割方は、五十代、六十代のひばり同世代（まあ少し上も同世代に含んで良いのだろう）の婦人たちだ。で、こういうオバチャンたちというのは、遠慮を知らないという点では女子高生以上のものがある。一人しか入れない回転ドアの中にむりやり割りこんでくるわ、それを咎《とが》めるショウユ顔の弱そうな係員に食ってかかるわ、とにかく長年三越デパートのバーゲン会場で培ったパワーを場内の至るところで爆発させてる、といった風情であった。

同行した若きひばりファンの青年は、そんなオバチャンたちのオシの強さを決定づけるシーンを目のあたりにしたようだ。「いや、トイレでね。やってるんですよ、オシッコ。え？男のほうでですよ、男の小便するところでオバチャンがしゃがみこんじゃって……」扉つきのウンコ室のほうではない。あの立ってオシッコをするほうの便器である。まぁ当日、女性トイレが大行列だったとはいえ、大した心意気である。娘の女子高の文化祭に行って必死で歯を食いしばりながら限られた男子用トイレを探すお父さんたちの姿がいたいけに思えてきた。

さて美空ひばり様、であるが、森英恵デザインによるあの不死鳥ドレスをまとってステージの彼方でキラキラしている彼女の様というのは、正に、秘宝観音像世紀の公開！といった趣。

マイケルでもユーミンでも豆粒大だと腹が立つのだが、ひばり様の場合はこの距離感が何ともありがたい。ラストで花道を歩んで僕たちのすぐそばまで来られたのだが、僕は何となく「もったいない」という感じさえした。オバチャンたちは狂喜乱舞しペンライトをシャカシャカ振りかざしながら花道のひばり様に群がり「ヒバリチャ〜ン」のコール。僕などはとても畏れ多くて〝チャン付け〟などできない。戦後の象徴・美空ひばり以上に戦後を力強く生きぬいてきたのは男子便所で堂々と小便たれてた観客のオバチャンたち、という結論である。

●1988・4・28／週刊文春

マイルドセブン「FK」ってナンだ？

　このところの最大の疑問は、「マイルドセブンFK」の意味合いであった。〝FK〟とはいったい何ぞや。「FRANKの略だ」とか「FRENCH　KISS、つまり濃厚なキスをするような感じで喫え、という意味なのさ」とか、嘘っぽいウンチクをたれる者がいたり。僕などは、マイルドセブンFKと言われると、カローラFXとかプレリュード4WSとか、そういった新機能を搭載したクルマの呼び名を彷彿してしまう。何か、フィルターにターボチャージャーが付いていたり、タール分を触媒するパーツが装備されている、みたいな世界を。

　マイルドセブン愛煙家の多くの人は、そんな疑問を頭の中にモヤモヤと漂わせつつ、ま、いいかって感じで、この素性の知れぬFKっていう新機種を銜えたりしているわけである。

　しかし「ツヨイか」「ヨワイか」あるいは「メンソールか否か」といった部分がわからないタバコというのは、やはり不安だ。かつて「ウルトラセブン」のメトロン星人の回に、フルハシ隊員が「FE」とかいうセブンスターそっくりのニセタバコを喫ってヘンになってしまった、みたいな話もあった。

　僕はふと思いたって日本たばこ産業に問い合せをした。大代表にかけると、お客様相談室というところに電話はまわった。「マイルドのFKってやつについて、ちょっとお訊きしたいんですが……」そんな僕の質問に対し、お客様相談室の女性は慣れた感じで簡単な解説をしてくれた。まず、ＦＫの意味合いは、ＦＩＬＴＥＲ　ＫＩＮＧの略。フィルターキング、つまりフィルター部が通常のロングサイズのタバコ（マイルドなど）より５ミリ長い。普通のマイルドは全長80ミリだが、ＦＫは85ミリ。そうか、何度もＦＫを喫っているが、長さの違いには全く気づかなかった。

「で、長くしたメリットというのは？」

「ひとつはデザイン的に縦長のほうが若者受けするのではないかと……」ニッサンのセドリックも数ミリ横幅を広くしただけでヒットした。わかるかわからないかぐらいの寸法の改良というのが、ちょっとした流行りになっているようだ。「それとフィルターを長くすることによって軽くなっていると思うんですよ、味が」ニコチン・タールの含有量でいくと、ＦＫはマイルドセブンとライトの中間である。しかし、確かに喫い心地はライトよりも軽く感じる。パッケージも白地を多くして、淡泊さを強調しているようだ。ハイライトもマイルドになって、ブルーの部分がほんのちょっぴりになってしまったし、そのうちタバコのパッケージというのはほとんど真っ白けになるのではないだろうか。

ところで、たばこ産業のお客様相談室にくる問い合せでいま一番多いのが、やはりこのＦＫ関係らしい。パッケージの寸法が５ミリ伸びたことにより「ペーパークラフトがきれいにできない。通常の80ミリに戻せ」なんていうその手の愛好家からの苦情もあるらしい。本当、ちょっと変わったタバコを出すだけで大変である。ハイライトマイルドなどに関しても、「ハイライトってのはな、薄くしたらハイライトじゃないんだよ。どうせやるんだったらタール倍に増やしてさ、スーパードライってので作ってくれよ」なんていうハイライト世代のいまだケンカ好きの旧活動家あたりからの問い合せがありそうな気がする。

ともあれ、FKの謎は解けた。しかしこれも〝机文字9事件〟と一緒で、意味を知ってしまうと、なぁ〜んだ、って感じだ。「FKの意味については絶対に企業秘密です。みなさんで謎解きをお楽しみ下さい」お客様相談室のお姉さん、今後の問い合せに関してはそんな受け答えをしたほうがいいと思います。

●1988・5・26／週刊文春

ディスコ派VS#8300派

汐留のメガリスというディスコのプロデュースをしている。まぁ普通、この手のプロデューサーというものは気が向いたときにお店に顔を出して「どぉ、盛りあがってる？」とか従業員にひと言声を掛けて帰ってくればいいものであるらしいが、僕の場合は、〝自分の好きな曲を掛けて踊りたい〟という私的なコンセプトでやっていることもあって、ほとんど毎夜のように自分のプロデュースした店で踊り狂っている。三週間のイベント期間中、60'S 70'S 80'Sと順に年代別の曲で構成している都合上、僕も気分を出すために、一週目は長髪カツラにミリタリールック、二週目は背中にサーファーの絵をプリントしたTシャツにリーバイスのコーデュロイフレアー、オシリのポッケにバンダナ、という76年型陸《オカ》サーファールックをして、日夜、何かに取り憑かれたように踊っている。このところ頓《とみ》にふくらぎあたりに筋肉がついてきたように感ずる。夜中にハイな曲聞いて踊りまくるもんだからアタマが覚醒して全然眠れやしない。クスリをやってるみたいだ。

ところでこういうお店に通いつめていると、世の中にいかにボディコンの娘が増殖したか、ということを痛感する。どこから湧いてくるのか知らないが、気付いたときにはダンスフロアーはボディコンに占領されているのだ。そして我々スタッフがあらかじめ備えておいたお立ち台（金銭上の都合で大理石ではないが）に上がるわ、上がるわ、おもしろいほど上がる。とくにSAWモン（バナナラマとかシニータの音楽スタッフ）のユーロビートをかけたときの上がり方は凄まじい。何かマタタビに群がるネコの如くである。

ピンキー&ダイアンを着てバナナラマを耳にしたときに、そういった〝高い所に上がって糸まき踊りをしたくなる〟ような作用が人間の体内で果して起こるのか否か、といった研究をじっくりしてみる価値もあろうが、今回はとりあえずそういう陽気なボディコン娘の蔭に、また別の自閉的なアソビに夜更けを費やす若人もいる、という話だ。

岐阜から一通のFAXが届いた。岐阜と言えば、以前、レーザー光線の飛ぶ仏壇などの情報を提供してくれた仏壇屋の友人である。彼がドラクエⅢ以降、ハマっているのが、NTT伝言DIAL、というやつだ。ま、これ、本来の使用目的は友人同士〝待合せ場所の変更〟等のちょっとした伝達に用いるものであるが、もっと違う「よそのヒトとお話がしたい」といった目的での利用が増えているらしい。

東京の場合、まず#《シャープ》8300とプッシュを押すと「連絡番号を押して下さい……」とメッセージテープが流れる。連絡番号は6ケタないし10ケタまで。連絡番号をインプットすると次に4ケタの暗証番号というのを押す。これで登録は完了、つまり自分の口座ができるわけだ。ここに「ボク、寂しいんです……」とか吹きこんでおくと、#8301の再生ダイヤル（自分ないし他人の伝言を再生して聞くときのダイヤル）で、行きあたりばったりにヒトの伝言をジャックするハッカーからメッセージが返ってきたりするらしい。

返ってくる、と言っても、お互いの口座に吹きこまれた声を聞いては吹きこみ聞いては吹きこみ、の繰り返しで直接言葉をキャッチボールするわけではない。よって、照れもないせいか0《オ》7《ナ》2《ニー》—072—の1《イ》9《ク》1《イ》9《ク》なんて口座を女の子がつくってアヘアヘ声を入れていたり、なんてこともあるらしい。

夜更けにディスコから帰ってハイな頭でダイヤルしてみると、#8301は延々と話し中であった。あの糸まき踊りをするボディコン娘にこのダイヤル遊びはおそらく無縁のものであろう。本当、世の中いろんな奴がいるものだ。この伝言DIALの話は、僕の口座に何か面白いネタがひっかかったらまた詳しく報告するつもりだ。

●1988・6・2／週刊文春

マハラジャ黒服と高校球児の共通点

そうかぁ、マハラジャの従業員と高校球児の体質というのはけっこう近いんだなぁ……。八月三日に放送された「地球発19時　過熱！　巨大ディスコの舞台裏」というドキュメンタリー番組の録画ビデオを観ていて、ふとそう思った。ディスコに従事する若者たちの生態をとらえたなかなか優れたドキュメンタリーである。

人に愛　己《おのれ》に明日を忘れるな
若い情熱　燃え尽くし
輝く明日の　覇者となれ

とまぁ、こういった口上というかマハラジャの所属するNOVAグループ社のスローガンを、開店、閉店時に従業員たちが整列して斉唱するわけだが、そのシーンを何度も再生して観直してみると、オーバーラップしてくるんですよね、全国高校野球の校歌斉唱の場面と。

〝若い情熱　燃え尽くし
輝く明日の　覇者となれ〟

このあたりなんて文字にしてみると、ほんと、千葉県代表の拓大紅陵高校の校歌だぜ、と言っても信じてもらえそうである。で、このスローガンを斉唱しているときのマハラジャ球児たちのひたむきな佇いは正に拓大紅陵高校の部員と一緒で、化粧をおとしてヘアにバリカンさえあてればすぐに甲子園にもっていけそうである。マハラジャにこのような〝社是斉唱〟的な習わしがあることは田中康夫のエッセイなどで知ってはいたが、映像としてみたのはこれがはじめてである。かつて体育会のサッカー部などに在籍していたことのある僕は、こういった青春根性っぽい場面に案外弱い。なんだ、あいつらみんないい奴なんじゃない、とつい目頭をジーンとさせてしまうのであった。

マハラジャの成田社長が若い黒服やウエイターを集めて叱るシーンも感動的だ。

「目いっぱい汗かいて自分の営業成し遂げたやつ、ちょっと手ぇ上げてみろっ！　なんだ、みんな自信ねぇのか……金《きん》マハ、金曜日のマハラジャってのは俺が一生懸命つくってきたんだよ、ゼロからスタートしてさ。ハイッ、って自信もって手ぇ上げられるだけ、一回闘志もやして頑張ってみろよ！」

成田社長の背景で、目に見えぬ〝青春の夕陽〟が水平線に沈んでいく。思わず、青い三角定規の「太陽がくれた季節」でも流してやりたくなるシーンであった。何も知らずに太い声で「トゥギャザー・フォーエバー」を唄っているリック・アストリーにいっぺん見せてやりたい光景である。

名古屋のキング&クィーンを仕切っている石井社長という人物もなかなかインパクトのあるキャラクターであった。元プロレスラーという巨体はいわゆる荒勢《アラセ》系のルックス。黒服を着たその風体は一見〝パチンコ屋とヘルスセンターなども抱えるゴージャスな焼肉レストランの支配人〟といった佇いである。

「勝つか負けるかしかないんやから。キングアンドクイーンなんやからここは、そやろ?どや、勝てるか?」と、こちらは青春ドラマ路線の成田社長とはまたひと味違った趣で、若者たちを叱咤する。

　そして、全国のマハラジャをはじめとするディスコを総括しているNOVA21グループの代表、つまり大社長・菅野諒が登場する。このヒトは、もう錦鯉が五十匹はいそうな田園調布の邸宅の応接間、って雰囲気のところでコメントするわけだが、いいんですよねその堂々とした佇いというか……僕は直接このヒトのことを知らないからこんなこと言えるのかも知れないが、はっきり言って「社長」というより「親分」とか「首領《ドン》」といった形容がぴったりくる風貌である。隊長―軍曹―二等兵みたいな日本式のタテの構造が実に明確に反映されている、このディスコ企業には。マハラジャ・ハワイ進出計画の会議のシーンを観ていて、ふと〝パールハーバー〟という言葉を思い浮かべた。

●1988・9・1/週刊文春

＊こういう〝マハラジャの社是斉唱〟的な習わしは、いまだホストの世界に継承されているようだ。

築地の問屋デパートを歩く

築地の交差点に問屋や小料理屋を収容したビルが出来た。僕は五年間、築地のオフィスに勤めていたことがあり、ビルが建つ前の、ごちゃごちゃした問屋街の路地をよく歩いたものだ。「宮政」という菓子問屋には、町の菓子屋やスーパーでは見られないようなネタ、たとえばマスカット味のキスチョコを袋詰めにしたものとか、下町の小さな商店でつくっているハッカ飴やベッコウ飴などがあったりで、そういうものを眺めているだけでけっこう暇がつぶれた。銀座あたりのバーやスナックの人がポッキーやツナピコなどの乾き物をまとめ買いしにきたり、の光景にもよく出くわしたものだ。

そういった菓子問屋や魚屋、金物屋、小料理屋などが密集した市場的な一角が潰され、ぴかぴかのミラーウインドウ張りの銀座っぽいビルが出現した。ワンブロック先の銀座が国境を越えて築地まで侵攻してきたようで、昔の築地を知るものにとってはあまり好きになれない景観である。

ビルの一階には、元からこのあたりにあった乾物屋や菓子問屋、魚屋などが並び、地下は料理屋街、そしてエスカレーターにのって二階にあがると魚屋や食器を扱う店に混じって喫茶店などもある。金曜日の昼過ぎ、月曜日の午前十時、二度このビルを覗いてみたのだが、はっきり言って閑散としている。一階と地下はまだしも二階はとくにひどい。二階の端っこにショーケースを出してひときわ暇そうな顔をしているおじさんに話を聞いてみた。

ショーケースの中にはキャビアやフォアグラの缶詰、ケースの上にはワインビネガーやマスタード、酢漬け野菜の瓶などが並んでいる。おじさんはここでフランス料理の調味料や珍味を売っているのである。

「本当はカラスミとかアワビとかよ、そういぅ和食の珍味類やりたかったんだよぉ、だけどさ、元からここでやってた店が一階に入ってるんでさ、ダメでね。うん、板前やってたんだよ、イナカのほうだけどさ。いまは息子にまかせてる。でまぁ一応味に強いんじゃないかってんで、友だちに頼まれてね。こんなフランスの輸入食品の販売まかされちゃってねぇ……」

といった感じのベランメェ口調、横縞のニットシャツにゴルフパンツ、白いベルトといった〝休日のおじさんルック〟は築地の河岸《かし》にやってきた卸業者のスタイルの定番である。おじさんも板前時代は河岸に入りびたっていたらしく、昔の知り合いがたまに冷やかしに来るらしい。

「でも連中はフランス料理なんて疎いからさぁ、ダメなんだよぉ。おまえナニ変なもん売ってんだよ、とか言いやがって。勿論、おれも初心者だけどね、こうやってチラシの解説書き写して勉強はしてますよ。このブルーロットとかいうキノコだってさ、日本じゃクソダケって言って、大したもんじゃないんだから。ほんとそれほどのもんじゃねぇよ、このキャビアなんてのも」

ショーケースには一万九千円相当のキャビア缶などもある。まだ一個も売れていないらしいが。お客さん、この砂糖はけっこうイケるよ、フランス人がさ、こうやって食べるとうまいよ、って教えてくれたんだよ——などと言いながらマグカップに残ったコーヒーにベギャンセ社製のペルーシュ（角砂糖）を浸してカリカリやっている。フランス人が角砂糖をコーヒーにつけてカリカリ食ったりするのかどうか定かではないが、こういうベランメェ調のおじさんがなかばヤケクソ気味にカリカリやってる様はどこか築地っぽくてカッコ良かった。
営業時間は朝の八時頃から午後の三時頃まで。本当に泣きたくなるほど暇らしい。ビルを建てればヒトが集う〝一億総トレンド好き〟のご時世に、これだけ流行っていないニュースポットも珍しい。僕は何とも切ない気分になって、さほど欲しくもないワインビネガーを一本買ってしまった。頑張れ、おじさん。

●1988・9・8／週刊文春

'88いい女界は「2アサノ＋イマイ」の時代

この世界には〝コメントのお仕事〟というものがある。何か大事件が起こったり、あるいは新しい風俗が出現したりすると「それについて泉サンはどうお考えですか？」などと取材を受けたりするわけだ。こういったコメントというのは特集記事中にせいぜいカギ括弧つきの談話として百字ないし二百字、または顔写真入りの三、四百字程度の囲みで紹介される程度であるから、原稿料なども五並び（五千五百五十五円）くらいが相場で、大して儲かる仕事ではない。よって〝コメント関係の仕事は一切お断り〟という人も業界には多い。で、僕は断り役のマネージャーがいなかったり、あるいは性格的に意志が弱かったりで、わりとコメントのお仕事を受けてしまったりするケースが多い。しかし、それでも、よっぽど似たようなネタが一時期に集中すると、さすがにお断りする。

このところ、というか、もうここ二年ばかり一カ月に一度、ひどいときには一週間のうちに二誌か三誌からかかってくるのが、「いい女とは？」というやつ。ほとんどこれグラビア刷りの女性誌からの依頼だが。パターンとしては、大概、その雑誌が認定した〝いい女タレント〟を数人提示され、各々についてその魅力の分析を求められ、そしていい女になるためにはどういったお酒の飲み方をしたらいいんですか、泉サン？　などと迫られたりするわけだ。僕のほうもいい加減飽きてくると「顔を小林麻美に整形して、ちょっと病弱のほうがいいから酒をガンガン飲んでスイ臓あたりを悪くして、多少陰があったほうが魅力的だから肉親を一人ぐらい殺したほうがいい」などとわけのわからないことを言い出す。しかしまぁ、できあがってきた雑誌の記事はどうにかソフトにごくノーマルないい女論としてまとまっているものだ。

ところで、こういった「いい女とは？　特集」に登場するいい女タレントも、ここ二、三年で微妙に動いている。先にも名前が出たが小林麻美・いい女論が大々的に盛りあがったのが三年前の夏のことだ。そしてポスト小林として石原真理子が登場する。一年ほど前までは、この小林、石原の両巨頭に安田成美、鳥居かほり、藤谷美和子あたりを加えたあたりで、いい女市場は成り立っていた。しかしその後、将来を期待された石原は惜しくも宗教の道に走りこの世界から去っていく。さらに安田、鳥居、藤谷にはもう一つ小林に立ち向うだけのパワーが不足していた。小林麻美は、三十代中盤にさしかかり〝いい女界の衣笠〟の声が囁かれるなか、グラビア刷り女性誌の担当者たちは焦りの色を濃くしていった。いまのうちに力のある若手が育ってこなければ……と、そんな折、TBS緑山制作のドラマや資生堂のCMなどを通して急速にいい女的力をつけてきたのが、今井美樹、浅野温子、浅野ゆう子の御三家であった。

三人の共通点は、各々大口をあけて笑ったり、顔を顔面神経痛のようにひきつらせたり、恐竜のように長い首をゆらゆら揺らして「セクシーバスストップ」を踊ってみせたり、体を張ったお笑いセンスを身につけている、という点である。大学の体育会ゴルフ部なんかに所属している女で、美人なんだけど合宿の打ち上げなんかでいきなり〝アジのひらきぃ〜〟とか瞬間芸やっちゃう子っているじゃない、あのセンスね。それとやっぱり、〝下からっぽさ〟(小学校からポン女みたいな)なのかな。

今井美樹のドラマ観てたら五分間に一度のわりでユーミンが流れるし、浅野温子とゆう子のドラマじゃ〝下から一緒〟って学歴がやたら強調されるし、アンアンはゴルフと外車特集だし、僕はそういう世界好きだけど、田舎もんで貧乏でニュートラじゃない女の子ってなんか本当かわいそう。だって、いい女って絶対そっち側からは出ないんだから。

●1988・9・15/週刊文春

B級娘の鏡　工藤静香の魅力

FMジャパンの試験放送か何か聴きながらクルマを運転していると、いきなり前方にぬうっと現われた工藤静香の看板。近頃こういったことがよくある。しかし、本当にいま日本の街中は工藤静香の看板だらけである。厳密に言えば今井美樹の資生堂チップオンデュオ看板もけっこうあるのだが、これは多少ひきのショットの分だけ、工藤静香看板に較べてインパクトが弱い。工藤静香の場合は、カネボウのやつもノンノのやつも、見つめられたら逃れようのないほどのドアップである。五百メートル手前くらいの位置からでも「あっ、あそこに工藤がいる」ということを確認できる。

じゃ今井美樹や南野陽子を工藤と同じようなアップショットで撮れば、こういった工藤的なインパクトが果して得られるか、というとそうではないような気がする。今井や南野の場合、何か品のようなものが邪魔して、やはりどこか控え目な感じのものにおちついてしまうように思う。

といってしまうと工藤静香は品がないのか？　僕は静香ファンからカミソリが送られてくるのをビビッてまわりくどい言い方をしているわけではないけど、工藤静香はいい意味で下品だ。〝高卒のアソンでる看護婦〞〝所沢あたりで一時期不良していたのだが更生してトリマーの道に進んだ〞みたいな娘特有の蓮っ葉な色気を感じる。つまり、いわゆる「お嬢様」の世界とは逆のところに工藤静香はいる。よって、コンサバ女性誌の「いい女特集」などではメインとして扱われることが少ない。タレント個人の素姓はともかくとして、〃板張りの西麻布で普通に暮らしてます。シャツはダンガリーだけど時計はロレックスです〃みたいな気品が、やはりあいった媒体のいい女タレントの要となるわけである。

工藤静香には、そういったお高くとまった感じが似合わない。偽ピンキー&ダイアンを着て月に一度本当にうれしそうに所沢から六本木のディスコの壇の上に繰り出してくる〃B級ボディコン娘〃的な近さが、彼女のマーケットを大きくしていったのではないだろうか。これって日本におけるマドンナの人気なんかにも近いと思う。

工藤静香のマーケットには中森明菜という大スターがいる。ユーミンと松本隆の楽曲によってお嬢っぽいイメージをつくりあげてきた松田フローレス聖子とは別の、反気品チックな世界を中森は築いた。一般的に平和なキャンパスとか昼下がりのキャフェテラスみたいなラインのポップスが横行するなかで、中森—工藤の世界というのは、どことなく水っぽい。ま、完璧に水っぽいとロス・インディオス&シルビアとかになってしまうわけだが、要するにキャバクラのバイト娘がカラオケタイムに好んで唄いたがる楽曲、とでも言おうか。夜中に大学のサークル仲間と金持ちのボンボンのマンションでUNOゲームなどやりながらワイワイ過ごす連中ではなく、夜更けのアパートで、チャウチャウの毛をブラッシングするそんな独りの時間が案外好き、でもアタシって寂しがり屋さんなの……のほうのヒトの心にグサッとくるような。

そういう意味で、工藤静香の最近の楽曲が中島みゆきで、看板の広告主がカネボウと集英社のノンノというのは何か凄くうなずけるものがある。ユーミンで資生堂でマガジンハウスではいけない。そんな工藤静香の看板はどちらかというと青山や西麻布や自由が丘などから少しはずれた、たとえばネギ畑を囲む鉄条網に〝パチンコ大王新装開店〟等のタテ看がひっついているような日本的な景観のなかのほうが溶けこみやすいように思う。コカ・コーラのCMを観たあとで工藤静香のノンノとカネボウの看板に出くわすと、あぁやっぱり日本ってそういうものなんだ、と変に安心する。

●1988・9・29／週刊文春

ドーピングと輸血の秋

オリンピック、天皇陛下、千代の富士……全くネタのない週もあるが、重なるときには重なるものである。まずオリンピック部門ではベン・ジョンソンのドーピング。金持ち坊っちゃんが趣味で走ってる感じのカール・ルイスがひっかかるならともかく〝母と子でゼロから今日の地位を築いた〟といったノリのジョンソンが失格になるというのは、何ともやりきれない。最新マシンを駆使して外的に筋肉を増強することは良しとされているのに、なぜ薬を投与して内的に増強するとまずいのか。どっちの方法で鍛えたって、やっぱ速い奴が速いのだ。客のほう

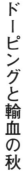

としては、そんな段どりはどうでもいい。ここまでナントカ力学とか空気抵抗とかを計算して開発されたランニングシューズが認められたり、かっちりとプログラミングされた筋肉増強のシステムが導入されたり、選手がターミネーター化している時代に、口から飲みこむ〝走りのエキス〟だけ×《バツ》、というのは、いまひとつ納得できない。ソ連の体操選手なんて、もう見るからに身体に〝IC埋めこんでます〟って感じだもんね。へらへら冗談をいいながら銅メダルをとった池谷をみて「もういい、金なんか狙わなくて、銅くらいでヘラヘラ笑ってるのが一番幸せなんだよ」と言ってやりたくなった。あの吉本若手漫才師風の池谷&西川がアルチョーモフやシュシュノワみたいなロボット顔になっちゃったらかわいそうだ。

というわけで、オリンピック選手はめくるめくサイボーグ化している。

さて、気になる天皇陛下のご容体だが……。

僕も高校生の頃、軽い十二指腸潰瘍を患って下血し（何かこの言葉をつかうのは、いまとなっては恐れ多いような気がするが）、輸血をしたことがある。400ccくらいだったと思うが、やはり他の人の血が自分の体内に入ってくる、という状況は何とも言えないものがある。400ccぽっちでも、自分の肉体が改造されていくような（現に輸血をしたあと胸毛が生えた。因果関係は定かでないが）。輸血をし終えて思わず病室の鏡をしげしげと見つめてしまったものだ。やはり、いただいた血液の主がどういう性格の人なのか、というのはしばらくの間かなり気になった。看護婦に軽口などたたいた瞬間、これはきっとせんだみつおみたいな人の血なんだ（当時、せんだみつおが大人気の時代だった）と、輸血のせいにしたり。よって、一連の報道のなかで一番気になるのは、輸血の主の問題である。

ニュースなどで日赤医療センターの輸血パックが映し出されたりしているが、ああいう血というのは、おそらくＡＢＯ式とＲｈの＋－式の血液型でしか分類されていない。しかし、輸血されるほうの身としては、その血の家柄とか、性格、趣味はレコード鑑賞とテニス、等のデータはおさえておきたいような気もする。

そういった〝人体が改造されていく不安感〟というのは、アナボリック・ステロイド（筋肉増強剤）投与のベン・ジョンソンも、あるいは他のシステムを使って走る身体に改造していったカール・ルイスもジョイナー嬢も抱いたものであろう。競泳のバサロ泳法なんかも、見るからに〝人間のスジエビ化〟というか。あんな感じでヒクヒク水中を泳いでいる自分、というのが一瞬こわくなったりしないのだろうか、鈴木大地は。水の抵抗を少しでも緩和するためにスネ毛やわき毛を剃っているという彼の談話を聞いたとき、思わず笑っちゃったけど、これは近い将来、より速く走ったり泳いだりするために、エラの張った頬骨を削《そ》ぎおとしたり、耳を削りとったりする整形手術も冗談でなくなるような、薄ら寒いものすら感じた。

「人体とは何か」ということを考えさせられる今日この頃である。

●1988・10・13／週刊文春

バイリンガルなアスレチックジム

オリンピックに触発されたわけではないが、ジムに行ってきた。〝トレーニングをしながら英会話がマスターできる〟そんなふれこみのジムである。

渋谷から六本木に向う道路に面した雑居ビルの三階、ほんの二十畳ばかりの、この手のジムにしてはかなり狭いスペースである。フロアーの外縁を囲むように十数機のマシンがぎっしりと並んでいる。僕はかつて一度だけ、東麻布のＳＭ専用ホテルを（仕事で）覗いたことがあるのだが、何となくそのＳＭ部屋の景観を彷彿してしまった。わりと狭いスペースに〝身体に関係したマシンの数々〟が並んでいる。しかも何かを排泄したりする、という部分では確かに一致している。

僕とイラストの渡辺さんは、フロアーの隅っこのロッカーの前でトレーニングウエアーに着換えた。アコーディオンカーテンを開いて出ていくと、そこには黒い仮面をつけてムチをもった女王さまのかわりに、筋肉隆々の外人インストラクター（男）が佇んでいた。

生徒さんは僕ら以外に三十路をちょっと越えたあたりの女性が一名。ここは基本的には女性と子供専用のアスレチックジムなのだ。会員は彼女くらいの、わりと暇のある主婦やＯＬ、プータロー、そして現在会員の七割方は小学生くらいの少年だという。僕らが訪れたのは平日の昼間だったのだが、土曜の午後あたりはターザン志向の少年たちで満杯になるそうだ。

さて講習がはじまった。軽い準備運動をしたあと、マシンを使ったトレーニングに入るわけだが、使い方の説明などはすべて英語でなされる。

“This is a crunch board, OK?”ってな具合に。“crunch board”とは、腹筋台のことだ。腹の筋肉をクランチ（くしゃくしゃに）するという意味合い。ま、トレーニングマシンのネームや筋肉の名称を英語で覚えたからといって、実際の英会話であまり役に立つものではない。が、日本語だと上の空になっている先生の説明なども、英語でやられるとつい心して聞いてしまう。〝肩の筋肉〟なんてもんも“shoulder muscle”とか言われると、何かたいそうありがたそうなものに思えてきて、よし、ちょっと気い入れて鍛えてやろうじゃん、といった気分になってくる。

というわけで僕らは「ラットプル」「インクラインプレス」「レッグカール」「スクワット」などのマシンを次々とこなし、身体中のマッスルをトレーニングしていった。

ひと通りトレーニングを終えたあとで握力、背筋力、幅とび、身長、体重などを測定する。そしてこれらのデータをパソコンに打ちこむと、現在の体力を表示した図形グラフがプリントされて出てくる。

正規の授業ではこのあと外人講師を囲んで10分間ほど、筋肉やトレーニングマシンの名称以外の普通の英会話レッスンが行われるらしい。しかし、僕らのような三十代のオジサンはともかくとして、やはり興味をそそるのは〝少年ターザン〟たちの実態である。オリンピックを観ていて思ったことは、体操選手にしろ水泳選手にしろ昔のヒトに較べてずいぶんと綺麗な身体になったなぁ、ということだ。池谷も鈴木大地も単にゴツゴツした筋肉質というのではなく、きっちりとシステム化されたトレーニングによって作られた人工的な筋肉体、という感じがする。こういうところで小さい頃からイングリッシュとシェイプアップのトレーニングを受けていたら、さぞや綺麗な青年ができあがることであろう。さらに、〝美形エリート教育〟を徹底させるなら、これに「整形」「メイク」などの講習もつけ加えるべきだ。近い将来、日本はほどよくシェイプされた肉体と、さりげなく英語を喋る青年たちばかりになる。そんな〝一億総コカ・コーラのCM化〟の気配を、このジムに感じた。

●1988・10・20／週刊文春

深夜テレビの熱帯魚たち

十月×日。深夜のNHK「皇居二重橋の画像」を録画した。あの画像は、最終的には動かぬ〝静止画〟になってしまったのだが、初期の頃は据え付けのカメラを用いていたため、微妙に動いた。風が吹けば、画面の端っこにかぶった木の枝がそよぎ、早送りで観ると空がグラデーションをかけるように白んでいく。なかなか美しい。橋の向こう岸から警備員がとことこ歩いてきて、五分後、再び元のに戻った。トイレにでも行ってきたのであろうか。細かい動きだけが妙に気になる不思議な映像であった。

TVは蛍光灯に近づいたなぁとつくづく思う。部屋に戻ってきてリモコンさえポチッと押せば、何時であろうとパッと明るくなって、何かが出てくる。この状態は、部屋の電気と一緒だ。リモコンを押すときの意気込みというのが、ほとんど蛍光灯のヒモをひっぱるときと変わりない。とくに深夜に関しては。つまり、何か番組を観てやろう、というのではなく、とりあえずまずは灯りでも点けましょうか、て感じだ。

冬場なら、夜中に帰ってきたひとり暮らしの青年が、底冷えのする部屋でまずカチッとひねるストーブのスイッチであるとか、カップヌードルに注ぐためのお湯を沸かすガスコンロであるとか……24時間営業になったTVというのはそういうものだと思う。

久しぶりに夜中まで起きてTVを観ていたら(この日は僕が司会をしている「冗談画報Ⅱ」という深夜番組の1日目だった。ま、自分の話はともかくとして)、テレ朝で「深夜番組を考える」といったテーマの座談会をやっていた。本コラム・イラスト担当の渡辺さんも出演していたので、他局に浮気しながらも、つい最後まで観てしまった。「深夜番組とはいったい何か」といった、どうでもいいようなテーマで4時間か5時間ひっぱる、というかなり無理のあるつくりで、出演者全員「どうでもいいや」って顔をして何かスタジオで喋ったりしている感じが、いかにも深夜番組的であった。

夏のフジテレビの24時間放送もそうであるが、何となく、どうでもいいようなことを延々やっている、といった雰囲気の番組というのは、つい観てしまう。途中どこかのチャンネルに浮気しても、もしかして何かセンセーショナルな展開になっているのではないか、みたいなことを仄かに期待しつつ、また出戻る。しかし相変わらず動きは単調で、さっきと同じようなことをやっている。だけど、ちょっとタバコでも買いに行ってきて、どうせまた、とは知りつつ、ついまたリモコンをポチッ。状況としては、単調なマラソンレースの中継と同じだ。

他チャンネルに浮気してみると、4か6かは忘れたが、「JJゴルフクラシック」とか言って、JJ誌の読者のゴルフコンペを延々中継している。

それでは11ホール、日本女子大学二年・中山加奈子（仮名）さんのショットを。ヴィトンのヘッドカバーをはずして、さ、どうでしょうか？「ウソォ！」OBですねぇ……とかやっている。ま、確かに出演者がJJ風女子大生、というところがこの番組のポイントなのだろうが、そこを除けば、単に素人のゴルフコンペを延々流している、という、やはり〝とりあえず何かやっとけ〟的な番組である。しかし、女っ気のないひとり暮らしの青年が暗い部屋でポチッとやるなり、こんなのが出てきたら、たぶん相当明るい気持になる。100Wの電球三個分くらいの価値はあるかも知れない。

テレ朝の座談会のなかで渡辺さんが「深夜テレビって、ペット飼ってるようなもんだよね、ブラウン管のなかに」といった名言を吐かれていたが、このJJゴルファーなんてのは、正にそういう寂しい人にとってのペットだ。おしゃれな服を着ている普通のヒトっぽい分だけ、逆に裸のアダルトビデオよりリアルで興奮するのかも知れない。渋谷の喫茶店で女子大生が延々雑談しているのを撮り続けた番組、なんてのもそろそろ成り立つのでは。

仮にまた石油ショックでも起って深夜放送が自粛されたとしたら、生活の環境変化に耐えられずにノイローゼになる若者が続出するのではないだろうか。その世界に慣れた人にとっては、電気を止められるようなもんだもんね。

ＮＨＫの二重橋の静止画も、すっかり深夜の風景の中にしみついた。

●１９８８・11・３／週刊文春

トレンディな骨切り術

「美容骨切り」初のシンポ――10月25日の朝日新聞にそんな見出しの囲み記事が載っていた。「日本美容外科学会は二十四日、〝美容外科と骨切り術〟をテーマにしたシンポジウムを神奈川県箱根町の仙石原文化センターで二十九日に開く、と発表した。ここ数年、欧米並みに顔の形そのものを変えたい、という患者の要望が増え、手術例も増えて来ている。シンポはこうした傾向を受けたもので、学会では初めてという」

要するに、顔の表面のみならず、土台である骨ごと修理してしまおう、ということだ。ま、考えてみればいくら阿部（寛）チャンや風間（トオル）チャンみたいな顔に整形を試みても、土台が朝潮やワダベンであった場合、どう見ても〝無理のある阿部チャンや風間チャン〟ができあがってしまう。やっぱり骨組から変えなきゃ、完成度の高い整形顔はつくり出せない、ということだ。

ちなみに記事によれば、「シンポジウムでは、北里大学形成外科の鳥飼勝行講師ら、骨切り術の先端スタッフ四人が講演する」（傍点筆者）とある。「骨切り術の先端スタッフ」って言いまわしが荒っぽくて凄い。確かに頭の骨を切ったり、削ったり細工を施すわけであるから、高度な医療技術を要求される仕事だと思う。だけど「骨切り術」みたいな言い方しかないのかな、こういうのって。なんとなく大道芸っぽいですよね、この響き。

「これはオドロキ！　東洋の神秘〝骨切り男〟ついに現わる」なんてタッチの看板がかかっている見世物小屋のなかで、怪しいインドの魔術師風のオッサンがノコギリをもってギコギコ……といった世界を彷彿してしまう。が、しかし北里大学形成外科では、昭和47年からこの〝顔の骨切り術〟に取りくんでいるらしく、現在既に年間50件の骨切りが実施されている、とのことだ。

「美容外科の技術が向上すれば、今後、安全に顔の土台が自由に作り替えられる時代も、そう遠くないでしょう」骨切り術の権威は、そんな大工さんのような感覚のコメントを発表している。まぁ骨切り作業をするほうの人間にとっては、ヒトの顔なんて、彫刻素材の石膏や、ビルの建材と大して変わりのないものなのであろう。やっぱり、先にも書いたが、朝潮のような見るからに削りがいのある顔、が差し出されるほど仕事に燃えるのではないだろうか。

「うん、いいですねぇ、このあたりのエラの張り具合。うわっ下顎骨、これがボコボコですよ、なんですって？　これを風間トオルみたくしろって、いいですよ、やりましょ、やってやろうじゃないですか！」

何か、昔、まんがの「おそ松くん」とかに出てきたデカパンの整形外科医の域に近づいてきたようだ。患者というか、整形をされる側の人間の〝整形〟に対する意識もかなり軽いものになってきているように思う。

と、またここでふと思い浮かぶのがベン〝ドーピング〟ジョンソンのことである。筋肉増強剤などの薬を使っての肉体改造というのも、こういった顔整形と同一線上にあるものだ。彼は速く走るという目的のために人体を改造したわけだが、たとえば、女の子（男の子）にモテるため、就職試験の印象を良くするため、等の目的で顔を土台から改造しちゃうのも一緒のことである。また、骨切りの技術が発展すれば、速く走ったり泳ぐために空気抵抗の少ない顔型に、といった改造も当然可能になることであろう。

生まれたときからのオリジナルの体のヒトなんてのは、そのうち貴重な存在になる。結婚披露宴の〝生い立ちスライドショー〟なんか、わけわかんないものになるんだろうな、きっと。「あ、これが三回目の骨切りをした高校三年のときのミナコさんですね」「わぁずいぶん変わりましたねぇ」進行役のナレーションもそんな風に変わる。

●1988・11・10／週刊文春

J—WAVE潜入ルポ

このあいだ番組の収録でJ—WAVEことFMジャパンに行ってきた。10月に開局したこの局は、総番組量における英語のナレーション比率40ないし50パーセント、さらにかかる曲はほとんど洋楽ということで、聴いている分には、音質の良いFENというか、要するに外国でラジオを聴いている状態にかなり近い。ま、ちょっとFENと違うところは、DJの多くが英語とほぼ同じイントネーションで日本語も喋ってくれることだ。しかしその日本語は、決して〝卓袱台《ちゃぶだい》の上のオカメ納豆〟などの景色が浮かぶ日本語ではない。「NEXT　MUSIC　ワトビキリ　ノ　NEW　RELEASE……」というような流れのなかのコカ・コーラ化した日本語である。ひと昔前ならセーラ・ローエル、いまならキャロル久末に代表されるバイリンガル話法というやつだ。

とまぁそういうラジオ局であるからして、僕のほうも甚だ緊張していた。「少なくともコメントの30パーセント程度は英語を織りまぜないとOKが出ないのではないか……」「ディレクターももしかしたら向こうの人では……」などとオシャレなイメージだけに魅かれて外資系企業を受験したミーハー女子大生のような心境で西麻布にあるという局へと向った。

東京以外の方には見えない話かも知れないが、J—WAVEは日赤産院通り入口角のビル十八階にある。一階が三井銀行だったりする、いわゆるカタギのオフィスビルだ。

ま、ここの三井銀行はただの三井銀行で、窓口係が全員ハーフ、なんてことはない。マイケル富岡のような出納係が帳簿をつけていたり、E・H・エリック風のおじさんが自動振込機の説明をしていてくれれば、それはそれで面白いのだが。エレベーターを十八階で降りた途端に、そこは金髪、青い目の世界、と僕は半分、信じていた。

確かにオフィス、というか放送局は、ゆったりとしたデスク、イスが配置されたニューヨークのコンピューター会社風の趣きなのだが、なかで働いているスタッフは、ほとんど日本のただのオジサンであった。僕は、ほっとひと安心しつつも、若干ガックリきた。

「本場外人ヌードダンサー出演」という看板に魅かれて入ったら、サンドラ鈴木とかいうただの日本人のオバサンが金髪のカツラ被って踊っていたという、ひと頃の地方のストリップ小屋の気分である。差し入れのウニオカキをカリポリやりつつ打ち合わせをして、番組に臨んだ。

と、茶化して書いたけど、僕は、実際の話、J—WAVE、FM横浜といったBGM的なFMラジオをここのところ愛聴している。自分でFMのトーク番組に出演していて矛盾するけど、聴く分にはほとんど日本人のトークなど入らない限りなく洋楽有線に近いFM、というのが理想である。そういう意味では試験放送期間のJ—WAVEはかなり理想に近かった。それならばカーステレオでカセットを流せばいいのだが、カセットというのは、何回か聴くと次の曲が自分で予想できるようになってしまう。助手席に人が乗っている場合「あー、こういうの好きなワケ?」と、自分の音楽趣味を悟られてしまうあたりも面白くない。ラジオなら人のせいにできる。さりげない。

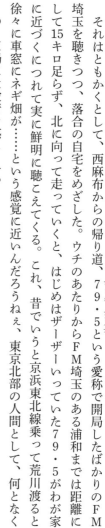

それはともかくとして、西麻布からの帰り道、79《ナック》・5《ファイブ》という愛称で開局したばかりのFM埼玉を聴きつつ、落合の自宅をめざした。ウチのあたりからFM埼玉のある浦和までは距離にして15キロ足らず、北に向って走っていくと、はじめはザーザーいっていた79・5がわが家に近づくにつれて実に鮮明に聴こえてくる。これ、昔でいうと京浜東北線乗って荒川渡ると徐々に車窓にネギ畑が……という感覚に近いんだろうねぇ、東京北部の人間として、何となくこのFM局には愛着を感じます。

●1988・11・17／週刊文春

ヨシワラ　オイラン　ビューティフル

吉原に行った。

と書くと、なかなか大胆な書き出しだなぁ、と思われるかも知れないが、今回はあっちの吉原ではない。

はとバス観光コースでもおなじみの浅草吉原（現町名では千束）の花魁《おいらん》ショーを見物しに行ってきたわけだ。このショーが催される料亭「松葉屋」の若旦那というのが、実は僕の中学時代、サッカー部のコーチだった方なのだ。福田サン、という僕らより六つほど上の、当時慶大生で、その頃は吉原の老舗・松葉屋の御曹子だとは部員の誰も知らなかった。

「ほれ、もっと声出して行けや。センターリングあがったら、パーッと攻めこまにゃあかんやないの」

関西弁なのだ。誰も、吉原の老舗の料亭の息子さんが関西弁を使うとは思わない。どうも大学時代の仲間に、たまたま関西出身の人間が多く、自然とそういう言葉遣いになってしまったということらしい。

福田サンは松葉屋主人の座におちついたいまも相変わらず関西弁を喋っているのか、その辺の確認もひとつの目的であった。当時のサッカー部の仲間たち総勢四人で繰り出していった。旧吉原仲之町通り、吉原大門近くにひっそりと佇む料亭・松葉屋。ネオンぴかぴかパンチパーマの客引き兄ちゃんウヨウヨの、いわゆる吉原オフロ街と隣合せの一角とは思えぬ風情である。久保田万太郎先生の句碑などが配された中庭を歩いて、宴会場へと向う。

玄関口で福田サンと対面。

「よう、久しぶりじゃないか」

関西弁は直っていた。

「もうすぐショーはじまるけど、おまえヘンなこと書くなよ」

すかさず釘を刺される。

さて、僕らが観たショーは、外人観光客向けの回で、会場は僕らを除いて向こうの方ばかりであった。年配客中心のツアーのようで、〃マイアミ海岸をそのまま浅草にもってきました〃という雰囲気。幕が開き、花魁の皆さま方が舞台に現われる。

「ゴージャス　キモノ　ディスイズ　ピーコック　プリント……」等の英語ナレーションが流れる。真ん中で一番ゴージャスなクジャクを背にあしらった着物を着ているひときわ美形のヒトが大夫《たゆう》、その傍ら、相撲で言えば太刀持ち、露払いにあたるのが禿《かむろ》。以前、週刊文春書評欄で僕が評した松本和也氏著の『下町四代』によれば、古くよりの大夫の条件は〃花魁道中をした際に遠くから見ても首一つ抜きん出て見えるような長身かつ美麗、さらに幼い頃から節回し、茶法、立花、和歌、書といった教育をされた者〃ということだ。

確かに中央の大夫の方はお美しい。そして、この大夫サンに呼ばれて、客が一人舞台にあがり、煙管《きせる》と盃を差し向けられるという儀式がある。若い頃ぁオレだって女ぁ泣かしたもんだぜぇ、って感じの脂ぎった初老のユダヤ人風がいそいそと舞台にあがり、着流しスタイルで煙管を燻《くゆ》らせる。ゴホゴホッ、ちょっとむせた感じの芝居をきめてカメラに向ってピースサイン。

ところでこの空間が不思議なのは、唯一の日本人観客である僕らも、ほとんど外人観光客と同じような意識でショーに臨んでいるということだ。ここは日本のようであって、現実の日本の東京からは隔離された世界のようだ。そぉ、あのイエナ洋書店などで売っている外人向のガイドブック『ＴＯＫＹＯ』の世界に入りこんでしまった、という感じ。ラストの民謡コーナーで、舞台にあげられて「炭坑節」を踊ったわけだが、何となく手つきなんかたどたどしいんですよね、自分で踊ってて。日本語をちょっと喋れる外人と話しているときに、自分の日本語がいつになくカタコトっぽくなることがあるが、ああいう感覚。そんなカ、、、タコトな手つきで僕らは炭坑節を踊っている。

いったい僕は何人《なにじん》なのかしら。

●1988・12・1／週刊文春

ビルの屋上の「利休」体験

茶会にお呼ばれした。

僕のまわりにはわりとパーティ好きの友人が多く、三十過ぎても「誰々クンのお誕生日会」とか「誰々さんのアメリカ転勤サヨナラ会」なんて催しが良くある。その手のホームパーティでは、まぁいまの季節ならボージョレー・ヌーボーなどを開けて、「去年よりはイケるね」とウンチク小僧が知った風な口をきき、トリビア、タンバといったボードゲームを愉しみ……という具合である。

茶会というのも、そういうホームパーティの一種なのであろうが、僕は全くの初体験である。

知り合いの広告会社の社長さんがオフィスビルのなかに茶室をこさえてしまった。その口切茶会ということらしい。赤坂のオフィスを訪ねると、同席者として勅使河原宏さんと赤瀬川原平さんが来られた。茶室の準備が整うまで応接室でしばし談笑。と言っても、もちろん僕は両氏ともに初対面である。草月流家元の勅使河原氏は言うまでもなく、赤瀬川氏も来年封切られる利休の映画の脚本を担当されるということで（勅使河原宏氏が監督）、けっこう茶の湯ジャンルには明るいようだ。お二方で利休関係の話などをされている。僕は試験勉強を一人だけなまけてきたアホ学生のような心境で、お二方の話に適当に相槌を入れていた。

茶室はビル最上階にあり、そこに至る階段と傍の壁は、コンクリートの上にわざわざ木板を貼って、気分をだしている。つまり、ディズニーランド方式というか、階段を昇っていく段階から徐々に茶の湯気分に浸れるような演出が施されているわけだ。階段を昇りきると一回外（屋上）に出て、そこが茶庭になっている。茶庭には手を清めるための井戸があり、先頭の勅使河原氏のポーズを真似て（といっても背後からなので良くわからないのだが）僕も手を清める。そして、殿《しんがり》が赤瀬川氏。この順で傍の茶室の、狭いホラ穴のような障子戸をあけて室内に入っていく。

少年向きの冒険物語などで深い谷にかけられた丸木橋を渡るとき、三人のなかで最もあぶなっかしい人間が真ん中に入れられるが、ああいう感じだ。「真ん中に入りなさい」赤瀬川氏がそう目でやさしく促してくれたとき、この二人にすべてを委《ゆだ》ねよう、と決意した。丸木橋の上でコケて崖のツタに必死でしがみついている僕に上から手をさしのべる勅使河原、そしてジーン・ハックマンの如く丸木にロープをくくりつけ、背後から谷を越えてやってくる赤瀬川。そんなシーンを想像しつつ、僕は茶室の狭い戸をくぐった。

まもなく社長というか、無畏軒という名の茶室の主が現われ、茶会はスタートした。

「当茶室は南坊流でございまして、流祖は集雲庵南坊宗啓と申しまして……」と、茶道南坊流の解説がされる。細かい謂れはともかくとして、この南坊流の茶会というのは、正座で臨まなくても良いらしい。つまり、アグラで大丈夫、ということを聞いてホッとした。何せ正午から4時間の長丁場である。

茶室と茶庭は京都に住む伝説の職人・中村外二氏の作で、このヒトは設計図など一切書かずに思いつくまま見事な茶室、庭園をつくりあげてしまう文字通りの名人ということだ。「あの柱は？」と勅使河原氏。「よく聞いてくださいました。昭和2年の改築で出た法隆寺の柱です」主の顔が思わず綻《ほころ》ぶ。自慢の茶器が隣からまわってくると、とりあえず、ふーむと低い声をあげて三方向ぐらいから眺めて隣にまわす。勅使河原、赤瀬川両氏はサッと懐から袱紗《ふくさ》を出して、その上に茶器をのせて鑑賞している。僕は、初心者らしくそんなシャレたものは持ち合わせていない。「いい器ですなぁ、室町ですか？」そんな台詞がさりげなく発せられるようになったら、この世界もやはり気持が良いものなのだろう。勅使河原氏と赤瀬川氏が、ディスコの壇の上で慣れた感じで踊るアソビ人に見えた。

●1988・12・8／週刊文春

昭和64年の正月

思っていたより〝普通の正月〟であった。モチも食ったし酒も飲めたし、TVを点ければ例年とさほど変わらぬドンチャン騒ぎのバラエティ番組をやっていたし、録画どりを終えた芸能人は定番のワイキキに逃げたようだし、年賀状のヘッドコピーは例年の「謹賀新年」「賀正」を追い抜いて〝賀ヌキ〟の「迎春」「頌春」（しょうしゅん、と読む。読めないで書いてる人も四割くらいはいると思うが）といった〝春モノ〟が上位を独占したようだが、昨秋に予測していたよりは遥かに〝例年なみの正月〟がやって来た。

ほんといま（1月4日）思うと、ひと頃の自粛ブームは何だったのだろう、と思う。結婚式を自粛した五木&和のお二人も、けっこう晴れやかそうな正月風景を芸能ニュースで披露していたし、マスコミの報道ぶりを見ている分には、天皇陛下はクリスマスの頃から急速にお体が回復された、そんな印象さえ受ける。でも実際はそうじゃないわけでしょ。

たとえば1月3日午後5時半現在の陛下のご容体。

体温　37・0度　脈拍　96　血圧　74―46　呼吸数　16

最高血圧　74とか言ったら、ひと頃は大変な騒ぎであった。バラエティ系の番組はまず確実にぶっ飛んだ。ノリタケの仮面ノリダーも、志村けんのウンジャラゲもコロッケの島倉千代子模写も、おそらくオンエアは難しかったであろう。しかし、われわれは時折番組中にスーパー文字で容体データが映し出されても、あの頃ほどの衝撃を感じない。「うぅむ、そうか」って感じで軽く受けとめて、あとは仮面ノリダーの〝ウーメジソマキマキ〟ポーズなどに興じている。

僕は右でも左でもないから、こういう状況の良否に関しては別にどうでもいい（ま、こういうこととは関係なく、近頃のとんねるずは番組に出てくるだけでワクワクしてしまうような凄さがある）。と、とんねるずの話はともかくとして、天皇容体報道。ほんとここ3カ月間でパワーダウンしたなぁ、とつくづく思う。これエイズのときも円高のときもそうなのだが、いつもしょっぱなしか盛りあがらない。三浦事件も、かい人21面相も、おそらくリクルートなんかもそうなるのであろうが。天皇容体報道と自粛ブームってのも、結局そういった一連のブームの法則に従っていた、というわけだ。日々寂しくなっていく天皇報道の扱いを見ていると、こんなセコくやるくらいだったら、むしろ載せないほうがいいのでは、とさえ思う。「女性セブン」のニュースページの端っこのほうに編集者が義理で載せた、オチ目のタレントのお好み焼き屋紹介の記事を見ているようで、かえってみじめである。パーッと盛りあげるだけ盛りあげといて……のやり方は、やはりここにも通じる、ということだ。

で、僕はマジに最近、そんな天皇陛下のことがカワイソーでならない。そこでこの盛り下がった時期に、天皇関係の本のPRでもしよう。正月に読んだ本のなかで河出人物読本から出ている『天皇裕仁』というのがなかなか面白かった。この本のなかに〝皇室70のQ＆A〟というコーナーがあるのだが、ここにけっこう知られざる陛下の素顔が紹介されている。

たとえば「天皇さまご一家のお好きなテレビ番組を教えて下さい」のQに対して、「NHK朝の連続テレビ小説は朝食をとりながらご覧になる。あとは相撲中継やニュース、自然のアルバムなど。以前には〝プレイガール〟を見ておられたこともある……」なんて回答があったり「陛下はオフロとカミナリが嫌い」「ヒゲは自ら電気カミソリで剃る」などの事実が明らかにされている。陛下がプレイガール観ていた、などの情報は、事務的な血圧、脈拍データなんかよりもっとPRされていいネタだと思いますが。

●1989・1・19／週刊文春

あの日のクラシック音楽

本誌の僕のコラムは通常、発売日の8日前が〆切りということになっているわけだが、先週号はそんな〝時間差〟ゆえ、妙に間抜けなネタになってしまった。というわけで、昭和は去り平成の時代がやってきた。しかし昨年、昭和天皇の容体が悪化したときも、今回の新元号〝平成〟の発表の折も、天皇がらみの記者会見となると小渕官房長官がしゃしゃり出てくるわけだが、あのヒトの緊張感のない佇まいって何か凄いものがある。さていよいよ歴史的瞬間ってときに、あのとぼけたアライグマのヌイグルミみたいなオッサンがヌボーッと現われると、思わずズズッとずっこけてしまいそうになる。

「新元号はヘーセー……」

顔色ひとつ変えず、抑揚のない口調で、半紙に記した〝平成〟の筆字を掲げると、また何もなかったようにヌボーッと去っていく。自分がいま正に歴史的瞬間を告げるメインステージに立っている、オレに全国民の視線が集中しているぞ！　みたいな昂揚感はわきあがってこないのだろうか。レコード大賞の高橋圭三サンに代表される、あのもったいぶったコメンテーターの〝発表〟に慣れている僕などは思わず「えっ、そんなあっさり発表しちゃっていいの」という気分になってくる。

スッと出てきておいしいところを攫《さら》っていく大ボケ役者。

「笑点」の座ブトン運びなんかをやると似合いそうなタイプである。小渕官房長官、このヒトも昨年来の天皇騒ぎでひとつのアイデンティティーを確立したスターと言えよう。

小渕官房長官に、どこかにいると思ったらやっぱりいた平成（タイラシゲル）。思わぬところで脚光を浴びてしまったヒト、モノというのがいくつかある。

あの2日間、日本列島を支配していたものというと「クラシック音楽」というやつではないだろうか。僕は昭和天皇崩御のその日、クルマで街をグルグル徘徊《はいかい》し、昭和最後の日の街風景を観賞していたのだが、カーラジオをつければＦＭはクラシック一色。ＮＨＫとＦＭ東京は天皇関連の報道ナレーションに時折クラシックが入りこむといった構成であったが、Ｊ―ＷＡＶＥとＦＭ横浜はクラシック・ノンストップ。もちろん、ジョン・カビラやキャロル久末のバイリンガル・ナレーションは割りこんでこない。延々、厳かな趣きのクラシックが流れ続けていた。

僕はクラシック音痴なので、曲紹介がないと、ほとんど何という曲なのかわからない。あとから番組を調べたところ、以下のような楽曲が〝2日間の人気リスト〟であったようだ。

「マーラー『交響曲第九番』第一、第四楽章、ブルックナー『交響曲第七番』第二楽章、アルビノーニ『アダージョ・ト短調』、ワーグナー楽劇『トリスタンとイゾルデ』から〝前奏曲と愛の死〟、バッハ『ブランデンブルグ協奏曲第一番』」

とまぁこういったクラシック音楽をBGMに六本木やら銀座やらを走っていると、ほんと哀しい気分になってくるから不思議だ。確かに町並自体、通常のサタデーナイトに較べるとネオンの数はぐっと少ないし、弔旗が所々に掲げられているわけで、かなり違ったムードではあるのだが、試しに派手なユーロビート・リミックスのテープなどを流してみると、けっこう普段の盛り場に戻ってしまう。で、FMのマーラーやブルックナーに戻すとまた厳粛な風景に。音楽というか、音の力というのはつくづく大したものだと感心してしまった。

深夜のコンビニエンスも有線でクラシックを流していた。カップ焼そばを購入するのも何となく気がひける。これクラシックに限らずたとえば〝一日中インドネシア民謡を流す〟とか、〝この日はレゲエしか流しちゃいけない〟みたいな決まりをつくって実施してみると、街の風景ってかなり変わるんだろうな。

●1989・1・26／週刊文春

「昭和の終わり」とバブル

ここでちょっとブレイクを入れよう。

いわゆる「バブル」という時代、景気動向指数的には86年の暮れくらいから始まった（崩壊は91年初め）とされているようだが、「ナウのしくみ」の各回タイトルを眺めると、確かに87年あたりからはとりわけ派手なイベントやニューグッズのネタが目につく（もっとも、初めっからバブルっぽいコラム、といえばそうなのだが……）。

しかし、そういうゴージャスにウカれた日常は、前文にある昭和天皇御崩御、つまり昭和の終わりで一旦途絶えた……という印象があった。広い目で見ると、昭和30年代あたりからの、植木等がスーイスイスーダララッタ〜って感じで調子良く歌い踊っていた高度成長時代の流れはそこでおしまいになって、新たなる「平成」の時代が幕を開けた……という気分だった。

ところが、巷の空気はすぐにもとへ戻った。僕のコラムのタイトルを見ても、この後「苗場ユーミン」（コンサート）のあたりから「ミスター・マリック」「マイカル本牧」「前田日明のアーバンリゾートなプロレス」（浦安ＮＫホール）……と、〝バブルのぶり返し〟ともいえるイベントやトレンドスポットのネタが並ぶ。

いまどき「バブルの時代」について語るとき、この89年年頭の天皇御崩御、正確には88年の9月くらいからの御病状報道と自粛ブームの時期の沈んだ世相のことは忘れられがちだ。というより、一旦下がったこの3か月くらいのことにふれるのはまどろっこしい。また、昭和の終わり、平成の始まりが「89年」という西暦80年代のお尻に重なっているのも、さらにバブル期というものが年代変わりの91年代くらいまでハミ出しているのも、こういう時代論を語るときにスッキリしないのだ。

もっとも、この「バブル」というフレーズ、93年頃のディスコ「ジュリアナ東京」（オープンは91年春）の〝扇子を振って踊るギャル〟の映像に付けられたり、90年代の終わりにミレナリオのイルミネーションを見物に行ったことを「あの頃はバブリーだったからね」なんて語っている五十男がいたり、もはや〝ちょっと懐しいゴージャス体験〟＝バブルのように使われているけれど、それはともかく、オンタイムでは存在しなかったフレーズなのだ。

「バブル、はじけちゃった」なんて調子で巷に流通しはじめたのは、せいぜい92年くらいからのことだから、本書に掲載したコラムにはまだ「バブルたけなわの今日この頃」とか「見た目バブリーな感じの女が」とかの言いまわしはない。

新幹線の個室で……

新幹線の個室に乗った。コシツ、という響きが何ともゴージャスでいい。「個室に入る」というだけで、自分の家柄とか血のようなものが数段階アップした気分になる。ま、そういうわけで僕は個室乗客にふさわしく、新神戸駅でネーミングからして高級そうなステーキ弁当を購入し、「個室」がやってくるのを待った。

新幹線でも個室が装備されているのは〝100系〟の新型車両のみである。旧型の丸っこいおっとりした新幹線に較べて、この新型は鼻がツーンと突き出していて、目（フロントのライト）なんかも切れ長である。ま、はっきり言って、昔の新幹線よりも「そりゃ確かに美人だけど性格ワルソー……」って顔をしている。連れて歩くんだったら新型だが、奥さんにするんだったら旧型のほうがいいといった感じ。

さて、そんな〝美人だけど性格のワルソーな〟100系新幹線に乗りこむ。個室車両は二階建てになっていて、上階がグリーン車、下階が個室、という構造だ。しかし二階建てといっても、その車両だけ従来の車高の2倍にしてしまうと、当然、トンネルのところで上階の部分がゴチンとぶつかってしまう。よってせいぜい車高は普通車両の1・2倍くらいにおさえられ、下階の個室は車内の階段をとことこと二、三段降り、要するに底のほうに設けられている。

個室に入ると、窓の位置がほとんどプラットホームすれすれの高さだ。ホームを歩いている人の膝から下ばかり視界に入りこんでくる。イスは窓側を向く形でセッティングされており、リモコンひとつで前後移動、リクライニング操作ができる。

個室係の乗務員が入ってきた。

「え、こちらの電話でビュフェのルームサービスがとれます。外線やコレクトコールという形で可能です。あと、こちらが有線放送でございまして、このようにスイッチを押しますとBGMが……」

個室内にチャゲ&飛鳥のナントカという曲が流れる。ひととおり説明を終えると乗務員は出ていき、僕は個室に一人になった。

最初は、ノドも乾いていないのにルームサービスでコーヒーをとったり、有線のチャンネルをカチャカチャ換えたり、はじめての個室体験にけっこうウキウキしていたのだが、京都を過ぎるあたりから早くも退屈しはじめた。意味もなくリモコンを押してシートを前後に移動させてみたり、リクライニングに倒してみたり。仰向けに寝そべった状態で、ぼんやりと窓を横切っていく関ヶ原あたりの雪曇なんか眺めていると、おそろしく寂しい。昔のユーミンのLPに病室のベッドに寝転がって窓に映る飛行機雲を延々眺めている少年の唄があったけど、正にあういう心境である。

普通車両に一人で座っているとき、隣の横柄なオッサンが何の断わりもなしに僕とオッサンの間のヒジ掛けを占領し、僕も負けてはならじとオッサンがトイレに立ったすきに、ヒジ掛けを奪いとる。ああいった一連の隣人とのふれあいが、いまにして思えば妙に懐かしい。スポーツ新聞を開いても、傍らからの盗み読みの視線も感じないし、ステーキ弁当をひもとく際に、たとえばまわりがほとんど普通の幕の内なのに自分だけステーキ弁当で恥かしくないか、プーンと何か妙に鼻につく弁当の匂いがあたりに発散しないか（バッテラ寿司など開くときけっこう気を遣う）等の人目を気にした緊張感を味わえないのも、何とも寂しいじゃないか。

「トン　トン　トン」隣の個室との間の壁を叩く。

「トン　トン　トン」少し間をおいてから応答があった。そうか、みんな寂しがり屋なんだ。僕はシャバに着く日を夢見ながら、車窓をかすめていく空を眺めている。有線はリバースしてこの日四回目のチャゲ&飛鳥だ。

●1989・2・2／週刊文春

氷雨降る午後の大霊界

マシンガンを抱えて大暴れするドルフ・ラングレンでもみて、いっちょ景気をつけようかと渋谷まで出てきたが、ロードショーはまだ来週だった（この号が出る頃にはやってると思いますが）。で、どうしようかと迷っていたら、やってるじゃないですか丹波サン。すぐ地下の劇場から「大霊界」が僕を手招きしている。「大霊界」のシリーズはビデオで三回くらい観てしまったし、ゲーム版の「大霊界」もさんざんやりつくしたし、ビデオ会社から送られてきた「地上《ここ》より大霊界」なる丹波哲郎初期の霊界映画（原題・砂の小舟）を観たばっかりだったし、もう丹波サン関係はいい、と思っていたのだが、霊界のパワーには勝てない。僕の身体は幽体離脱の如くフワッと渋谷東急文化会館の地下へ続く階段を降り、劇場へと吸いこまれていった。

氷雨降る寒い平日の夕刻にしては、なかなかの入りである。今回の丹波ブームの主役である若い学生風六割、けっこう身にしみて死後の世界が気になったりしているオジサン、オバサン客四割、といった観客構成。

上映まで多少時間があったのでロビーをウロウロしていたらなんと〝大霊界グッズ〟コーナーというのが設けられていた。映画パンフはともかくとして、大霊界サントラテープ、サントラCD、大霊界関係書物、大霊界キーホルダー、大霊界定期入れ、大霊界ノート……。僕は、この手のみやげ物に弱い。歌舞伎座を訪れた折にも「猿之助便座クリーナー」を買ってしまったし、2年前なんば花月を訪れた際に関西でしか流行っていなかった間寛平の「アメママンバッチ」なんてものまで購入した。というわけで、大霊界ノートと定期入れを容赦なく買ってやった。

作品は予想通り、味わい深いB級作品に仕上がっていた。

「味わい深いB級作品」、わかりやすく言えば、宇津井健モノの大映テレビ室制作ドラマを観ているときのような、次にどんなとんでもないことをしでかしてくれるか、という期待で胸がわくわくする、そういったタイプの作品である。

　国際心霊研究会に出席するため山道をベンツで走行していた物理学者の男女（男は丹波哲郎の息子、女はエブリン・ブリンクリーという外人の女優）が、無謀なトラックの暴走によって前を走っていた観光バスとともに崖下に転落、一人の幼女を残して全員即死というところから物語はスタートする。要するに、この谷底から事故死者の魂がフワーッと幽体離脱し霊界へと旅立っていくわけだ。

　役者のなかではなかなかB級らしい良い味を出しているのが、物理学者のエルザことエブリン・ブリンクリー。このヒトはもうその名前からして往年の東宝怪獣映画に欠かせなかった妙な外人（男優のニック・アダムスに代表される）の如何《いかが》わしさがある。で、その手のB級外人というのは、大概ドラマのなかで平然と日本語を喋ってしまったりするのだが、このヒトも霊界にイッた途端、いきなり流暢な日本語を喋り出す。そして「ワタシノ　ゼンセイ　ワ　ニホンジン　ダッタノデス」とか凄い台詞を吐いたあと、カゴメカゴメの歌なんかを愉しそうに口ずさむのだ。僕はこういうシーンで思わず噴き出しそうになってしまったのだが、観客のほとんどは、しーんと静まりかえって観賞している。やっぱ笑ったらバチがあたると思ってガマンしているのだろうか。

　丹波サンの息子も、工藤堅太郎と三ツ木清隆と峰竜太と八波一起をブレンドしたようなとぼけた味があって、いいぞぉこういうの。そしてシーンは短いが大霊人として友情出演の若山富三郎、これはもう「さよならジュピター」における森繁だ。出てきただけでおかしい。

構想15年、製作費十五億。サイコーの娯楽映画だ。

＊冒頭のドルフ・ラングレン映画の方が気になる人もいるかと思うが「レッド・スコルピオン」。

●1989・2・9／週刊文春

「今日子」と「つか」とヒガシの後ろ姿

僕は学生の頃、芝居をやっていた。ま「やっていた」などというのはおこがましいが、ちょこっと首をつっこんだ経験がある。大学の友人が演劇サークルのようなものをやっていて、照明で一度、役者（チョイ役）で一度、参加した。

演劇と言っても、シェイクスピアとかそういう系統のやつじゃない。当時、静かな話題になりはじめていた「東京ボードヴィルショー」とか「東京乾電池」、そして何と言っても「つかこうへい」といったあたりを適当にまぜこぜにしたような劇団というか、演劇サークルであった。しかし演劇集団に必要不可欠な貧乏人間が一人もいなかった、というのが不幸と言えば不幸であった。稽古場にユーミン聴きながらアウディで乗りつける役者たちに迫真の芝居ができるはずがない。大体この「芝居」という用語を使う者がいなかった。

「オレたち、劇やってんだよね」

「こんど、つかこうへいの劇、観にいくんだ」

演劇通の人間は、そういう公演のことを「劇」とは言わず、「芝居」と言う。しかも、つかこうへい、とフルネームでは呼ばずに「つかの芝居」（つかの〝か〟の部分でイントネーション上がる）と発する――等のオキテを知ったのは、それより何年か後のことであった。

とまぁそういう無知な演劇人ながら、およそ10年前はよく、〝つかこうへいの劇〟を観に行ったものだ。で、今回、久方ぶりに（柄本明の「蒲田行進曲」以来だ）話題の新作「今日子」を観た。

新宿御苑近くにできたばかりのサンモールという地方都市のアーケード商店街みたいな名前の劇場。僕の前の前の席には少年隊のヒガシが座っていた。芝居とは関係ないがヒガシの後ろ姿というのは、前から見るヒガシとはまたひと味違って、麗しい。広く、そして平坦な肩の中央からニョキッと垂直に長く伸びたエリ首。逆三角形に刈りあげられた後頭部からウナジにかけてのラインは、見事というしかない。左右対称の位置に突き出した3の字型の立派な耳が、長い首の上にちょこんと乗っかった小さな頭のバランスを保っている。そう、そこに形の整った鷹《たか》がとまってあたりを窺《うかが》っている、正にそんな景観である。

さて、ナマで観る岸田今日子。これはやっぱり凄い。凄い、という表現は実にいい加減な表現であるが、やっぱり凄いものは凄い。たとえば、桑田佳祐に似た傍役《わきやく》の女優に向って「あなた、サザンのクワタに似てるって言われない？」というアドリブ的な台詞を吐くシーンがあるのだが、これがめちゃめちゃおかしい。もちろん、こういうギャグって、誰が言ってもある程度の笑いはとれるネタだと思うのだが、そう簡単にオナカの最深部のあたりからは笑えない。間《ま》は無論のこと、声質に天才的なものを感じる。大きな劇場で台詞を喋っているのに、喫茶店のテーブルで五人くらいで雑談しているほどの近さ、なのだ。岸田今日子だけ何か凄く近くにいるように見える。まぁこれはそういう凄い岸田今日子役を岸田今日子が演じる、という芝居なわけだが。

ところで、つかこうへいの芝居で僕がいつも感心するのは、選曲センスである。「熱海殺人事件」の〝想い出の渚〟以来、本当にこれほどキモチよく曲（歌謡曲やポップス）を入れこんでくれる劇作家というのは他にいないのではないかと思う。台詞が切れて曲がスタートするまでの0コンマ何秒の間とか、今回の舞台でも終盤、「よろしく哀愁」をカットアウトして「匂艶ザ・ナイトクラブ」の派手なイントロにつなげるセンスとか、僕はこのヒトはディスコのＤＪになっても成功した人ではないか、と思う。

岸田今日子といい、つかのＤＪセンスといい、ヒガシの後ろ姿といい、実に感動的な舞台であった。

●1989・2・16／週刊文春

＊この話が掲載された直後、わが事務所に面識もないメリー喜多川さんから電話がかかってきて「泉さん、ウチのヒガシがお世話になっています……」と礼をいわれたことがいまも忘れられない。

苗場ユーミン純愛大聖堂

Ｎａｅｂａに行った。最近は〝苗場〟と書くより、こっちのほうがそれっぽい。僕が以前ここを訪れたのは、8年ほど前だ。その当時はウォークマンを身体に装着して滑るのがけっこうトレンドだった頃で、僕の最初のウォークマンはこのゲレンデで雪漬けにされてオシャカになった。

苗場はそのとき既にミーハースキーヤーの殿堂としての地位を確立しつつあったが、まだそういった人々を収容するプリンスホテルの数も控え目であった。まぁしかし、ちょっと目を離したすきに、プリンスホテルの数の増えたこと、増えたこと。「アルプスの若大将」の時代からの本館のお尻に新館がボコボコくっついて、7号館まである。これほど横長のホテルというのも他に類をみないのではないだろうか。このまま増殖していくと、来たるべき21世紀には三国峠を乗り越えて前橋あたりまで苗場プリンスの尻尾が侵攻してきそうな気配である。

さて、今回は、その苗場プリンス・ワールドカップロッジ・レストランで行われているユーミンのコンサートを、渡辺和博氏とともにチェックしにきた、というわけだ。昼間はスキーをして、夜はコンサートというおいしい取材である。スキーをするのは、去年、このコラムで報告したあの〝サホロの地中海クラブ体験〟以来、1年ぶりのことだ。ま、ここには妙になれなれしく「Ｈｅｌｌｏ」と話し掛けてくるラテン系の外人もいないし、ディナータイムにむりやり「ラ・バンバ」を踊らされる心配もないだろう。渡辺氏は、去年〝地中海クラブ体験〟の直後、訪れたスキー場で「ラ・バンバ」の心労がたたってか右ヒザを複雑骨折し、今回はまだスキーを履けない。僕も自粛して、山頂から一本だけ滑って、あとはサウナに入って、部屋でごろごろしながらコンサートの時間を待った。

ユーミンのコンサートは夜の9時半開演。リゾートコンサートということで、シャワーを浴びて、夕食をゆっくりとって、一日の締めにユーミンで盛りあがる、といった試みになっている。僕は平地のコンサート（武道館とか東京ドームとか）は何回か観ているのだが、苗場のユーミンは初めてである。平地の場合も女性客は多いのだが、苗場はそれにも増して女の子の二人連れ、仲良し三人組みたいなパターンが多い。もちろん、勝負を賭けたカップル風もいるけど。

東京、名古屋、大阪などを出発点とした〝苗場ユーミン・ツアー〟というのがある。で、このバスツアーに5年間通いつめている、みたいな人が僕の知り合いにもいる。彼女は五回とも中学から一緒の親友A子とこのツアーに参加している。

「他のコンサートは男と行っても、これだけはA子と」と彼女は断言している。そして、ともにユーミンに酔い痴れたあと、プリンスのツインで、「で、彼と最近どうなの？」といった女同士の込み入った話を交わす、そんな「抱きしめたい」の温子とゆう子みたいな関係の二人連れが多い。

しかしそういった「で、彼と最近どうなの？」の話をするのも、苗場でスキーしてユーミン観て部屋の窓越しにほんのりとオレンジ色の夜間灯に染まるゲレンデが映っていたりするからいいのであって、やっぱ、ひなびた温泉宿で中島みゆきのカセット流しつつ、地酒をちびちびとなめながらの「で、彼と最近どうなの?」とは違う。ま、そっちも悪くないとは思うけど。

さて、ステージ上のユーミン教祖様は、苗場の雪も白銀に輝く樹氷もすべて私の唄のためにあるの、と言わんばかりに舞い踊る。リゾートの神・ユーミンがひと声うなれば、関東山地に雪が降り、プリンスホテルの尻尾が伸びる。

Ｎａｅｂａのユーミン教大聖堂は盛況であった。

●１９８９・３・23／週刊文春

ミスター・マリックの演芸性

話題の〝超魔術師〟ミスター・マリックのライヴを観に行った。スプーンを曲げたり、指輪を宙に浮かせたり、要するにユリ・ゲラーと引田天功をたして二で割ったような人物である。ひと月ほど前に放送された「木曜スペシャル　ミスター・マリック」の録画ビデオを友人から借りてみたのだが、やはりこういうもんはナマを観ないと、もうひとつスッキリしない。

ライヴ会場の渋谷クアトロは立ち見客でぎっしりになるほどの盛況であった。が、東京ドームや武道館のようなどでかい会場ではないので、後方からもステージ上のマリック氏、彼の手さばきは監視できる。ステージに近い席を陣取りながらもオペラグラス持参でマリックを監視する用心深い客もいる。僕の位置からマリックまでは約10メートルほどだ。

アフリカの民族音楽風の奇《あや》しい調べにのせて、〝超魔術師　ミスター・マリック〟登場。ところで、マリック氏のことを「世界のマジックショー」に出てくるような外人、と思われている方もいるでしょうけど、彼はれっきとした日本人だ。マリックという芸名は、マジック＋トリックの意味合いだという。こういう芸名のセンスというのは、何となくイロモノっぽい。行《なめ》川《がわ》アイランドのイルカショーの前座とか水上温泉のショーで漫談や奇術を披露したりする営業主体芸人のノリに近い。ホイッチョ宮崎とかトリオ・ザ・ミミックとか、ああいう世界。で、マリック氏の風貌もわりとそれっぽいのだ。ヘアスプレーを使用したような長髪にヒゲ（及川ヒロオというコメディアンにちょっと似ている)、服装も、スパンコールがキラキラした感じの蛍光色タキシードにパンタロン、エナメル靴。そして、妙に場慣れした感じのMC(喋り)。

確かに術《わざ》は鋭かった。

たとえば〝一万円札の切れっ端をレモンのなかに入れてしまう術〟。

お客から一万円札を受けとり、札番号をチェックしたあと、福沢諭吉の頭あたりを半月型にひっちゃぶいてしまう。その切れ端をクシに突き刺し燃やして灰にしたあと、同じクシを気合もろともレモンに刺す。「ハイ、これで入りました」とか言って、レモンを真っ二つに割ると、なかに何か詰まっている。もぞもぞっととり出すと、それは紛れもなく一万円札の切れ端。切りとられた部分にあててみると、型もぴったりと合う。で、マリック氏、それをクシャクシャと手のなかで折りまげ、シワを引きのばすように広げてみると、見事、一万円札は再生されている。無論、札番号も一致しているというわけ。

トリックというか、正に魔法である。マリック氏の父親が農業試験場の研究員で〝一万円札の破片入りの新品種レモンを開発した〟等の事実が発覚したとしても、信じ難い。とにかく、引田天功、アダチ竜光ラインのいわゆる奇術の要素と、ユリ・ゲラー、清田益章のサイキックの要素が混じり合ったという感じで、仕掛けがあるのか、精神的なパワーによるものなのか、全く読めない。確かにアマいネタも一つ二つ含まれているのだが、こういった流れのなかで見せられると攪乱《かくらん》して、すべて神の力のように思えてくる。

ま、しかし、そのような凄い術を披露するミスター・マリックの雰囲気が、先にも書いたとおり〝演芸っぽい〟あたりが何ともいい。「信憑性」ということを考えれば、もっと寡黙に、服装なんかもチベット僧みたいな神秘的な趣向にして、客いじりなどすることなくクールに去っていくほうがいいと思うのだが、マリックは実に陽気だ。ラストは両手を挙げて、「営業が本当に好きだ」という感じで朗らかに舞台のソデへと消えた。ミスター・マリック、この人はどういう過去を持つ男なのだろうか。

●１９８９・４・６／週刊文春

マイカル本牧と35万円の魚

マイケル富岡もいいけど、マイカル本牧も凄い。マイカル本牧は別にハーフのタレントではない、横浜の本牧に突如出現した〝ファッションタウンのお化け〟である。

僕はその日、ＦＭ横浜のイベントの仕事を終えて、元町から山手トンネルを抜け本牧方面へと向っていた。本郷町の商店街を過ぎると、前方に高層ビル群が見えた。周辺は低層の建物と荒地なので、そこだけ砂漠の彼方の街のように浮きあがっている。

僕は建築の専門用語は良くわからないのだが、何か地中海沿岸のリゾートマンション群みたいなものがボコッと本牧のはずれに出現した、という景観である。五個のビルは二階部が遊歩道でつながっていて、途中にワゴンとかテーブルとかが出ていて、フランスの青春映画みたいな感じで、カップルが本牧の西陽を浴びつつビールなんか飲んでいる。五個のビルには、各々、一番街、二番街、三番街、五番街、六番街、と名づけられている。今後、十一番街まで作られるらしいが、四番と九番は、その数字の語呂から欠番にされているという（日本離れしたスペースのくせに、この辺の語呂にこだわるあたりが面白い）。

二番街と三番街の屋根には、それぞれ〝マニアーナの塔〟〝タルデの塔〟という飾りがくっついていて、ここの鐘が夕刻5時になるとカランコロンと鳴ったりする。

最も人混みが激しかったのは五番街である。ここはインポートファッション・ブチックを缶詰にしたような館で、シャルル・ジョルダン、ドンナ・エレ、アルベルタ・フェレッティ、ラルフローレン、エンリコ・コーベリ、フェラガモ、ビブロス……と、ま、全部書き出していたらＨａｎａｋｏの目次になってしまう。で、ここの館の上階にゴージャスなアスレチックジム＆エステティックがあった。

要するに、スイミング、エアロビクス、マシン・エクササイズといった筋肉関係とエステティックという肌関係、さらにマインドコントロールという精神関係を合体させて身体の内側、外側、神経に至るまで綺麗につくってあげちゃいましょう、というシステムである。コンピューターで分析して〝自分の体質にあった香水〟なんてものまで作ってくれちゃうのだ。これにあとひとつ、整形外科のコーナーを加えれば、完璧にサイボーグ養成機関になる。五番街には他にレストラン街と〈本牧ブロードウェイ〉と称して、シネ・スクエア（映画館）と、モータウンミュージックの殿堂・アポロシアターがある。つまり、食って、（体重）減らして、着て、観て、といったエピキュリアンな若者たちの悦びそうなところをどばっと集めた、実にわかりやすい構成である。近々「寝て」の部分のホテルがこの一角にオープンするらしい。

さて一番街の一階部分はデパートでいうところの食品売場になっている。〈フィッシャーマンズワーフ〉と称する鮮魚売場のコーナーが凄い。やたらとでかい生けすがずらっと並んでいて、そのなかにスズキやクロダイ、タラバガニ、宮崎産の時価三十五万（一匹で百人分の鍋物がつくれるらしい）するというジャンボクオとかいう怪魚が泳いでいたりする。小さな子供連れの本牧ニューファミリーが繰り出し、「ホラッ、あのお魚でっかいだろう」と、父が子を肩車し、魚市場というよりちょっとした水族館の風情であった。

客はみな計四百に及ぶ店舗の場所が記載されたマイカル本牧ガイドマップのようなものを見ながら、各パビリオンをまわる。ここは一種、博覧会場のような要素を兼ねたスペースなのだ。♬本牧で死んだコはカモメになったよぉ〜。「本牧メルヘン」の鹿内タカシさんにひと目見せてやりたい、このディズニーランドみたいな本牧を。

●1989・6・1／週刊文春

＊マイカル本牧の建物群はいまも存在するが、アポロシアターや35万円の魚が泳ぐ水族館みたいな鮮魚売場はなくなって、スーパーの品揃えは庶民的になった。

前田日明のアーバンリゾートなプロレス

前田のプロレスを観に浦安のＮＫホールまで行った。僕なんかは、プロレスというと「後楽園ホール」とか「三菱掃除機・風神」とか「レフリー・オキシキナ（シャツが破けてる）」とかのシーンを思い浮かべてしまう世代で、プロレスをあのトレンディなＮＫホールでやる、というのは何となくピンと来ない。

案の定、会場に訪れてくる客は、僕の抱いていたプロレス・ファンのイメージに反して、綺麗であった。ＮＫホール駐車場付近で目についたのは、近頃、渋谷宇田川町界隈で土曜夜などに見掛ける〝シブカジ四駆軍団〟ってやつ。パジェロとか四駆トラックをチューナップして、なかに乗りこんでる奴はスウェードのカウボーイベストに、ウエスタンシャツに大袈裟なバンダナ。で、画体《ガタイ》は、普通のシブカジに較べて、マッチョ度が高い。さらに、〝女子プロレスを目指してますみたいなヒト〟以外の、かたぎの女性客がけっこう多いのだ。

ところで僕は「週刊大衆」の対談で、前田と対面したことがある。「試合前には何か精神統一とかするんですか？」という僕の質問に対し、彼は「ええ、試合当日はウォークマンにエーちゃんの〝ラストチャンス〟を繰り返し録音したテープを聞いて、自分をもりあげていくんですよ」と言っておられた。いま頃、前田は楽屋でじっとエーちゃんを聴いて、テンションをあげているのであろうか？

試合はメンエベントの前田日明vs山崎一夫を含めて計五カードある。前田のプロレス（UWF）をナマで観るのは初めてなのだが、世間で言われているとおり、本当に簡素なつくりである。凶悪レスラーがコンパニオンの差しむけた花束をぐしゃぐしゃにしてマットに叩きつけたり、サーベルをふりまわして観客を威嚇したり、といった派手な客いじり演出はすべて排除されている。たとえばオープニング。全員マット上に勢揃いしたところで、今回は山崎選手が「いつもUWFを応援してくださってありがとうございます。力いっぱい闘いますので……」と、きっちりとていねいな口調であいさつしたあと、全員かけあしで裏方に消えていく。高校球児のようなすがすがしさだ。

UWFファンにはおなじみのことであるが、ルールも、馬場や猪木のプロレスとかなり異なる。まず、リング外での格闘というのはない。故意にリング外に出て10秒以内に戻らなければその場で反則負けである。ロープに三回逃げるとダウン一回分となり、ダウン五回で負け。ダウンして10秒以内に立たないとKO負け。他にも細かい規定はあるのだが、簡単に言えば、ボクシングのルールに近い。ま、馬場や猪木のプロレスだって、本当はリング外でイスを投げあったりしてはいけないわけだが、それを見て見ぬふりをしたり、制止しようとして巻き添えをくって投げとばされたりするのがジャッジを司るレフリー、みたいな概念ができあがってしまった。つまり、UWFが他のプロレスと一番違うところは、そのルール自体ではなく、「決められたルールをみなマジメに守る」という点であろう。

プロレスなのに、ちゃんとやっている。そこが非常に新鮮なのだ。オキシキナのシャツがビリビリに破けるプロレスになじんだ目には確かに地味だが、ついつい息を呑んで真剣勝負に見いってしまう。メンエベントの前田の試合は、前田が四回ダウンした直後に横三角絞めという必殺技を決めて、勝った。20分弱のあっさりした結末だったので、「おう、もっとやれぇ！」とかのヤジが飛んで、観客は席を立たないのかと思っていたら、試合終了と同時にみなサッと出口に向っていく。昼間から真っ赤な顔した酔っぱらいもいないし、なんて上品なプロレスなのだろう。このプロレスなら、サントリーホールでやっても大丈夫だ。

●1989・6・8／週刊文春

近頃の芸人サン

「冗談画報Ⅱ」という新人の芸人さんやミュージシャンを紹介する番組をやっている都合上、そういった新芸を観る機会は多い。近頃気に入っている芸人サンが二組いる。松村邦洋と平成モンド兄弟だ。

松村邦洋というヒトは、片岡鶴太郎の弟子で、物真似芸をやる。「ビートたけし」と「石橋貴明」「生島ヒロシ」が十八番《オハコ》なのだが、とりわけビートたけしは凄い。〝日曜日の朝、たけしが起きて生放送のTVジョッキーに出掛けていくまでの間〟を、まわりにいる軍団に語りかけるようなスタイルで、延々ひとり喋りする。10分か15分に及ぶ長い物真似だ。コロッケや清水アキラの物真似は、たとえばちあきなおみなり村田英雄のそれっぽい部分をより強調した、いしいひさいちやコジローの四コマ似顔絵マンガ的手法であるが、松村邦洋のは〝限りなく本物に近い〟シュールリアリズムの世界なのだ。とにかく、たけしに関しては、元から顔のつくりが近いということもあるが、「たけしが憑いた」といった雰囲気である。声調といい、喋りの間《ま》といい、首を傾げたりする動作の完成度といい、観ているうちに本物がそこにいる、ような錯覚にとらわれる。あまりにも似過ぎていて気味が悪い。観客は呆気にとられて笑うところまでいかない、という凄い芸である（ツメの甘い箇所にくると安心して笑える、という感じだ）。

さて、平成モンド兄弟は、一部のお笑い小演劇愛好家の間ではかなり有名な劇団「ワハハ本舗」の佐藤正宏と村松利史によるコンビである。実はこの〝平成モンド〟に関しては、このようなメジャーな部数を誇る、良識派の大人の読者の多い、「一杯のかけそば」の特集が2週にわたって掲載されたような媒体で紹介していいものだろうか、迷った。しかしもう書き出してしまったし、まだ字数も七百字相当残っている。具体的な内容に触れなくてはならないであろう。

先日、渋谷の小さなホールで催された彼らのライヴを観に行ってきた。

演《だ》し物は①お経・ブラザーズ、②スプラッタ・ブラザーズ、③ヘビメタ・ブラザーズ、④さぶ・ブラザーズ、⑤パントマイム、の5部構成である。一つ一つ説明を加えていこう。①の〝お経〟では、袈裟《けさ》をまとった坊さん姿の二人が登場、カサなどをもって染之助・染太郎調の演芸を披露する。カサの上でコロコロとまわすモノは、お骨《コツ》。そして卒塔婆を用いた曲芸、〝ナワで縛られた如来像が水中から脱出する〟のふれこみの魔術へと続く。

スプラッタ・ブラザーズは、①の坊さんスタイルが、オノをもったホラー男に変わり、血ヘドが飛び散る〝南京玉すだれ〟などが披露される。さぶ・ブラザーズはその名の如く、同性愛雑誌「さぶ」の読者欄で知り合ったというホモの話。フンドシ姿の二人がお互いの身体にサラダ油を塗りたくって絡み合うシーンは、あいた口がふさがらない。なかでも最も過激なネタは、やはりヘビメタ・ブラザーズであろう。いわゆる〝ヘビメタ調〟メイクを施した二人、舞台に登場するや否やいきなり客席に使用済みのスキンを投げつける。そして、一方が宙に吐いたタンを一方が口で受けるツバ・ジャグラーという芸、さらに客席に乱入し女性客の靴下を奪いとり、食べ、さらに……。

要するに度を越えた、TVで放送できない下ネタ・グロネタを徹底してやる、という趣向だ。このような展開を知りつつも、女性客が半数近くを占めていたのは驚きであった。自分の履いていたソックスを食われた女性も、キャーキャー言いながら悦《うれ》しそうに対応していた。これも一種のディズニーランド感覚って、やつだろうか。

僕は、彼らが本気で身体をハッて凄くバカなことをやっているところが大好きである。

●1989・7・6／週刊文春

リカちゃんのパパ、帰る。

「リカちゃんのパパ」（本体価格￥３６００）を買った。恵比寿商店街のオモチャ屋を覗いていて、女系のリカちゃん家族の各人形にまみれている様が、何とも哀しくて、つい「俺がこの手で引きとってやる」という気分になってしまったわけだ。

ただいきなり大の男が白昼の町のオモチャ屋を数分間みてまわったあと、「コレ」とリカちゃんのパパだけをレジに差し出して帰ってくる、というのはかなり勇気のいる行為である。「あの、娘のプレゼントに……リボンを結んでください」などと言い訳するのもわざとらしいし、ましてウチの娘はリカちゃんのパパなど別に欲しがっていない。で、僕は、その手の（かわいい男の子の）人形愛好家ないしソレ関係のヒトとみられることをカムフラージュするために、「ひみつのアッコちゃん　テクマクマヤコン　コンパクト」も一緒に買った。アッコちゃんコンパクトも付ければ、ま、普通のパパの買い物みたくなるであろう。高校生の頃、古本屋でSMナントカというエロ本を買うとき、一緒に『ギリシャ彫刻全集』とかいうバカでかい美術書を買って、必死にカムフラージュしたことを思い出す。

というわけで、晴れてリカちゃんのパパを手に入れた。

その世界に詳しい人はご存知でしょうが、リカちゃんのパパは、この夏、リカちゃん人形発売（昭和42年）22年目にして、はじめてその姿を現わした——といういわくつきの人形なのである。

リカちゃん人形の世界には、メーカー（タカラ社）側が設定したストーリーというものが存在しており、そのストーリーによると、「リカちゃんこと香山リカのパパ・香山ピエールはフランス人の指揮者で世界中を演奏旅行している」ことになっていた。よってこれまでパパ人形は姿を現わさなかったのだが、このたび演奏旅行にひと区切りがついて家に戻ってきた――という設定である（この辺のリカちゃん家系の話は増淵宗一著『リカちゃんの少女フシギ学』新潮社刊に詳しい）。

僕は、香山ピエールなるパパがストーリー上のみで存在する頃、金持ちの恰幅《かっぷく》の良いハゲ親父――金髪の胸毛モジャモジャでリビエラの別荘のプールサイドで葉巻くわえて日光浴しているような――タイプを想像していたのだが、実物のパパは極めて淡白な感じであった。細面《ほそおもて》の二枚目で、黒ブチの眼鏡をあてた様なんかは、ひと頃の坂本龍一を彷彿するようなオシャレなインテリ、の風情である。〝胸毛モジャモジャのフィレ肉、フォワグラぱくぱく〟ではなく、東洋趣味の、ＯＺＵ（小津安二郎）あたりに傾倒しちゃってそうなヘタをすればコイツ、菜食主義者《ベジタリアン》かも知れぬ、まぁとにかく、見るからに優しそうで、弱そうなパパである。「週休二日制の定着とレジャー志向の時代の到来で、働きバチを返上し家族コミュニケーションを重んじる父親が増えた」というのが、パパ人形発売に踏みきったメーカー側の意向というが、この香山ピエール、ほんと見れば見るほど何か切ないものを感じてくる。

「きょうはピクニック。パパのにぎったおすしもあるんだぞ！」リカちゃん、ママ、リカの妹のミキ&マキ（双子）、さらにその下の三つ子（男の子一人と女の子二人）に囲まれてピクニックを愉しむ香山ピエール——そんなシーンがパンフレットに掲載されていた。

たまの日曜にスシなんか握らされちゃって、リカちゃんのパパも日本に帰ってくるなり大変である。都議選、参院選以降の〝女性の時代〟って社会背景が重なってくるんですよね、パパが戻ってきたリカちゃんファミリーを見ていると。ふと、パパのグレンチェックのズボンをガサッとおろしてみたら、やっぱりだけどついてなかった。そりゃついてないよな、やっぱり。

●1989・8・10／週刊文春

土井たか子と四人の小人

しかし凄えなぁ、女性週刊誌の〝土井たか子〟特集は。どれをめくっても、土井女史のフォト・ヒストリーみたいなもんが載っている。記事をつくる側はとりあえず〝ボーイッシュなおたかさん〟といった方向でまとめようとしているようで、女子大時代、文化祭で披露した宝塚の男装麗人姿のスナップなどがメインに据えられているようだ。

「週刊女性」には、土井たか子の生年月日から血液型、趣味、好物などを、彼女の全身を描いたイラストを添えて一覧したもの（月刊明星のアイドル紹介っぽい企画）まで載っていた。

趣味→パチンコ、カラオケ、というのは既に有名なデータであるが、好物→石焼きイモ、たこ焼き、力うどん、ってのはけっこう衝撃であった。〝石焼きイモ、力うどんをスタミナ源にいま総理大臣の声も……〟なんてリードが傍らに添えられているのだが、何か寂しいなぁ、石焼きイモと力うどんがスタミナ源ってのは。ま、好物→ステーキ、フォアグラ、海の幸のパエーリヤ、とか書くより〝石焼きイモ・力うどん〟ラインのほうが社会党っぽいと言えば社会党っぽいし、消費税なんかもストレートに否定しやすい好物といえるが、仮に土井総理が誕生して「好物・石焼きイモ」ってのはやはり哀しい。

ところで、このパーソナル・データ紹介ではじめて知ったのだが、土井たか子のあのヘアスタイルは「グラデーション・ボブカット」というらしい。どこがボブなのかよくわからないが、とにかくグラデーションなボブなのだ。

さて、迎え撃つ自民党の新総裁のほうは、いったい誰になったのでしょうか？

河本の爺サンもどうやら折れた（辞退）らしくいよいよ若手候補に絞られた、というのが原稿執筆時の状況である。そんな次期総裁有力若手候補（といっても五十代のオヤジであるが）について書こう。

橋本龍太郎、石原慎太郎、河野洋平、海部俊樹。自民若手四天王、各氏のスナップをみてまず思うことは、ルックスの時代に来たな、ということだ。

とくに橋本龍太郎って、アソビ人風で好きだなぁ。橋龍パターンの顔って、慶応とか暁星高校とかでオヤジが歌舞伎とか能の大家で、ディスコのパー券売って停学くらった〝二落《にらく》のハシリュウさん〟って系列の顔なんだ。あのびっちしひっつめてテカテカにポマードでかためたオールバック頭なんか、かなりきてますね。「河野洋平・カブキ顔説」ってのがあるけれど、僕は橋龍のほうが正統的なカブキ系アソビ人顔だと思う。どっちかというとオヤマができるほうのカブキ顔ね。河野洋平が弁慶やって、橋龍がオヤマ——これはなかなか観れるんじゃないでしょうか。

石原慎太郎も海部俊樹も確かにシブい二枚目であるが、橋龍や河野と較べると、ちょっと冷たい。ブラウン管を通したときに冷たい感じに映っちゃうんじゃないかな、と思う。とくに石原慎太郎は、あの必要以上の頻度でなされる瞬《まばた》き。あれは観ていてあまり気持の良いものではない。石原が人気総理の座につくためには、政策よりもまず「瞬きの癖を直す」ということが大切であろう。

海部俊樹の場合は、よく見ると端正な顔立ちなのだが、もう一つインパクトが弱い。僕は海部の顔って、けっこうメイク映えする顔だと見てるんですよね。眉毛とか目の縁どりとかを思いきって大袈裟に入れてみると、わりと妖気的なムード漂うファンタスティックな政治家に化けると思う。ドラキュラ風の牙なんか似合いそうですよ、この人。

四人とも女がらみの醜聞が出たときの言い訳のシーンがわりとシブくきまりそうなところが何といっても強い。土井たか子にいじめられてるシーンがカワイク見える人じゃないとダメですよ、いまは。

●1989・8・17&24／週刊文春

「宮崎勤のビデオ・ベスト10」批判

僕は「テレビ探偵団」（ＴＢＳ）という番組に、〝怪獣・アニメ・アイドル博士〟みたいな役割で昨年の春頃まで出演していた。いまも構成ブレーンとして番組に関わっているわけだが、あの番組に於ける、〝テレビ博士・朝井泉〟のキャラクターは、自分で言うのも何だが、かなり〝宮崎勤〟に近いものがある。番組をはじめるにあたって、僕は、僕なりに頭のなかで〝朝井泉〟なるキャラクターをイメージした。

「昼間は、地味なドブネズミ色のスーツを着て仕事をこなし、終業時間になると社内コンパや呑み会などにも参加せず、さっさと家に戻り、ビデオテープやアニメ資料にまみれた部屋で、自分の世界に埋没して悦に入る」

ま、そんな感じの、いわゆる〝おたく〟っぽいキャラクターを描きあげたわけである（バラエティ番組の宿命で徐々に明るくボケたりするようになってしまったが）。

そして、テレビ博士・朝井泉のキャラクター自体、僕の性格の一パーツをおし広げたものであるからして、要するに、僕のなかに〝宮崎勤っぽい趣味〟が内在していることは確かだ。

と、けっこう不気味な書き方をしてしまった。断わっておくが、その趣味は〝幼女を殺害し切り刻んだり〟という趣味ではない。今回は、宮崎勤のそのヽ部ヽ分ヽの趣味については全く触れずに、宮崎勤を書く。素材は各誌に掲載された例の「ビデオ・ベスト10」である。

ビデオソフト愛好家の会報誌に投稿された宮崎勤の〝ベスト10〟に関しては、各誌で評論、分析がなされている。僕は、その投稿原稿をひと目見て、「ああ、マニアっぽい原稿だなぁ」と、まず感じた。原稿の狭いスペースにぎっしりと細かい文字で各作品に関するコメントを、ほぼ各作品同字数でまとめ、しかもその内容は、番組の脇役出演者名とその役名、スタッフ名などのデータ部にやたらとこだわる。これは先の「テレビ探偵団」などに送られてくるその筋のマニアの投稿の特徴である。

1、ジャッカー電撃隊
2、少年ジェット
3、ムキムキマン体操
4、刑事くん
5、電人ザボーガー
6、大鉄人17《ワンセブン》
7、円盤戦争バンキッド
8、愛と誠
9、スーパーロボット　マッハバロン
10、怪獣王ターガン

と、この一連のラインナップ作品を見ても、宮崎の部屋にずらっと並んだウルトラマンのシリーズやミラーマンといった作品が、おそらく「メジャーである」という意味合いで除外されており、どちらかというと通《つう》しか知らないようなマイナー作品、あるいは宮崎の年齢（27）から察して同時体験のないような「少年ジェット」等の作品が入っている——この辺の「どうだ、こんなもんまでオレはオサエてるぜ」といったところがいかにもその筋の原稿である。

というようなことから僕は、朝日ジャーナル誌で「マニアとしてはわりと上級者」と誉めたのだが、彼の原稿を拡大コピーしたものでもう一度じっくりと読み直してみると、けっこうアラが目立つ。

まず「少年ジェット」の解説として書かれている〝ジェット役が土屋健。この人は、ついこの間、フジテレビのCMで「ウーヤーター」をした本人〟とあるが、フジのCMでウーヤーターをしたのは劇作家の鴻上尚史である。さらに「大鉄人17」のところで〝佐原ルミ役は島田歌穂（現在のかいちえみ）〟とあるが、島田と甲斐智枝美は別人である。こういう初歩的な誤りをするようでは、上級のマニアとは言えない。また、この手の吹っかけ、あるいは知ったかぶりをする癖があるとしたら、やはり、宮崎の供述内容には細心の注意を払う必要があると言えよう。

●1989・9・7／週刊文春

瀬戸のカラオケボックス

新幹線で岡山に向っている。学生時代の友人の所属する岡山ＪＣ（青年会議所）で講演をするためだ。

僕は新幹線に限らず、電車に乗っているときは、よほど眠かったり読みたくてしようがない本などを持ち合わせていない限り、ぼーっと外の風景を眺めていることが多い。と書くと、何か紀行文の作家みたいであるが、本当に好きなんですね、電車の窓から外を眺めてる、って状態が。そういうわけで新幹線の場合は、もう東京から新横浜の先の万騎《まき》が原《はら》近辺までの両側の景色をほぼ把握している。パッと一瞬観ただけで「あ、そろそろ相模鉄道と交差するな」といった〝いま自分のいる位置〟みたいなもんが読めるようになった。

小、中学生の頃は、新横浜の駅のあたりからだだーっと田んぼが続いていたのだが、最近は、寒川、伊勢原のあたりまで来ないとイナカに来たなぁ、という気分が味わえなくなった。が、それも束の間で、小田原に近づいてくると〝湘南台○○タウン〟といった感じの新幹線通勤客相手の新興住宅街の風景に変わってしまう。

都会育ちの人間のわがままってやつだと思うが、イナカはやっぱりイナカのままでいて欲しい、と思う。小山の間にウネ状の田んぼが入り組んだようなニッポンの純農村的風景が車窓に広がってくると、ホッとする。ストレス係数がぐぐうっと一気に下降したような心地良い気分になる。

静岡、浜松間あたりにさしかかると、やっとそういった景色が拝めるようになってくるわけである。田んぼの所々に点在する古い木造家屋の集落。黒塗りの板の壁に貼られた「金鳥」の看板。僕は小さい頃、「金鳥」の看板を掲げたそれらの家屋を見て、「あー、金鳥って会社は農村にいっぱいあるんだなぁ」と思いこんでいた。水原弘や由美かおるの殺虫剤の看板を、時速二百キロの新幹線の車窓から一瞬にして見つけるのも、僕の能力の一つである。

そういう感じで車窓から外の農村風景を観ていて、今回気づいたことは、ソーラーをやっている農家がけっこう多い、とくに瀬戸内地方に入ってくると。屋根に銀色のソーラー板を出した農家が二軒、三軒と続いていたりする。小学校の社会科で習ったように、温暖で晴天の日が多い瀬戸内地方ならではの傾向だと思うが、ま、二軒、三軒と並んでいるのは、「隣がカラーテレビ買ったからウチも」という日本人的な見栄に因《よ》るところが大きいように思う。ソーラーではなく、衛星放送のパラボラアンテナを屋根に載っけた家がやたらと目立つ農村もある。

そしてもう一点、田んぼのど真ん中に不自然に並んだプレハブ建てのボックス。

「カラオケ天国　メロディ・ビレッジ」。出ました、これが噂のカラオケボックスってやつか。ずっと外の景色を眺めていると、この「メロディ・ビレッジ」とか「ドレミファ・ハウス」とかのネームを掲げたカラオケボックスってやつが、けっこう目につくのである。で、この手のプレハブ建てのまわりは大概、果てしなく続く稲穂の上をアカトンボがスイスイの世界であるから、何かとてつもなく異様なのだ。

おそらく数年前までは朽ちた納屋なんかが建っていたところをぶっ潰して、公園の仮設トイレみたいなプレハブを組んで、なかで農家のおじさんやおばさんが五木ひろしを瀬川瑛子をうなっている。ちょっと不良がかった中学生のグループが、プリンセス・プリンセスを、そしてジギーを唄ってロッカーしている。傍らの田んぼのウシガエルはいったい何が起こったのか、と驚いていることであろう。

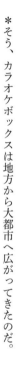

農村に異様な勢いで入りこんできたニューメディア。近頃のカラオケボックスがらみの事件をみていると、何かそういう環境バランスのズレみたいなものを感じる。

●1989・10・5/週刊文春

＊そう、カラオケボックスは地方から大都市へ広がってきたのだ。

麻原彰晃マーチが聞こえる

僕の仕事場は駒沢通りという大通りに面しているため、原稿を書いていて選挙の宣伝カーの音に悩まされたりすることがあるわけだ。悩まされる、と書いたが、なかには一風変わった宣伝カーもあって、そういうのはなかなか愉しい。ペンをもつ手をとめて、つい聞き入ってしまう。ひと頃、クリーデンス・クリアー・ウォーター・リバイバルの「雨を見たかい」を流しながら走る右翼の宣伝カーがきた。マドンナの「ライク・ア・バージン」の右翼カーもあった。ま、幹部に見つかったらおそらく大目玉なのだろうが、軍歌一辺倒の宣伝カーより、消費者ニーズを考えていていいと思った。

ことしの初め頃だったろうか。妙なヤキイモ屋が毎日のように夕暮れどきにやってきたことがあった。そのヤキイモ屋は千昌夫の「北国の春」のメロディーにむりやり〝ヤキイモの売り文句〟をのせて唄い歩く。

♬やきたて　ほかほ〜か
　お〜いしぃよ
おいしく　甘くて　香ばしい
ああ　ヤキイモ〜だ〜よ〜

なんて調子の歌詞だったと思うが、とにかく、一回目と二回目で詞が変わったりするので、正確な詞というのは、おそらく存在しない。このオヤジからヤキイモを買う機会もないまま、秋口になっても「北国の春」はきこえてこない。オヤジの消息が心配である。

「北国の春のヤキイモ屋」に変わって、このところ毎日のように通りから漂ってくるのが、「麻原彰晃マーチ」である。

♬ショーコオ　ショーコオ
ショコ　ショコ　ショーコオ

アサハラ　ショーコオ

（くり返し）

日本のショーコオ

……のショーコオ

新しい　政治家だ

鉄人28号の♬ビルの街にガオッ、みたいなメロディ・ラインで、なかなか憶えやすい。僕は最近、地下鉄に乗っているときなんかも、気がつくとつい口のなかで♬ショーコオ　ショーコオ　ショコショコショコショーコオ……と口ずさんでいたりする。

麻原彰晃と言えば、いまマスコミで何かと話題のオウム真理教の尊師様である。こんな文章を書いている僕は、別にオウム真理教に入信したわけではないのだが、この麻原ってヒトのパフォーマンスについてはちょっと気にかかっていた。

と、仕事場のポストに「麻原彰晃の〝ザ・コンサート〟」なるチラシが舞いこんでいた。

作曲・講演・麻原彰晃　演奏・コスミック

魂を震撼させる話題の音楽!!　あなたはもう……

といったコピーを添えて、ヘッドホンをつけてシンセに向う坂本龍一風（ルックスはかなり異なるが）の麻原氏の肖像が掲載されている。僕はさっそく会場の渋谷エピキュラスに足を運んでみた。

演奏曲目は「アストラルへの旅」「マハーカーラーの詩」「ロード・シヴァ」「救世主」とい

った題名からして〝インドの神秘〟がかったものだ。曲調は、いわゆる喜多郎のシルクロードっぽいシンセ音楽であるが、すべて麻原氏がインドでのヨーガ修行で解脱《げだつ》を果し、その結果として得られた神秘的な力によって作ったアストラル音楽――というものらしい。お客さんは信者が大半だったようで、天を仰いでお祈りするような感じで聞き入る若者がいたり、ちょっとした教会ミサのムードである。ラストにビデオで出演した麻原彰晃に、みな一斉に拍手を送っていた。

ところで演奏バンドのコスミックのメンバーも、各々「ウルヴェーラ・カッサパ」とか「マハー・ケイマ」とかのそれっぽい名を名乗っている。こういった宗教と政治と音楽が融合したような組織ないし活動は、今後いっそう増えていくに違いない。

●1989・10・26／週刊文春

＊このとき彼らがあのようにカルト化するとは（すでになりつつあったのだが）思ってもみなかった。

秋葉原の街から神田青果市場が消える、という話は甚だ残念である。既に大方の卸売商は大井の埋立地にできた新しい市場に移り、いまは数店が立ち退きの通達に抵抗しつつ細々とナスやトマトを売り続けている。

秋葉原の魅力は、あのＩＳＨＩＭＡＲＵとかＹＡＭＡＧＩＷＡとかの電気関係のネオンが織りなす無機的なムードと、ナスとかカボチャとか紅玉リンゴとかの野菜、果物、さらにラジオストアーにぎっしりと並んだ超ＬＳＩにパソコン部品、乾電池みたいなもんが混沌とした、ま、ひと言で言えばリドリー・スコットっぽい景観にあった。映画「ブレードランナー」の都市景観に最も近い場所を東京から探し出すとすれば、それは秋葉原であろう。

さて、そんなリドリー・スコットが撮った「ブラック・レイン」という映画は一刻も早く観なくちゃいかん、と思っていた。が、だらだらしているうちに試写会は終わり、ロードショウが封切られた。僕は、渋谷のジョイシネマ2という劇場で遂に「ブラック・レイン」を観た。

ところで僕は、映画の内容と上映館周辺の雰囲気がマッチしていたりすると、けっこううれしいほうである。如何わしい感じのポルノ映画はやっぱ銀座のど真ん中より池袋の北口一角で観たいと思うし、映画に限らずファッションヘルスなんてもんも、六本木とか渋谷のオシャレなブティックの真ん前にあるやつなんかには決して入りたいとは思わない。

さて「ブラック・レイン」の上映館ジョイシネマ2は、渋谷と言えども、かなりリドリー・スコット寄りの一角にある。道玄坂の南側、ヤキトリ屋やらキャバレー、ストリップ劇場等が並ぶ井の頭線脇のエーリア。このあたりは渋谷というより、上野や錦糸町楽天地のムードに近い。トム・クルーズの映画はここでは観たくないが、リドリー・スコットの劇場にはうってつけの環境だと思う。「ＯＳ劇場」（ストリップ）のダイダイ色のランプが何とも気分をもりたててくれる。

僕が今回、この映画で期待していたのは、マイケル・ダグラス等の外人勢とわたり合う高倉健、松田優作、若山富三郎といった日本勢の活躍——といった点よりも、彼がニッポンの、それも「大阪」を撮るということである。

極彩色のネオンがきらめく道頓堀あたりの風景、あるいは通天閣裏手のジャンジャン横丁界隈の景色、ってのは、東京以上にリドリー好みの世界、と以前から思っていた。「ブレードランナー」の強力わかもとのネオン看板なんかは、正に大阪趣味のキッチュ、ってやつだと思う。

というわけで、街頭シーンのディティールを中心にチェックした。なんと言ってもうれしかったのは、「大阪なら、アレ撮るだろうな」と予想していたポイントがちゃんと出てきた、という点である。

道頓堀・戎《えびす》橋越しのグリコのネオン看板だ。両手を揚げて走るグリコおじさんの背景に、やや くすんだ硫酸銅ブルーと赤のネオンがチカチカしている道頓堀のグリコ看板、僕が大阪に行くたびに「ブレードランナー」の街頭シーンを彷彿させられる拠点であった。（東京でロケするとしたら、おそらく彼は首都高速浜町インター脇のオロナミンＣの巨大ネオン看板を撮ると思う）

ジャンジャン横丁は今回、登場しなかったが、パチンコ屋、鉄工場、魚市場、魚市場の端っこのウドン屋、といった彼らしいロケーションが目白押しで、ファンとしては満足である。リドリー・スコットの撮るニッポンの街は、いわゆる〝ミーハーな女子大生ウケする街並〟からは最も遠いところにある。

しかしこの映画は、日本語吹き替えで観ると、たぶん「キイハンター」とかにすごく近いものになったりするんだろうなぁ。

●1989・11・2／週刊文春

宮沢フンドシVSセクハラ

「宮沢りえのふんどし姿」というものが各週刊誌を飾っている。最初、中吊り広告の見出しで、〝宮沢りえのふんどし〟の活字を見たときは、宮沢りえが太刀持ち、露払いを従えて土俵入りをしているようなカットを思い浮かべてしまったわけであるが、実際は腰から腿《もも》のあたりにブドウのつるのような飾りを巻きつけたオシャレっぽい感じのふんどし姿で、ほっと胸をなで下ろした次第である。

しかし、ふんどしには変わりない。この〝セクシャル・ハラスメント〟バッシングたけなわの時勢に大した度胸である。しかもいわゆる正統派アイドルが。僕が思春期の頃も、この手の尻を出したり、太腿をあらわにしたりのグラビアは確かに氾濫していた。それはハニー・レイヌとかフラワー・メグとか麻田奈美といったその筋のヌード寄りのモデルの専売特許的なもので、南沙織やら麻丘めぐみといった当時の正統派アイドルにとっては無縁のポーズであった。そして、尻を出したり、乳頭を覗かせたりの行為は、盛りを過ぎたアイドルたちの最後の切り札的な要素が濃く、そういう〝切り札的ポーズ〟をＧＯＲＯのグラビアで拝んだりするのも一つの愉しみであった。

その辺が崩壊しはじめたのは、七〇年代後半の篠山紀信の「激写」の頃からであろうか。篠山先生や野村誠一先生の写真なら、ということで、わりと正統的なアイドルが、けっこう乳輪部ぎりぎりくらいまでのきわどいポーズにトライするようになっていった。そして、何と言っても、小泉今日子の登場は大きい。小泉今日子が四年前、「活人《かつじん》」というグラビア誌で披露した〝身体中まっくろけっけに塗りたくって尻まるだしの裸の原住民スタイル〟あたりが今回の「宮沢ふんどし」のひきがねとなっているように思う。

要するにアイドルにとって、尻見せはそれほどのタブーではなくなった。巷を見まわしてみても、女性の水着は限りなくふんどしに近づいているし、僕は行っていないが、幕張のモーターショーのコンパニオンは全員ふんどし姿でセルシオやインフィニティの脇に佇んでいる、という噂だ。「スカートの下の劇場」にふんどしが燦然《さんぜん》と輝いている。

で、そういう状況下における〝セクシャル・ハラスメント〟問題である。狭義の意味は「性的いやがらせ」ということであるが、同時に、女性の肉体等をウリモノにした諸々のことが凄い勢いでバッシングされている。

埼玉の桶川《おけがわ》かどっかで催される予定だった地元のミス・コンテストが女性団体の抗議をうけて中止になった、という新聞記事を読んだ。

「女性の美しさ等は主観的なもので、採点して順位をつけられるものではない」というようなことが抗議理由らしい。まぁよく聞く〝理由〟である。しかしそういうことを脇でブツブツ言うのは勝手だけど、ゆえに中止せよ！　ってのは随分ワガママだよな。だって現に、「ハイレグの水着きてユーロビートに乗せてステージの上一周したい」っていう応募者のギャルは集まってきているわけでしょ。そのコたちが、むりやり悪代官みたいなオヤジに「おめえ、ハイレグ着てミスコン出ろや！」と脅されてるなら別だけど、好きでやってんのに脇からイチャモンつけんなよオバサン、と言いたくなる。これは早い話、「日本の景観百選」とか「日本の美酒」「陶器」「ぼくたちの好きな動物ベストテン」と、すべてのそういったコンテスト、イベントに「そういった主観的な……」と文句つけるのと一緒である。そして、それにひるんでイベントが中止されていく状況には、去年の〝自粛ブーム〟的な嫌なものを感じる。

男たちも言いましょうか、「千代の富士のふんどし姿は男の肉体をむやみに……」って。

●1989・11・9／週刊文春

＊セクシャル・ハラスメント（とそのバッシング）が話題になり始めた頃の原稿だろうが、まだ〝セクハラ〟とは省略されておらず、いまどきの世間の常識とはコワイほど違う。

消防士、ハロウィーンの街をゆく

皆さんは「芸美」という会社を知ってますか？　衣装、大道具、小道具、かつらの類いをリースする、テレビや広告業界ではかなり有名な会社である。

僕は「消防士」の衣装を借りるために、芸美（日本芸能美術）を訪ねた。その夜、学生の友人たちが主催するハロウィーンの仮装パーティに出掛けていくためである。ま、ハロウィーンの仮装といえば、一般的にはドラキュラとか狼男とか、あるいはことしの場合だったらバットマン関係といったあたりがハマリなのであろうが、そういうのも何となく面白くない。ハロウィーンたって、どうせここは日本である。電話帳の裏表紙に載っていたどこかの宅急便会社の消防士の服装《かっこ》をしたモデルを見たとき「これだ！」と思った。

「ええ、このあたりで火災が発生したと聞いたのですが……」そんなことをブツブツ言いながら会場に入っていこう。植木等の「およびでない」の世界である。頭のなかでシナリオは固まっていた。

芸美はフジテレビの近くの、若松町というところにある。受付で用件を述べると、裏の倉庫みたいなところに通された。

ベルサイユのオスカル様、七〇年代布施明紅白ヴァージョン風ビラビラ衣装、鹿鳴館貴婦人ドレス、紋付、ハカマ、ヌイグルミ各種がぶら下がっていたり、積み上げられていたり。この部屋は、何か古き良き〝芸能〟の匂いが充満している。僕は、消防士の衣装を予約してしまったのだが、布施明紅白ヴァージョンも捨て難い。思わず心が揺らぐ。

リース品目のカタログによれば、殿様、浪人、水戸黄門、鞍馬天狗、カフェの女給、パイロット、マドロス、コンバット迷彩服、原始人、タケチャンマン、サリーちゃん、宇宙人……と、時代を問わずパッと頭に思い浮かぶスタイルのほとんどが揃っているようである。値段は安いもので五、六千円、高いもので五、六万（二泊三日）といったところだ。

――一般のお客さんが一番借りてくやつって何ですか？

「やっぱり、セーラー服かしら。それとバニーガール。男性のお客様がわりあいと……」

ああ、慰安旅行の女装宴会ってやつですね。ま、なかには一人で自分のセーラー服姿を鏡に映し出してムヒヒヒ……みたいな変わったオジサンも混じっているのかも知れぬが。

ところで今年はハロウィーン関係の需要が多かったようだ。魔女の衣装を借りに、若い女の子たちが殺到したという。こういう芸美みたいな施設が、渋谷のロフトやハンズのなかにあってもいいと思う。

さて、消防士の服は、ヘルメット、コート、ブーツと三点揃って一万五千円。ちょっとくすんだ銀色の色合いといい、ヘルメットのフロントのマークといい、素人目にはほとんど本物の消防服に見える。服の所々に煤《すす》の黒い汚れみたいなものがわざわざ付けられているあたり、なかなか芸が細かい。小さい頃から火事を見物しにいくのが大好きだった僕としては、いつか消防車のオジサンの服を着てみたい、と思っていた。

恵比寿の仕事場で消防服に着換え、会場のクラブがある西麻布までクルマを飛ばした。グレイメタリックのプジョー２０５に消防服はあまり似合わないが、ついついアクセルに力が入る。消防車のサイレンのカセットテープまでは用意していなかったので、ＢＧＭはポインター・シスターズの「ファイヤー」で妥協した。駐め場所がなく、西麻布交差点付近をしばらく歩くことになった。夜更けの西麻布、カップルの列をかきわけて消防士がひとりゆく。絵としては、寂しい。僕はできるだけ消防士っぽい、「オレは本当に通報をうけてあたりを捜査しにきた消防士なんだぜ」という深刻な顔をして足早に歩いた。早くドラキュラや狼男たちに会いたい。
●１９８９・11・16／週刊文春

ボジョレー・ヌーボー様、成田に御到着

十一月十五日午後十時、僕、渡辺氏、担当編集者のＭ、米川青年、そして米川の女友達一名は二台のタクシーに分乗し、東関東自動車道を成田に向っていた。女子一名を除いては、春のツチノコ探索ツアー以来のパーティである。が、今回探索するものは怪蛇ツチノコではない。日付でおわかりかと思われるが、ボジョレー・ヌーボーが標的である。

別に僕は毎年、ヌーボーの味較べをしないと気が済まない、というタイプの〝グルメおたく〟ではない。「ことしは凄くなるぞ」と噂されているところのヌーボー狂騒劇ってやつをひと目見たいのだ。世田谷のケーブル火災現場（ちと古いが）も、川崎の二億円竹ヤブにも繰り出していった男である。えーい火事場はどこでぇい、ってな具合で成田をめざしたわけである。

僕らが訪ねた場所は、成田空港から最も近い、とされる某ホテルであった。ヌーボー試飲会が繰り広げられるという宴会場へと足を運び、掲げられた看板を目にして、一瞬あ然とした。

〈ボジョレー・ヌーボー解禁祭〜ソシアル・ダンスの夕べ〉

ボジョレー・ヌーボーはわかるが、ソシアル・ダンスってのはいったい何だ！　宴会場に足を踏み入れると、フロアー中央部にダンス用のツルツルの板床が敷きつめられ、三、四組のカップルがダンスに興じているではないか。カップルの年齢層は、四十代後半から五十代、どこかの教室でレッスンを受けている人たちなのであろう、みな手慣れている。男性はややパンタロン気味のスーツ、婦人のほうは金箔を貼りつめたような不気味にゴージャスしているドレスなんか着ていたりする。ひと頃、教育テレビでやっていた「レッツダンス」の世界がそこにあった。

ソシアル・ダンスを踊りつつヌーボー様のお出ましを待つ、という試みである。しかし、何か凄いジョイントだなぁ、これ。

軽食を済まして会場に戻ってくると、さらにソシアルの輪は広がっており、十一時五十分頃にヌーボー第一報、が流れた。

「え、ただいま、成田の税関を出た、ということです」場内、俄《にわ》かに沸き立つ。そして十二時と同時に、なぜかよくわからないがFENの十二時の時報が流れ、宴会場の扉が閉められた。

「え、まもなくぅ、ボジョレー・ヌーボーが入ってまいります。どぞ、皆さまぁ、フロアー中央《センター》をおあけになって、お迎え下さい」

まるでヌーボー様がしずしずしずと歩いてやってくる、と言わんばかりである。が、正にヌーボー様は、しずしずと厳かな感じで入場された。お色直しを済ませた新郎新婦をとらえるが如くスポットライトが入場扉にあたり、ボーイが扉をゆっくりとあけると、ヌーボー樽を前方に掲げたシェフ・ソムリエ、そしてやや小さな樽、ヌーボー瓶を抱えた列が続く。

どこかで見た光景、そぉあの大喪の礼の儀式を彷彿するものがある。壇上に着いた樽にシェフ・ソムリエがナイフをあてる。栓をあけ、胸にさげた金色のタートバンで試飲。頬の筋肉を痙攣《けいれん》させせながらの約十秒間におよぶ試飲に、それまでざわついていた会場が、しぃんと静まり返る。そして、親指を突き立てて「グーッド」のサイン。いよいよ一般試飲会のスタートである。このとき既にソシアル大会の水割りを飲みすぎて酔っぱらった親父が「オレがぁイチバンだぁ」とばかりに樽に突っこんでいった。「ま、ヌーボーってのはウマイもんじゃないんだよ、ホンモノのボジョレーはさ……」と美味しんぼの山岡的ウンチクを垂れる千葉のグルメ男。そしてこの手の席にはつきものの仲良しOL三人組。

これもやっぱり〃ポスト・クリスマス〃ってやつですね。いいんじゃないのかな、このくらい下品なほうが、ニッポンのイベントは。

＊最近は「ボージョレ・ヌーボー」と音引きが前に来ることが多くなった。

●1989・12・7／週刊文春

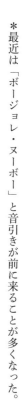

シャインズとペレストロイカ

♬ショーコー　ショーコー　ショコショコショーコー　の唄はいい加減聞き飽きたなぁ、と思っていたら、近頃は違うヴァージョンの唄を流して宣伝カーがやってくるようになった。麻原彰晃もなかなかレパートリーが豊富なようだ。とくに「朝まで生テレビ」のタイトルテーマ曲風のイントロで始まって♬みんなで愉しく唄ぇえば～ボクらの未来を考えよ　世界の平和を考えよぉ……とかいうポップス調のやつはいい。まだカラオケは出ていないのであろうか。(〝愉しく唄えば～〟は、〝愉しくダエーバ〟という真理教の踊りの名である、ということがその後の調べで判明した)

二ヵ月ほど前にこのコラムで麻原彰晃の唄と演歌の替え唄を唄いながらやっているヤキイモ屋の話を書いた。(ヤキイモ屋の唄は、「北国の春」の替え唄とそのとき書いたのだが、「熱き心に」であった。僕の勘違いでした、重ね重ね訂正してお詫びします)

ま、それはともかくとして、この年の瀬は麻原彰晃を初めとして、素人の唄が巷をにぎわしている。素人の農家の主婦が作ったという「麦畑」、そしてシャインズの「私の彼はサラリーマン」。「勇気のしるし」(リゲインの唄)の牛若丸三郎太なんかもこういうものの一つとして数えていいのかも知れないし、ジッタリンジンというバンドだってやはりバックに「イカ天」

という〝素人っぽさブーム〟の背景があるからこそ、ここまで盛りあがっているのだと思う。

なかでスタイルとして面白いのは、何と言ってもシャインズであろう。

メンバーの杉村クンと伊藤クンは各々「大東京火災海上」「山一證券」の現役サラリーマンだ。♬私の彼は商社の男　プライド高いが腰は低い……（「私の彼はサラリーマン」）に代表される、サラリーマン社会のディテイルを描いたオリジナル曲が三十五曲くらいあるという。また、そういう「銀行マンのファッションはこうで、三井物産の営業はこの手の店を好み……」みたいなことは、僕のような外部の自由業の人間でもある程度取材すれば、エッセイにでも詞にでもコントにでもできるわけであるが、やはりホンモノの内部の人間にしかわからない部分というのがある。というか、ホンモノのサラリーマンが唄ったり、ギャグにするからこそ説得力があり、笑えたり、ウンウンと同意できたりする、ということがある。その辺のウリを実にわきまえているんですね、このシャインズは。B21や松竹梅やズビームにはできない細部をつく。つまり、「県立中瀬川高校の山内クンが倫理社会の西山教諭のモノマネをする」という細部には、プロの芸人は踏みこめない。そういった素人芸が口コミによって広がり、レコード化されて全国的なヒットになった——という、構造としては「人面犬」や「東南アジアの見世物小屋」といったウワサ話（都市伝説）がブームになる社会的背景を反映していると思う、シャインズのヒットは。

そして、企業がソフト化とかCI戦略とかに重きをおいていない時代だったら、シャインズみたいなタレントの登場は難しかったと思う。シャインズは、「大東京火災海上」「山一證券」

という社名を堂々と語ってプロモーションしているわけだが、これはひと昔前なら、フジテレビのような業界企業は別として、少なくともカタギの会社では考えられないことであった。

「そういうことで話題になればいい。若々しいナウいイメージがついて、求人が殺到すりゃあもうけもんだ」と、おカタい企業の人事のオジサンたちも考えるようになった。鉄鋼、金属各社のＣＭを観れば良くわかる。カタくてクラくて地味な会社と思われて転職《デューダ》されるよりは明るくて愉しそうな会社だと思われたいんだよねボクたち、ってわけだ。

そして若いサラリーマンはダブルのイタリアン・スーツを、ＯＬは銀座のチーママ的メイクで丸の内を闊歩する。これもペレストロイカってやつですか。

●１９８９・12・21／週刊文春

謎の物体・観音笑窪

クリスマス前のこの季節、銀座あたりを歩いていると自ずと心がうきうきしてくる。松屋デパートの入口から聞こえてくるインストゥルメンタルの赤鼻のトナカイ♬パラッパラッパパヤパパパヤラッパパ……僕は頭のなかでハミングしながら、銀座通りを一丁目の伊東屋に向っていた。

伊東屋で新しい年の手帳を買う。ＡＴ・Ａ　ＧＬＡＮＣＥのカレンダー・ボックス型のやつだ。四年前にこの手帳にして以来、三センチ四方のマス目をスケジュールで埋めないと気が済まなくなった。ＡＴ・Ａ　ＧＬＡＮＣＥの手帳なんていまさらどこのデパートでも買えるのだが、どうも銀座の伊東屋で買わないと、年が明けないような気がする。僕にとってこの手帳買いの行事は、大晦日に行きつけの蕎麦屋で年越しのソバを啜《すす》るようなものなのだ。

手帳を購入し、時間があったので店内をぶらぶらしていたとき、観音笑窪《えくぼ》と出会った。百六十人分の電話番号、住所等がインプットできる「電子メモリーペン　テゼットＳＶ」とか、ホチキス針を使わずに紙を接合できる「ステープレス」といったハイテク・グッズが並んだショウケースのなかに「観音笑窪」もいた。

全長五センチ大の黒塗りの固型物。ぱっと見は書道の半紙などをおさえる文鎮か分銅のような佇まいだ。が、その楕円型をした固型物の中央部には、窪みがある。ちょうど親指の先がおさまるほどの歪みが。

「あの、これ何なんですか？」

「ええ、その窪みに親指をあてまして、ギュッと握りしめるわけです……」

「ギュッと握りしめてどうするんですか？」

「ああ、リラックスするんです。ストレスがたまったときなんかに、ギュッとね……」

店員はパンフレットを差し出した。

「やすらぎの感触、かんのんえくぼ。その昔、イギリスの首相チャーチルが『ポケットの友達と相談している』といいながら、ポケットにひそませた愛用の小物を握り、気持ちを落ち着かせた上で重要な判断を下したという話は有名です。ギリシャでは、精神文化が発達していた頃から、精神の安定と集中のために『握り石』が使われてきました。（中略）二十数年にわたる創作と使用体験をもとに完成させた観音笑窪は、手にやさしくなじむ優雅な形とやすらぎの感触で、あなたの手の大事な友達となるでしょう。疲れた時など、観音笑窪を手にしてお休みになりますとこころよい眠りをさそいます。どうぞ、気持ちの若さを保つためにも観音笑窪を手にして笑って下さい」

何かこりゃただの分銅ではないようだ。チャーチルとかギリシャの精神文化とか言われちゃあねぇ……。そしてプライスのほうも、シンタードサファイア・セラミック製→一万円、純アルミニウム製→五千円、豪華桐箱二本入贈呈セット→二万円と、なかなか箔《はく》がある。

僕は鹿皮状布袋入りアルミニウム製（電解仕上げによる漆黒）￥５０００のやつを購入した。

原稿に煮つまったとき、観音笑窪を左手にギュッと握りしめ、親指の腹を窪みにあてがい（創造、発想、読書、思索などの時には左手でお持ち下さい、右脳を活性化させます、と解説書にある）、とまぁ何となく、観音笑窪様のお蔭で今週も素晴らしい原稿が書けているような気がしてくる。そしてコレ、机の上においておくと、表面の窪みが気になって、気づいたときには親指の腹を窪みにあてがっていたりするからコワい。しかしまぁこの観音笑窪が文房具屋の大手・伊東屋においてあるってとこが時代ですね。文房具の世界にも、宗教、精神主義っぽいモノが侵攻してきた。ハイテクの上に神が宿っている電子手帳が欲しい、ってわけか。

●1989・12・28／週刊文春

猪木のベルトとブルガリアンボイス

年の瀬の新宿「三番街」を歩いていた。三番街は、明治通りの外側の新宿五丁目、六丁目界隈を走る狭い通りで、僕もこの路地に足を踏み入れたのは初めてである。七時から六丁目の新宿文化センターで「ブルガリアン　ハート（ブルガリア国立合唱団）」のコンサートが始まる。裏道好きの僕は、三丁目の地下鉄の駅を出て、こっちの近道を選んだというわけだ。

しかし三番街という通りは、新宿の場末らしい妙なムードが漂っている商店街である。入って数十メーター進んだところに「三光市場」（このあたりの旧町名は三光町）という戦後東京の匂いを残す小さな市場があった。いまだに丸美屋のエイトマンシール入りのふりかけがぶら下がっていそうな雰囲気である。なかをチェックしたかったがコンサートの時間が迫っていたので、やむなく通り過ぎた。

と、また数メーター進んだところに一軒のスポーツ店があった。「近藤スポーツ」。チラッと横目をして通過し、十メーターほどいったところで僕は思い直して引き返した。横目の視界に入った店内の品揃えが変だったのである。ボクシングシューズと「ゴング」「プロレス&ボクシング」といった専門誌のバックナンバー、そしてプロレスの覆面風のモノ。格闘技関係のモノしか見あたらない。引き返してみると、店内は案の定、ただのスポーツ店の風情ではなかった。

猪木WWFチャンピオン・ベルト¥26000、ウルトラセブン（覆面）¥6800、船木（UWF）選手使用リングシューズ……その他、ボクシングのグローブ各種、レスラー・タイツといったモノが店内狭しと並んでいた。

「このイノキのベルトって？」

「ニセモノですよ、コピーっていうんですか？」

スポーツ店の店員にしては、やけにホステス風厚化粧の婦人が笑いながら答えた。

「ファンの方が買いに？」

「ええ、あとウチはレスラーの皆さんのタイツなんかも専門にやってますから、新日サンや全日サンのプロレスラーの方も買いにみえますよ」

新日サン、全日サン、という言い方がプロっぽい。しかし、こういうところで猪木のコピーベルトを購入して腰に巻いて悦んでいるプロレスおたくの人々というのもいる、というわけか。

ただこの店のコンセプトがもう一つわからないのは、格闘技関係に絞りこまず、奥のほうに「阪神　掛布選手ジャンパー　¥8800」なんてもんが申し訳なさそうにぶら下がっているあたりである。新宿もはずれにくるとおかしな店があるものだ。

さらに周辺部を探索したかったのだが、ブルガリアンボイスの人々が待っている。急げ！

開演と同時に、ステージにずらりと並んだ合唱団の娘さんたち。彫りの深いスラブ系の顔をした娘さん、というより、民族衣装をまとった人形が三十個ほどきちんと舞台に並んでいる、といった感じである。そして左から右へ声が伝播《でんぱ》し、全員の声が集まり、ときにソロが入り、脇からガイダ（バグパイプの一種）や太鼓を抱えた楽隊が現われ、三十数曲のブルガリア民謡を少しずつ編成を変えてこなしていくわけだが、声といい、笑顔のつくり方といい、おじぎの仕方といい、とにかくコンピュータで作動しているマペットの如く、完璧なのである。

確かに繁晴らしい。が、生身の人間のパフォーマンスを観にきた、という感じではない。新宿の場末の路地を歩いているうちに、ディズニーランドのイッツ・ア・スモールワールドのような人形館に迷いこんでしまった。「ブルガリア合唱団の娘さんたちに町はずれで取り囲まれて民族音薬を合唱されたらさぞかし怖いだろうな」的な恐怖感を覚えた。ソロを唄い終えた娘さんが一度だけ、コホッコホッと咳払いをしたとき、僕は妙に安心した。

●1990・1・4&11／週刊文春

質屋はシャネルの吹き溜り

いつか入ってやろうと思っていた場所がある。質屋である。自転車などに乗っていて、住宅街の角を曲がりしな忽然と現われる「質」の看板にはどことなくそそられるものがある。白地に赤で一文字「質」と書いた看板を掲げた塀の向こうには何があるのか。見慣れた近所の町のなかの、唯一のタブーのようなスポットであった。

「熊野屋」は僕が毎朝ちんたら走っている自転車コースの中途にある。表通りの一本裏を走る狭い路地の角っこだ。そぉ質屋は表通りに堂々とあってはいけない。狭い路地を曲がったところにポコッ、である。

ところでコンビニエンスストアーならふらりと手ぶらで入れるが、質屋の場合はそうはいかない。やはり何か持っていかなくてはいかんだろう、ということで、家のなかの不用なものを家探しした。が、いざ行こうと思うと、なかなか質屋向きの品というのはないものである。作りかけのプラモデルを持っていくわけにもいかないし、くたびれた電化製品関係も処分してしまって残っていない。そうだ、貴金属だ。妻に理由を話して、ほとんど使っていないネックレスの類を生贄《いけにえ》にさせてもらうことにした。

「一応、イタリアもんらしいから……」知り合いからもらったものの趣味に合わずつけていないというネックレス三点。「イタリアもん」というくらいだからまぁどうにか値はつくであろう。

熊野屋の前まで来た。暖簾をくぐるとき少しどきどきした。初めてトルコブロ（現ソープランド）の玄関口に足を踏み入れるときどきどきして、店のまわりを三周くらいしてやっと決断を下したことがあったが、あのときほどではないが、まぁ似たような緊張感である。

暖簾をくぐりガラス戸をガラッとあけると、いきなり玄関にばかでかいコピー機が置いてある。質入れ品であろう。まもなく店の奥から質屋の店主が現われた。店主のいる側と客の僕との間にはガラス窓の仕切りがある。つまり、郵便局の窓口とかあるいは刑務所の面会窓口のような感じになっているわけだ。貴金属強盗等をかなり意識したつくりである。店主の背後には正面のお客に向ってビデオカメラまでセッティングされている。

店主は胸にロゴの入った黒いジャンパーなどを着た、僕が予想していた質屋のおやじ像よりは若い男であった。三十代後半のアダルトビデオ制作会社のカメラマン、といった風情である。

「あのぉ、これなんかどうでしょうかねぇ」

じゃらじゃらと質入れ品のネックレスを差し出す。ふーん、と数秒間ほどネックレスを手にとり眺めたあと、若干乱暴な口調で言った。

「メッキでしょコレ。この緑色の玉もプラスチックだねぇ」

僕は一応イタリアもんだとか言い張ったものの、ま、プロに瞬時にメッキだプラスチックだと言われたらしょうがない。結局、質入れ品は値をつけてもらえなかった。

そのあとしばらく店主と雑談したのだが、とにかく貴金属ブランド品には詳しい。「ロレックスなんかはさ、リュウズのとこだけ偽モノに張りかえたやつとかいろいろあってさ、ま、私らグラム量るんです。重さ量るとね、だいたいホンモノかどうかわかるね。それといま時計で言やぁシャネルね。それとコルムの旗が付いてるやつ。あの辺は需要があるからけっこういい値でとれるんですよ」ファッション誌の動向などが如実に質値にも影響するらしい。

ところで近頃は食うに困って質入れする客は珍しく、ハゲ親父にもらったロレックスとか破談したエンゲージリングをポォンと入れにくるギャルが増えたという。

「身銭きってない人はいいお客さんですよ」なる名言を吐かれた。「Hanako」や「Caz」はそろそろ質屋の特集をしたほうがいい。
●1990・2・15／週刊文春

今の質屋さん
と
の付いたコルムがいい値である
メッキでしょ
コレ

’80年代コラムあらかると③

偽一円玉事件

「小銭入れやズボンのポケットを膨らませる原因となる『一円玉』をシュレッダーにかけその場でアルミホイルに加工する――という機器がこのほど開発された。この〈一円玉シュレッダー〉はスーパーやコンビニエンスストア、喫茶、レストラン等のレジ脇に設置され、つり銭として渡されたものの、何かとかさばる一円玉を処理し少しでも有効に利用しようという試み。開発担当者は『一円玉がアルミニウムでできていることに気づいたとき、これだ、と思った』と語っている。数円のつり銭よりも、財布やポケットのかさばりを気にするオシャレで面倒くさがり屋の若者にうけそう」

という記事を流通業界誌で読んだとき、やっぱりこういうものが出たか、と思った。僕自身、スーパーなどで買い物をし、ポケットのなかに一円玉がたまってしまったとき、捨てちゃおうかな、という欲求に駈られる。実際、レシートと一緒に一円玉を一、二枚くるんで、ポイッとスーパー脇のゴミ袋に投げこんだ経験がある。これは、けっこう気持ちが良い。スカッとする。一円玉でレジャーを買った、という気分だ。ま、あの軽さだからこそできることで、十円玉ほどの重量があると、多少、後ろめたさが残ってしまう。アルミホイルに再生する件はともかくとして、一円玉が目の前でメリメリと砕き潰されていく瞬間というのは、体験したいと思う。

が、この機器に対して、当然、一部の人々から批判の声もあがるだろう。まず、「一円玉といえども大切なお金であり、それをシュレッダーにかけて潰してしまうなど言語道断」という意見。そして、「一円玉に対するこういった見方は、基本的に〝面倒なつり銭は欲しくない〟つまり間接的に便乗値上げに賛同する考え方だ」というもの。さらに「ますます一円玉不足が深刻化し流通機構に破綻をきたす」という意見。

僕は、〈一円玉シュレッダー〉の導入による一円玉不足で「偽《にせ》一円玉事件」が発生するのでは、と少し心配している。

平成元年エイプリルフール。

●1989・4・1／朝日新聞夕刊

CM出演の報復

「泉さん、コマーシャルなんかの仕事なんてのはやっておられるんですか？」

去年の春あたりからそういう感じの電話が二か月に一度くらいの割で仕事場にかかってくるようになった。

「ええ、まぁ出たりするのはそれほど嫌いじゃありませんけど……」

なんて調子で曖昧に応対すると、

「じゃとりあえずプレゼン（テーション）にかけてみますんで、また具体的になりましたらご連絡いたします」

　ということで電話は切れる。

　大概、具体的なご連絡はない。つまり、プレゼンテーションの段階で僕のCM出演話というのはほとんどチャラになっていた。

「味の素」のハナシが来たのは、二月の初旬、書き下ろしの単行本の仕事で一週間ばかり三浦半島の宿にカン詰めになっていたときだ。

　今度もどうせ〝プレゼンまでのあて馬〟と高をくくっていたら、家から電話があって、至急連絡が欲しい、とのこと。これはどうやら本気らしい。僕の頭の中に〝自由が丘のマンション〟とか〝ベンツ300E〟とかの絵がチラチラと浮かびはじめた。

　三か月契約のオール媒体。オール媒体とはTVCM以外に、雑誌、新聞等に載せる紙面広告もあり、ということである。契約金は、〝自由が丘のマンション〟〝ベンツ300E〟のクラスにはほど遠いものの、〝二年落ちのソアラ〟くらいはどうにかなりそうな額であった。

　内容は〝味の素を使った手料理を紹介する〟というもの。僕のほかに、漫画家の黒鉄ヒロシさん、作詞家の阿木燿子さん出演の2タイプがある。

　ところで僕は、はっきり言ってほとんど料理など作らない（作れない）タイプの人間である。男友達とキャンプなどに行っても、マメなやつが炊事とか酒の肴をこさえているとこをボーッと寝そべって眺めている、いわゆる〝ツカエない奴〟だ。鉄板焼屋のテーブルで僕がチャレンジしたお好み焼というのは、大概、出来そこないのホットケーキみたいな情けない感じのものに仕上がっている。

プランナーがもってきたラフコンテには、僕、泉麻人が器用な手つきで残飯をアレンジしたお好み焼を料理している様が描かれていた。「泉風コメコメピザ」なるネーミングが添えられている。先に書いたように、料理に関しては〝何もエラソーな口がきけない〟私である。僕はプランナーの案をそのまま受け入れることにした。

「無器用なりにベストを尽くそう」そう決意した。まずは、料理人は清潔な身なりでなくてはならない。左目にかかりそうなくらい伸びた髪が気になって、僕は代官山の美容院「ＢＩＪＩＮ」に走った。

「サッパリと刈っちゃってください。トム・クルーズみたく……」

おしゃれな板前、という雰囲気の短髪に仕上がった。

そして撮影が迫ったある晩、たまたま家に残飯があったので、コメコメピザ作りにチャレンジしてみた。フライパンを握って、コメコメピザを勢いよくひっくり返そうとしたとき、柄のたもとのほうを持ちすぎて左手の人差し指の腹にやけどを負った。本番が思いやられる。

ＣＭ撮影は枝川という湾岸の埋め立て地にあるスタジオで行なわれた。朝の一〇時にスタジオ入り。

「あ、髪、サッパリしちゃったんですね」

スタッフの一人が微妙な顔をした。

「……でも、似合いますよ」

ちょっと間をおいてからそう言い直した。

「板前風でいいでしょ、インパクトありますよ、こっちのほうが」

僕はむりやり自分のニューヘアスタイルを肯定するように、さわやかに笑ってみせた。

スタジオには料理スタイリストの先生が待機されていて、案の定、僕は無器用な料理を披露することなく済んだ。が、だからといって決して楽なお仕事ではなかった。

フライパンを右手に持って、コメコメピザをポンと宙に浮かせてみせる、この作業を約二〇回。顔も無論、笑顔でである。一度や二度なら感じないが、フライパンというものは、長時間持たされていると実に重いものである、ということに気づく。「ハイ、それじゃもう一回いきましょう」「いまの良かったんですが、もうワンテイクください。笑顔でぇ！」ディレクターの指示に従って僕は運動を繰り返す。

この調子で「タマゴをボウルに割る運動→三〇回」「しゃがみ込み姿勢から中腰になってコメコメピザをのぞき込む運動→一五回」。途中、一時間の昼食をとり、終了したのは夜の八時。何か、体育部の一日強化合宿に出席したような肉体的な疲労感が残った。

翌朝、起きてみるとフライパンを持たされた右腕、そして屈伸運動を何度もさせられた両足、さらに笑顔のつくりすぎでほおの筋肉が痛んだ。〝タレントは売れてくると顔つき、体つきが変わる〟とよく言われるが、何かそのなぞが解けたような気がした。ＣＭの仕事は完璧な肉体労働である——それが「味の素」の仕事を終えてみての結論である。

ところで、CMオンエア後は僕もある程度の責任を感じてコメコメピザをときたま作ってみるようになった。味の素のふり方も何度もやらされてうまくなったし、フライパンの柄でやけどをするようなこともなくなった。近頃では、CMの作品に近いおいしそうなコメコメピザが焼けるようになった。

●1989・夏／元気な食卓

＊このCMの打ちあげで阿木燿子さん、黒鉄ヒロシさんとともに東京湾の屋形船に乗ったことを思い出す。そういう豪勢な時代だったのだ……

おたくたちは、いま……

「おたく」を主役にした事件がたまたま二件続いた。一つは言わずと知れた幼女誘拐殺人・宮崎勤の逮捕、その少し前の「大雪山遭難SOS事件」。宮崎も、大雪山の遭難者もアニメファンで、新聞、週刊誌に各々の趣味のカセット等が紹介され、そして何より彼らの風貌が、雑誌の特集企画で紹介される〝これがオタク野郎だ！〟みたいなイラストから抜け出たようなムードであったことに、驚かされた。

ところで「おたく」とひと口に言っても、さまざまなジャンルのおたくがいる。宮崎も大雪山の彼も、なかで主流派と言われる「アニメおたく」の部類であろう。一般的には「おたく＝

アニメマニア」とする向きもあるが、僕は、もっと「おたく」というものを広義に解釈している。ホラーおたく、TV番組おたく、怪獣おたく、歌謡曲おたく、テレカ（テレホンカード）おたく、ファミコンおたく……基本的にモノを収集《ストック》し、その世界の研究、分析にのめりこむ性質の者は全員「おたく」として良いであろう。で、彼らは、そのようにある種のモノをストックし、内にこもって日夜、研究、資料整理に没頭しているため、身なりには気がまわらず、いわゆるボサボサ長髪、色白、デブ、近視といった、例の〝おたく像〟ができあがるとされている。

確かに、宮崎や大雪山の彼の例をあげるまでもなく、世の中には、シブカジやスキューバや鼻毛剃りとは無縁の若者がけっこう存在している。が、シブカジやスキューバや鼻毛剃りのほうにも、その分野の「おたく」が増えているのが現状ではないかと僕は考える。「おたく」と言ったときに、アニメだけに限るのは狭義であるが、それに歌謡曲やテレカを加えただけでもまだ狭義だ。「おたく」は何もインドアに限ったものではない。アウトドアなノリの、陽焼けしたポパイおたくもいるのだ。

リーバイスの品番にこだわる奴（502でもバックタグにXXが付いてるか。USAのスタンプの有無とか）、ハリウッドランチマーケットのバンダナを全種類揃える奴、ま、こういったファッション分野に限らず、クルマおたく、グルメおたく……つまり、あっちの世界にも「おたく」は存在する、ということを忘れてはならない。

どうも、こだわっているネタがクラそうだと「おたく」、アカるいと否《いな》、といった安直な判定法が横行していて、ここを見落とすことが多い。ラルフ・ローレン着た彼女がいて、風間トオルみたいな顔をして鼻毛をロフトのドラッグストアで買った電動シェーバーで処理していても、おたくはおたくなのだ。たまたま〝研究専門分野〟が、女ウケする世界であったゆえに、彼らはベールに包まれて幸せな生活を送っているだけである。

　つまり、「おたく」とは、原点をたどれば戦後三十年代以降のモノ文化がもたらしたものである。アニメでも怪獣でも切手でもリーバイスでもスグレモノの万年筆ってやつでも、愉しそうなモノが幼児期からこれほど氾濫していれば、いくヒトはいく。おたく癖（集めたり、研究したりしようとする欲）の全くないやつってのは、はっきり言ってタダのアホである。健康なポパイ側の青少年が、女をおとしたりするときも、結局のところはブランドとか業界事情とかクルマ、音楽とかの「おたく的知識」がツカミとしては役立つわけである。つまり、それが「知的なオシャレさん」になるか「クラぁい、オタクゥ、アブナァイ」になるかは、ほんと考えてみりゃ紙一重なんですよね。

　宮崎勤のような髪ぼさぼさでアニメにイッてるおたくというのは、もはや「おたくの古典」といった趣すら感じられる。将来的には、見た目ファッショナブルで、とにかく映画、ＴＶ番組の情報からファッション関係、業界の事情まで網羅した〝データバンク〟的なニューおたくが台頭してくるのではないだろうか。

　女の子ともとりあえずつきあう。

　で、イタリア料理店のテーブルに向かい合って彼は自分の持ちネタを披露するわけだが、この話がはじまったら止まらない。

「ここってさ、もとは菊池武夫さんとこがやってたんだけどさ、87年の7月にオーナーが変わって、西武セゾンが入ってきてね、店舗プロデュースが松井雅美で、不動産で三井が入ってんじゃないかな。で、さっき言ってたドラマだけどさ。あれCXの大多・山田班でしょ？　演出が河毛俊作だっけ？　88年の4月スタートで、二回目のバーのシーンでニュー・シーカーズのジョージー・ガールがかかるよね、65年のヒット曲でさ……」

彼の部屋に入ると、この手の情報ソースをインプットしたフロッピーがぎっしりと並んでいる。でもセックスは時間の無駄だから、自分のためこんだ知識だけターゲットに吐き出すと、デートは早目に切りあげて家に戻り敏速にオナニーをして、再び研究とデータ収集に励む。

「ひとり電通おたく」が今後の主流だ。
●1989・11／SFアドベンチャー

＊「大雪山事件」の方はその後マスコミで取りあげられることもあまりなく、僕もすっかり忘れていたが、ミステリー小説じみた奇妙な遭難事件だった。89年7月24日、大雪山で遭難した2名の登山者を警察のヘリが発見救助する。決め手となったのは白樺の倒木で作りあげたSOSの文字。が、やがてこのSOSは、付近から人骨で発見された84年夏に遭難した男性が作ったもの、ということが判明する。その遺留品のカセットテープにアニメソング（超時空要塞マクロス、魔法のプリンセス　ミンキーモモ）が収録され、手塚治虫の「鉄腕アトム」（イワンのばかの巻）に〝倒木SOS〟の場面があること……などから、当時〝オタク系事件〟の文脈で語られることが多かった。

「端っこの東京」の時代

浦安市の南東端に「日の出」という地区がある。七八年に埋め立てが完了し、荒れ地になっていたところに二年ほど前、住宅街が完成した。その名は「マリーナ・イースト・フォーラム海風の街」。名のとおり、景観はマリーナ・イーストしている。地中海沿岸のリゾート地を意識したような造りのマンション、一戸建て住宅が建ち並び、イタリア人やフランス人こそ歩いていないが、ちょっと異国の地に紛れこんだような気分になる。陸側の隣町との境目に堤防の名残がある。堤防の上で「海風の街」を眺めると、そのリゾートマンションの模型みたいな一角が、いっそう〝海の上に浮かぶ虚構の街〟のように見えてくる。

同じ浦安の埋め立て地・舞浜に「東京ディズニーランド」がオープンしたのは八三年三月のことだ。僕は以来、四回か五回、遊びに出掛けたが、ディズニーの門をくぐるといつも大人げなく舞い上がってしまう。それは、ニューヨークやロス、あるいはパリ、ロンドンの街を生まれてはじめて徨《さまよ》い歩いている女子大生の昂揚感に、おそらく近い。舞浜は都心を軸にして荻窪や自由が丘、豊島園とほぼ同じ距離だが、それ以上の距離感がある。というか、たとえばファミコンゲームでワープして入りこんでしまった未知の面みたいなムードがあの一帯には漂っている。そして、一二月二日未明、その一帯にあるリゾートホテルで岐阜県に住む会社員一家四人の飛び降り一家心中事件、が起こった。僕は、その事件のニュースを知ったとき「舞浜だから、飛び降りた」みたいな解釈を勝手にした。「スーパーマリオが谷底に落ちていくように家族は飛び降りた」そんな非日常的な妙にカワイー絵がポッと浮かんだ。

八〇年代、東京の街の主役は、このようにいろいろな意味で〝端っこのほう〟に移った。とりわけ後半に入って脚光を浴びた地域が、ウォーターフロント、湾岸と呼ばれる川際《かわぎわ》、海際の〝端っこ〟である。銀座の東っ側に東京はめくるめく拡がった。「東京ディズニーランド」の周辺には〝アーバンリゾート〟なる触れこみでホテルが建ち並び、銀座の遥か東の埋め立て地・有明にはディスコ、レストラン、コンサートホールを集合した「エムザ有明」が、佃島の隣の大川端にはインテリジェンス・マンション「リバーシティ21」が出現した。

浦安・舞浜の一帯は、山本周五郎の『青べか物語』の時代、ノリ養殖の篊《ひび》が浮かんでいた遠浅の海だったところだ。一方、リバーシティやエムザ有明の場所は重工業関係の工場があったところである。正に〝ハードからソフトへ〟の転換が東京の湾岸を舞台に展開された。別の言い方をすれば、漁業、重工業といった男社会の産業がすたれ、グルメにリゾートにメルヘンチックなワンダーランド、といった女価値観の産業に塗り変わった。「海風の街」というのもそういうものであろう。

端っこの東京の時代の幕開けを告げる事件は、八〇年一一月二九日、多摩川の向こう岸の丘の上の住宅で起きた。「金属バット殺人事件」。舞台となった宮前平は、その五年後、ＴＢＳドラマ「金曜日の妻たちへ　パートⅢ」で脚光を浴びる「つくし野」と同じ東急田園都市線沿線の新興住宅街だ。僕は、東京生まれ東京育ちの人間だが、新宿ということもあって、田園都市線沿線のその地域はほとんど未知の場所だった。事件後、写真家の藤原新也が撮った〝事件現場の白い家の写真〟を目にしたとき、僕の見てきた東京の街とは違う街だなあ……そんな感想をもった。そして、そういうニュータイプの東京の住宅には「金属バット」というニューメディアな響きをもつ武器が似合っている、と思った。文京区あたりの古い日本家屋には「金属バット」は似合わない。

この事件が起こったとき、僕はふとあるTVドラマを重ね合わせた。事件より三年前の七七年六月から九月にかけてTBSで放映された山田太一作「岸辺のアルバム」である。多摩川べりの一戸建てに暮らす中流家庭の崩壊を描いたドラマであるが、ラストで〝崩壊〟を象徴するように、台風の大雨で増水した多摩川に家ごと流されてしまう（実際、狛江《こまえ》市で七四年九月に起こった災害がモデルになっている）。多摩川辺りの住宅の崩壊を扱ったこのドラマは、三年後、川の向こう岸の丘の上で発生する金属バット事件を、さも暗示していたように思える。

「キンツマ」という言葉、その風俗が話題になったのは、八五年の「金曜日の妻たちへ　パートⅢ」以降である。キンツマのシリーズは、一作目が多摩センター、二作目が中央林間、三作目がつくし野を舞台にしている。キンツマをはじめとする八〇年代中期以降のドラマの舞台としてしばしば使われる、つくし野、たまプラーザ、新百合ケ丘、中央林間といった街はどこも六〇年代後半以降に山を削って宅地開発された新興住宅街である。僕がそういった田園都市の住宅街を初めて気を入れて歩きまわってみたのは、そのキンツマ・ブームの頃だったろうか。

たまプラーザ、あざみ野、青葉台、つくし野あたりの市街地を歩いてみて目につくのは、ケーキ屋と美容院とペットショップとヨガ教室、学習塾、といったところである。単語を並べただけで住民のライフスタイルが見えてくる。カルチャーセンターとヨガに通うビートルズ世代のママと、パパのマークⅡを運転して二子玉《ニコタマ》の高島屋にゴルフのクラブ探しに行く娘と、公文式塾で答案チェックのバイトをするシブカジの弟――ま、そんな感じであろう。

うちの父親が一年前まで慶応の付属高で教諭をしていたため、実家には教職員・生徒住所録が過去一〇年分くらい残っている。この名簿には生徒の出身校が記載されているわけだが、八〇年代以降、目立って増えてきたのが「ロンドン日本人学校」「パリ日本人学校」といったいわゆる帰国子女モノと、「神奈川・もえぎ野中」「神奈川・あざみ野中」といった多摩田園都市モノ、である。高校が神奈川県の日吉にあるという立地的理由はさておき、「もえぎ野」とか「あざみ野」といったＣＩ的な新しい地名からやってきた秀才少年たちに、僕は何か、異星人的な世界をイメージしてしまう。模型やオモチャみたいな街で、幼年時代からカチっとマニュアルに従って勉強やスポーツや、あるいは身だしなみなどをインプットされた多機能装備型のレプリカントを。

ジュラルミン色の田園都市線（新玉川線）は多摩川の向こう側からレプリカントたちを渋谷に輸送する。新玉線の開通は七七年、１０９ビルのオープンは七九年である。その後の、新宿や池袋のレベルを超えた急激な渋谷の発展は、やはり多摩川の向こうの若者たちの活躍によるところが大きいと思う。確かに、高校生の僕が通っていた七二、七三年頃から渋谷は〝オシャレな若者の街〟として脚光を浴びていた。が、その頃の〝若者の渋谷〟は公園通り周辺部だけで、センター街、道玄坂ブロックというのはオジサンの渋谷であった。それが１０９脇の新玉線地下口から吐き出されてくる横浜北部や相模原の新しい人々によって塗り変えられた。彼らは「ナニゲで……」（何気なく）とか「それって超スゴイ」とかいった、僕のような七〇年代渋谷人の知らない方言を使い、ピアスをぶらぶらさせながら耳たぶに穴の開いていないオジサンやオバサンを威圧しながら渋谷の街を侵略していった。

シブカジという風俗はそういう感じで生まれた。シブカジのすべてが新玉線に乗って相模の国から押し寄せてくるということは決してないわけだが、八〇年代以降の渋谷の繁栄は、やはり横浜や相模原、あるいは千葉、埼玉といった遠くの住宅からわざわざやってきました、という〝観光意識〟のようなパワーにささえられているところが大きいのではないかと思う。

それは渋谷に限らず、原宿も六本木も代官山も、世田谷や中野の少年少女たちがちょっと寄る近場の街、ではなくなった。地価の高騰やオフィスビルの集中で住宅が都心から遠くのほうに追いやられ、学校も多摩の山ん中へ逃げてしまった。中央林間の家から八王子の大学に通って、わざわざ渋谷まで遊びに出掛けて、中央林間に戻る――という早い話、都心に旅をしにいくようなスタイルが生じてきた。するとどうしても家の近い、同じ沿線の者同士のグループができる。渋谷に繰り出していくときの感じというのは、ある種「群馬県嬬恋《つまごい》農協」の旗を立てて都にやってくる観光客の意識に近いのではないだろうか。そういうパワーが八〇年代以後の渋谷を繁栄させた。

八〇年代を〝演出〟し続けた東京の端っこの海際と山際。フィナーレの年、八九年も、海のほうと山のほうを舞台にした事件が際立った。「宮崎勤」の事件は、地域性という部分でも極めて八〇年代を象徴するものがあった。五日市—飯能《はんのう》—川越—有明—東雲《しののめ》。彼がたどったコースは、その時期、国民の目が集中していた都心・皇居をあたかも遠巻きに眺めるように、端っこである。そして、そういった都心の遠巻きに残った隙間で、犯行は繰り返された。あるときは宅地の波の間に残った雑木林で、あるときは埋め立て地に林立する団地という山脈の蔭《かげ》で。イワツバメという奥多摩の山中の岩場などに巣をつくっていた鳥が宅地開発で山の棲みかを奪われ、荒川や江戸川端の高層団地の壁や高速道路の橋げたを山の崖に見たてて巣を築きはじめた、という話をある都市鳥研究家の方に聞いたことがある。宮崎のたどった経路をニュース番組で見ていたとき、僕はふとこの山を追われたイワツバメのことを思い浮かべてしまった。

　川崎の竹やぶに二億数千万のカネが置かれていた——という事件を知ったとき、へぇまだそんな川崎あたりに竹やぶなんて残っていたか、と思った。現場は川崎市北部の高津区久末、というところ。東名の川崎インターを降りて、「金属バット事件」の宮前平を通り過ぎて二キロか三キロいったあたりである。田園都市線と東横線にはさまれた一角で、駅から遠いということもあってか、まだ所々に畑地や雑木林が残っている。宅地のコマを置いていって、ぎりぎり残った最後の余白、みたいな場所であった。竹やぶの裏手は水田になっていて、畦道の傍《わき》に湧き水が流れ、ホタルのエサになるカワニナがいたりする。近所のガキが泥田に足をつっこんでザリガニ採りなどに興じている。浦安の「海風の街」とは違った意味で、ここも、どこか虚構の異地に紛れこんでしまった、という気分になる場所である。

二億数千万円が置かれていた竹やぶには、壊れたバイク、錆びた冷蔵庫、エロ本、ボウリングの球、といったものが散乱し、そういったゴミの下草のなかに所々ボコッ、ボコッとタケノコが顔を出している。マネーゲームと消費文化のカスが、このわずかばかり残った都市の端っこの竹やぶに捨てられている。

竹やぶ事件から数か月後、一キロほど離れたおそらく竹やぶと地続きの崖が、何かの祟りのように土砂崩れを起こし、谷間にむりやり建てた住宅を押し潰した。豊満しきった東京が端っこのほうで歪みを起こしバチバチと音を立てて爆発している。

●1990・1・5&12／朝日ジャーナル

アラミスとウォークマン

ルーマニアのチャウシェスクの兄弟だか息子だかが逮捕されたときのニュースで、市民TVのカメラが彼の部屋に侵入し、室内に散乱したオーデコロンの瓶とか婦人もののパンプス等を写し出していた。反政府派のカメラクルーが実況する。

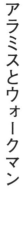

「これは香水の瓶だ。アラミス。こんな高い香水を使いやがって。オレたちが貧乏してるときに、奴らはアラミスふりかけて、女、連れこんでアソんでやがる」

そんなような内容のことを口走っていた。

その一日か二日後にチャウシェスク夫妻の逮捕、処刑が執行されたわけであるが、あの惨憺《さんたん》たる見せしめ処刑の映像を目にして、「アラミスの恨みは深い」としみじみ思ったものである。

僕のような、国際政治等にさほど明るくない日本人にとって、〝ソビエト、東欧、中国の社会（共産）主義体制〟ときいて、まずイメージするのは、「暗くて、ひもじそうな暮らし」というものである。最近の東欧、中国における社会主義体制の崩壊ってやつの根本にあるものは、結局のところ、「オレたちだってアラミスつけてトレンディなライフスタイル、送りたいんだよね」みたいな欲ではないかと思う。大元の仕切り人のゴルバチョフは、「ウン、アラミスみたいなもんも確かに悪くないかも知れない」的なことを言った初めてのソビエト最高権力者である。ゴルバチョフさんがああいう感じなんだから、オレたち、ちょっとワガママやっても大丈夫かも知れない。修学旅行の、ワリとものわかりのいい引率教師にあたったクラスの生徒たちが夜中に酒宴を繰り広げ、あいつらがやってるならオレたちも……と、周りのクラスが追随する。東欧の民主化運動やバルト三国の騒乱はそんな感じで広がっていった。

三年ほど前、中国の上海を訪れた際に三人の若者に会った。同行したイラストレーターの渡辺和博氏と夜更《よふ》け、黄浦江沿いの公園を歩いていたら三人組の若者たちにカタコトの日本語で声を掛けられた。三人とも、中国の若者にしてはオシャレな、当時日本でも全盛だったＤＣブランド風のスタイルに身を包み、うち一人は髪をディップでパンク風に立てている。身のこなし、仕種から、まもなく彼らはその頃日本の週刊誌でも話題になっていた上海のオカマであることがわかった。

僕らは興味本位に彼らに導かれるまま喫茶店に入り、くどかれた。

彼ら、オシャレな上海ボーイズたちのくどきの目的は、僕たちに「ウォークマン。本物のウォークマンを買ってきてくれ」ということであった。ＭＡＤＥ　ＩＮ　ＪＡＰＡＮの本物のウォークマンは、兌換券《だかんけん》が使える外人観光客向けの友誼商店《デパート》のようなところでしか売っていない。人民幣（中国人民が使う紙幣）を交換に渡すから、僕らにホンチャンのシブいウォークマンを買ってきてちょうだいな、親愛なるニポンジンのフレンドよ——といった主旨であった。翌日、彼らが「イマ、いちばん上海でキテるんだよな」と言っていたElegance とかいうディスコを覗いてみたのだが、そこにはちゃんと化粧をしたチャイニーズの黒服がいて、マドンナやマイケル・ジャクソンの曲がばんばん流れていた。上海人は外人観光客と同伴でないと入店できないらしい。そういった規約がまた彼らのステイタス心を刺激する、というわけだ。

天安門事件が起こったとき、まず、ウォークマンのオカマ青年たちやマドンナで踊っていた上海のオヤジギャル、ボーイズたちの顔が思い浮かんだ。上海は中国のなかでも最も資本主義の空気が入りこんだ尖《と》んがった地域ではあるが、そういったムードは徐々に北京にも波及していたはずだ。「私らだって同《お》んなじ若いモンなんだからＢＭ乗って、スキューバして、ハワイ行きたいっすよ。ヤだよ、ダセー社会主義なんてやってらんねぇよ」といった怒りがフツフツと増長している、と僕は見る。

東欧や中国の人たちは地味で質素な暮らしに甘んじていると、僕らは勝手に考えているようなところがあるが、それはやはり違うのではないだろうか。ロシアやブルガリアの民謡を聴いていると、貧しい羊飼いの娘が花をつんでいて、やはり貧しい労働者の青年に声を掛けられて小川のほとりでホットランランラン、みたいな内容の唄ばかり出てくるが、ああいうのだってもういやいや唄ってるんじゃないだろうか、あっちの国立合唱団の人々は。本当はもっとオーバーアクション気味にR&Rしたい、JAZZなんかやってみたい、ソウルフルな、ファンキーなナンバーにもチャレンジしたい、と企んでいる。スポーツ選手もしかりだ。「カール・ルイスみたいなノリでやりたいんだよね」、そろそろ次のオリンピックあたりでは、着地と同時にガッツポーズしながら笑顔で館内を一周する体操選手が東欧圏から現われるかもしれない。

東西《ヤルタ》の仕切りが解ければ、それ以前の民族宗教主義が高まって、ま、早い話、中東パレスチナ的ムードになってしまう地域も出てくるだろう。そりゃいままでは同じクラスにいるシブカジのチームと暴走族の集団がケンカできないように管理されていたわけですから。しかしそういったエスニックな問題は日本にはどうすることもできない。とりあえずわが国としては、どのあたりからリゾート開発してSONYやTOYOTAの悦楽的《エピキュリアン》なグッズを送りこむか、ということだけを考えていればいいんじゃないでしょうか。

「ワンクラス上のバルト三国の旅」

「ルンルン　ルーマニア　グルメパック」

数年後、ベルリンの壁跡を延々と日本人観光団の列が続く。気持ち悪いけど、そういう方向のアプローチしか思い浮かばない。東欧各国を歴訪する海部総理が、旅行団体の旗持ちオジサンに見えてきた。

●1990・2／文藝春秋臨時増刊

クモを探す男

僕は二年ほど前、ある科学雑誌で、東京の街なかに棲《す》む動物や昆虫を探索し、その体験エッセイを綴る、というような仕事をしていた。毎月一回、ポイントを決めて、編集者、イラストレーター、カメラマン、そしてその筋の権威を連れて、双眼鏡を首にかけ、ときには右手に捕虫網を握りしめ、鳥やらカエルやらセミやらを観察しにいく、とまぁ、仕事とは言え、半分はピクニック気分のなかなか愉しい企画であった。

この仕事を通して出会った〝その筋の権威〟とは、つまり、「日本野鳥の会」の方とか、「自然と親しむ会」の方とか、である。

僕は幼い頃から昆虫や動物はわりと好きなほうで、とりわけ昆虫関係は大好きで、オトナになってからも、カブトムシがうじゃうじゃいそうなクヌギやコナラの雑木林などを目のあたりにすると、胸がワクワクしてつい足を踏み入れたくなってしまう性質《たち》である。よって、そのような仕事も快くひきうけたわけであるが、頭のどこかで「野鳥の会」みたいなヒトたちを、蔑視していた。蔑視、というのは大袈裟であるが、たとえばクルマやディスコやクリスマス・イブに彼女をどこに連れていくか、みたいな分野しか興味のない仲間たちと雑談したりするときは「紅白の得点を双眼鏡でチェックするクラいヒトたち」なんて感じで茶化していたことは確かである。

が、しかし、実際お会いしてみると実にカッコイイ。まぁカッコイイと言っても、石田純一とか風間トオルみたいなヒトが鳥や虫を追っかけているということではない。「自分だけの世界」を持っている人間のカッコ良さ、というやつである。

東京のセミを探索するというテーマのもと、広尾の有栖川《ありすがわ》公園界隈を歩いたことがあった。有栖川公園周辺は、ミンミンゼミの多発地として業界ではわりと有名なのである。地中海通り、と呼ばれる表通りに出て、同行した〝昆虫の権威〟は傍らの街路樹ばかりをじっと睨みつけながら歩いている。「去年は、この二本先の樹《き》でミンミンゼミが最初に鳴いたんですよ。七月の十七日、ですか。アオマツムシもこの辺の街路樹には多いんですよ、区内で一番多いのは神宮前の外苑《がいえん》中学のあたりですけど」。彼がじっと睨みつけている街路樹の傍らには、女子大生のたまり場として有名なル・プロッテという喫茶店があった。

「ここは聖心の女子大生が多いんですよ、順心もたまにくるようですが、女学館もね。まぁ最近はその先の麻布茶房も多いようですが」

僕もセミの権威に対抗して、同じような口調で解説したくなった。が、とにかく素晴らしいと思ったのは、彼の頭のなかに描かれた「広尾地中海通り」の地図は、いわゆるファッション雑誌に載る地中海通りの地図とは全く違う、ということだ。ミンミンゼミやアオマツムシの頭数で東京の地図が出来あがっている。

「家のなかにはどんなクモが棲んでいるか」といった企画で、うちの実家にクモ研究家と称する男がやってきたこともあった。

実家は、いわゆるサザエさんの漫画に出てくるような典型的な木造日本家屋である。家に入るなりクモ研究家は「いいお宅ですなぁ」と口許《くちもと》を緩めた。つまり、クモが豊富にいそうないいお宅、ということである。どことなくホンモノのクモを彷彿させる小作りのその男は、応接間でお茶をひと口、ふた口すると、「こんなところでのんびりしてる場合じゃない、一刻も早く……」といった感じで、いそいそと腰を浮かせ、長い廊下の脇の鴨居《かもい》の縁をじっとみつめながら歩きはじめた。鴨居と壁、あるいは柱との縁にできた白灰色のホコリ溜《だ》まりみたいなもんを細い棒の先でじくじくとほじくりながら「チリグモだ、ほぉら出てきたでしょ、チリグモが。こっちはヒラタ（グモ）かなぁ、いませんな成体は。古い巣ですな、こりゃあ」といった調子で延々鴨居の縁のホコリ溜まりのようなクモの巣を突っついている。そして、二階にのぼる階段の脇、トイレの天井、さらには「物置小屋」と呼ばれている煤や埃《ほこり》で真っ黒けっけになった古物置場に潜入、実家の住人もほとんど足を踏みいれたことがないという奥地へとクモの巣もとめてずんずん進んでいく。「いやぁ、いいお宅ですなぁ」。クモ研究家はご満悦であった。

このクモ研究家の方の本職は確か宝石商だったと思う。クモの図鑑などを見ると宝石のような美しい種類もいるし、何となくクモ研究家＝宝石商、というのはピンとくるものがある。ところで、このクモの権威が見たわが実家の景色というものも、先のセミの権威の地中海通りと同様、僕が見てきた実家とは全く別のものなのであろう。

まぁ自分流の「生き方」とまで大袈裟なことではないと思うけど、俗人が何と言おうと、巷の流行がどうであろうと、オリジナルのメガネをもって街を歩き、観察し、いい気分になっている彼らは素晴らしい。人目を気にしすぎたら、やっぱり人生つまらないですよ、きっと。

●1990・2／PHP

ブラウン管のエリマキトカゲたち

「コマネチッ！」

'80年代漫才ブームのなか、ビートたけしが放ったヒットギャグである。その年のロス五輪で脚光を浴びたルーマニアの体操選手コマネチ、そして'80年代末、チャウシェスク政権の崩壊とともに再び彼女にスポットライトがあたるとは、誰が予想したことか。'80年代はコマネチで明けてコマネチで暮れた。さ、いま一度、全員で叫ぼう。

「コマネチッ！」

この十年間のＣＭに、'80年代初頭の漫才ブームが与えた影響は大きい。話題のＣＭとして取り沙汰《ざた》される第一の要素は「笑い」であった。勿論、'60年代、'70年代にも植木等や伴淳三郎、ドリフターズ、コント55号といったタレントを起用した〃笑わせる〃ヒットＣＭはあった。が、これだけ「笑い」の要素がＣＭやＣＭタレントに問われた時代はなかった。

１９８０年に大ヒットしたＣＭにフジカラーの「それなりに写ります」がある。川崎徹演出によるこのシリーズＣＭの樹木希林と岸本加世子のやりとりが、'80年代的なお笑いＣＭというかオモシロＣＭのベースになっていると思う。そして、樹木希林はともかくとして、岸本加世子のような「お笑い」以外の人が「お笑い」をやる。そういったセンスを兼ね備えた女優なりアイドル歌手なりがＣＭタレントとして脚光を浴びる時代となった。

浅野温子、浅野ゆう子のいわゆるＷ浅野が先代の〃いい女タレント〃小林麻美と決定的に違ったのは、ボケたりギャグをかましたりする点にある。そして、'70年代においてアンニュイなパルコ路線のＣＭで売っていたそんな小林麻美も、'80年代に入ると、寿司屋のカウンターで「アタシ、納豆巻き」とボケたりしなくてはもたなくなってくる（セイコー・ティセ）。まぁ普通の人が寿司屋で納豆巻きを注文してもどうってことないワケであるが、僕らがかつてウンコもしないと思っていたあの小林麻美サマが「納豆巻き」である。せめて「ネギトロ」にして欲しかった。

ま、冗談はともかく、小林麻美も堂々と「納豆巻き」と叫べるご時世になったというわけだ。

そして、女優に限らず、二枚目男優の面々も積極的にお笑いを志向するようになっていった。田村正和、近藤正臣、中村雅俊……。あの名高達郎もスペインのバスクで、岩の担ぎっこなどして頑張った(武田アリナミンA)。

田村正和、近藤正臣、あるいは村田英雄、美川憲一、舟木一夫。こういった往年の二枚目俳優、正統派演歌歌手といったいわば〝二〟の線の人たちが、それを茶化したコメディアンの物真似→ひょうきんCMといった経路を辿って復活する——みたいなラインも形成されていった。

つまり、「お笑い」のなかでも、ボケの要素。この部分が'80年代的CMタレントの最も重要な要素であったように思う。

ツカサのウィークリーマンション、白元のホッカイロに代表される素人社長のCM。関西電気保安協会の本物の電気工員のオジサンたち。掛布のキンチョーマットをはじめとするスポーツ選手モノ、僕自身なかに含まれてるとは思うが作家、文化人を登場させるCM——ヘンにぎこちない素人のボケを味わう、そんなタイプのCMが増産された。そして素人ではないが、あまりゴールデンタイムのTV番組に露出しないカルト性の高いタレントの隆盛。その代表的な例がイッセー尾形であり、大地康雄、もたいまさこ、ベンガル、といったところであろう。イッセー尾形はいまとなってはタレント・イッセー尾形であるが、少なくとも初期の頃は〝その辺の素人のちょっとヘンなヒト〟みたいな目で視聴者はみていた。無名性のリアリティ、とでも言おうか。

'80年代の後半あたりから、仲間うちで話題になる〝TVのおもしろネタ〞というものの傾向が変わってきた。勿論、「ひょうきん族」とか、とんねるずの話題はあるわけだが、それ以外にたとえば三時のワイドショーに出てきた〝家に金風呂を作ってしまったどこかの妙な社長〞であるとか〝霊感商法の正統性について得々と語る見るからにいかがわしそうなオヤジ〞〝乾布マサツの名人〞といったちょっとおかしな素人が、巷の笑い話のスターになってくる。三浦和義や、近頃のオウム真理教・麻原彰晃のような、既成のTVドラマや歌番組以外のジャンルから出てきた〝妙な素人〞がスターになりやすい状況ができた。

　TVに慣れた、既成の構築されたドラマやそこに登場するタレントに飽きた、ということだろう。TV番組も端っこでチラチラする情報をウォッチングするようになった。早い話、スタジオのセンターでありきたりなトークをしているタレントよりも、その背後で妙にバカでかい笑い声をあげている素人のオバサンの存在のほうが気になる。ニュース番組も本編のコメントよりも、キャスターのとちりや坊主になった久米宏の頭の伸び具合のほうが重要なポイントで、そっちが巷の話題となる。

　床に転がったTVをリモコンでポチポチやりながらアソぶ。そんな箱のなかに飼っているタレントはツンケンとすました偉そうなもんであってはならない。大ボケこいて笑かしてくれる。どこかに珍獣ペットはいないか、視聴者はリモコンでポチポチ探している。

　みんなエリマキトカゲだ。

●1990・3／広告批評

～みたいなぁ……の人々

僕のところには「米川《ヨネカワ》くん」という若手の社員がいる。社員と言っても、彼はいまのところ、僕が外出しているときに電話番をしたり、たまにイベントのプロデュースなどを任されたときに一緒に企画を考えたり、あとは勝手気ままに遊ばせている。要するに〝遊軍社員〟ってやつである。去年、慶応大学を卒業した二十三、四の青年だ。学生時代、ディスコパーティの幹事みたいなことばかりやっていたので、とにかくそういった世界、つまり〝アソビ人学生の世界〟などに顔が広い。ひと声掛ければ、どどっと現役の生きた若者サンプルを連れてきてくれる。ま、そういう部分でしっかりとプロデューサー的仕事を全《まっと》うしていると言えよう。

ところでそんな米川君や彼の仲間達と話していて気づくことは、断定口調が崩壊しつつあるなぁ……ということである。断定口調、という言い方が適当なのかどうかはわからないが、たとえば米川に僕がこんな質問をしたとする。

「Aっていうディスコってさぁ、シブカジとかがけっこう多いんだろ?」

と、米川――。

「って言うかぁ……、高校生っすよね、いま。立教や成城の下からきた体育系ノリ、みたいなぁ……」

〜って言うかぁ、ときて、〜みたいなぁ、がお尻にくっつく話法。これが極めて多い。「体育系ノリですよ！」と、キッパリと断定して終わることはほとんどない。

——おまえ、食べ物なに好きなの？

「カレーライス、みたいなぁ」

——日本一、高い山は？

「富士山、みたいなぁ」

——隣の家にカコイができたってねえ。

「へー、みたいなぁ」

とまぁここまで大袈裟ではないが、「ボク（私）こう思います」で、キチっと腸の丈夫な人の大便のようにフン切り良くフィニッシュするケースは稀になった。

まぁそういった兆候は、僕の学生時代から微かに現われていた。先の僕の質問のセリフを読み返していただければわかると思うが、「けっこう」「〜とか」等の物事を一つのことに断定せずに、曖昧《あいまい》にボカすような表現を僕自身、頻繁に使う。ひと頃流行った「〜なんちゃって」というのは、こういった一連の〝断定破壊表現〟の代表的なものであろう。

「キミのことが好きだよ（なんちゃって）」

「オレっていい男だろ（なんちゃって）」

照れというより、いわゆる既成の会話形態が崩壊しているのだろう。つまり、NGシーンまで見せて初めて一つのTVドラマ、というスタイルが日常の物語会話のレベルでも起こっているような気がする。「いやぁ、Aって店がいま流行っててんですよ」という台本のセリフを喋ったあとで、〜みたいなぁ、とNG特集よろしく茶化さずにはいられない。そんな構造なのではないかと思う。

●1990・4／俳句倶楽部

バイリンガル嬢の呟き

「バイリンガル喋《しゃべ》り」と呼ばれるものがある。FMラジオのDJなどが多用する日本語と英語がごっちゃになった話法である。その手のDJは概《おおむ》ね、帰国子女であったり、ハーフであったりするので英語の発音もいい。そして日本語の部分の発音やイントネーションも英語のそれを下敷きにしているので、たとえば「とびきりの新曲」なんて言葉も、どことなくイングリッシュっぽく聞こえてくる。ドライブのBGMとして聞く分には、「お送りいたしました曲は、カオマの、ランバダでした」といったカチッとした日本語のナレーションよりも耳に心地良い。

先日、そんなバイリンガルDJが進行するFM放送の番組に出演する機会があった。DJを担当する女性は、父親がアメリカ人というハーフ。が、生まれたときからずっと日本で暮らしていたということで、日本語のほうも流暢《りゅうちょう》である。ＤＪルームのマイクに向かい合って、録音が始まるまで普通に日本語で雑談を交わしていた。録音スタート、を伝える赤ランプが点いた。と、いきなり目の前の彼女、外人に化けた。「ＮＯＷ、Ｌｉｓｔｅｎｉｎｇ……」もの凄い早口の、僕にはとてもヒアリングできかねる英語ナレーションが数秒続き、ふっと一瞬ブレイクをおいて、こんどは掌を返すように日本語のナレーションが……。ま、こういうバイリンガルＤＪモノの番組はラジオで何度か耳にしているから、別に驚くほどのことはないのかも知れないが、バイリンガル殺法を目のあたりにすると、やっぱり驚く。

一回、日本語で言ったりしたことをわざわざ英語に変換して、しかも唐突に、何かに憑かれたように喋り出すというのが、目の前で見ていると実に奇天烈《きてれつ》なのだ。

番組終了後に、たずねてみた。

――やっぱ、英語で急に喋ったりするのって、何か無理があると思いません？

「そうなんですよ、おかしいでしょ？　なんかおかしいなって思いながら、やってんですよ、私も」。やはり、実際のバイリンガルなヒトも、わざわざ〝オシャレな横文字っぽいムード作り〟のために二か国語で喋る行為というのに薄々疑問を感じているようだ。彼女たちにとって、英語の響きなんて別にオシャレなもんでもなんでもない。これはたぶんわれわれ日本人が外国に行って「ニッポン人なんだからチョンマゲに着物きて歩いてみてください」と言われるくらい無理があることとなのだ、きっと。

ところでこの四月からバイリンガルＤＪの祖・山口美江《みえ》がフジテレビでニュースキャスター

を務めている。ここでは彼女、日本語で淡々とニュース原稿を読んでいる。しかし、どうも違和感があるんですね、これが。日本語のあとにいきなり英語でナレーションしてくれないと、どうも山口美江っぽくない。何か騙されてるような気分になるのだ。「バイリンガル喋り」というものが、日本語でも英語でもない一つの話法として定着した、ということだろう。

●1990・5・6&13／週刊読売

昼下りのファクシミリ

仕事場に新しいファクシミリを入れた。

「こんどのタイプは従来の巻紙ではなく、コピー用紙が使えるんですよ。紙も厚いですから、紙づまりもグッと少なくなりますし、スピードも速い。お得ですよ」

営業マンに説得されて〈新型〉導入に踏みきったわけである。コピーもファクシミリもパソコンもリース契約しているのだが、向こうも商売だから少しでもカネのとれる機種が開発されると「月々二千円上乗せするだけでこれだけ便利な……」と、新型のセールスにやってくる。

まま、僕みたいな原稿用紙とペンがあれば商売が成り立ってしまう職種というのは他に経費の使い道がないから、わりとホイホイと契約書にサインしてしまうわけだ。

ところで近頃、そういったオフコンを導入すると、機種と一緒に若い女性がついてくる。インストラクターという肩書の女性がやってきて、機種の使い方のノウハウを手ほどきしてくださるわけだ。一年ほど前、パソコンを入れたときも、営業マンと一緒にワンレンボディコンの女の子がやってきた。「え、こちらの彼女がマンツーマンで手とり足とり手ほどきいたします。この回数券で三回までインストが呼べます。どーです。お得ですよぉ」。営業マンの脇でニコッと微笑むワンレンボディコン。制服も幕張メッセのパソコン展のブースからそのままもってきたようなコンパニオン風である。それが「マンツーマンで手とり足とり……」と来た日にゃ、どんなパソコン音痴でも拒む理由はない。

パソコンのほうは三度の回数券を使いきったものの、いまだに使い方はわからず、仕事場のインテリアと化している。そして今回の新型ファクシミリにも女の子がもれなくついてきた。午後の一時に営業マンと技術員がやってきて機械のセッティングがととのう頃、インターフォンが鳴った。インスト参上、である。パソコンのときよりは多少質がおちる。ま、リース料はパソコンの半額なのだからしかたないであろう。が、決して悪くはない。パソコンのコンパニオン風に較べてスタイルは劣るが、こちらはスナックの男好きしそうなチーママ、のラインである。無機質なファクシミリ機には不似合いな香水の匂いがあたりにたちこめる。

「……では、われわれは次がありますのでこのあたりで、あとは彼女が……」

営業マンと技術員は、あたかもその筋のマネージャーよろしく、そそくさと引きあげていく。ファクシミリの置き台がまだ届かないということで、僕とインストの女性はリノリウム床の上にじかに置かれたファクシミリを囲み、立て膝で向き合っている。

「え、まず相手先の番号を打ちまして、あとはスタートボタン、ですね。このランプが点灯したときはマニュアルの③を……」

ツゥンと時折鼻をつく彼女の髪の匂い。昼下りのファクシミリは、エッチである。

●1990・6・24／週刊読売

銀座のクラブで

先頃、東急百貨店に女性だけの傍系会社が設立され、三十二、三歳の若い女社長が誕生した――等のニュースが話題になっていた。

ところで僕が仕事をする出版、広告の世界にも〝女性だけのプロダクション〟ってのが増えていて、先日、遂《つい》に〝女ばかりのオフィス〟というのを訪ねる機会に恵まれた。

Dという大手の広告代理店の傍系会社である。新聞のシリーズ広告の打ち合わせで先方を訪ねることになった。ま、よほどのことがない限り、その手の打ち合わせはFAXのやりとりで済ましてしまうのだが、その社の女社長は、以前、僕が編集者をしていた時代にお世話になった方で、いつか御挨拶に伺わねば……と思っていた。またそれ以上に、女ばかりのオフィスのキャピキャピぶり、みたいなもんを覗いてみたい。こっちのデスクに池上季実子がいて、こっちに手塚理美、隣に今井美樹、で、端っこのほうで田中美奈子がコピーをとっている——というったほとんどフジテレビのドラマの世界を思い浮かべつつ、僕は胸を膨らませて銀座のオフィスへと向かったわけだ。

雑居ビルの三フロアがオフィスになっている。中会議室で打ち合わせをしていると、次から次へとスタッフの女性が入ってくる。ロビーに出ても、フロアを歩いても、すれ違うのはあたり前だが女性ばかりだ。僕は尿意を催した。トイレに行くと、男性用小便専用器は見あたらない。僕は若干、後ろめたい気分でドアのノブをひく。女子高の文化祭に迷いこんだ男子高生の気分だ（後で尋ねてみたら、上階に一器だけ男性専用器が設置されているらしい）。

打ち合わせ後、ビル最上階の社員クラブに招かれた。ここには本社や関連会社の男性社員も訪れてくるのだが、僕のテーブルには女社長氏を中心に女性スタッフ計五名が僕を取り囲むように座っている。

「ビールになさいますう？」

女社長氏がプレイガールの沢たまき風声色で伺いを立て、酒がくるとさっと傍らの若手がグラスに注《つ》ぐ。周りの女性は、確かに仕事先の商談相手なのだが、どうもこのムードはおかしいぞ。低いベルベットのボックス型ソファにガラス張りのテーブル、という銀座のクラブ的造りが、余計僕を錯覚させる。「そう言えば、まだお名刺を」、傍らの女性が名刺を差し出す。角が丸くなっていて〝レイナ〟とか入っていたらどうしよう。

「それじゃちょっと私……」とか言って席を立ち、次の瞬間、他のテーブルで酒を注いでいたりしないだろうか……。

「こんどフィリピン人の社員、入れたらいいですよ」なんて、調子にノッて僕はバカなこと言っている。ううむ、やっぱ〝女性ばかりの会社〟はいい。

●1990・9・2／週刊読売

屋上でツメを切る男

夕方、映画でも一本観ようか、と渋谷をふらふらしていて、衝動的にデパートの屋上にあがってしまった。渋谷駅前の東急百貨店、僕が子供の頃は「東横」と呼ばれていたデパートだ。

昔、屋上にあがる、というときは胸ときめいたものである。母親の買い物がひと通り終わって、「じゃ、屋上行きましょう」ってことになる。エレベーターの〝R〟のボタン。何故〝R〟なのか、一瞬考えたりしながら、エレベーターは上る。ドアが開き、外光が射しこんできた瞬間、天に昇ったような開放感を感じたものだ。

当時はデパートの屋上も派手で、観覧車やメリーゴーランドなどを備えた、ちょっとした遊園地並みのところもあった。が、何よりもの愉しみは、望遠鏡である。そう、デパートの屋上には望遠鏡が装備されており、これで自分の家を探したり、彼方を走る電車を追ったり。ま、そのくらい〝高い場所〟だったわけだ、デパートの屋上というところは。

さて、屋上に出てみたわけだが、もはやちっとも高い場所ではない。周囲を高層ビルに取り囲まれ、当然、望遠鏡などくっついていない。こんな環境で望遠鏡を置いたら、ノゾキ行為で訴えられるであろう。

しかし、観覧車も望遠鏡も、富士山も東京タワーも見えないデパートの屋上も、それなりの味わいがある。うらぶれた、都市の隙間の、独特のムードが。閑散としたベンチに腰を掛ける。読みかけの本でもめくっていると、少し離れた端っこに背広姿の初老の男が座った。男はやにわにカバンのなかからツメキリをとり出し、プチンプチンとやりはじめた。ひと通り切り終えると、裏側のヤスリをツメの先にあてて、ゴシゴシと磨き出した。

一方、屋上の一角には植木で囲まれた大人数掛けのテーブルのスペースがある。こちらは付近の制服の高校生たちの溜り場になっている。おそらく喫茶店等の寄り道は禁止されているのであろう。男女入り乱れて合コンみたいなことをやっているようだ。ここなら補導員の目からも逃れられる。

平日の夕刻、五時過ぎ。カップルも二、三組はいるが、大方はふっと息抜きにきたような単身の中年男。会社の管理職風もいれば、ジャンパー姿の、いまさっき職にあぶれたような男がフーッと傍らで溜め息をついて、タバコを一服しては消えてゆく。

しかしツメキリ男は、相当几帳面なタイプのようだ。ツメのヤスリ磨きをはじめて既に五分は経過している。カバンのなかにツメキリを携帯している、というのも、よく考えると珍しい。

ツメキリが趣味なのであろうか。会社が退《ひ》けて、東横線に乗って大倉山の家に帰るまでのワンクッションとして、彼はこの場所で定期的にツメを切っているのかも知れない。

老いたデパートの屋上に逃げこんできた人々……。雑踏の街には、こういう抜け穴が必要だ。

●1990・11・11／週刊読売

コラムニストの世界

〝コラムニスト〟という肩書をもって仕事をすることが多い。別に肩書なんてどうでも良いのだが、編集者の人たちは書き手の名前の上に何らかの肩書を添えないことには安心しないようだ。

八五年頃だったろうか？　原稿を渡し、「あのぉ、肩書は何にいたしましょう？」などと編集者に問われ、「……そうですねぇ、コラムニストなんてどうでしょう」と、もごもご曖昧にその肩書を名乗るようになった。「ニューヨーカー」とか「エスクァイア」とかの洋雑誌の世界では〝コラムニスト〟の肩書は普及していた。日本では青木雨彦氏や山本夏彦氏がコラムニストの肩書で仕事をされていたが、当時、若者向け雑誌のジャンルでは、あまり見あたらなかった。実際、僕はその頃、「ポパイ」「オリーブ」といった雑誌の六〇〇字ないし千字程度の短い囲み記事を本領としていたので、こりゃちょうどいいわいな、ということになったわけだ。フリーライターというのはどことなく貧乏たらしいし、エッセイストは何となく女性的なイメージがある。また〝街角で見かけたちょっといい話〟みたいなほのぼのムードが漂っている。僕は、ほのぼの話はあまり好きではない。いきなり堂々と「作家」という手もあるのだが、文芸賞の一つも受賞していないと、この肩書はどうも荷が重い。いっそ色気を取っ払って、著述業、文筆業というセンも考えた。しかしこれも〝ひねり過ぎのわざとらしさ〟のようなものを感じる。スーパー・ニューメディア・ライター、新人類風俗ウォッチャー、この手の奇をてらった造語というのは、二か月もたつと恥ずかしくなる。

とまぁそういうわけで、何となくたらたらとコラムニストという肩書を使っている。

「コラムとエッセイというのは、いったいどう違うんですか？」。そんな質問をされることがある。手元にある『大辞林』によれば、

　エッセイ→形式にとらわれず、個人的観点から物事を論じた散文。また、意の趣くままに感想・見聞などをまとめた文章。

　コラム——→新聞や雑誌で、短い評論などを載せる欄。また、その記事。罫《けい》で囲まれることが多い。

とある。つまり、エッセイは文章自体の性格、コラムはその文章を載せるスペース側から見た呼び名、という違いだけで、大差はない。ただ、コラムのほうがエッセイよりも〝硬く、シニカルな〟評論っぽいイメージが強いようだ。

さて〈コラム・エッセイを読む〉という講座を仰せつかり、どのあたりにポイントを絞ろうか迷った。何せこの範疇《はんちゅう》は往年の文豪の随筆からボブ・グリーン、女優がゴーストライターをたてて書き綴った〝わが家の愛猫ミーの話〟なんていうやつまで何でもあり、である。迷った末、結局、僕と同じ市場《マーケット》にいる人たちの文章をじっくり読んでみよう、ということになった。

えのきどいちろう『ニッポン非公認記録』（小学館・九七〇円）、押切伸一『ブナンなヒトと呼ばれたい』（角川書店・一一〇〇円）、小田嶋隆『我が心はＩＣにあらず』（光文社文庫・四六〇円）、木村和久『日本流行地帯ガイド』（小学館・一四八〇円）、酒井順子『丸の内の午餐』（マガジンハウス・九五〇円）、佐藤克之『カーツの文章読本』（評伝社・一四〇〇円）、竹内義和『大映テレビの研究』（大阪書籍・九〇〇円）、綱島理友『出動！　イマイチ探険隊』（東京書籍・一二〇〇円）、中島らも『しりとりえっせい』（講談社・一二〇〇円）、中野翠『私の青空』（毎日新聞社・一二〇〇円）、中森明夫『ニュースな女たち』（「ＳＰＡ！」連載中）、松木直也『空前の事実』（マガジンハウス・九〇六円）、山崎浩一『退屈なパラダイス』（筑摩書房・一八五四円）（50音順）、といった人々の作品を一気に読んだ。作家、イラストレーター、あるいは演劇等が本領の人のものは今回は除かせて戴いた。

このジャンルのコラムニスト（別の肩書の方もいらっしゃるが）の多くは、僕も含めていわゆる〝若者向けファッション情報誌〟（カタログ誌と言ってもいい）の雑文ページからデビューしている。

大きく「ポパイ」派と「宝島」派の二派に分かれる。ポパイ派は、綱島理友、松木直也、山崎浩一、酒井順子、そして僕もそうだ。一方、宝島派は、えのきどいちろう、押切伸一、中森明夫、佐藤克之、といったところだ。

しかし厳密に言えば、ここに〝「HDP」《ホットドッグプレス》—パックンプレス〟と〝小学館「GORO」—「DIME」ライン〟という領域が介在しており、押切やイラストレーターのナンシー関、作家のいとうせいこう、といったあたりは前者、えのきど、佐藤、木村和久といった面々は後者ともかかわりが深い。またポパイ派に分類した山崎は、当初から宝島派とも癒着している。この世界の「金丸」のような存在だ（笑い）。→とこのように、ギャグとして書いたくだりのあとに、わざわざ（笑い）マークを添えるのも近頃のハヤリだ。しかしこの手の遊びは、すぐに廃《すた》れるだろう。

さて、その他の面々、小田嶋隆は「遊撃手」等のゲーム、パソコン専門誌から〝テクニカル・ライター〟の異名でデビューした。中野翠は主婦の友社「ギャルズライフ」の出。竹内義和と中島らもは関西人、だ。

と、出身のジャンル分けをざっとしてみたが、厳密に〝最初にどの雑誌に書いたか〟といったあたりは定かでない。主にそういった畑で育ってきた、ということだ（僕も、初めて署名原稿を書いた雑誌は、「スタジオ・ボイス」80年6月号である）。

ポパイ派と宝島派の違いは、前者は体育会系、後者は文化部系、というところだろうか。文章を書いていて〝体育会系〟というのもアレだが、要するに前者はノーテンキ、後者のほうが小難しい（佐藤克之は除く）。人称もポパイ出は「僕」ないし「ボク」が多く、宝島は「私」と一歩引いたところで畏《かしこ》まる場合が多い（佐藤克之は〝オレ〟だ）。原発、天安門、といった社会問題に対する意識も後者が高く、ポパイ派はその辺を見て見ぬふりをして湘南でサーフボードに乗っているようなところがある。どちらがいい、悪いの問題ではないが。

漠然とした各派のイメージではなく、作家個々の文体に着目してみよう。

「これは僕、〜だと思うんですよ」

デスヨ、デスネ調の柔らかい語り口で、読者の耳元に囁きかけるような調子で進んでいくのが〝えのきど文体〟の特徴だ。ニューフォーク文体、と言ってもいいだろう。

「ッチックショオオオゥオ！　オメーラよぉ、オレはホンキで怒ってんだぞぉ、このウンコ小僧どもがあ〜」

えのきどをニューフォーク文体とすると、佐藤克之はパンクだ。

「いやー、〜って凄い。私はこういう〜っぽい〜が好きだ。これって〜よね、〜が〜なのよね」

中野翠特有のリズムである。いやー、と驚きながら入ってきて、「私は」といちいち前置きして意見を語り、ヨネヨネ、ダワダワの女言葉連続攻撃でまくし立て、またナノダ調できりっと引き締め……といった独特のリズム。ミュージカル劇の途中でセリフからいきなり、〽ワタシハ、恋するキューピッド……なんて唄い出すときのような調子だ。間ではさみ込まれる「ダワ」、「ヨネ」といった女性口調がシニカルな論調をチャーミングに緩和させる役割を果たしている。

「OLというものは、〜なものです。結局、〜という気がします」

延々デスマス調で、社会科の教科書のような遠くの冷めた位置から淡々と語っていくのが、酒井順子である。中野翠のように火の粉のなかには飛びこまず、よって取り乱してミュージカルを唄い踊ることもなく、苗場プリンスのカフェのガラス越しにスキーヤーを冷淡に観察している。

ナタで斬りこんでいくタイプと、薬で毒殺するタイプの違いがある。あるいはベトナムのゲリラ戦と湾岸のハイテク空中戦の差か。


ひとりひとり、文体分析をしていきたいところだが、スペースに限りがある。まとめ、に入りたい。

ここで紹介した、安易な言葉を使えば〝若手コラムニスト〟たちのテーマの主軸は「日常観察」である。日常観察というのは古くから随筆の基本だが、八〇年代以降の日常観察文では、ヽヽヽ読ませる、感動させる、ということより、笑わせるということに重きが置かれるようになってきた。と、主役は〝街で見かけたヘンな奴〟ないしは〝ヘンなモノ〟ということになる。ヘンな奴の場合は、主に身につけているものがヘン、ということになってくる。結局、ブランド文化のアラ探し、トレンド社会の重箱隅《すみ》つつき、というところがポイントだ。

僕も含めて、八〇年代初頭の〝昭和軽薄文体〟の影響を何らかの形で受けている書き手は多い。あるいはツービートに代表されるお笑いブームとも連動しているだろう。初期の椎名誠、糸井重里、あるいは近田春夫的評論のスタイル、そして田中康夫の視点——を意識し、真似たり、すき間を探しながら書いてきた（こーゆー、そーゆー、といったいかにもの表記はさすがに衰えつつあるが）。

　まあしかし、「シャネルを着たＯＬが地下鉄の階段でコケて鼻血を出した」という話で、彼女のファッションがシャネルかフェレかアライアかの違いは重要になったものの、結局は、そのコケ方の描写力がものを言うわけで、読み物の基本は変わっていない。

　と、偉そうに同業者を肴にしてしまった。ここで紹介した個人に対して、決して悪意はありません。競合他社の文章を読みつつ、面白ければ笑いながらも腹が立ち、退屈だとアクビをしながら妙にうれしい気分になった私でした。

●１９９１・４・25／朝日ジャーナル増刊

＊このセンの原稿でナンシー関を忘れていませんか？（名はちらっと挙げているが）と思われるかもしれないが、彼女がどっとブレイクするのは翌年あたりからなのだ。

1990年、平成初頭のナウたち

森高・下北・エコロジー……

●週刊文春連載「ナウのしくみ」（1990・3〜1990・9）より

北尾＝秋元康
同一人物説。
KITAO

パンクな北尾光司、吠える

東京ドームに行った。と言ってもタイソンでも、ストーンズでもない。超闘王・北尾光司のプロレスデビュー戦である。

北尾（双羽黒）に関しては、相撲時代から何度かこのコラムで書いた。ファンである、というか、僕のような書き手にとってはおいしいキャラクターだ。そして一時期、同じように〝新人類〟という冠を付けられていたあたりも「戦友」のような親近感を覚える。

試合数日前から北尾関連の報道には積極的に目をむけた。デビュー戦の宣伝を兼ねてワイドショーに出演したりしていたが、そういうときの北尾はキチッとしたダークグレイのスーツにインテリ風の黒ブチメガネをかけている。誰かに似ている。そうだ、作詞家の秋元康である。前々から似ているとは思っていたのだが、スーツ姿に黒ブチメガネとなるといよいよ決定的である。冷静な声のトーンといい、コメントをし終えてふと横目遣いをした仕種、といい。

ま、それはともかくとして北尾関連の宣伝番組では、グアム島での特訓風景などが流された。なかで一番凄かったのは、北尾がパンツ一丁でグアム島のどこかの滝に打たれている、といったシーンである。日本の芸能人はカムバックする際に滝に打たれるのが好きだ。古い話になるが、かつて扇ひろ子という歌手が再起を賭けて長襦袢姿で富士山のほうの滝に打たれているグラビアをどこかの女性週刊誌でみたことがあった。しかしグアムまで行って滝に打たれることもなかろうが、とは思う。

さて、東京ドームである。今回のイベントは正式には「'90スーパーファイトIN闘強導夢プロリンピック　パートII」というらしい。（闘強導夢、ってあて字はいかにもプロレス的というかスポーツ新聞的文法である）北尾のデビュー戦以外にも、猪木・坂口のタッグ、長州、天龍の対決など計十一の対戦が組まれている。夜の六時にスタートして、十時近くにセミファイナル、北尾登場となった。

まずは対戦相手、クラッシャー・バンバン・ビガロの入場である。プロレス音痴の方も、その名前からしておおよそどんな感じの奴かは想像がつくであろう。正にバンバン・ビガロなのだ。南海に突如出現した海入道、とでも言おうか。ツルツル坊主の頭に気味の悪い半魚人のウロコみたいな入れ墨を彫りこんでいる。前田のストイックなプロレスもいいが、やはりこの手のイロモノもプロレスのプロレスたる魅力だと思う。

そして北尾。デーモン小暮作曲によるヘビメタなBGMにのせ、出てきたぞ。ターミネーターを意識したというゴツゴツの革ジャン。その下はタンクトップにピチピチのパンツ、ヒザまでの蛍光イエローブーツには赤い稲妻が走り、メッシュを入れた頭はパンクにおったてている。花道に用意された御立ち台に仁王立ちし、ガオーッと諸手を挙げ、サングラスを外した。

「出方からしてカッコ良かった」と、翌日の日刊スポーツの描写にはあるが、それは少し違うような気もする。観客は拍手喝采、涙を流しながら、たぶん笑っていた。とにかく凄まじい歓声に沸いたことだけは確かである。

リングに上がってからの北尾のファイテング・ポーズが、また良かった。ゲンコの右手をグ・グゥッとあげて「かかってこい！」とやるポーズ。そのグ・グゥ、の感じが昔TVでやっていた「ジャイアント・ロボ」が歩くときの形態によく似ている。

グ・グゥ　カシーン。グ・グゥ　カシーン。彼方のリングでジャイアント・ロボが入れ墨怪獣ビガロと闘っている。散々手こずった末、ラストあっけなく逆転して勝つあたりもショート・サイズのヒーロー活劇的であった。「ぎこちなさ」をウリにして馬場タイプのナイス・パフォーマーに育って欲しいと思う。

●1990・3・1／週刊文春

イケイケ、池上彰

ニュースを読むキャスターやアナウンサーの〝パーソナリティ〟が問われるようになって久しい。つまり、ニュースの素材以上にキャスター席にいる久米宏の髪の毛の伸び具合であるとか、ポケットチーフの柄だとかに視聴者の目はいく。フジテレビでは露木茂をはじめとするニュース担当のアナウンサーたちも時折、バラエティ番組に出てボケをかまし、ニュース番組の

NGシーンまでも一つのバラエティ番組として放送される。

このようにして、ニュースを読む人もタレント化していく。NHKも、「平野次郎のニュース・トゥデー」などを観ていると、両脇の女性キャスターを含めたスタジオの景色は、ちょっと以前の地味な、色で言えばドブネズミ色のNHKニュースの面影は微塵《みじん》もない。となると、ポケットチーフがどうのこうのとは無縁の、頑固に従来の目立たず地味に、NHKニュースアナ道を守り通している人にスポットをあててやりたくなる。

「NC845」を担当する池上彰、そして夜十一時台のニュースに時折顔を出すA氏。(このA氏の名前がどうしても思い出せない。校了ぎりぎりまでニュースをチェックし、待ったのだが、遂に現われなかった。残念だ。しかしそのくらい表舞台に縁のない地味な存在、ということだろう)僕がA氏に着目したのは一昨年秋の「天皇陛下ご容体報道」のときだったと思う。A氏は、市役所の出納係が着ているようなネズミ色のスーツに、西陣織の柄によくありそうなくすんだ紺にマルや菱形の細かい模様の入ったネクタイを締め(もちろん結び目は大きい)見るからに内臓の弱そうな顔に細い銀縁のメガネをかけて、終始表情を変えることなく淡々と天皇陛下のご容体に関する報道をコメントした。そして画面は二重橋の静止映像に変わり、「二時になりました。ここで天皇陛下のご容体に関する……」「三時になりました……」と、繰り返し登場した。が、彼の質素な風貌は決して視聴者にしつこさを感じさせることなく、また暗い、内臓の弱そうな趣きが厳粛かつ深刻なニュース素材にぴったりと合っており、僕は、NHKもなかなか考えているな、と感心した。少なくとも焼肉ペロッと大食《たいら》げてビールを大ジョッキでググッとあけてガハハと陽気に笑っていそうな松平定知の仕事ではない、と。

８４５の池上彰は、A氏に比べるとやや性格は明るい、と思われる。が、地味であることには変わりない。ツルッとしたタマゴ型の顔に平べったい一重目。顔の寸法に比べて肩幅が狭い。イケスに入ったカツオみたいな魚を正面から見た、そんな感じの風貌だ。そして、池上は三日に一度くらいのペースで気の効いたシャレを吐く。大体、終盤のやわらかいニュースのあと、天気予報に移るクッションとしてボソッという。たとえば、どこかの家で飼っていたサルが脱走して捕物劇があったみたいなニュースだったたと思うが、そのニュースのあとにニヤッと笑って「サルのニュースですから見ザル、言わザル、ということで」とまぁ、そんな具合だ。で、天気予報をササッとこなして「それではこのあとはニュース・トゥデーです」と、平野次郎にバトンタッチする。

こういう人っているんですよね、どこの会社にも。ふだんはマジメ一筋の経理課長。が、実はちょっとしたユーモア心があって、慰安旅行の宴会でさりげなく持ちネタのドジョウすくいなど披露し、「んじゃ、私はお役御免ということで」と、あとに控えるエンターテーナーにステージを譲り、またもくもくと宴席の端っこで目立たず酒をのむ。そういう人間性が伝わってきて、この人、好きです。シャレたダブルのスーツを着てタレントまがいの大袈裟なリアクションをするだけが、キャスターのパーソナリティではない。

●１９９０・３・15／週刊文春

＊90年の末の単行本（『ナウのしくみ91』）刊行時には「ますますダジャレを放ちまくっている。バラエティ番組の司会、も近い」と付記したのだが、独立（２００５年）後の池上氏の活躍ぶりは言うまでもない。

ステージ上の森高人形

僕のまわりに〝隠れ森高ファン〟がけっこう多い。大学時代の三十三を過ぎて独身の友人とか、このページでイラストを担当している渡辺和博氏も相当熱狂的な森高愛好者である。

去年の暮れに渡辺さんのお宅を訪問したときのことだ。

「森高って、やっぱくるよね」とか言いながら、いきなり森高千里のライヴビデオを観せられた。氏がＣＤ等で森高を愛聴している、近頃かなり熱が入っているようだ、等の事情には薄々勘づいてはいたものの、ついにビデオを購入するとこまでいってしまったか。僕は氏のひたむきな森高道に胸をうたれた。

かくいう僕も、森高が嫌いかといわれて否定する理由はない。顔といい、化粧の具合といい、ちょこっと突き出したヒップから太もも、足首に至るスタイリングといい、さらに俗に〝南野《ナンノ》系〟と呼ばれるいかにも咽頭部のか細そうな声質（源流は木之内みどりか？）といい、好きだ。

そして何と言っても、森高の魅力は、物産（三井）あたりのアソんでそうなＯＬメイク顔をしたまま、リカちゃんのオシャレセットみたいなピラピラの衣装を着て下さったりする点である。この「丸の内のケバいＯＬ様がリカちゃん人形している」みたいなアンバランス性がかもし出すエッチ。

これは一刻も早く生《ナマ》を観るべきである、ということに話がまとまり、僕らはライヴ「森高ランド」が催されている新宿・厚生年金ホールへと向った。

玄関口の人の列をみていたら正月の湯島天神を思い出した。受験、浪人生風の若者が多い。彼らはフード付きのファッションを好む。背中に“FREE PARADISE”とかいうわけのわからない横文字レタリングがされたヨットパーカーみたいなものを。そして、何故か卒業アルバムの写真の頭を黒く塗り潰されそうな染め髪の少年も目立つ。が、決してツッパリ顔というわけではない。気弱そうな顔して髪だけ赤い。そんなタイプだ。

渡辺氏はさすがに力が入っていて、編集者とともに写真取材の許可をとりつけて、カメラマン席に潜りこんだ。望遠レンズでじっくりと森高の肢体を拝もうという決意が窺われる。

コンサートが始まった。いきなり客は総立ちである。スタンディングの風習はロックに限らずアイドルの世界にも浸透したようである。僕の前の席の少年はのっけから身をハスに構え、時折右手を口の脇にあてて森高コールを飛ばす。とにかく自分の立ちポーズが、コールを叫ぶときの型に合わせて最初から決まっているあたりが凄い、と思った。歌舞伎で贔屓に掛け声をかける常連衆の境地である。

曲調はほぼ八割方がいわゆるユーロビートである。つまり、ウインクというかベイブ以降の「マハラジャでかかるようなディスコものを和訳しました」というパターン。（森高の場合は、そこにのっかる自作の詩がユニークで面白いわけだが）ステージ中央のお立ち風のところにのっかって森高が唄い、踊る。客はヒューヒュー飛びはねながら拍手する。

「マハラジャみたいなものを、マハラジャには勇気がなくて、あるいは服装チェックではねられて入れないキミたちのためにもってきてあげましたよ」みたいな、山奥にやってきた移動図書館のようなものだ、これは。ヨットパーカーの少年たちは、森高が曲にのせて衣装を次々と剝いでいくたびに「ヒュー」と拍手喝采する。そういう意味ではストリップショー的な要素も兼ねている。

しかし杉本彩にしても田中美奈子にしても、ほんと性の部分をわかりやすくサービスしてくれるアイドルが増えたものだ。場所が歌舞伎町に近いこともあって、風俗関係のお店を冷やかしてきたような印象が残った。やっぱ森高はくるよね。

●1990・3・22／週刊文春

森高の髪
六本木に行く勇気がない少年達のための森高
4里
森高の足

「牛込文化」の休日

ゴールデンウィークのニュースは〝花博〟の混雑ぶりやら、東名の渋滞ぶりやらをこれ見よがしに映し出している。ざまぁみろ、である。僕はゴールデンウィークを利用してカン詰めとシャレこんだ。S社のSクラブの部屋にひとり、静かなもんである。S社のSクラブというのは、別に黒覆面をつけてムチを振るったりするお姉ちゃんが出てくるようなところではない。作家をカン詰めにして原稿を書かせるための書斎を設けた、S出版社の別棟である。

瓦屋根の日本家屋で、窓から庭園なども望める。こういった偉そうな書斎にいるとそれとなく偉そうな文豪になったような気分になるものだ。鎌倉に書斎を構える古老の作家の心地で、朝の散歩に出掛けた。トレパンにヨットパーカーにスニーカー、もう一つ格好は冴えないが。

牛込の矢来町から江戸川橋に向って裏路地を歩く。牛込と言えば、昔、近所の悪ガキがこんな唄をうたっていた。「火事はどこだ　牛込だ　牛のキンタマ　丸焼けだぁ」東京関係の文献を読むと、牛込の名の由来は、かつてこのあたりが一面、牛の放牧場であったから。また、〝キンタマ丸焼け〟の唄は、牧場が火事になったことがあり、それを見た人が唄い出したものだという。本当かねぇ。

界隈は、赤城元町、赤城下町、天神町、中里町、改代町……と、ちょっと目を離したすきに町名が変わってしまうような、細かい町が密集した地域だ。（あたりを総称して牛込という）くねくねと狭い路地が続き、一本曲がり損ねると目的の方向にしばらく進めなくなってしまう。

大通りに出たとき「牛込文化」という看板が目に入った。牛込文化、とは何ぞや。映画館であろうか。古い映画館には、〝文化〟というネームを付けているところが何軒かある。しかしこんな駅前でもないところに映画館などあるのだろうか。

看板の前まできたとき、そこには確かに「牛込文化」なる映画館が存在していた。ポルノ映画上映館である。が、極めて控え目なポルノ上映館で、ぎとぎとしい絵看板の類はない。見落しそうなショウウインドーのなかに、申しわけなさそうに「谷ナオミ　薔薇の肉体」「花と蛇地獄篇」の小ぶりのポスターが。

初回上映時刻、十二時二十一分。二十一分、この中途半端な時刻が場末の映画館風で寂しい。向いの喫茶店で暇を潰して、初回に入った。席は九十席。上映五分前に入ると、客は僕を含めて五人。それでも「おっ、五人もいるのか」といった感じである。このゴールデンウィークのさなかに。五人は当然、すべて単独客で、みな計算して他者と距離をとって席を選ぶ。

上映までの間、退屈なオルゴールみたいなインストゥルメンタルがチンチラ鳴っている。場末のポルノ館特有のＢＧＭだ。このチンチラした幕間のＢＧＭをききながら「早く始まれ、次はどんなに凄いやつか」と胸を膨らませていた高校生の頃を思い出す。中野ひかり座、というポルノ館に何度通ったろうか。

「花と蛇」が始まった。路向こうのジャンパーの初老がカシッとタバコに火をつけた。禁煙のマークがあろうと、客は当然のようにタバコを喫う。場末のポルノ館の掟である。筋が濡れ場から遠のくとさっと新聞を広げる一見紳士風。新聞は日経のようだ。こんなポルノ館で日経読んでどうするというのだ。

「花と蛇」の緊縛シーンは最高潮に達しようとしている。ここまでか、と読んだか浪人生風が場外へと消える。五分後、生還。おぬし若いのぉ。

一本目だけ観て、若干表の人通りを気にしつつ外に出た。爽やかな五月の陽光が眩しい。牛込文化の裏手はサラ地になっていて、まもなくマンションなどが建つのだろう。こういう男の隠れ家だけは何とか残しておいて欲しいものだ。

●1990・5・17／週刊文春

嵐のカラオケ

年に一度〝忘年会〟の名目でカラオケ大会をやっている某百貨店の友人から連絡をうけたのはひと月ほど前のことだ。

「いやあ、ウチのTが凄い兵器を手に入れたんですよ。レコードの唄の部分が消せる、これさえあればどんな曲だってＯＫ……」。要するにミキサーのような機械なのだが、某百貨店のなかでも〝カラオケおたく〟の異名をとるＴ嬢は、時価三万相当のこの即席カラオケ製造マシーンを購入したという。

カラオケの、とりわけポップスのジャンルは入れ替りが激しい。田原俊彦や近藤真彦の二、三年前の曲は、ちょっと目を離したすきにリストから消えてしまっている。というわけで、この〝即席カラオケ製造マシーン〟でオリジナルのテープを作成しカラオケ屋に乗りこもう、というプランがもちあがったわけだ。

歌舞伎町の北のはずれにあるスナックに午後七時、集合。

某百貨店はＴ嬢をはじめ強者揃いだ。独特の怒鳴りつけるような歌唱で、ビートたけしの「抱いた腰がチャッチャャッチャャッ」などを得意とするＩ。三十の声を前に見事にスキンヘッズした頭と百キロはあるかと思われる巨体を揺すぶって、アグネス・チャンの「草原の輝き」を可憐にみせるＳ夫。そして、休暇の九州旅行を中途で取りやめにしてＴ夫が博多から駈けつけてきた。ジャニーズものをやらせたらＴ夫の右に出る者はいない。風体からして元シブがきの布川なら、日常の身振り手振りすら既にジャニーズ化している。テーブルのグラスに手を伸ばすとき、腕時計に目をやるとき、アクションに妙なメリハリがあって、そこで田原が踊っているように見える。あそこまでイッてしまうともはや完治は不能であろう。

食事の皿ウドンがテーブルに出る前に、早くも新人のＯが先陣を切った。四、五年前のＢＯØＷＹの曲。彼はどうやらロック派のようだ。しかし皿ウドンも待たずにステージに走るとは、新人Oは一刻も早く皆に溶けこもうと必死なのだろう。誰にもそういう時期はある。ところで当日の僕の選曲は以下の通りだ。

①E気持/沖田浩之　②僕はおまえが好きなんだ/にしきのあきら　③悲しきメモリー/郷ひろみ　④シンデレラは6月生まれ/あいざき進也　⑤ラブ・ショック/川崎麻世　⑥オレンジの雨/野口五郎　⑦裸のビーナス/郷ひろみ

われながらシブい選曲である。ちなみに某百貨店の面々は、各々ウォークマンを持参してきており、自らのオリジナルオケテープの頭出しに余念がない。カラオケ屋で耳にイヤホーン突っこんで曲の頭出しに励む集団を、周囲の客は異様な視線で見守っている。

夜半過ぎになって〝S嬢が歌舞伎町を北上中〟の報をきいた。S嬢はT嬢より数年先輩の女子社員で、ひと頃「都はるみ」で一世を風靡していた。S嬢はその後、配属換えや結婚でしばらく一線から遠ざかっていたのだが、久方ぶりに復活する、という。T嬢はS嬢がいぬ間にメキメキと頭角を現わしてきた〝演歌の新星〟である。芸能ごとの好きな家庭に育ち、幼い頃より三味や小唄の稽古に通じてきたサラブレッドである。S嬢にしてみれば、みすみす新人に自分のイスを奪われてなるものか、といったところであろう。声帯で鈴が鳴るようなヴィブラートを利かせて坂本冬美「祝い酒」を熱唱するT嬢、そしてS嬢が扉をあけて入ってきた。「祝い酒」を唄い終えたT嬢に微笑みかけ、拍手を送ると、都はるみ「アンコ椿は恋の花」。いよいよ師弟対決の火ぶたが切っておとされた。♬アンンンコゥゥオ〜　S嬢健在を伝える小節が店内に響きわたる。「酔っぱらっちゃった」で応戦するT嬢、巨体を揺するアグネス男、ふと脇をみるとジャニーズが腕をくるんくるんさせて踊っている。隣の客が顔をこわばらせて拍手をしている。

ビーナース
頭出しに熱中して他人の曲はきかない
当日ユーミンの曲10曲で作られたハウス物カラオケテープがひどくうけていた。

●1990・6・14／週刊文春

エコロジーと地球儀

デパートの中元商戦のキーワードは案の定〝地球環境〟だという。しかし一年前まで〝大毛皮市〟やってたところがエコロジーがきた途端、ミンクもワニ革を放っぽり投げて、〝地球環境〟とは、その辺の節操のなさはこの世界（雑誌）と一緒である。

再生紙使用のレターセット、漆塗りのハシ、フロン未使用のスプレー、ヤシ油使用の洗剤……といったものがギフトコーナーの目玉商品となっているらしい。なかでそんな「地球環境を考えよう」ブームに乗って、地球儀がバカ売れしているという。いかにも日本的な現象だ。

地球儀と言えば、僕の少年時代は一種〝男の子のステイタス・グッズ〟的な趣があった。友達の家に遊びにいくと、勉強部屋の本棚の上あたりに必ず一基、地球儀が置かれている。その地球儀の立派さ加減が彼の家の経済状況を測る尺度のような役割をしていた。スイカ以上の大きさで、かつ凹凸のある地球儀、これは文句なく金持ちである。一方、プリンスメロンをひとまわり膨らませた程度の寸法、アルプスもマリアナ海溝も差別なく平面上に描いた、そんな質素な地球儀をまわしつつ世界一周旅行に夢を馳す少年もいた。

図工の時間に地球儀を作ったこともあった。バレーボール大の球に世界地図を貼りつけていくわけだが、これがなかなか難しい。市販の平面地図をそのままぐるっと球に巻きつけてアジア大陸の上のほうがシワシワになっていた奴もいた。地球儀を自分で作ってみると「丸い地球は変だ！」ということに気づく。

さてそんな地球儀が時ならぬエコロジーブームに乗って、久方ぶりに勉強部屋の、書斎のインテリアとして復活しつつある。が、まぁ地球儀をグルグルまわしたからといって、大気中の亜硫酸ガスが消える、オゾン層の穴が埋まる、というわけではない。「地球環境を考える」というより、半分は海外旅行のブーム等が影響しているのではないかと思う。僕の仕事場にもREPLOGLE社製の地球儀が一基あるのだが、遊びにきてはグルグルまわしてニューカレドニアやセーシェルを見つけては「あー、早く行きたぁい」とかほざいて帰っていく女の子がいる。地球儀で海外リゾート地のお勉強をして、そこに乗りこんでいって環境を破壊して帰ってくるのでは、元も子もない。

あるいは、机上の地球儀をまわして、次に買い上げる世界の土地に印をつけては悦に入っているジャパニーズ・ビジネスマンもいるかも知れない。たとえばの話、用途に応じて〝変わり地球儀〟が何種かあっても面白い。

有休をとって行くリゾート地にしか興味がないOL向けには、ハワイやマリアナをはじめとする南洋の島ばかりやたらとバカでかい地球儀。また、先のジャパニーズ・ビジネスマン向けには、山脈で凹凸をつけるより、ニューヨークやロスのビルで凹凸を描いたほうがそれっぽい。

地球環境を考えるなら、アマゾンの森林伐採やサンゴ礁破壊の状況が克明にわかる地球儀、なんてのがあってもいい。（もうあるのかも知れないですけど）

しかしこういったエコロジー運動みたいなものが「漆塗り→○、ワリバシ→×」という具合に規約化されていくのはコワい。それさえ守りゃ大丈夫だ、ってことになってくると。プルトップ押し込み型の缶ビールだって、これで安心と缶ごとポイしてたらしょうがない。だからと言って完璧にエコロジーしようとしたら、結局、モノ作るな、人間息するな、というところに行きつく。つまりは常識か非常識かの問題だと思う。

東京にたまさか積った雪の上を歩くのは、惜しい。惜しいが歩かなければしかたがないので、足跡や轍《わだち》の上をなぞって、申し訳なさそうに歩く。そのくらいのもんでしょう、きっと。

●1990・7・5／週刊文春

鈴木都知事の名刺

A誌主催のトークショーのようなものに出席した。「東京」をテーマに都知事の鈴木俊一氏、ハープ奏者の吉野直子さんと三人で語る、というもの。しかし何というカップリングであろう。気の知れた友人同士の対談は確かに気が楽であるが、こういう全く展開の読めない座談会、というのも緊張感があってたまにはいい。僕はかつてある若者向け雑誌でアントニオ猪木、森田芳光両氏とともに読者から寄せられた〝恋愛相談〟に答える、という凄まじい仕事をした経験があるが、あれ以来の感覚である。胸がわくわくする。僕はどうもこういう節操がない、というか、「どういうつもりなの?」って感じの営業が根本的に好きみたいだ。

ところで当日は各週刊誌、報道番組で〝新都庁チャウシェスク知事室〟がメッタクソに叩かれているさ中で、鈴木氏が会場の青山スパイラルホールに果してやってこられるのか、最後まで不安であった。が、開演十五分前、ＳＰ二名を伴って楽屋に到着。このＳＰサン、さすがにガタイは逞しく、身長は両者とも優に百八十はあると思われる。鈴木氏の両脇に立ちはだかったその佇まいは正に水戸黄門を支える助サン格サンである。対談中ヘタなツッコミでも入れようものなら、ササッと会場後方より舞台に上がり、両脇を抱えこまれて連れ去られそうな気配である。

ま、その本論の部分はA誌上でお読み戴くとして、楽屋で鈴木氏から頂戴した名刺がふるっていた。

「東京都知事　鈴木俊一」

の名と、東京都のイチョウの葉のマークが刷りこまれただけのいたってシンプルな名刺である。が、紙質が若干ゴワッとしており、裏を返すと（この用紙は、再生紙を利用しています）とあった。

うぅむ、と唸ってしまった。そうか、ここまでやらなくてはならぬのか。（この用紙は、再生紙を利用しています）わざわざ添え書きするのは確かに野暮ではあるが、やっぱりそこまで野暮を承知でやらなくてはニッポンのあの手の仕事は成り立たないのかも知れぬ。知事室が実際、千坪あったっていいじゃないの。大理石のフロアーにバカでかいミルクブロでもつくって美女侍らせて、奴隷飼って、われわれの血税で……とすり寄ってくる貧乏人は都庁のてっぺんからマシンガンでバンバン銃殺する。オレが知事だ、文句あっか！

とまぁ本音ではそうやりたいところだろう。少なくとも僕が知事になったら、そんな妄想を一瞬でも浮かべそうである。が、そこをぐっと我慢して、「ほんとは八十平米かそこらのもんなんでさぁ、いやぁシャワーたってこれがもぉセコイ、慎ましいったらありゃしない。ほら見て下さいよお客さん。この名刺、再生紙。ゴワゴワしちゃってる、でも資源は大切にしなくちゃってことでねぇ……」これもまた因果な商売である。

このトークショーに先立ち、面白い本を一冊読んだ。『こやしと便所の生活史』（楠本正康・ドメス出版）。標題のとおり、いわゆるウンチ関係の歴史が描かれている。最も興味深かったのは、人糞尿がまだ有価商品（こやしとして農家に販売されていた）だった江戸時代、ウンチにも品質による等級が業者間に存在していたという。①最上等品＝勤番（大名屋敷勤番者のもの）②上等品＝辻肥（市中公衆便所のもの）③中等品＝町肥（ふつうの町家のもの）④下等品＝タレコミ（尿の多いもの）⑤最下等品（囚獄、留置場のもの）。

要するに生産者の食事内容で等級が決まっていた、ということである。ウンチは化学肥料の需要が高まる戦後二十年代まで有価物としての価値を保っていた。エコロジー熱が高まる昨今、再び〝ウンチの再生〟が見直されてもいい。最上等品＝地上げ屋のもの、であろうか。

●1990・7・19／週刊文春

パラボラのある家

衛星放送、ってのを入れて一カ月になる。僕の住んでいるマンションはまもなく築二十年になろうとする中古だが〝眺望〟だけはなかなか良い。ベランダに出て下界の景色など眺めていると、ここ一年であの銀色のナベ、パラボラアンテナを屋根や屋上に載っけた家がぐっと増えた。僕の小学生時代はいわゆる〝3C時代〟のまっ只中で、カラーテレビをいつ導入するかが家族会議の論議の的であった。学校の帰り道、カラーテレビをいち早く入れた家の屋根には、「ウチはカラーだぞ、ザマァミロ！」とばかりに赤、青、黄の三原色のビニール貼りを施したきれいなアンテナが青い空の下に誇らしげに輝いていたものだ。

そんな家の玄関には、一般家庭のブルーのやつとは違う、銀地に赤、青、緑の縁どりをしたカラーテレビ導入者専用のＮＨＫ受信シールがペタンと貼られていた。いまでこそ珍しくも何ともないシールであるが、当時（昭和四十年代初頭）はステイタス・シンボルであった。あんなシールの貼られた家の子供はなんて幸福者なのだろう、と思ったものだ。（いまだにハッキリと憶えているが、わが家はウルトラマンの伝説怪獣ウーの回からカラーになった）

さて、衛星放送アンテナの取り付け作業であるが、これがなかなか難航した。実家の時代から贔屓にしている花里無線（電気屋）を呼ぶ。かつて実家にカラーテレビを導入した頃、まだ二十そこらの兄ちゃんだった男が、すっかりオヤジになって十八くらいの息子を伴ってやってきた。近頃のテレビとかビデオはシステムが面倒くさいので十八くらいのニューメディアに強い息子がいないとやってらんない、と苦笑した。

アンテナ取り付けが難航したのはやはり〝角度〟の問題である。マンションの五階なのだが、取り付け場所のベランダ南東方向にマンション側壁の出っ張りが引っ掛っている。ビルを削るわけにはいかない。と、ベランダから数十センチ外にせり出す形でアンテナを装備しなくてはならぬ。一度目はせり出しがアマくて失敗した。どうにか映像は映るのだが、粒子が荒い。ワールドカップサッカー会場に砂嵐が吹いている。マラドーナもスキラッチもマテウスも、ツブツブの砂嵐に身を押し潰されながら必死でボールを操っている――という感じだ。それはそれなりに味があったのだが、さすがに目が疲れる。電気屋のほうも「お客さん、こんな仕事じゃワテらゼニとれまへんわぁ」ということで、数日後再びやってきた。

ベランダに腰まで身を乗り出し、命を張って衛星アンテナ取り付けに挑んでいる。傍らで息子が〝電波角度計算器〟のようなものを持って、必死で衛星電波の強度をチェックしている。「息子よ、オレが落ちて死んでも、衛星だけはキャッチするぜ!」ニューメディア時代の美しき電気屋父子愛がそこにあった。

電気屋オヤジのわが身を顧みない仕事の結果、見事、衛星電波キャッチに成功した。イタリア全土を襲っていた砂嵐は解消され、各サッカー会場の美しい芝が画面いっぱいに映し出される。〝新星カメルーン〟ロジェール・ミラ選手の人間離れした動きも、シュート後に披露する奇天烈な腰フリダンスも、やたらと警告の黄紙、赤紙を出しまくるコワい審判の姿も、鮮明な映像で堪能することができた。

しかし何にも増して不気味だったのは、パラボラを装着した直後、インターフォンが鳴り、ドアをあけるとＮＨＫの職員が佇んでいたことだ。

「お宅、付いてますね」ボソッと言い不敵な笑みを浮かべた。どうも界隈の屋根ばかり見回って歩いているようだ。パラボラのイラスト入りのシールが玄関にペタンと貼られたが、子供の頃みたくうれしくはなかった。

●１９９０・７・26／週刊文春

下北沢カジノフォーリー

下北沢の駅前劇場に芝居を観に行った。下北沢周辺には、この駅前劇場と本多劇場、スズナリと三軒のその世界では有名な芝居小屋がある。その世界とはいわゆる〝小劇団〟の世界である。僕が下北沢という町に足を運ぶのは概ねそういった劇団の公演を観に行くときである。

しかしいつやってきても、この町には若者しかいない。それもポロシャツの衿を60度の角度でおっ立てたような大学一、二年生くらいの若者、って奴が圧倒的に多い。こういうのが迷路状になった繁華街をぞろぞろ歩いている。渋谷でも自由が丘でも多少はスーツのサラリーマンやら東急の袋をさげた主婦やらと出くわすものである。が、下北沢の場合は全くと言っていいほど、いない。すれ違う奴、すれ違う奴、すべてポロシャツだ。じいさんに婆さん、買物籠さげたおっかさんはいったいどこに消えたのだ。

さて芝居は「宗教活劇　神のようにだまして」というもので、お笑い系の小劇団のなかではいま最も面白いと思われる、ワハハ本舗、大人計画、劇団健康といったグループのメンバーが入り混じっての公演である。とまぁ、〝宗教活劇〟というのも本気でイエスやマホメットの生誕劇を演じるというわけではない。たとえば「大作のバカヤロウ!」というセリフを何故か言えない某宗教団体の信者が登場し、客席の笑いを誘う――といった意味合いでの〝宗教活劇〟である。構成演出者の村松利史(ワハハ本舗)はかつてここでも紹介した〝平成モンド兄弟〟の片われで、エロ、グロ、スカトロ、差別……等の過激ネタを頓に好む。

そんなこともあって、以前は客席に女性、それも一般的なソバージュ頭をしたティラミス娘が食べてそうな女性の姿はほとんど見受けられなかった。しかし、今回はそういうティラミス娘がどっと増えている。これはどうしたことなのか。舞台で繰り広げられる演者たちの〝ツバの飲み合い〟〝シリの見せ合い〟あるいはスクリーンに映し出される男女性器の拡大写真に「エーナンナノォ　ヤダァ　ソレッテェ～」の黄色い声があがる。

以前は単に「ギャハハ」と男のように笑いとばすその筋の女しかいなかった。エー　ナンナノォ　ソレッテェ　のリアクションをこんな場所できけるとは思ってもみなかった。そして、私語が実に多い。「で、逗子の花火行くわけぇ?」なんて話を勝手にしている。この手の小劇団の客席で、公演中に「逗子の花火行くわけぇ」の雑談をする客など少なくとも二年前までは皆無であった。大体、こういうもんに来る客と、逗子の花火を肴に〝ねるとんごっこ〟をする客とは層が一致しなかったわけである。ま、これも巷で言うところの〝オヤジギャル現象〟の一端なのであろう。

ところで今回はNHK教育テレビでやっている「現代セミナー　日本の喜劇人伝」の話と絡めて笑いの新旧について書こうと思っていたのだが、行数が僅かとなってしまった。一回目の榎本健一の回を観て、改めてエノケンという人の凄さに驚かされた。あの動き、あの形態……。エノケンだけまわりの俳優とは別のコマ数で撮られているような人間離れしたスピード感である。「ピーナッツ・ベンダー(南京豆売り)」に乗せてチャンバラシーンをやってのける「エノケンの近藤勇」やサラリーマンもののミュージカル「青春酔虎伝」といった映画、フィルムが現存しているのなら是非とも全編放送あるいはビデオ化して欲しいものである。

エノケンのカジノフォーリーがあった浅草。小劇場のライヴから新しいお笑い芸人が進出しはじめた今日この頃。下北沢は比較的昭和初期の浅草に近い位置の町になっているのかも知れない。

●1990・8・2/週刊文春

福井のブラジル人

福井県今庄町《いまじょう》にやって来た。ここで二日間にわたって思う存分〝虫採り〟をやる、というのが今回の旅の目的である。北陸本線の今庄駅からバスで十キロ程山間《やまあい》に入った杣木俣《そまきまた》の集落、僕はこの村で小学四年生の夏を過ごした。当時、家に家政婦として入っていたTサンの実家があり、お盆の里帰りにくっついていって虫採りに明け暮れた。田舎のない僕にとっては第二の故郷的な場所、なのである。

去年一度、家族を連れてお邪魔したのだが、今年もまた来てしまった。今回は一人、である。見渡す限りの田んぼの畔道で、大の大人が捕虫網をふりまわしている。ほとんどジャック・タチの「ぼくの伯父さんの休暇」の世界である。こういうのがやりたかったのだ。朝の七時過ぎのバスに乗ってやって来て、既に五時間、炎天下の田なかを歩きまわっている。戻りのバスは夕方の六時までない。しかしまだ究極の目的であるオニヤンマは網にかからない。雑魚《ざこ》のシオカラとウスバキトンボばかりである。そんなもん片手でひょいひょいだ。オニヤンマの捕獲と較べたら、野茂の豪速球と草野球オヤジの球くらいの差がある。緊張感が全く違う。

しかし二十余年前と較べて、この田舎からもめっきりと昆虫の数が減った。確かに、一面の田んぼ、その彼方に深緑の山林、といった大まかな田舎的景色はキープしているものの、かつてハンミョウが飛びはねていた土の道は舗装され、サンショウウオがいた小川は、よせばいいのに妙なコンクリートで護岸されている。農薬の使用量も増えたのであろう。ま、たまに訪れる観光客が堂々と文句を言えた義理ではないが……何とも惜しい。

Tサンの実家があった集落も、年寄りの住人が残すところ十名足らず、自然廃村寸前の状態でTサンの母親も隣町の新興住宅地に息子家族と暮らしている。

「道路ばかり良くしたって、人がいなくなっちゃうんじゃしょうがあるめぇ。この辺の百姓だって、会社通って片手間で百姓やってんだから。ま、面白ぇ世の中になったもんだぁ……」

七十五になるTサンの母親は、〝近代化の波〟とか〝自然破壊〟とかの問題をすべて「面白ぇ世の中になったもんだぁ」という文法で締めくくる。

「廃田の跡には杉の木植えるんだよ、家の柱とかに使い道があっから。もう杉ばっかし増えちゃって、この辺でもほれ、花粉症ってのに罹《かか》るのが増えている。面白ぇ世の中になったもんだぁ」

Tサンの新家にお邪魔する前、僕は今庄の町なかにある民宿にお世話になっていた。どうせ田舎町の民宿と高をくくっていたら、シーズンの鮎釣り客で部屋は満杯であった。単独客の僕はプレハブでつぎ足したような狭い四畳間の一室に押しこめられた。壁に斉藤由貴のポスターが一枚、何故か貼られている。従業員が寝泊りするようなタコ部屋であろう。その棟の共同トイレ（無論、非水洗）にしゃがみこんでいたら、眼前に妙な貼り紙があった。

Regulament. Au sujar a toiletteé essencial gue a ……

英語と仏語、スペイン語が混ざり合ったような……。おそらく〝トイレをきれいに使いましょう〟というようなことが書かれているのであろう。

「あのぉ、妙なことをお聞きしますが……」と、出際に宿のおばさんに尋ねてみたところ、「実は、前日までブラジルの団体さんがお泊りになりまして」とのこと。

ブラジル人が鮎釣りに来たわけではない。近くの自動車部品工場に出稼ぎに来たブラジル人従業員の団体、らしい。そう言えば僕の部屋の戸に「マリオ、ラウロ、マルコス」等の部屋割りの貼り紙があった。

百姓は出ていく。ブラジル人はやって来る。いやぁ、面白ぇ、世の中になったもんだぁ……。
●1990・8・9／週刊文春

お祭りテキ屋フリーター

久しぶりに近所の御霊神社のお祭りに行った。僕はお祭り以上にあの提灯というやつが大好きで、夕刻、神社に至る道筋にぼわっぼわっと灯っている提灯を目にすると胸が騒ぐ。巴マークの入った祭り提灯を収集しようか、と考えたこともあったほどだ。

御霊神社は小学校の頃からの行きつけの神社である。しかしマンションが増えたせいか提灯の数は十余年前に較べて激減した感がある。寂しいことだ。とは言え、神社に近づいてくると、向こう三軒両隣、ぼわっぼわっと灯っている密集地帯もある。やはり、お隣が出すならウチも、というやつであろうか。

神社に至る約百メーターの路地に露店が並ぶ。が、このかつてズラーッだった露店が、いまやポツンポツン、である。隣まで五十メーターくらい間隔があいているところもある。そして、何より驚いたのは露店関係者の若年化である。お祭りの露店と言えば、オッチャンかオバチャンと相場が決まっていたものだが、そういった〝この道何年〟といったイブシ銀のテキ屋などいない。ほとんどが、二十歳かそこらのアンちゃんとネェちゃん、なのだ。

「二年前まで族やってたんだけどよォ」とか「ホコ天でタケノコやってたんだけどォ、アタシもぉトシだからぁ」とか、あるいは数々のバイト先をたらいまわしにされたあげくここにおちつきました、みたいなヘビメタ関係の方々がワタ飴やらアンズ飴やらを売っている。浅草の三社祭あたりでは、まだ年季の入ったテキ屋のオッチャンの姿が見受けられるが、私鉄沿線町のマイナーな神社の露店は、ほとんど〝テキ屋フリーター〟たちの稼ぎ口と化しているようだ。

境内の露店で最も人気を博しているのは、ヌキ絵、というやつ。コチコチの薄っぺらい板ガムみたいなやつに描かれたウサギやイヌの絵を、フチドリ線に沿って針を這わせて切り扱く。きれいにできたら景品をくれるというもので、ここ数年来のヒット露店らしい。全般的には、射的に輪投げに金魚すくい、お好み焼屋台と、あまりジャンルに異変はない。が、景品の品目はやはり時代とともに変わる。

ガキが射的でファイブミニ射ち落してんだもん、やんなっちゃいますよね。射的の景品でファイバーエキストロースはないだろうが、って感じである。それから金魚すくいの亜流で、ミドリガメすくい、というのがあった。モナカの皮ですくうらしい。あんなもんモナカ皮ですくいとれるのだろうか。しかし、ミドリガメ・ブームが去って十余年、さすがに露店には人っ子ひとり寄りついていなかった。

神社の脇の坂下にある公園では、祭りと連動して盆踊り大会が催されていた。というか僕がのぞいた頃はまだ開催前のセッティングの時間で、関係者が盆踊りミュージックの音出しに余念がない。いわゆる東京音頭に花笠音頭、炭坑節、といった定番が流れたあと、出ました！「おどるポンポコリン」そうか、やっぱこれだよなぁ、ことしは。関係者、よっぽどこの曲が気に入っているのか、何度も何度もリバースして、♬タッタタラリラ　ピーヒャラ……とくる。しかしまぁ、晩夏に入ってポンポコリンは、いわゆる「ちびまる子人気」から切り離されたところで、とんでもない勢いで日本全国に蔓延している。商店街を歩いていても、呑み屋に入っても、サウナに逃れても隣のオヤジがピーヒャラピーヒャラと鼻唄をうたう始末。これほどまで身体で感じるヒット曲、というのは、おそらく「ルビーの指環」以来ではないだろうか。

♬タッタタラリラァ～　そらまたきた。オーシーツクツクのセミの声と連鎖して、夕暮れの盆踊り会場は不穏なムードに包まれている。

●1990・9・13／週刊文春

ポンポコリン
メタルの
タコ焼

あとがき

こういった複数の雑文を集めた〝ベストコレクション〟的な本は、これまでも『泉麻人のコラム缶』『コラム百貨店』『コラムダス』……と何冊か出してきたが、もはやどれも絶版となって、古書でも入手は難しくなった（ネット検索すると、一応商品紹介は現われるが在庫ナシのことが多い）。そんな折、「80年代くらいの初期のコラムを集めた作品集を出しませんか？」というありがたいお話をいただいた。「自選」と付いているように、雑ながらも手元に保存された記事ファイルを久しぶりにひっかきまわし、編集者の林クン（発行元の三賢社を主宰する林良二氏とは、彼がマガジンハウスにいた時代からの知り合いなのだ）に整理してもらって、またひっかきまわし……なんてことを繰り返しながら、１５０本余りのコラム（エッセイと呼んでいいものもあるが）をピックアップした。

冒頭でも書いたように、僕はほぼ80年代の初頭にデビューしたので、ページの初めの方のコラムは駈け出しの頃の文章ということになる。ヘタさ、青さが目につくところもあるけれど、いま当時を回想して書いても得られない、時代の臨場感が感じられる。

80年代の後半は、週刊文春で連載していたコラム「ナウのしくみ」のものが中心になった。これは時事、トレンドをネタにしたコラムだったので、目次のタイトルを眺めるだけで時の世相が思い浮かぶ。とんねるずの登場やミウラ（和義）事件、カフェバー、深夜テレビ、ボジョレーヌーボー……と、バブルへ向かっていくあの時代の〝おなじみの事象〟もある一方、原稿を読み直していて「そうかぁ、ようやくシャワートイレになったのか」とか「タバコのネタがよく出てくるな」とか「伝言ダイヤルって、こんなのにみんなハマってたのか」とか、すっかり忘れていた〝時代格差〟を痛感した。そう、時代格差といえば、性表現やブラックなギャグについての認識も30、40年前と大きく変わった。「へー、こんなことよく書いたな……」「いや、よく通ったな……」と、自ら驚かされるようなものもあって、掲載を見送った文章もあったが、あえて残したものもある。この種の話は、「重箱の隅」をつつき出したらキリがないものだが、要するにシャレの許容範囲が広い時代であったのだ、80年代は。

80年代――としたのだから、89年でスパッと切ればよかったのかもしれないけれど、90年の作に割と良品が多く、ここまで含むことにした（さらに、「コラムニストの世界」は91年の作なのだが、こういう業界事情モノも一つということでフィーチャーした）。また、各文末に記した年月はあくまで雑誌掲載の号数に基くもので、実際文章を執筆したのはそれより1、2か月先行する。

今回、書籍化するにあたって、「週刊文春」の連載で長くコンビを組んでいた故・渡辺和博氏のイラスト原画を夫人から提供していただいた。厚く感謝したい。そんな渡辺画伯の原画を使って美しい表紙を仕上げてくださったデザイナーの西俊章さん、ありがとうございます。さらに、元の原稿の取材、掲載でお世話になった「週刊文春」をはじめとする各誌編集者の方々に御礼申し上げたい。

２０２１年10月　　泉　麻人

1980—1990年の出来事

1980
(昭和55)

1・4 米カーター大統領、ソ連のアフガン侵攻に報復措置を発表
1・16 来日した元ビートルズのポール・マッカートニー、大麻所持で逮捕
2・13 レークプラシッド冬季五輪開幕
2・29 韓国での公民権回復措置により、金大中が政治的自由を回復
4・25 銀座で「1億円の落とし物」見つかるが、落とし主現れず
4・25 米軍がイランの大使館人質奪回作戦に失敗
5・23 カンヌ映画祭で「影武者」(黒澤明監督)がグランプリ獲得
6・12 大平正芳首相、急死
7・3 「イエスの方舟」事件、教祖・千石剛賢を逮捕
7・19 モスクワ五輪開催(日本は不参加)
8・19 新宿駅西口バス放火事件、乗客6人が死亡
9・22 ポーランドでワレサを議長とする独立自主管理労働組合「連帯」結成
9・22 イラン・イラク全面戦争に突入
10・15 山口百恵、芸能界引退
10・21 巨人・長島茂雄監督辞任(11・4には王貞治選手現役引退)
11・4 米大統領選でレーガン(共和党)圧勝
11・29 川崎市高津区で金属バット両親殺害事件起こる
12・8 元ビートルズ、ジョン・レノン凶弾に倒れる
12・12 日本の自動車生産台数、世界第1位に

1981
(昭和56)

1・20 イラン米大使館の人質、全員開放
1・25 毛沢東未亡人、江青に死刑判決
2・18 レーガン大統領、経済再生計画「レーガノミクス」発表
2・23 ローマ教皇ヨハネ・パウロ2世来日
3・20 神戸ポートアイランド博覧会「ポートピア'81」開幕
4・12 スペースシャトル「コロンビア」打ち上げ。地球を36周し2日後に帰還
5・10 仏・社会党ミッテラン、大統領選に当選

6・15 パリで友人女性を殺害し、人肉を食べた日本人留学生逮捕
7・21 千代の富士、横綱に昇進
7・29 チャールズ皇太子とダイアナ妃結婚
8・1 米で「ミュージックＴＶ（ＭＴＶ）」スタート
8・22 台湾で航空機墜落、向田邦子ら全乗客・乗員死亡
9・5 三和銀行の女子行員によるオンライン悪用送金事件が判明
10・6 エジプトのサダト大統領、軍事パレード中に暗殺
10・19 福井謙一京大教授、ノーベル化学賞受賞
10・28 ロッキード裁判・丸紅ルート公判で、榎本美恵子が「ハチのひと刺し」証言
11・13 沖縄の原生林で、新種の鳥「ヤンバルクイナ」発見
12・31 人口動態発表において、ガンが初めて死因１位に

1982
（昭和57）

1・13 フロリダ航空ボーイング７３７がポトマック川に墜落
1・14 フォード社が、初の無配転落。米自動車メーカーに暗雲
2・8 東京・赤坂のホテル・ニュージャパンで火災
2・9 日航機、羽田沖で機長の異常操縦（逆噴射）で墜落
2・28 岡本綾子が米女子プロゴルフツアーで初優勝
4・1 ５００円硬貨発行
4・2 フォークランド諸島でアルゼンチンとイギリスが武力衝突
6・21 ダイアナ妃、ウィリアム王子を出産
6・22 ＩＢＭに対する産業スパイ事件で、日本人関係者６人がＦＢＩに逮捕される
6・23 東北新幹線（上野―盛岡間）が開業
8・30 イスラエルの攻撃で、ＰＬＯアラファト議長がレバノンから退去
9・2 国鉄のリニアモーターカー、世界初の有人浮上走行に成功
9・14 モナコのグレース王妃が、自動車事故で死去
10・1 ＣＤプレイヤーを、ソニーをはじめ国内音響メーカーが一斉に発売
10・18 東京地検特捜部、三越事件で竹久みちを脱税容疑で逮捕
11・27 中曾根内閣成立

12・1 マイケル・ジャクソンのアルバム「スリラー」発売
12・4 映画「ET」公開、空前のヒットに
12・6 東京地裁、コンピューター・プログラムに著作権を認める判決

1983
（昭和58）

1・26 東京地裁、ロッキード裁判・丸紅ルート公判で、田中角栄元首相に懲役5年求刑
2・13 青木功、米ゴルフツアーで、日本人男子プロとして初優勝
3・6 西ドイツの総選挙で、反核・環境保護を訴える「緑の党」が躍進
4・4 NHKの連続TV小説「おしん」スタート
4・15 東京ディズニーランド開園
6・11 インドネシア・ジャワ島で観測に好条件の皆既日食。世界中から研究者やマニアが集まる
6・11 「幻のピアニスト」ホロビッツの初来日公演。チケットの発売には徹夜の行列も
6・13 戸塚ヨットスクール校長の戸塚宏、傷害致死容疑で逮捕される
6・19 全米陸上選手権で、カール・ルイスが100m、200m、走り幅跳びの3種目制覇
7・8 米疾病管理センターが、エイズによる死者が650人と発表
7・15 任天堂が「ファミリー・コンピュータ」を発売
8・21 フィリピンのアキノ元上院議員、マニラ空港で暗殺
9・1 大韓航空機が、サハリン上空でソ連の迎撃機ミグ23により撃墜される
10・3 三宅島で大噴火、溶岩流が大きな被害をもたらす
10・12 東京地裁、ロッキード裁判・丸紅ルートで、田中元首相に懲役4年、追徴金5億円の実刑判決
10・14 東北大医学部付属病院で、日本初の体外受精児（試験管ベビー）誕生
11・2 アメリカの大学生「ハッカー」が国防総省の機密データを盗み出し逮捕
12・8 警視庁が愛人バンク「夕ぐれ族」を摘発
12・17 ロンドンの高級百貨店「ハロッズ」でIRA（アイルランド共和国軍）が爆弾テロ
12・27 自民党・新自由クラブの連立で、第2次中曾根内閣成立

1984
（昭和59）

1・24 アップルが初代マッキントッシュを発売
1・26 週刊文春で、三浦和義のロス疑惑「疑惑の銃弾」連載開始
2・8 サラエボ冬季五輪開幕

2・12 植村直己、マッキンリーの冬季単独登頂に成功するも、その後消息を断つ
3・10 コロンビア警察、コカイン秘密精製工場を摘発
3・18 江崎勝久グリコ社長誘拐。その後、「かい人21面相」を名乗る犯人グループの企業テロに発展
3・19 NHK、犯罪報道で逮捕者・被告人の呼び捨てをやめると発表
5・10 「商品に毒物混入」と脅されたグリコが販売を中止
7・28 ロサンゼルス五輪開幕
8・24 「投資ジャーナル」（中江滋樹会長）グループ4社、証券取引法違反で摘発される
8・24 トヨタ自動車、売上高5兆円突破
10・25 オーストラリアから、コアラ6頭が贈られる。ブームに
10・31 インドのインディラ・ガンジー首相、シク教徒に暗殺される
11・1 日銀が新札発行。1万円札は福沢諭吉、5千円札は新渡戸稲造、千円札は夏目漱石に
11・11 前年のミスターシービーに続き、シンボリルドルフが三冠馬に
11・16 世田谷区の地下通信ケーブルで火災発生。銀行のオンラインや電話などの通信網が不通に
11・16 東京特殊浴場協会がトルコ風呂の新名称を「ソープランド」と決定
12・19 サッチャー英首相、北京で97年の香港返還の合意文書に調印

1985
（昭和60）

1・6 新「両国国技館」が完成
1・26 山口組竹中組長射殺される
2・13 新風営法施行
2・13 「かい人21面相」による青酸入り菓子が東京などで見つかる
3・10 ソ連の新書記長にゴルバチョフ政治局員選出
3・17 科学万博「つくば'85」開幕
4・1 民営化されたNTTと日本たばこ産業がスタート
6・18 豊田商事、永野一男会長、刺殺される
6・24 松田聖子と神田正輝が結婚
8・12 日航ジャンボ機が御巣鷹山山中に墜落
9・11 三浦和義を「ロス疑惑」で逮捕
9・19 メキシコでM8・1の大地震発生

9・22 任天堂ファミコンゲームソフト「スーパーマリオブラザーズ」発売
9・22 5カ国蔵相・中央銀行総裁会議（G5）がドル高是正で合意（プラザ合意）。その後、円相場も急騰
10・16 阪神が21年ぶりにリーグ優勝。日本シリーズでは、西武を破り日本一にも
11・19 ジュネーブで、6年半ぶりに米ソ首脳会談
11・20 ドラフト会議で巨人が早大志望の桑田真澄を強行指名、入団
11・25 東京外為市場で1ドル、199円90銭と円が200円台を割る
12・12 米医師会が、国内のエイズウイルス感染者100万人超と報告

1986
（昭和61）

1・25 ボイジャー2号が天王星に接近し新たな衛星も発見
1・28 スペースシャトル「チャレンジャー」が発射72秒後に爆発
2・4 新橋演舞場で、市川猿之助演出・主演の「ヤマトタケル」初演
2・25 アキノ夫人、フィリピン大統領に
4・1 男女雇用機会均等法施行
4・8 岡田有希子が所属事務所のビル屋上から飛び降り自殺
4・15 米軍、リビアを急襲。国際テロに対する報復
4・26 チェルノブイリ原子力発電所で、大規模な爆発事故発生
5・4 主要先進国首脳会議（東京サミット）、迎賓館で開幕
5・8 チャールズ英皇太子夫妻来日。ダイアナ・フィーバー
6・1 上野動物園のパンダ・ホアンホアンが2度目の出産
6・19 ベトナムの二重体児ベト・ドク来日。日赤医療センターに入院
6・29 W杯メキシコ大会で、マラドーナ擁するアルゼンチンが優勝
7・23 大関北尾、横綱に昇進。双羽黒に改名する
9・6 土井たか子が社会党委員長に。初の女性党首誕生
11・15 伊豆大島の三原山が大噴火
11・15 三井物産マニラ支店の若王子信行支店長が誘拐される
12・9 「たけし軍団」がフライデー編集部に乱入

1987
（昭和62）

1・17 厚生省が、日本初のエイズ女性患者を認定
1・26 「ドラゴンクエストⅡ」発売
2・9 NTT株上場、翌日の初値は160万円
3・17 アサヒビール、スーパードライを発売
3・30 安田火災海上が、ゴッホの「ひまわり」を53億円で落札
3・31 三井物産マニラ支店の若王子信行支店長、ケソン市で開放
4・1 国鉄、分割・民営化。JR発足
5・3 朝日新聞阪神支局に男が侵入し発砲。記者1人が死亡
6・11 マドンナが来日、6・14大阪球場で初公演
6・13 広島東洋カープの衣笠祥雄、連続2131試合出場の世界記録を達成
7・17 石原裕次郎死去
9・4 新電電3社（第二電電、日本テレコム、日本高速通信）が市外通話サービスを開始する
9・22 昭和天皇、宮内庁病院に入院、手術。慢性すい炎と発表される
10・12 利根川進・米MIT教授が、ノーベル生理学・医学賞受賞
10・19 ニューヨーク株式市場で株価が大暴落（ブラック・マンデー）。日本市場にも波及
11・2 ゴルバチョフ書記長、「ペレストロイカ」（再建）の第1段階終了を宣言
11・6 竹下内閣成立
11・29 北朝鮮の工作員・金賢姫（蜂谷真由美）による大韓航空機爆破事件発生
12・7 ゴルバチョフ書記長訪米（12・8にレーガン大統領とINF全廃条約に調印）

1988
（昭和63）

1・5 六本木のディスコ「トゥーリア」で、照明器具落下の事故、3人が死亡
2・4 米マイアミ連邦地裁、パナマのノリエガ軍司令官を麻薬取引容疑で起訴
2・10 「ドラゴンクエストⅢ」発売。100万個が即日完売
2・14 カルガリー冬季五輪開幕
3・13 青函トンネル開通
3・17 東京ドーム落成式
3・21 マイク・タイソンが東京ドームでタイトル戦を行う

4・8 米国工場生産のホンダ車、逆輸入を開始。アコードUSクーペが話題に

4・11 美空ひばり、東京ドームで復活公演

4・11 坂本龍一が「ラストエンペラー」でアカデミー賞オリジナル作曲賞を受賞

7・11 浦安市「東京ベイNKホール」開場

7・23 海上自衛隊潜水艦「なだしお」が大型釣船「第一富士丸」に衝突。同船は沈没

9・17 ソウル五輪開幕。ドーピング問題にも注目が集まる

9・19 昭和天皇、大量の吐・下血。容態悪化に自粛ムード広がる

9・29 巨人・王貞治監督退陣

10・19 東京地検、リクルート疑惑でリクルート本社などを強制捜査

11・8 米大統領選、共和党ブッシュが当選

12・7 日経平均株価、終値3万50円82銭で、初の3万円台に

1989

（平成1〈昭和64〉）

1・7 昭和天皇崩御。新天皇に皇太子明仁親王が即位。新元号は「平成」

2・13 江副浩正リクルート前会長逮捕

2・14 イランのホメイニ師「悪魔の詩」を書いた、英国人作家のラシュディに、マホメット冒とくと死刑宣告

2・24 昭和天皇大喪の礼

4・1 消費税（3％）実施

4・11 川崎市高津区の竹やぶ1億4521万円の札束が入ったバッグが見つかる。5日後さらに9000万円発見

5・15 4月20日付の朝日新聞夕刊に掲載された西表島の「サンゴ礁の落書き」の写真・記事がカメラマン自身の捏造と判明

5・29 長崎県五島列島にベトナムの難民船漂着。その後、西日本の各地に中国人偽装難民など、多くの難民船が。

6・4 政治改革を求め天安門広場占拠中の学生らを、武装部隊が武力制圧。第二次天安門事件

6・18 ビルマ、ミャンマー連邦に国名変更

6・24 美空ひばり死去

7・23 参議院選挙で社会党が大勝、与野党逆転

7・23 宮崎勤、強制わいせつ罪で逮捕。幼女4人の誘拐・殺害を自供する
8・9 海部内閣成立
11・6 松田優作死去
11・15 行方不明の弁護士、坂本堤一家を公開捜査。
12・2 マルタ島でブッシュとゴルバチョフが首脳会談。翌日、冷戦終結を宣言
12・16 ルーマニアで反政府デモが全土に拡大。その後、国防軍も合流し政権崩壊。12・25にはチャウシェスク大統領夫妻は公開処刑に
12・29 日経平均株価、3万8915円の史上最高値を記録。

1990
（平成2）

1・13 初の大学センター試験実施
2・11 南アフリカで服役中だった黒人解放指導者マンデラ釈放
3・11 リトアニアがソ連から独立宣言。3・30にはエストニアも宣言
3・15 ソ連初代大統領にゴルバチョフ就任
3・22 日経平均1976円安、3万円台割れ。債券、円相場も急落しトリプル安
4・4 この年の大ヒット曲「おどるポンポコリン」が発売。9月には100万枚突破
5・15 ゴッホの名画「ガシェ博士の肖像」を大昭和製紙・斎藤了英名誉会長が約125億円で落札。2日後にはルノワールの「ムーラン・ド・ラ・ギャレット」も約119億円で落札
6・10 ペルー大統領選でフジモリ当選
6・29 礼宮文仁親王と川嶋紀子さんが結婚、秋篠宮家創設。
7・8 ワールドカップ・イタリア大会、西独が優勝
8・2 イラク軍がクウェートに侵攻し制圧。湾岸危機の発生
9・14 政府が中東支援のため多国籍軍に10億ドル、周辺諸国に20億ドルの経済援助決定
10・3 ドイツ統一。ドイツ連邦共和国・首都ベルリンに
10・10 ルーキー野茂英雄が、21試合二桁奪三振のプロ野球新記録達成
11・12 平成天皇、即位の礼
11・21 任天堂がスーパーファミコンを発売
12・2 TBS記者の秋山豊寛、ソ連の宇宙船ソユーズTM11で日本人初の宇宙飛行に出発

初出媒体一覧（掲載順）

スタジオ・ボイス
ポパイ
週刊 HEIBON（週刊平凡）
小説現代
週刊文春
GRUNDY
スコラ
バラエティ
潮
日本経済新聞
毎日新聞
ペントハウス
月刊現代
月刊カドカワ
鳩よ！
日経 WOMAN
朝日新聞
元気な食卓
SF アドベンチャー
朝日ジャーナル
文藝春秋臨時増刊
PHP
広告批評
俳句倶楽部
週刊読売
朝日ジャーナル増刊

泉 麻人 いずみ・あさと

1956年東京生まれ。慶應義塾大学商学部卒業。東京ニュース通信社に入社、「週刊テレビガイド」の編集のかたわら「スタジオ・ボイス」「ポパイ」などに原稿を書き始める。84年退社、フリーのコラムニストとなる。著書に『東京23区外さんぽ』『冗談音楽の怪人・三木鶏郎』『1964 前の東京オリンピックのころを回想してみた。』『夏の迷い子』『続・大東京のらりくらりバス遊覧』など多数。

泉 麻人自選 **黄金の1980年代コラム**

2021年10月30日 第1刷発行

著者 泉 麻人

発行者 林 良二
発行所 株式会社 三賢社
〒113-0021 東京都文京区本駒込4-27-2
電話 03-3824-6422
FAX 03-3824-6410
URL https://www.sankenbook.co.jp

印刷・製本 中央精版印刷株式会社

ISBN978-4-908655-20-3 C0095